# DER GESCHMACK DES TODES

## EIN FESSELNDER KRIMINALROMAN

## DS TOMEK BOWEN KRIMI-THRILLER-SERIE
### BUCH 5

## JACK PROBYN

CLIFF EDGE PRESS

eBook ISBN: 978-1-80520-140-3
ISBN: 978-1-80520-141-0
Erste Auflage
Besuchen Sie Jack Probyns Website unter www.jackprobynbooks.com.

# ÜBER DAS BUCH

An einem windigen und eisig kalten Morgen besucht Morgana Usyk, Besitzerin eines der Lieblingsplätze von DS Tomek Bowen, Morgana's Café, den etwas über eine Meile vor der Küste gelegenen Mulberry Harbour.

Kurze Zeit später wird ihre Leiche in den flachen Gewässern gefunden, treibend neben dem Hafen.

Erste Berichte und Augenzeugenaussagen besagen, dass sie den Mörder vom Tatort fliehen sahen. Doch als Sturm Alisha aufzieht und alle Beweise wegspült, steht Bowen mit seinem Team auf verlorenem Posten.

Jetzt steigt das Wasser.

Und Morganas Leiche wird nicht die einzige sein, die sie darin finden werden.

# TRETEN SIE DEM VIP-CLUB BEI

Ihr KOSTENLOSES Buch wartet auf Sie

Verfügbar, sobald Sie dem Club beitreten
Holen Sie sich jetzt Ihr KOSTENLOSES Exemplar der Prequel-Novelle

zur DS Tomek Bowen-Reihe auf jackprobynbooks.com, wenn Sie meinem VIP-E-Mail-Club beitreten.

# KAPITEL
## EINS

Über anderthalb Kilometer vom Ufer Southends entfernt lag eine riesige Betonkonstruktion namens Mulberry Harbour. Der Phoenix-Senkkastendamm, der acht Meter breit, sechzig Meter lang und über 2.500 Tonnen schwer war, wurde für die Landung am D-Day am 6. Juni 1944 in Auftrag gegeben. Er sollte, zusammen mit Hunderten ähnlicher Konstruktionen, dabei helfen, Panzer und andere schwere Militärfahrzeuge an die Strände der Normandie zu bringen, aber dieses besondere Glied in einer sehr langen Kette hatte bei seiner Jungfahrt ein Leck und kam nie zum Einsatz.

Seitdem lag er an der gleichen schicksalhaften Position fest, in den Sandbänken der Themsemündung eingekeilt, ein standhafter Verteidiger gegen die Flut.

Obwohl der Hafen im Allgemeinen nicht zugänglich war, hatte er sich im Laufe der Jahre zu einem Hotspot für Touristen entwickelt. Die Mutigen, die es wagten, zum Fleck am Horizont vorzudringen, mussten einen anstrengenden 1,9 Kilometer langen Marsch durch Schlamm, Sand und die bärbeißige herannahende Flut auf sich nehmen. Fotografen und Hundebesitzer waren bekannt dafür, einen Besuch gemacht zu haben, größtenteils um zu sehen, worum es bei all dem Trubel ging, während Schwimmer und Abenteuerlustige wegen der historischen und körperlichen Vorteile hinauswagten. Im Sommer gab es sogar einen Benefizlauf zugunsten der RNLI.

Die beste Zeit für einen Besuch war, wie bei fast allem, in den Sommermonaten, wenn das Klima viel angenehmer und die Gezeiten viel gnädiger waren. Das Einzige, worauf man achten musste, war der Wind. In den Wintermonaten können die Sturmwinde, besonders entlang der Themsemündung, die Richtung und Geschwindigkeit der Gezeiten mit Leichtigkeit verändern, und ehe man sich versieht, kann ein dreißigminütiger Aufenthalt am Hafen schnell zu zwanzig, fünfzehn oder manchmal noch weniger Minuten werden.

Das reichte jedoch nicht aus, um die Hunderten von Menschen abzuschrecken, die in diesen Monaten zu Besuch kamen.

Andrei eingeschlossen.

Er umarmte sich selbst gegen die bitteren, brutalen Februarwinde, während er den Sand und Schlamm durchquerte. Mittlerweile reichte der Wasserpegel bis zu seinen Schuhsohlen, und kleine Wasserspritzer hüpften in die Luft und verschmutzten die Schnürsenkel seiner Turnschuhe. Sie waren nicht das passendste Schuhwerk, aber alles was er hatte. Das und die dünne Parkajacke und Jeans.

Der Hafen war nur noch etwas über fünfzig Meter entfernt, er kam schnell näher. Die rechteckige Struktur ragte aus dem Horizont heraus, verloren vor den schwarzen und bedrohlichen Wolken im Hintergrund. Er reckte den Hals nach oben zur Trostlosigkeit, zum Regen, der drohte, auf ihn niederzugehen.

Wenig wusste er, dass das nicht die einzige Wassermasse war, die rasch auf ihn zukam. Neunzig Grad zu seiner Linken zog die Flut ein. Schnell. Währenddessen, zu seiner Rechten, etwas über dreihundert Meter entfernt, befand sich eine kleine Gruppe von Menschen, winzige Figuren am Horizont, die auf den Touristenort zuströmten.

Als er den Rand des großen Gewässers erreichte, das den versunkenen Hafen umgab, war der Wasserspiegel bereits angeschwollen und reichte bis zu seinen Schnürsenkeln, seine Füße waren durchnässt. Innerhalb von Momenten waren seine Zehen taub, und seine nassen Socken fühlten sich an, als würden sie seine Haut schraubenförmig umklammern, sich um seine Füße und Zehen in einem schraubstockartigen Griff wickeln. Jede Bewegung war rau und grob auf seiner Haut.

Als er zum Rand des Teiches kam, hielt er inne, wie erstarrt. Nicht durch den Wind. Nicht durch das taube Gefühl, das sich schnell bis zu seinen Knöcheln ausbreitete. Sondern durch den Anblick vor ihm. Eine Gestalt, die flach im eiskalten Wasser lag, ein bleiches, leeres Gesicht, das in den Himmel starrte. Eine Frau, ordentlich gekleidet, mit einem Hauch von Make-up. Obwohl es jetzt nicht so aussah, war ihr Haar schön gestylt gewesen, die Wellen, die sie am Morgen mit dem Glätteisen hineingemacht hatte, waren noch sichtbar, während sie im Wasser trieben.

Über ihr, bis zu den Knien im Wasser stehend, ihren Kopf haltend, war eine andere Gestalt. Ein Mann. Gekleidet in einen dicken schwarzen Mantel mit einem schwarzen Schal um den Hals, sah er aus, als hätte er am Spielfeldrand eines Fußballspiels stehen sollen, nicht anderthalb Kilometer von der Zivilisation entfernt in der Mitte der Themse. Schock war über sein Gesicht plastiziiert, als er Andrei sah. Er ließ sofort den Kopf der Frau los, der Schwung des Falls tauchte ihr Gesicht unter Wasser, bevor ihr natürlicher Auftrieb sie wieder nach oben drückte.

»Was...?«, sagte der Mann, aber bevor er fortfahren konnte, überfiel sie der Klang von Stimmen, getragen von dem Wind, der sie von allen Seiten zu stoßen schien.

Andrei leckte sich über die Lippen, schmeckte Salz und drehte sich dann um, um der Gruppe gegenüberzustehen. Insgesamt sechs Personen, etwas mehr als hundert Meter entfernt, alle gekleidet, als würden sie bei Minustemperaturen die Alpen erklimmen und nicht über die Schlammflächen von Southend wandern.

Als Andrei sich wieder umdrehte, um die Gestalt zu betrachten, war der Mann verschwunden. Alles, was von ihm übrig blieb, war eine Silhouette, die in die andere Richtung verschwand, und seine tiefen Fußabdrücke im Sand, die ihm hinterherjagten.

# KAPITEL
## ZWEI

Der mobile Heizkörper, der rasant Wärme abstrahlte, verbrannte sein Bein durch die Hose hindurch. Er konnte spüren, wie der Stoff auf seiner Haut zu schmelzen begann, aber es gab keinen Platz, um sich davon zu entfernen; das Büro seiner Therapeutin wurde gerade renoviert, sodass sie gezwungen waren, ihre professionelle Beziehung in einem zu kleinen Raum fortzusetzen, in dem, was Tomek nur als winzige Besenkammer beschreiben konnte. Er war schon in Gefängniszellen gewesen, die größer waren als das hier, aber er hatte keine Lust, sich zu beschweren oder Theater zu machen. Es war nicht ihre Schuld, dass die Decke undicht gewesen war. Es war nicht ihre Schuld, dass der Regen der letzten zwei Wochen auf alles in ihrem Büro herabgestürzt war. Es war nicht ihre Schuld, dass sie zwei Wochen gebraucht hatte, um ihn wieder einzuplanen und Zeit für ihn zu finden.

»Ich mag es«, log er. »Es ist... intensiver.«

»Das ist genau das Gegenteil von dem, was ich anstrebe«, antwortete Isabel Fox aufrichtig. »Hierher zu kommen sollte nicht intensiv sein. Der Grund, warum Sie, und aus dem gleichen Grund alle anderen, mich besuchen, ist, dass ein Aspekt ihres Lebens bereits intensiv ist. Sie sollten hierher kommen und das Gegenteil spüren.«

Tomek zuckte mit den Schultern. Er vermutete, dass er daran gewöhnt war. Sein ganzes Leben befand sich am Rande der Intensität, balancierte auf der Kippe, nur ein kleiner Windstoß oder ein sanfter Schubs in die falsche Richtung davon entfernt, in den Wahnsinn abzugleiten. Aber so kannte er es seit dreißig Jahren und würde es in naher Zukunft nicht ändern.

»Ist das nicht das, was uns alle menschlich macht? Diese Urangst, gejagt und getötet zu werden? Unsere ganze Existenz und unser Überleben basieren auf der Tatsache, dass es *sollte* intensiv sein«, sagte er.

Isabel presste die Lippen zusammen. »Sie gehen ziemlich früh in die Tiefe für eine Morgensitzung. Ich hatte auf einen ruhigeren Start in meinen Tag gehofft, aber ich schätze, Sie haben recht. Das Einzige, was man jedoch bedenken sollte, ist, dass Sie nicht mehr die Beute sind. Als Spezies haben wir uns entwickelt und sind zum Raubtier geworden. Sie können also anfangen, diesen Instinkt zu lockern und sich zu entspannen.«

Tomek stimmte dem nicht zu. Zumindest nicht, solange es da draußen Mörder und Vergewaltiger gab, die diesen Instinkt noch immer auslebten.

Isabel war Ende zwanzig und hatte einen Doktortitel im Verständnis der Funktionsweise des menschlichen Gehirns und ein Paar einladende Augen, die ausreichten, um selbst die härtesten Persönlichkeiten zu beruhigen. Sie war ihm von seinem Chef, DCI Nick Cleaves, empfohlen worden, und anfangs war Tomek von ihrem Alter abgeschreckt gewesen, da er annahm, sie hätte nicht genügend Erfahrung – sowohl beruflich als auch im Leben –, um seine Probleme zu diagnostizieren oder ihm zu helfen. Aber nach ihrer zweiten Konsultation hatte er sich für sie erwärmt – vielleicht waren es die Augen gewesen – und seine Meinung über den gesamten Prozess hatte sich geändert.

Isabel kam direkt zur Sache.

»Also... wie war *es*?«

»Das ist eine ziemlich allgemeine Frage«, sagte Tomek. »Kommt drauf an, aus welchem Blickwinkel Sie die Frage stellen. Wenn Sie *ihn* das fragen würden, wäre es das befriedigendste Treffen seines ganzen Lebens gewesen.«

»Und für Sie?«

»Das Gegenteil.«

Heute sprachen sie über das Treffen, das mit dem Mörder von Tomeks Bruder stattgefunden hatte. Als er neun war, wurde sein Bruder in einem Park um die Ecke seiner Schule ermordet. Er war wiederholt erstochen, mit einem Ziegelstein geschlagen, genital verstümmelt und seine Augen mit Batteriesäure ausgeätzt worden. Und Tomek war derjenige gewesen, der den Körper seines Bruders gefunden hatte. Zwei Minuten zu spät. Er hatte dem Mörder seines Bruders, Nathan Burrows, gegenübergestanden, und es war dreißig Jahre her, seit Tomek das letzte Mal das Gesicht des Mannes gesehen hatte.

Bis vor einigen Wochen.

»Inwiefern?«

»Er hat mir nichts gesagt. Nein, warte. Das ist eine Lüge. Er hat mir *etwas* gesagt. Er sagte, es sei alles in meinem Kopf. Dass in der Nacht, als Michał starb, niemand sonst da war. Dass ich es mir eingebildet hätte, und dass ich die letzten dreißig Jahre das mögliche Bild und die Hoffnung auf einen zweiten Mörder an seiner Seite grundlos mit mir herumgetragen habe. Dass ich an jemanden denke, der nicht existiert, der nie existiert hat und nie existieren wird.«

Eine kurze Pause erfüllte den Raum, während Isabel sich eine geistige Notiz machte. Zögern zeichnete sich auf ihrem Gesicht ab.

»Wie haben Sie sich dabei gefühlt?«

Tomek zuckte gleichgültig mit den Schultern und verstärkte dieselben Abwehrmechanismen, die er in den letzten dreißig Jahren getragen hatte.

»Was glauben Sie? Ich weiß nicht mehr, was ich glauben soll.«

»Glauben Sie *ihm*?«

Wieder ein Schulterzucken. Diesmal senkte er seinen Blick auf sein Knie. Er begann, mit seinen Fingernägeln Kreise in den Stoff zu reiben. »Ein Teil von mir tat es. Während der andere Teil von mir sagt, dass ich weiß, was ich gesehen habe. Ich habe diese Albträume aus einem Grund, und ich habe Charlie in einem von ihnen aus einem Grund gesehen. Ich habe seinen Namen gehört.«

Charlie war der Name des zweiten Mörders seines Bruders. Derjenige, von dessen Existenz Tomek überzeugt war, ohne es beweisen zu können. Er hatte den Namen einmal in einem Albtraum freigesetzt; ihn gehört, als die beiden Mörder vom Tatort geflohen waren.

»Haben Sie Charlie gegenüber Nathan erwähnt?«

Tomek antwortete, dass er das getan habe.

»Und wie hat er reagiert?«

Tomek dachte einen Moment darüber nach. Ließ seine Gedanken zum Besucherraum des Gefängnisses zurückkehren. Umgeben von Dutzenden anderer Insassen und deren Freunden und Familien. Die redeten, diskutierten, einige stritten, während die Mehrheit die Gesellschaft des anderen genoss. Und dann hatte er Charlies Namen erwähnt.

Mit geschlossenen Augen stellte sich Tomek die Reaktion des Mannes vor.

»Nathans Augen weiteten sich leicht«, erklärte er. »Und er lächelte. Eher ein Grinsen als ein Lächeln. Eigentlich ein Schmunzeln. Aber es war subtil, diskret. Ein kleines Zucken der Lippen. Eines dieser selbstgefälligen, die man macht, wenn man gerade das Fenster repariert oder ein schwieriges Glas aufgeschraubt hat, als niemand anderes es konnte, und man nicht wie ein Arschloch rüberkommen will. Nathan sah aus, als ob er den Namen erkannte... aber nicht ganz. Dann schüttelte er den Kopf und sagte mir, dass es niemanden mit diesem Namen gäbe, dass ich mir alles nur eingebildet hätte.«

»Was meinen Sie mit 'aber nicht ganz'?«

Tomek öffnete seine Augen und wurde von der Helligkeit geblendet. Der Raum war mit einigen der hellsten Glühbirnen ausgestattet, die er je gesehen hatte. Er wäre bereit zu wetten, dass die Person, die sie installiert hatte, genauso selbstgefällig war wie Nathan verdammter Burrows.

»Keine Ahnung«, antwortete er. »Es war seltsam. Er sah aus, als ob er den Namen erkannte, aber *gleichzeitig nicht*. Wissen Sie, was ich meine?«

Der Blick auf ihrem Gesicht deutete darauf hin, dass sie es nicht wusste. »Denken Sie, dass Sie sich vielleicht irren könnten?«

Tomek bot ihr als Antwort einen leeren Gesichtsausdruck. »Ich habe Ihnen gesagt, ich weiß nicht einmal mehr, was ich glauben soll. In einem Moment kann ich die Silhouette sehen, die neben Nathan über meinem Bruder steht. Im nächsten kann ich es nicht. In einem Moment kann ich seinen Namen so deutlich hören wie Regen, dann ist er weg. Mein Verstand spielt mir ständig einen Streich. Geht immer und immer wieder darüber. Und ich komme keiner Antwort näher.«

Isabel ließ einen kurzen, kraftvollen Luftstoß aus ihren Nasenlöchern. »Hatten Sie seit Ihrem Besuch weitere Albträume?«

Kopfschüttelnd antwortete Tomek, dass er keine hatte. Dass die Albträume, die bis zu diesem Zeitpunkt ziemlich regelmäßig gewesen waren, nun nachgelassen hatten.

»Das ist gut, nicht wahr? Das klingt für mich nach Fortschritt. Wie fühlen Sie sich, nachdem Sie Nathan besucht haben? Haben Sie das Gefühl, eine Art Abschluss erreicht zu haben, auch wenn es vielleicht nicht die Antwort war, auf die Sie gehofft haben?«

»Abschluss? Wovon reden Sie, Abschluss? Wollen Sie damit andeuten, dass ich ihm glauben sollte? Dass ich seine Worte für bare Münze nehmen und *alles* glauben sollte, was er sagt? Der Mann ist ein Killer. Es liegt in seiner DNA, verdammt noch mal zu lügen. Er hat Charlie all die Jahre geschützt, er wird ihn jetzt nicht verraten.«

»Also glauben Sie *immer noch*, dass Charlie existiert?«

Tomek überlegte einen Moment. Sein Kopf begann zu schmerzen; drehte sich wie ein Karussell. Genauso wie in den vergangenen Wochen. Seit dem Treffen hatte er Schwierigkeiten, nachts zu schlafen. Er hatte Schwierigkeiten, sich bei der Arbeit zu konzentrieren. Er fühlte sich fast jeden wachen Moment des Tages abgelenkt, seine Gedanken schweiften zu Nathan, dem Raum, dem Treffen, dem selbstgefälligen Blick auf seinem Gesicht, als er Tomek angelogen hatte.

Charlie.

Tief im Inneren wusste Tomek, dass er recht hatte, dass sein Bruder von zwei Personen brutal ermordet worden war und dass Nathan ihn anlog und versuchte, ihn vom Gegenteil zu überzeugen. Der Glaube war so fest in ihm verwurzelt – dreißig Jahre lang hatte er sich tief in seine Psyche eingeprägt – dass nichts ihn ausgraben würde. Aber an diesem Tag hatten Nathans Worte eine tödliche Krankheit in seinem Geist gepflanzt, eine, die derzeit an den Wurzeln, die seinen Glauben umgaben, faulte und fraß. Könnte er sich die Gestalt neben Nathan eingebildet haben? Könnte er sich den Namen eingebildet haben, den er in seinen Albträumen gehört hatte? Als es passierte, hatte er eine Reihe von Selbstjustizmorden untersucht, die auf kürzlich entlassene Gefangene abzielten, und ein Verdächtiger namens Charlie Hampton, der Freund einer Bewährungshelferin, war bei den Ermittlungen aufgetaucht. Das konnte es doch nicht gewesen sein, oder? Sein Unterbewusstsein, das einen zufälligen Namen einwarf, den er als Teil einer anderen, völlig unzusammenhängenden Untersuchung gehört hatte?

Er wollte das nicht denken.

»Ich weiß, dass es mein Vorschlag war, ihn zu besuchen«, fuhr Isabel fort, nachdem sie bemerkt hatte, dass keine Antwort auf ihre Frage folgte. »Und ich verstehe, dass es möglicherweise negative Auswirkungen auf Sie und Ihre Reise in den Tod Ihres Bruders hatte, aber ich möchte, dass Sie sich eine Weile von dieser Welt entfernen. So gut es geht, möchte ich, dass Sie es vergessen. Ich möchte, dass Sie sich in andere Aspekte Ihres Lebens vertiefen – Ihre Beziehungen, Ihre Freundschaften, Kasia, die Arbeit. Ich möchte, dass Sie sich auf die Dinge konzentrieren, die Sie kontrollieren können. Denn im Moment können Sie nichts gegen den Tod Ihres Bruders und das, was Nathan Ihnen gesagt hat, tun. Und je mehr Sie versuchen, sich darauf zu konzentrieren und sich darüber Sorgen zu machen, desto weiter werden Sie abstürzen. Sie werden eines Tages Ihre Antworten finden, das verspreche ich Ihnen, aber der einzige Weg, dies zu tun, ist, wenn Sie Ihrem Geist etwas Ruhe davon gönnen. Dann, wenn Sie zurückkehren, wird Ihr Gehirn Zeit gehabt haben, neue Informationen aufzunehmen, sie zu verarbeiten und es Ihnen zu ermöglichen, diese ganze Situation mit klarem Kopf zu betrachten. Von dort aus können Sie die Fortschritte machen, die Sie brauchen.«

Leichter gesagt als getan, dachte Tomek, als er ihr für ihre Zeit dankte und die Besenkammer verließ.

# KAPITEL
## DREI

Tomek saß im Café an seinem üblichen Platz in der Ecke des Raumes, der mit Strasssteinen verzierte Spiegel glitzerte über seinem Kopf. Er wärmte seine Finger an einer Tasse Kaffee und behielt dabei die Tür im Auge, während er darauf wartete, dass DCI Nick Cleaves hereinkam. Sein Chef hatte ihn abgefangen, als er gerade Isabels Besenkammer verlassen hatte, und kurz bevor er selbst zu einem Meeting gegangen war, hatte er vorgeschlagen, dass sie sich bei einem Kaffee austauschen sollten. »Wie ein paar Muttis«, hatte Nick gesagt, bevor er die Tür geschlossen hatte.

Glücklicherweise hatte Tomek genau den richtigen Ort im Sinn. Ein nettes kleines Lokal, das er sehr gut kannte. Es war belebt, groß und laut genug für ein diskretes Gespräch zwischen ihnen beiden, und das Essen war göttlich. Die perfekte Aufmunterung für die Wochenmitte.

Das Café hieß Morgana's und war schnell zu einem von Tomeks Lieblingsorten geworden. Er betrachtete sich als Stammgast, seit seine Freundin Abigail ihn mit dem Lokal bekannt gemacht hatte. Sie hatten sich dort einmal beruflich getroffen, und Tomek hatte sie sogar davon überzeugt, dass dort ihr zweites Date stattgefunden hatte. Seitdem war er fast wöchentlich dort. Das Café hatte seine Erwartungen an alles, was er in einem ähnlichen Etablissement zu finden hoffte, in die Höhe geschraubt. Das Essen – fettig, geschmackvoll, mit genau der richtigen Menge Salz (allein der Gedanke daran ließ ihm das Wasser im Mund zusammenlaufen) – wurde von einem nahezu tadellosen Service begleitet. Morgana, die Besitzerin und Namensgeberin, war eine Einzelkämpferin, die sich um alle Gäste kümmerte, die im Restaurantbereich ein und aus gingen wie an einer Verkehrsampel. Sie machte einen fantastischen Job, das ganze Restaurant zu führen, gab den Ton an, und Tomek bewunderte sie sehr.

Während er dort saß, zählte er zehn andere Tische mit mindestens einer Person. Eine wahre Essex-Mischung: Handwerker in schmutzigen Trainingsanzügen, die dicke, klobige Wüstenstiefel trugen und teure Designeruhren an ihren Handgelenken - sie kamen zum späten Frühstück; ein älteres Paar, das noch immer dicke Wintermäntel trug, während sie rotes Fleisch und Bohnen verschlangen; ein Mann mittleren Alters mit einem Bauch so groß wie ein Hüpfball, der mit gespreizten Beinen dasaß, um den zusätzlichen Platz für seinen Wanst auszugleichen; eine junge Mutter mit ihrem noch jüngeren Sohn (der eigentlich in der Schule hätte sein sollen), der auf einem Tablet spielte, während sie versuchte, ihrem Neugeborenen Essen in den Mund zu schieben, während es in seinen Kinderwagen geklemmt war und sich nicht bewegen konnte. Hier gab es keine Verurteilung. Niemand war besser als der andere. Sie waren alle gleich. Einfach nur hier für gutes Essen, gute Stimmung und gute Preise – ein Motto, das bis vor Kurzem in glitzernden rosa Strasslettern an die Wände geklebt war.

Bevor Tomek sich im Rest des Cafés umschauen konnte, ertönte die Glocke am Eingang, und herein trat DCI Cleaves mit dem Gesichtsausdruck von jemandem, der Streit suchte.

Der einschüchternde Ausdruck entspannte sich ein wenig, als er Augenkontakt mit Tomek herstellte. Sie schüttelten sich die Hände und setzten sich an den Tisch, bestellten dann Kaffee und etwas zu essen. Rührei für Tomek. Ein Brötchen mit doppeltem Speck, doppelter Wurst und doppeltem Ei für Nick – das doppelte Herzinfarkt-Spezial, wie Tomek es nannte.

»Rührei...«, begann Nick zur Verteidigung. »Das ist ziemlich trocken. Geht's dir gut?«

Tomek tätschelte mit der Hand seinen Bauch und spürte, wie sein Inneres in den Nachwirkungen schwappte.

»Ich achte auf meine Taille.«

»In deinem Alter? Du hast noch ein paar Jahre, bevor du meine Größe erreichst.«

Tomek drehte sich um und deutete diskret auf den Mann mit dem Hüpfball-Bauch. »Und wie viele Jahre schätzt du, hast du noch, bis du *das* erreichst?«

Bevor Nick antworten konnte, unterbrach die Kellnerin, die ihre Kaffees auf einem Tablett trug. Als sie die Getränke auf den Tisch stellte, fragte Tomek: »Keine Morgana heute?«

»Nein, sie ist heute Morgen nicht gekommen«, antwortete die Frau mit schwerem osteuropäischen Akzent. Tomek erkannte sie, konnte ihren Akzent aber nicht zuordnen. »Und der stellvertretende Manager ist auch nicht da, also bin ich verantwortlich.«

»Nun, ich glaube nicht, dass es jemand bemerkt hat, also musst du etwas richtig machen.«

Die Kellnerin rümpfte die Nase über seinen Kommentar und eilte dann beleidigt davon.

»Was hab ich gesagt?«, fragte er, als er sich wieder Nick zuwandte.

»Im Grunde, dass sie einen Scheißjob macht, aber alle zu beschäftigt sind oder das Essen zu sehr genießen, um es zu merken. Glückwunsch«, fuhr Nick fort, »du hast jemanden verärgert, der wahrscheinlich nicht genug bezahlt bekommt, um zu überleben, während du ihn für seine Arbeit beleidigst. Schön gemacht. Wette, du fühlst dich jetzt *richtig* gut dabei.«

»Du hast gut reden«, spottete Tomek. »Ich habe gesehen, wie du mit einigen aus dem Team sprichst.«

»Verpiss dich.«

»Genau mein Punkt.«

»Das ist was anderes. Das ist eine Arbeitsangelegenheit.«

»Was auch immer dir hilft, nachts zu schlafen.«

Tomek hatte Nick oft als Vaterfigur betrachtet. Eine strenge, stramme und leicht übergewichtige. Und Tomek erwiderte diese familiäre Bindung. Nachdem der Sohn von Nick und seiner Frau unerwartet zum Militär gegangen war, hatte Tomek fast die Rolle übernommen und die Lücke gefüllt, die das Verschwinden ihres Sohnes in ihrem Leben hinterlassen hatte. Sie stritten sich, sie schrien einander an, aber am Ende gab es da Bewunderung, gegenseitigen Respekt füreinander. Das Gleiche konnte man allerdings nicht von vielen von Tomeks Kollegen behaupten.

»Wie war Isabel?«, fragte Nick.

»Gut. Und bei dir?«

»Ja, auch gut.«

»Super. Tolles Gespräch. Schön, dass du mich dafür hierher gebracht hast. Zahlst du das über die Spesen ab, oder muss ich die Rechnung übernehmen?«

Nicks Stirn runzelte sich. »Ich wollte aus der Güte meines Herzens bezahlen, aber jetzt, wo du so ein frecher Arsch bist, will ich nicht mehr.«

Tomek widersprach nicht. Da war etwas in dem Gesicht des Mannes, etwas, das er sagen wollte, etwas, das ihn erheblich belastete. Und Tomek kannte den Mann gut genug, um zu wissen, dass er ihm nur Zeit und Raum dafür geben musste.

Es dauerte noch einige Momente, bevor Nick wieder sprach.

»Es geht um Lucy…«

Tomek hielt inne, hörte zu und begann, das Schlimmste zu befürchten.

»Es wird schlimmer mit ihr. Sie wird nicht besser. Sie hat immer noch Schwierigkeiten zu stehen und richtig zu gehen. Sie wirkt immer noch nicht so, als wäre sie hundertprozentig bei der Sache. Es dauert manchmal eine Weile, bis sie antwortet, und selbst dann sind es keine zusammenhängenden Antworten. Sie… *existiert* einfach nur. Ich dachte, dass sie bis jetzt *irgendeine* Verbesserung gezeigt hätte…«

Vor einigen Monaten, kurz vor Weihnachten, hatten sich Tomeks Tochter Kasia und Nicks Tochter Lucy mit einer Gruppe von Freunden zum Alkoholtrinken am Bell Wharf Beach in Leigh-on-Sea getroffen, obwohl sie noch nicht volljährig waren. Während Lucy eine von ihrem

Vater gestohlene Flasche Wodka in den Mülleimer warf, wurde sie angegriffen und zu Boden geworfen, wobei sie in einer Blutlache landete und ein großer Teil ihrer Kopfseite aufgeschürft war. Nach ihrer Entlassung, nach einem zweiwöchigen Krankenhausaufenthalt, hatten die Ärzte gesagt, dass es möglicherweise zu bleibenden Hirnschäden gekommen sei. Dass sie nichts mit Sicherheit sagen könnten.

Dass nur die Zeit es zeigen würde.

Es sah so aus, als ob die Zeit ihnen alle falschen Anzeichen gab. Obwohl es noch Hoffnung gab, und Tomek wollte ihn daran erinnern.

»Keine Verbesserung ist nicht dasselbe wie Verschlechterung«, erinnerte er Nick. »Eigentlich ist es besser. Du musst dir nur in Erinnerung rufen, dass diese Dinge Zeit brauchen.«

»Wir haben keine Zeit.«

Ein Kloß bildete sich in Tomeks Hals. Er wollte fragen, wozu die Eile, hielt dann aber den Atem an, während er darauf wartete, dass die Worte aus Nicks Mund fielen.

»Maggie will die Scheidung.«

Einen Moment lang hatte er befürchtet, Nick würde ihm sagen, dass er im Sterben lag, dass er eine unheilbare Krankheit hätte, die ihn nur Wochen vom Tod entfernt hielt. Aber das war viel schlimmer. Maggie zu verlieren, würde für Nick dasselbe wie der Tod sein. Tomek wusste, dass sie die Mädchen mit sich nehmen würde. Dass er nicht in der Lage wäre, davor vor Gericht zu kämpfen. Er war schon jetzt nie zu Hause. Wie stellte er sich vor, dass er sich um seine jugendlichen Töchter kümmern könnte, während er einen Vollzeitjob als Leiter der Abteilung Southend hatte? Er hätte nichts mehr, wohin er nach Hause gehen könnte, nichts mehr, wofür er arbeiten könnte, und niemanden, für den er arbeiten könnte. Das Gehirn und Herz seiner Existenz würden herausgerissen werden. Und wohin würde er dann gehen?

Tomek begann es sich schon vorzustellen. Die Abwärtsspirale. Der völlige Zusammenbruch im Leben seines Chefs. Und er war sich sicher, dass Nick viele Nächte damit verbracht hatte, darüber nachzudenken.

»Warum?«, fragte Tomek und versuchte, die Angst aus seiner Stimme herauszuhalten.

»Wegen dem, was mit Lucy passiert ist. Sie kämpft. Ich kämpfe. Es belastet uns. Und wir wissen nicht, was wir dagegen tun sollen.«

»Eine Trennung wird nicht helfen.«

»Versuch das mal ihr zu sagen. Sie hat sich in den Kopf gesetzt, dass das die Lösung ist.« Nick tippte mit Heftigkeit an seine Schläfe.

»Was hat Isabel gesagt?«

Bei der Erwähnung des Namens der jungen Therapeutin weiteten sich Nicks Augen. »Fang bloß nicht damit an. Wir dürfen ihren Namen in unserem Haus nicht erwähnen. Ich darf nicht einmal über meine Sitzungen mit ihr reden – wann ich sie habe, wie sie verlaufen sind und wann ich sie wieder sehe.«

»Warum nicht?«, fragte Tomek, obwohl er die Antwort bereits zu ahnen schien.

»Weil sie denkt, dass ich eine Affäre mit ihr habe.« Mehr Tippen, diesmal mit einer Aggressivität, die Tomek kurzzeitig um Maggies Sicherheit besorgte. »Es ist das lächerlichste verdammte Ding, das ich je in meinem Leben gehört habe. Sie ist jung genug, um meine Tochter zu sein!«

Tomek waren die Worte ausgegangen. Es klang, als ob Nick dringend Hilfe brauchte, und Tomek war am wenigsten in der Position, sie anzubieten. Er hatte keine Ahnung, wie es in einer Ehe zuging; er befand sich erst seit einer Woche in einer Freund-Freundin-Situation. Er war immer noch ein Neuling in all dem. Und als ob das nicht genug wäre, sprach seine Reihe ehemaliger Ex-Freundinnen, von denen es nur zwei gab und die beide im Gefängnis saßen, für sich. Er konnte nicht einmal einen anständigen Partner zum Zusammenleben auswählen. Es war immer etwas mit ihnen falsch: erstens der Drogenhandel und die anschließende Abhängigkeit und zweitens die selbsternannten Serienmorde. Bei keinem davon, so glaubte er, hatte er direkt seine Hand im Spiel. Mit Abigail war es jedoch anders. Sie schien im direkten Vergleich zu den vorherigen beiden so normal wie normal sein konnte. Fast schon langweilig. Was genau das war, was er jetzt brauchte. Weniger von dem Drama, das man auf der ersten Seite von *OK!* finden könnte und mehr von dem Zeug, das es nie in den Druck schaffte.

Gnädigerweise wurde er von der Stille durch das Essen gerettet. Der himmlische Duft stieg von seinem Teller zu seiner Nase auf und löste sofort den Stress, den er in der Stunde zuvor gespürt hatte. Das Essen hatte die gleiche Wirkung auf Nick. Als er einen Bissen von seinem Frühstück nahm, ohne ein weiteres Wort an Tomek zu richten, schienen all seine Sorgen und Ängste – über die Scheidung, über seine behinderte Tochter – so schnell zu verschwinden wie die Dampfschwaden, die aus seiner Tasse in die Luft stiegen.

»Verdammt, das ist gut«, sagte er.

»Ich würde das lieber nicht tun, wenn es dir recht ist. Aber ja. Ja, verdammt, das ist es. Verdammt lecker, wenn du mich fragst.«

»Wie schaffen sie es, dass es *so* gut schmeckt?«

»Ich stelle mir vor, dass dieses Brutzeln, das du im Hintergrund hörst, nicht das Geräusch von Köchen ist, die die Hi-Hats ihrer Schlagzeuge testen. Ich denke, es ist der Klang von kochendem Fett. Und zwar eine Menge davon.«

»Oder vielleicht ist die geheime Zutat Verbrechen«, antwortete Nick.

»Entschuldigung?«

»Das ist eine Anspielung auf *Peep Show*. Super Hans...«

Die Anspielung ging an Tomek vorbei, der von den Kameraeinstellungen aus der Ich-Perspektive abgeschreckt worden war. Aus irgendeinem Grund hatte es ihn nervös gemacht, und er hatte nie in die Serie hineinfinden können.

»Ich schätze, du warst wahrscheinlich zu jung, um das zu sehen, als es herauskam«, fuhr Nick fort.

»Oder vielleicht hatte ich einfach einen besseren Fernsehgeschmack. Oder, wenn ich darüber nachdenke, war ich draußen und habe Dinge getan, mein Leben gelebt, anstatt drinnen zu sitzen und Sitcoms zu schauen.«

Sie aßen den Rest ihres Essens in stiller Benommenheit weiter, keiner war bereit, aufzuhören, um das Gespräch fortzusetzen, das bereits zu einem natürlichen Ende gekommen war. Nachdem sie fertig waren, lehnten sie sich in ihren gepolsterten Stühlen zurück, die Hände auf ihren Bäuchen, und beobachteten die nächsten zehn Minuten lang, wie

der stetige Strom von Kunden weiterhin zum Ein- und Ausgang kam
und ging.

In der Hoffnung, dass kein weiteres Gespräch über Ehefrauen,
Töchter, Scheidung und Depression zwischen ihnen aufkam, fragte
Tomek rückgratlos: »Sollen wir ins Büro gehen?«

# KAPITEL
## VIER

Es war fast Mittag, als sie am CID-Hauptquartier von Southend im Herzen der Stadt ankamen. Die Promenade, die zum Eingang der Polizeiwache führte, war ungewöhnlich belebt. Horden hungriger Journalisten schwebten draußen, zusammengedrängt wie Raucher im Winter – nur dass diese Raucher keine helfende Hand eines Stäbchens aus Nikotin und Teer hatten, um sich warm zu halten, sondern nur einander und das Blut ihrer Opfer.

Tomek erkannte keinen von ihnen. Dann schaute er auf sein Handy und sah, dass Abigail ihn zweimal angerufen hatte. Als eine der leitenden Reporterinnen des *Southend Echo*, der in den letzten Wochen ums Überleben gekämpft hatte, nachdem der Eigentümer wegen Menschenhandelsdelikten verhaftet worden war, war es ihre Aufgabe, am Puls der Zeit zu bleiben und jede Spur bis auf die Knochen abzunagen. Sie war hartnäckig, mutig und unerbittlich – alles Eigenschaften, die sie in ihrem Job auszeichneten. Es half auch, dass sie mit Tomek zusammen war und daher wusste, wie sie relevante Informationen zu ihrem eigenen Vorteil aus ihm herauslocken konnte. Wie jetzt: Sie wartete am Hintereingang der Polizeiwache auf ihn, wo Reportern und Presse normalerweise der Zutritt verboten war.

»Was machst du hier?«, fragte er.

»Ich will herausfinden, was los ist.«

»Das wollen wir auch.«

Nick stand ein paar Zentimeter hinter ihm, und während er dort stand, konnte Tomek den durchdringenden Blick des Mannes spüren, der Löcher in seinen Nacken brannte und ihn drängte, sich zu beeilen.

»Du erinnerst dich an meinen Chef, oder?«

Nick sagte nichts. Stattdessen seufzte er tief, grunzte und schob sich an Tomek vorbei nach drinnen. Tomek folgte kurz darauf und entschuldigte sich im Stillen bei Abigail, als er ging. Sie wusste, dass sie nicht dort sein sollte, und jetzt war sie erwischt worden – sie *beide* waren erwischt worden.

Er freute sich schon auf das Donnerwetter später.

Im zweiten Stock war das CID-Hauptquartier von Southend ein Wirbel von Aktivitäten geworden. Ein Bienenstock voller Körper, die hektisch in den großen Einsatzraum hinein- und hinauseilten, ein Orchester von Stimmen, die durcheinander redeten.

Die erste Person, die anhielt und sie ansprach, war DC Nadia Chakrabarti. Inzwischen im achten Monat schwanger, sah sie aus, als wäre sie kurz vorm Platzen. Sie lief mit einer Hand auf ihrem Bauch, während die andere ihren unteren Rücken stützte. Die Tränensäcke unter ihren Augen deuteten darauf hin, dass sie seit Wochen nicht geschlafen hatte, und doch machte das Make-up in ihrem Gesicht einen halbwegs anständigen Job, das zu verbergen. Tomek hätte es ihr nicht übel genommen, wenn sie jeden Tag in Jogginghose und einem dicken Primark-Hoodie ins Büro gekommen wäre, als käme sie zu spät zu ihrem ersten Unitag. Tatsächlich hätte er sie dazu ermutigt.

»Morgen, Sarge, Chief Inspector«, sagte sie langsam, in krassem Gegensatz zu der Geschwindigkeit, mit der alles andere um sie herum geschah.

»Nadia«, antwortete Nick und sprang ein, bevor Tomek überhaupt seinen Namen registrieren konnte. »Was zum Teufel ist hier los? Es scheint etwas zu geben, über das ich nicht informiert wurde.«

Sobald er das gesagt hatte, wurde die Atmosphäre im Raum schnell ruhiger, als ob das Team endlich seine Anwesenheit bemerkt hätte.

»Eine Leiche wurde gefunden, Chef«, antwortete Nadia. »Vor ein paar Stunden in der Themsemündung. Draußen am Mulberry Harbour.«

»Mulberry Harbour? Dieses alte Weltkriegs-Gedenkdings?«

»Ich glaube nicht, dass man es als Gedenkstätte bezeichnen würde, Sir. Aber ja...«

»Und Sie sagen, das ist vor ein paar Stunden passiert?«

Nadia nickte.

»Warum zum Teufel wurde ich nicht angerufen? Ich hätte sofort benachrichtigt werden müssen, als das reinkam.«

»Ich... ich glaube, Rachel hat in Ihren Kalender geschaut und gesehen, dass Sie heute Morgen persönlichen Urlaub haben, Sir.«

Das brachte Nick schnell zum Schweigen. So sehr, dass er an Nadia vorbeiging und in den Einsatzraum stürmte, sofort auf der Suche nach jemand anderem, den er anschreien konnte.

»Wo ist sie?«

»Wer?«

Die ahnungslose Person, die das Unglück hatte, Nicks Frage zu beantworten, war DC Chey Carter, oder Cheyenne Pepper, wie Tomek ihn gerne nannte. Das Gesicht des jungen Polizisten fiel, sobald er merkte, dass er mit Nick sprach.

»Victoria. Wo ist sie?«

»*Sie* ist hier.«

Hier, das heißt hinter ihm, im Türrahmen stehend.

»Gibt es ein Problem, Chief Inspector?«

»Darauf kannst du deinen verdammten Arsch verwetten. Warum erfahre ich von diesem Todesfall erst, wenn ich ins Büro komme, und nicht in der Minute, in der er reinkam?«

»Weil wir, wie Nadia Ihnen vor zwei Sekunden gesagt hat, dachten, Sie hätten heute Morgen persönlichen Urlaub und wollten nicht gestört werden. Sean und ich hatten hier alles unter Kontrolle, Sir. Es gab nichts, worüber Sie sich Sorgen machen müssten.«

Nick stürmte halb durch den Raum und hielt seinen Finger vor Victorias Gesicht, kurz davor, etwas zu sagen, was er später bereuen könnte. Tomek hatte diesen Gesichtsausdruck schon einmal gesehen: Monate aufgestauter Frustration und Aggression, Herzschmerz und

Leid, bereit, sich über die erste Person zu ergießen, die ihn verärgerte. Unterdessen blieb Victoria erstarrt, mit steifem Rücken, die Arme vor der Brust verschränkt – der Inbegriff von Stahl und Entschlossenheit im Angesicht eines furchteinflößenden Diktators.

»Sag du mir verdammt nochmal nicht, worüber ich mich sorgen kann und worüber nicht, Victoria. Das mache ich alles selbst, vielen Dank.«

Tomek verspürte plötzlich das Bedürfnis einzugreifen, um Nick davon abzuhalten, die Grenze zu überschreiten und sich in einen Scheißsturm von Problemen zu manövrieren, die er nicht brauchte.

»Sag mir, was hier los ist, und zwar sofort!«

Ohne ein Wort zu sagen, hob Victoria ihren Arm und zeigte auf die Reihe von Whiteboards an der längsten Wand. Dort, in der Mitte des mittleren Whiteboards, hing ein Bild ihres Opfers. Darüber stand der Name »Jane Doe«.

Aber dies war keine Jane Doe. Tomek wusste genau, wer es war. Er erkannte sie fast sofort.

»Sie wurde am Mulberry Harbour gefunden. Vermutete Todesursache ist Ertrinken. Die Obduktion wird heute Nachmittag durchgeführt. Zeugen haben gesehen, wie jemand vom Tatort floh, also gehen wir davon aus, dass sie ermordet wurde. Am Tatort wurden weder Handy noch Ausweis gefunden. Wir versuchen gerade, ihre Identität festzustellen.«

»Das braucht ihr alles nicht zu tun«, sagte Tomek, als er an Victoria vorbeiging und den Raum betrat. »Ich weiß genau, wer das ist.«

»Nicht eine deiner ehemaligen Liebhaberinnen, oder?«

»Nein.«

»Willst du uns dann aufklären?«

Tomek bemerkte das Flehen in ihrem Gesicht. Es war nur subtil – ein leichtes Weiten der Augen, ein kurzes Schimmern von Hoffnung in ihren Gesichtszügen – aber es war genug.

»Wir kommen gerade von dort...«, begann er. »Das erklärt, warum sie heute nicht zur Arbeit erschienen ist. Obwohl es nicht erklärt, warum der stellvertretende Manager auch nicht aufgetaucht ist...«

»Tomek!«, brüllte Nick, gefolgt von einem Seufzen. »Komm bitte zur Sache.«

»Richtig. Tut mir leid, Sir. Ja. Ihr Name ist Morgana. Sie besitzt das Café in Hadleigh, in das ich ständig gehe. Es heißt Morgana's. Wunderbares Mädchen und wunderbare Speisen. Sie schien wirklich nett und freundlich zu sein. Ich kann mir beim besten Willen nicht vorstellen, warum jemand ihr das antun würde.«

# KAPITEL
# FÜNF

Tomek fühlte sich, als würde er selbst verhört und des Mordes an Morgana beschuldigt. In den letzten fünf Minuten war er gezwungen gewesen, alles zu erklären, was er über sie wusste. Obwohl er nicht viel zu erzählen hatte, nur dass er ein paarmal mit ihr gesprochen, gelegentlich mit ihr geflirtet hatte (bevor er seine Beziehung mit Abigail begonnen hatte, fügte er schnell hinzu) und dass er wusste, dass sie aus der Ukraine stammte. Das war das Ausmaß ihrer persönlichen Beziehung.

»Alles, was ich weiß, ist, dass sie der Laden gehörte. Ich weiß nicht, wie lange schon oder ob es noch jemand anderen gab«, erklärte er.

»Hatte sie einen Partner, Freund, Ehemann?«, fragte Victoria. Inzwischen waren alle im Team, alle acht, in den Einsatzraum gerufen worden, und es hatte angefangen, sich so anzufühlen, als stünde er vor einem Erschießungskommando.

»Soweit ich feststellen konnte, nein. Wie gesagt, wir haben ein paarmal geflirtet, und ich bin ziemlich sicher, dass sie das auch mit anderen Kunden tat, obwohl ich ein wenig beleidigt sein werde, wenn das stimmt. Allerdings habe ich wahrscheinlich ein paar Pfund mehr ausgegeben, ohne es zu merken, also nehme ich es ihr nicht übel. Die Zeiten sind hart da draußen. Und ich weiß nicht, wie sie ihre Preise so niedrig halten können, aber...«

Bilder von seinen Rühreiern und Nicks doppelter Herzinfarkt-Spezialität erschienen in seinem Kopf und lenkten ihn ab.

Nick schnippte mit den Fingern vor Tomeks Gesicht und forderte ihn auf, sich zu konzentrieren. Tomek kam wieder zu sich und entschuldigte sich.

»Das ist alles, was ich weiß, tut mir leid. Aber die Frage ist, was wisst *ihr*?«, sagte er und richtete das Verhör auf Victoria. »Was ist mit ihr passiert?«

Neben ihr stand DS Sean Campbell, ein massiver, ein Meter vierundneunzig großer Riese von einem Mann. Die beiden waren seit vor Weihnachten zusammen, und das hatte einen kleinen Riss im Gefüge des Teams verursacht. Nicht nur litt Tomeks und Seans Beziehung darunter, sondern die Zusammensetzung des Teams war in zwei deutliche Lager zerfallen. Auf der einen Seite standen Tomek und Nick, die sich im Team am längsten kannten und zusammen die ranghöchsten waren. Dann, auf der anderen Seite, standen Sean und Victoria, deren embryonale Beziehung eine kleine Blase für sich geschaffen hatte, in der sie sich austauschen und miteinander harmonieren konnten, wobei der Rest des Teams wählen musste, welche Gruppierung sie bevorzugten. Wie die Wahl zwischen Mama und Papa bei der Scheidung.

Es betrübte Tomek, dies zu beobachten und ein Teil davon zu sein, aber Sean war ein erwachsener Mann, der seine eigenen Entscheidungen treffen konnte.

»Die Leiche wurde heute Morgen genau um 09:52 Uhr entdeckt«, begann Sean und sprang Victoria zur Verteidigung bei. »Gefunden von einem Mann namens Andrei Pirlog.«

»Pirlo? Andrea Pirlo? Die italienische Fußballlegende?«, fragte Tomek.

»Nein. Er ist weder ein Fußballer noch eine Legende. Auch kein Italiener. Er ist Rumäne. Aber so spricht man seinen Namen aus, ja.«

»Wie hat er sie gefunden?«, fragte diesmal Nick.

»Mit dem Gesicht nach oben im Wasser liegend am Mulberry Harbour.«

»Ja, ja, das weiß ich. Aber was hat er dort gemacht? Was waren die Umstände ihres Todes?«

»Dazu wollte ich gerade kommen, aber-«

Bevor Sean zu Ende sprechen konnte, klopfte es an der Tür, und zwei Gestalten traten ein, ohne auf Erlaubnis zu warten. Tomek erkannte sie nicht, hatte sie noch nie zuvor gesehen. Aber der Gesichtsausdruck von Nick deutete darauf hin, dass er sie kannte und genau wusste, warum sie hier waren.

»Guten Morgen, allerseits«, sagte der erste, der eintrat. »Entschuldigen Sie die Störung, Hauptkommissar, aber ich habe mich gefragt, ob ich kurz Ihre Zeit in Anspruch nehmen könnte?«

»Ja. Natürlich«, sagte Nick, seine Worte von Verzweiflung und Niederlage durchzogen, während er mit gesenktem Kopf und hängenden Schultern hinausging. Beim Schließen der Tür warf er Tomek einen Blick zu, der sagte: »Finde alles heraus, was du für mich kannst, lass nicht zu, dass sie etwas vor dir verheimlichen.«

Tomek verstand und wandte sich dann an Sean.

»Du sagtest gerade?«, fuhr er fort, während er sich einen Sitz suchte und darauf wartete, dass Sean und Victoria nach vorne kamen. Er tat so, als wäre nichts passiert, und wollte, dass alle anderen es genauso hielten. Das taten sie auch schnell. Jetzt waren Sean und Victoria an der Reihe, sich wie bei einem Verhör zu fühlen.

»Andrei Pirlog ging entlang der Flussmündung«, begann Sean, »während der Ebbe. Er war dort, um einige Fotos vom Hafen zu machen, als er eine Gestalt fand, die Morganas Kopf in den Armen hielt.«

»Wir wissen nicht mit Sicherheit, dass es Morgana ist«, unterbrach Victoria.

»Tomek hat bestätigt, dass sie es war...?«

»Nicht ganz. Er erkennt sie wieder, das ist alles. Wir werden immer noch eine positive Bestätigung von einem Verwandten brauchen, der sie etwas besser kannte als jemand, der sie ein paarmal in einem Restaurant gesehen hat.«

»*Ihrem* Restaurant«, korrigierte Tomek.

Victoria ignorierte den Kommentar und zog sich hinter Sean zurück, um ihn fortfahren zu lassen, wobei sie dämonisch über seiner Schulter schwebte wie eine Krankenhausdiagnose.

»Andrei näherte sich der männlichen Gestalt und der Verstorbenen, aber bevor er etwas tun konnte, rannte die Gestalt weg. Wenige Augenblicke später kam auch eine Touristengruppe am Hafen an.«

Tomek nickte. »War sie also tot, als Andrei zu ihr kam?«

»Ja.«

»Und was machte die Touristengruppe dort?«

»Eine Tour. Was sonst sollten sie dort machen?«

Tomek wartete darauf, dass Sean seine Frage richtig beantwortete. Die Antwort kam einen Moment später.

»Es ist ein kleines Unternehmen, das von einem Mann namens Warren Thomas geführt wird. Die Leute bezahlen für eine Führung durch den Hafen. Er macht das seit fünf Jahren. Sagt, er kennt das Wasser wie seine Westentasche.«

Tomek erkannte den Namen aus seiner Schulzeit und fragte sich, ob es dieselbe Person war oder ob es nur ein glücklicher Zufall war.

»Wie viele Personen waren in der Touristengruppe?«, fragte er.

»Fünf. Sechs, einschließlich Warren«, antwortete DC Martin Brown. Heute waren seine wunderschönen, schulterlangen Haare in einem straffen Knoten am Hinterkopf zusammengebunden. So straff sogar, dass es schien, als würde sein ganzes Gesicht in einer bizarren Art von Facelift nach hinten gedehnt. »Sie sind heute Morgen kurz nach neun aufgebrochen.«

»Und es hat sie fast eine Stunde gedauert, dorthin zu kommen?«

»Es ist ein weiter Weg. Und es ist gefährlich. Die Gezeiten sind unberechenbar, und der Schlamm ist unglaublich gefährlich. Viele Menschen stranden jedes Jahr.«

»Ganz zu schweigen davon, dass sie aufgehalten wurden, weil einige Mitglieder der Reisegruppe immer wieder stecken blieben«, fügte DC Rachel Hamilton hinzu. »Du hast vergessen, diesen Teil zu erwähnen. Als sie dort ankamen, war die Flut schon auf dem Rückweg, und sie hatten nur noch wenige Minuten Zeit, bis sie selbst vollständig gestrandet wären.«

»Was geschah, nachdem sie alle angekommen waren?«

»Sie riefen die Polizei, aber wir hätten es nicht rechtzeitig dorthin geschafft, also schickten die Bootseinheit und die Küstenwache einige Leute los. Sie alle mussten aus dem Hafen gerettet werden.«

Tomek nickte, während er die Informationen langsam aufnahm. Er stellte sich die sieben Personen vor, acht einschließlich Morgana, gestrandet im Wasser, am Rande des Betonhafens sitzend, wartend auf die Rettung durch die RNLI, als wären sie gerade auf dem Himalaya gestrandet. Er konnte sich nur vorstellen, wie kalt ihnen allen gewesen sein musste.

»Wo ist die Leiche jetzt?«

»Wärmt sich in der Leichenhalle auf«, antwortete Chey. »Sie ist für heute Nachmittag eingeplant, obwohl ich nicht glaube, dass wir viel an ihr finden werden. Anscheinend hatten alle sieben sie angefasst und versucht, sie aus dem Wasser zu ziehen, um sie wiederzubeleben.«

»Woher wisst ihr das?«

»Wir haben sie alle befragt.«

»Schon?« Tomek pfiff durch die Zähne. »Ihr macht heute keine halben Sachen, oder? Ihr seid wie die Tories, die Partys veranstalten, sobald diese Beschränkungen in Kraft getreten sind.«

»Wir geben unser Bestes.«

»Irgendeine Ahnung zum Todeszeitpunkt?«, fragte Tomek in die Runde und wartete, um zu sehen, wer mutig genug war zu antworten.

»Schwer zu sagen«, antwortete Victoria. »Wir werden es nicht genau wissen, bis der Obduktionsbericht zurückkommt, aber Warren Thomas schätzt, dass es ein Zeitfenster von vier bis fünf Stunden zwischen Ebbe und Flut gab.«

»Das ist also das Zeitfenster, mit dem wir arbeiten?«

»Möglicherweise. Aber gestern Abend gab es auch eine Ebbe gegen zehn Uhr, also ist es möglich, dass sie damals getötet wurde.«

Das würde die Sache komplizierter machen. Es würde ein fünfstündiges Zeitfenster der Tötung auf dreizehn Stunden ausdehnen, und wenn sie in der Nacht zuvor ermordet worden wäre, würden die Chancen, ihren Mörder zu finden, exponentiell sinken. Tomeks Gehirn fragte sich bereits, wohin der Mörder nach dem Zurücklassen von Morganas Leiche im Wasser gegangen sein könnte. Wenn es am helllichten Tag passiert war, kurz bevor Andrei Pirlog und die

Touristengruppe ankamen, wie das Team vermutete, dann hatten sie die Chance, den Mörder auf CCTV oder durch Augenzeugenberichte zu finden. Aber wenn es in der Finsternis der Nacht geschehen war, hätten sie genauso gut versuchen können, ein kleines »1« in einer unendlichen Reihe von 1en zu finden.

»Verdächtige?«, fragte Tomek, obwohl er die Antwort bereits kannte.

»Wahrscheinlich der Typ, der vom Tatort geflohen ist«, sagte Rachel mit einem Hauch von Verspieltheit in ihrer Stimme. »Das ist meistens ein guter Anfang.«

Tomek tippte sich an die Seite seines Kopfes und sagte: »Zwei Dumme, ein Gedanke, Rach. Zwei Dumme, ein Gedanke.«

Tomek schätzte Rachel Hamilton sehr. Sie war fleißig, erfahren, erledigte ihre Arbeit, und sie begann allmählich, ihm gegenüber aufzutauen. Als sie sich kennengelernt hatten, war sie angespannt gewesen – verständlicherweise, da sie ihr ganzes Leben von London nach Southend verlegt hatte – aber nach ein paar Wochen hatte sie sich im Team eingelebt, und sie hatte begonnen, Tomeks manchmal unerträglichen Sarkasmus und Sinn für Humor zu tolerieren. Jetzt hatte sie fast eine komplette Kehrtwende gemacht und klang auch wie er.

»Wie steht es mit ihren Besitztümern? Ihrem Handy?«

»Bei ihr wurde nichts gefunden«, antwortete Victoria. »Unsere Theorie ist, dass sie es entweder bei einem Kampf verloren hat, es auf dem Weg zum Hafen herausgefallen ist, oder der Verdächtige es mitgenommen hat.«

»Das sind drei Theorien«, murmelte Tomek. »Aber egal. Was kommt als Nächstes?«

»Ich als SIO und DS Campbell als stellvertretender SIO müssen zuerst unsere Prioritäten feststellen, und dann werden wir die Delegation der Aufgaben durch Nadia abwickeln, in Ordnung? Und ich möchte, dass ihr alle eure Verantwortlichkeiten ohne Fragen oder Verhöre akzeptiert. Verstanden?«

# KAPITEL
## SECHS

Sobald Tomek den Einsatzraum verlassen hatte, bog er nach rechts ab, direkt auf DCI Cleaves' Büro in der hinteren Ecke des Gebäudes zu. Unterwegs kam er an den beiden Personen vorbei, die mit der Hauptkommissarin sprechen wollten, und schenkte ihnen ein höfliches Lächeln, obwohl er spürte, dass sie es nicht verdienten. Etwas an ihren Manieren und der Art, wie sich die Luft bei ihrer Ankunft abgekühlt hatte, deutete für ihn darauf hin, dass sie nicht für ein Pläuschchen und ein freundschaftliches Schulterklopfen da waren.

Einen Moment später klopfte Tomek an die Tür. Er trat ein, ohne auf eine Antwort zu warten, und fand Nick erstarrt vor, in einer halb hockenden Position über seinem Stuhl, mit einem verblüfften Gesichtsausdruck.

»Tomek, was machst du...?«

»Ich bin gekommen, um für das Frühstück heute Morgen zu bezahlen«, rief er laut, um sicherzustellen, dass jeder im Büro es hörte. Er schloss die Tür sanft hinter sich.

»Für das Frühstück bezahlen? Wovon redest du?«

Tomek zog den Stuhl gegenüber von Nick heraus und lehnte sich gegen die Rückenlehne.

»Ich bin gekommen, um zu reden.«

»Du zahlst mir also nicht das Frühstück zurück?«

»Auf keinen Fall. Ich habe das nur gesagt, falls jemand zuhört.«

»'Jemand' im Sinne einer bestimmten Inspektorin?«

»Und ihrem bedeutenden Anderen.«

»Nun, wenn sie dich irgendwas fragen oder Ärger machen, dann schick sie zu mir. In meiner Stimmung werde ich mich gerne mit ihnen befassen.«

Tomek kaute auf seiner Unterlippe. »Was ist passiert?«

Nick legte seine Hände auf die Rückenlehne seines Schreibtischstuhls und spiegelte Tomeks Haltung. Seine Knöchel wurden weiß, als er seine Nägel tief in den Stoff bohrte.

»Ich werde suspendiert.«

Diese drei Worte trafen Tomek wie ein Schlag. Es ergab keinen Sinn. Suspendiert? Warum? Nick hatte nichts falsch gemacht. Sie verbrachten fast jede Arbeitsstunde jedes Tages miteinander, was könnte er also getan haben, das eine solche Maßnahme rechtfertigte?

»Es liegt an meinen Verbindungen zu Brendan Door. Die IOPC behauptet, dass meine Integrität in Frage gestellt wird, weil er und ich über die Jahre eng zusammengearbeitet haben, und ich werde suspendiert, während sie gegen mich ermitteln.«

»Das alles nur, weil du mit ihm gearbeitet und ein paar Mal im selben Raum gesessen hast?«

Nick ließ den Kopf hängen. »Ja... aber das ist nicht alles. Es gibt... wie soll ich das ausdrücken? Ein paar E-Mails... von damals.«

E-Mails? Das klang nicht gut.

»Es war völlig harmlos, soweit ich mich erinnere«, fuhr er fort. »Aber ich war in cc bei einigen E-Mails von Brendan an den Bürgermeister und Herbert Tucker.«

»Oh, Nick... Worum ging es darin?«

»Wie gesagt, es war harmlos, banales Zeug. Arbeitsbezogen, aber ich weiß einfach, dass diese Bastarde wochenlang darüber brüten werden, nur um mich schwitzen zu lassen.«

»Wusstest du, dass das passieren würde?«

Nick beantwortete die Frage nicht, was Tomek alles sagte, was er wissen musste. Vor einigen Monaten war der Parlamentsabgeordnete für Southend East, Herbert Tucker, auf dem Heimweg von der Arbeit in den frühen Morgenstunden entführt und getötet worden. Die Ermittlungen hatten einen Sexhandelsring aufgedeckt, der im Herzen von Southend operierte und von den oberen Rängen der politischen Elite geleitet wurde. Brendan Door, der Polizei-, Feuer- und Kriminalkommissar (PFCC) für Süd-Essex war darin verwickelt gewesen, und als Folge hatte eine umfassende Untersuchung aller, die mit Brendan gearbeitet hatten, begonnen.

»Ich habe die E-Mails gefunden, während wir alles zu Tucker durchgingen«, sagte Nick schließlich. »Ich habe damals nichts gesagt, aber ich wusste einfach, dass sie mir irgendwann in den verdammten Arsch beißen würden.«

»Nun, wenn sie so harmlos und unschuldig sind, wie du sagst, dann hast du nichts zu befürchten.«

Nick löste seinen Griff vom Stuhl und hinterließ Abdrücke seiner Fingerspitzen im Stoff, dann schlurfte er um seinen Schreibtisch herum.

»Du verstehst das nicht. Diese Dinge sind brutal. Die IOPC interessiert es nicht, wer du bist. Es interessiert sie nicht, welchen Rang du hast, was du für diesen Dienst getan hast. Sie werden in alles hineingraben, in jeden Aspekt unserer beschissenen und elenden Leben, bis sie etwas finden.«

In Nicks Augen lag echte Angst. Eine Angst, die vor ein paar Momenten noch nicht da gewesen war. Eine Angst, die Tomek beunruhigte.

»Sie...«, er hielt inne, unsicher, wie er seine Frage angehen sollte. »Sie werden nichts anderes finden, oder?«

Nick sah Tomek tief in die Augen, zögerte.

»Nein«, sagte er. »Sie werden nichts finden.«

Das reichte für Tomek.

»Super«, antwortete er, ein wenig zu laut. »Für mich klingt es so, als hättest du nichts zu befürchten. Du kannst während dieses Mini-Ruhestands die Füße hochlegen und etwas Qualitätszeit mit Maggie, Lucy und Daniela verbringen.«

Nick bot ein angestrengtes, halbes Lächeln. Es war deutlich zu sehen, dass die Aussicht, die absehbare Zukunft zu Hause mit seiner Familie zu verbringen, nicht so gut aufgenommen wurde, wie Tomek erwartet hatte. Für einen Mann am Rande der Scheidung war etwas dringend benötigte Zeit weg von seinem Job möglicherweise das Beste für ihn, aber es sah nicht so aus, als ob Nick dasselbe Gefühl hätte.

»Verdammt noch mal, Nick. Das hast du so still gehalten wie eine Nonnenschublade«, fügte Tomek mit einem Kopfschütteln hinzu.

»Kannst du mir das verdenken? Ich habe mir seit dem Ausbruch in die Hose geschissen. Und apropos Dinge, die hochgehen-«

»Sag mir nicht, dass du mir noch etwas erzählen willst? Verbindungen zum Nahen Osten?«

»Nein, du Idiot. Natürlich nicht. Ich rede von *hier*. Mit Orange und Campbell. Du weißt, dass sie dir das Leben schwer machen werden, wenn ich nicht da bin. Du musst darauf achten.«

»Ich bin ein großer Junge, ich kann auf mich selbst aufpassen.«

Tatsächlich war es ein Gedanke, der Tomek in dem Moment gekommen war, als Nick erklärt hatte, dass er suspendiert wurde. Er hatte gewusst, dass er den Hauptkommissar nicht auf seiner Seite haben würde, der für ihn kämpfte. Dass er vorerst ganz allein war. Dass er clever sein musste, wenn er nicht übergangen und an den Rand der Ermittlungen gedrängt werden wollte - und die schwachen Chancen auf eine Beförderung zum Inspektor ruinieren wollte, auf die er langsam hingearbeitet hatte.

»Und du dachtest, *ich* hätte dir das Leben früher schwer gemacht«, sagte Nick.

»Das hast du.«

»Warte nur ab, was Victoria für dich bereithält. Sie mag wie eine Maus wirken, aber sie kann ein Löwe sein, wenn es nötig ist.«

Tomek dankte Nick für die Warnung und ging dann zum Ausgang. Als er seine Hand auf den Griff legte, fügte Nick hinzu: »Sei vorsichtig, Kleiner, da draußen ist ein Dschungel.«

Tomek grinste. »Ich glaube, ich werde schon klarkommen. Soweit ich weiß, leben Löwen nicht im Dschungel.«

# KAPITEL
## SIEBEN

Als Tomek Nicks Büro verließ, trat er in einen leeren Raum - einen leeren Raum, bis auf eine Person.

Chey Carter.

Der Fünfundzwanzigjährige, der Tomek jeden Tag mehr an sich selbst erinnerte.

»Wie lange war ich da drin?«, fragte er und zeigte auf Nicks Büro.

Gerade als Chey antworten wollte, öffnete Nick langsam die Tür und steckte seinen Kopf hindurch.

»Sie sind alle im Außeneinsatz«, antwortete Chey.

»Auch Nadia?«

»Nun, nein. Sie nicht. Sie ist auf der Toilette. Du weißt ja, wie sie ist, hat eine Blase wie ein Igel.«

»Das nennt man schwanger sein, vielen Dank auch.«

In diesem Moment schlurfte Nadia an ihnen vorbei. Ihr plötzliches Erscheinen ließ Tomek zusammenzucken.

»Also, wenn alle im Außeneinsatz sind, warum bist du noch hier?«, fragte Tomek Chey.

»Ich denke, Chef, die Frage, die du stellen solltest, ist, warum *du* noch hier bist.«

»Verarschst du mich gerade?«

»Was? Nein! I-i-ich meinte nur, dass...« Seine Wangen wurden rot und seine Augen wanderten hektisch zwischen Nadia und Tomek hin und her, als würde er die schwangere Frau anflehen, ihn zu retten. »Ich meinte nur, dass wir zusammenarbeiten werden...«

»Wie das?«

»Na ja, Victoria hat mir gesagt, dass wir beide damit beauftragt werden, den Hauptverdächtigen zu finden«, sagte Chey mit einem freudigen Lächeln. Der junge Mann wirkte regelrecht begeistert bei der Aussicht, mit Tomek zusammenzuarbeiten und stundenlang hinter einem Computerbildschirm zu sitzen, um dasselbe Bild zu beobachten, in der Hoffnung auf die winzigste Bewegung.

»Sie brauchen uns also, um einen Tropfen Wasser im Ozean zu finden«, erwiderte Tomek sarkastisch. »Großartig. Wohin sind die anderen gegangen?«

Chey zögerte, bevor er antwortete, fast als würde er die Information zurückhalten.

»Jetzt, wo sie einen Namen für die unbekannte Tote haben, sind sie zum Café gegangen, um mit den Mitarbeitern zu sprechen und möglicherweise einen Ehemann oder Partner zu finden, falls sie einen hat. Ich habe sie gebeten, mir etwas mitzubringen, ein Speck-Ei-Sandwich, aber ich bezweifle, dass irgendjemand daran denken wird.«

Tomek ignorierte Cheys letzte Bemerkung und wandte sich an Nick. Er flüsterte, außerhalb von Cheys Hörweite: »Sie haben diesen verdammten Namen nur von mir. Wenn ich nicht gewesen wäre, würden sie sich immer noch fragen, welche Farbe die Sonne hat.«

»Es hat begonnen«, sagte Nick düster und legte dann eine Hand auf Tomeks Schulter. »Ich hatte nicht erwartet, dass es so schnell gehen würde, aber du wirst dich daran gewöhnen müssen. Entweder schluckst du es runter und kommst damit klar, oder du kämpfst dagegen an, so gut du kannst.«

# KAPITEL
# ACHT

Es hatte nicht lange gedauert, bis Tomek sich zu langweilen begann. Etwas mehr als eine Stunde, um genau zu sein. Und selbst dann hatte er es schon eine Weile vor sich selbst geleugnet. Sie starrten auf den geistestötenden Computerbildschirm und warteten darauf, dass eine Gestalt auftauchte, die der Beschreibung aus den Zeugenaussagen entsprach. Wie Tomek Chey mehrmals erklärt hatte, war es, als würden sie versuchen, Waldo an der Strandpromenade von Southend zu finden. Sie suchten nach einem Mann mittlerer Statur mit kurzen schwarzen Haaren, der einen schwarzen Mantel, eine dunkle Hose und einen Schal trug, was bei diesem Wetter praktisch auf jeden Mann in Essex zutraf. Tomek hatte scherzhaft bemerkt, dass sie vielleicht sogar ihn selbst sehen würden, da er an diesem Morgen seine schwarze Steppjacke ins Büro getragen hatte.

Um die Sache noch schwieriger zu gestalten – als ob die Suche nach einem gesichtslosen Mann inmitten eines Meeres anonymer, gesichtsloser Gestalten in stundenlangen Aufnahmen von Überwachungskameras nicht schon schlimm genug wäre – hatten sie gemeinsam geschätzt, dass ihr Suchgebiet etwa zehn Kilometer umfasste, von der einen Seite der südenglischen Küste in Shoeburyness im Osten bis nach Westcliff-on-Sea im Westen.

Auf einer Karte, die sie ausgedruckt und an eine der Whiteboards im

Einsatzraum geheftet hatten, hatten sie das gesamte Gebiet von Southend mit einem schwarzen Permanentmarker eingekreist. Der Mulberry Harbour befand sich unten rechts auf dem Ausdruck, und einige Zentimeter links davon war der Pier von Southend, in dessen Richtung laut den Zeugenaussagen ihr Hauptverdächtiger geflohen war. Statt nach Norden in Richtung Sicherheit zu fliehen, direkt zum Ufer, war die Gestalt geradewegs auf den längsten Vergnügungspier der Welt zugelaufen. Eine Entscheidung, die für ihn keinen Sinn ergab. Basierend auf diesen Informationen vermutete Tomek jedoch, dass der Verdächtige irgendwie auf den Pier geklettert war und sich sofort in der bunten Menschenmenge auf der Plattform versteckt hatte. Aber wie die Sicherheitsaufnahmen aus den Geschäften und Spielhallen am Ende des Piers gezeigt hatten, war niemand über die Kante gesprungen oder hatte irgendetwas versucht, was auch nur annähernd einer Szene aus einem James-Bond-Film ähnelte. Das bedeutete, dass der Verdächtige irgendwo entlang der Strandpromenade zurück in die Zivilisation gelangt sein musste – auf ganzen zehn Kilometern.

Sie wussten nicht wo.

Und sie wussten auch nicht wann.

Es könnte zwanzig Minuten nachdem er gesichtet wurde gewesen sein. Oder zwei Stunden. Und für sie jeden Kamerawinkel der gesamten südöstlichen Küste von Essex zu untersuchen, war eine gewaltige Aufgabe. Und eine, an der Tomek kein Interesse hatte. Es gab bessere Möglichkeiten, seine Zeit und Ressourcen zu nutzen.

Er erhob sich von seinem Sitz und streckte die Arme in die Luft, wobei er seinen ganzen Körper in einem halben Gähnen dehnte.

»Komm, wir gehen raus.«

»Wohin?«

»Raus.«

»Warum?«

»Weil ich mich wie ein verdammtes Eichhörnchen in einer Mülltonne fühle. Ich werde verrückt, wenn ich hier eingesperrt bin. Ich muss raus.«

»Kannst du mir sagen, wohin wir gehen?«

»Zum Thorpe Bay Yacht Club.«

»Du meinst... *den Strand?*«

»Ja. Aber keine Sorge. Diesmal werde ich dich nicht in die Nähe des Sandes bringen. Es sei denn, du nervst mich. Verstanden – Wind, *Wind?*«

Chey verdrehte die Augen, zeigte Tomek den Mittelfinger und stöhnte dann, als er sich aus seinem Sitz erhob. Ein paar Wochen zuvor waren Tomek und Chey während eines leichten Sturms zum Thorpe Bay Strand gegangen, um mit einem Kajak- und Windsurflehrer über den Mord an Herbert Tucker zu sprechen. Während sie dort waren, hatte Chey angeboten, ein Segel für den Ausbilder zu halten, und landete flach auf dem Rücken, vom Segel niedergedrückt. Es war urkomisch gewesen, und Tomek bestand darauf, Chey bei jeder sich bietenden Gelegenheit daran zu erinnern, und er wollte gerne etwas Ähnliches diesmal miterleben.

Sie kamen etwas mehr als zehn Minuten später am Yachtclub an. Das Clubhaus lag fünfzig Meter vom Ufer entfernt, und als sie aus dem Auto stiegen, scherzte Tomek, dass es keinen Sturm gebe, der stark genug sei, um den Constable von den Füßen zu reißen und ihn in Richtung Sand zu schleudern. Zumindest nicht auf diesem Kontinent.

Direkt vor dem Clubhaus befand sich ein Parkplatz für Segelboote aller Formen und Größen. Erst als Tomek ihre Höhe sah, wurde ihm wirklich bewusst, wie groß sie waren und wie viel vom Rumpf unter Wasser verborgen war.

»Bist du jemals gesegelt, Chef?«

»Nur in Videospielen, glaube ich, Chey.«

»Ich mag kein Wasser, also glaube ich nicht, dass ich es ausprobieren könnte. Wir hatten ein paar Leute in unserem Jahrgang, die es an Wochenenden gemacht haben. Ein paar von ihnen hatten sogar eigene Boote.«

»Sehr vornehm.«

»Nicht wirklich. Einer von ihnen ist in den Sümpfen bei Maldon ertrunken.«

»Oh.«

»Ja. Es war wirklich traurig. Ich kannte ihn ziemlich gut. Saß ein paar Jahre lang im Matheunterricht neben ihm in der Sekundarschule.

Dann wurde er eine Klasse höher eingestuft.« Chey hielt inne. »Schade, dass er sich nicht aus dem Problem herausrechnen konnte, das ihn umbrachte.«

»Und mit dieser fröhlichen Bemerkung...«, sagte Tomek, als er sich dem Gebäude näherte. Dann flüsterte er: »Behalt solche Gedanken für dich, ja? Ich will nicht, dass du jeden, mit dem wir sprechen, deprimierst.«

»Aye, aye, Kapitän«, sagte Chey mit einem spöttischen Zweifingergruß.

Sie betraten einen schlichten Raum. Die blauen Teppiche waren schmutzig, durch jahrelanges Sonnenlicht, das durch die Schiebetüren eindrang, weiß gebleicht, und durch jahrelanges Salzwasser, das hineingetragen wurde, verschlissen. Im hinteren Teil des Eingangsbereichs befand sich ein Schreibtisch, hinter dem eine Frau saß. Sie war gerade dabei, ein Buch zu lesen, als Tomek sich ihr näherte.

»Guten Morgen«, begann er. »Sie sind nicht zu beschäftigt, oder?«

»Ich bin immer beschäftigt, Liebling. Aber für zwei junge Kerle wie euch, absolut nicht. Womit kann ich euch helfen, mein Lieber?«

»Wir sind von der Polizei«, sagte er und zeigte aus Höflichkeit seinen Dienstausweis. »Wir untersuchen einen Vorfall, der sich heute Morgen am Mulberry Harbour ereignet hat.«

»Was für ein Vorfall?« Das Gesicht der Frau leuchtete auf, und sofort wusste Tomek, dass er begonnen hatte, mit dem schlimmsten Typ Mensch zu sprechen. Die am wenigsten diskrete Person einer Gruppe, die mit dem größten Mundwerk, die Klatschbase.

»Eine Leiche wurde gefunden«, antwortete Chey und kam Tomek damit zuvor.

»Eine Leiche?«

Tomek wollte sich umdrehen und dem Constable einen Klaps aufs Kinn geben, erkannte aber, dass Gewalt nicht die Antwort war und dass es in der gegenwärtigen Gesellschaft unprofessionell wäre.

»Wir untersuchen die Umstände des Todesfalls«, sagte Tomek schnell mit strenger Stimme. »Wir hatten gehofft, Sie könnten uns einige Fragen beantworten?«

»Ich... ich kann es versuchen. Ich weiß nicht, wie viel ich helfen kann. Soll ich James holen?«

»Wer ist James?«

»Er ist der Manager hier. Der Vorsitzende des Clubs.«

»Ist er jetzt hier?«

»Nein.«

»War er überhaupt heute Morgen hier?«

»Nein.«

»Aber Sie waren hier?«

»Ja.«

»Dann brauchen wir James nicht. Obwohl es schön wäre, Ihren Namen zu erfahren...«

»Lucinda«, murmelte sie fast schüchtern.

»Freut mich, Sie kennenzulernen. Wie lange sind Sie schon hier?«

»Elf Jahre jetzt. Zwölf nächsten Monat.«

Tomek schmunzelte. »Das ist eine lange Zeit. Und wie lange sind Sie *heute* schon hier? Seit heute Morgen?«

Sie bestätigte, dass sie kurz nach sieben angekommen war und dass sie jeden Morgen zur gleichen Zeit ankam, fünf Tage die Woche, manchmal bis zehn Uhr abends blieb, wenn abends Veranstaltungen und Funktionen für Clubmitglieder oder Schulen in der Umgebung stattfanden. Als eine von nur drei Vollzeitmitarbeitern erledigte sie viele der administrativen und manuellen Aufgaben vor Ort. Sie betrachtete es gerne als ihr zweites Zuhause, und es hatte ein paar Mal gegeben, wo es zu ihrem ersten Zuhause wurde; wenn sie so spät fertig geworden war, dass sie zu müde war (oder manchmal zu betrunken, wie sie vernünftigerweise erinnerte), um nach Hause zu gehen, und sich daher im Büro oben ein kleines Bett gemacht hatte.

»Was können Sie uns über den Hafen erzählen?«, fragte Tomek. »Wir haben gehört, dass manchmal Touristengruppen dorthin gehen. Führen Sie als Club welche durch?«

»Nur auf dem Wasser«, antwortete Lucinda. »Wir nehmen einige Schulkinder und unsere Mitglieder auf ihren Segelbooten oder Kajaks im Rahmen einer Bildungsreise mit. Die Flut ist normalerweise in der Mitte des Tages oder nachmittags, also ist es viel besser, es auf dem Wasser zu machen. Auf diese Weise können die Kinder ganz nah herankommen.«

»Das ist schön«, sagte Tomek und versuchte, nicht herablassend zu klingen. »Und Sie alle segeln von der Slipanlage aus los?«

Sie nickte. »Der beste und einzige Ort, um es zu tun.«

»Wissen Sie etwas über diese privaten Touristengruppen? Kommen einige von ihnen jemals hierher und fahren vom selben Ort aus zum Hafen?«

»Viele von ihnen tun das, ja. Es ist der direkteste und wohl auch der einfachste Weg dorthin. Es gibt viele Routen, aber nur diejenigen mit Erfahrung und Wissen können Sie sicher dorthin bringen. Man hört so viele Geschichten über Menschen, die eingeschlossen werden. Über Menschen, die ertrinken, nur weil sie so unerfahren sind und nicht genug über die Gezeiten wissen. Es ist so schade.«

Der Gedanke blieb in Tomeks Kopf hängen. Dass es sich vielleicht gar nicht um einen Mord handelte. Dass Morgana vielleicht aus eigenem Antrieb zum Hafen gegangen war – als Zeitvertreib, um etwas von ihrer Bucket List abzuhaken, um einen Moment für sich selbst zu haben – als sie dort gefangen und gestrandet war. Vielleicht hatte sie versucht zurückzuschwimmen, aber durch ihre durchnässte Kleidung beschwert und von dem eiskalten Wasser steif gefroren, war sie unterlegen und gestorben.

Der Gedanke blieb für ganze zwei Sekunden in seinem Kopf, bevor er wieder verschwand.

»Haben Sie heute Morgen irgendwelche Touristengruppen gesehen, die aufs Wasser hinausfuhren?«

»Ich habe etwa fünf oder sechs von ihnen mit Warren hinausfahren sehen. Er ist ein Freund des Clubs und kommt oft morgens mit neuen Leuten hierher, vorausgesetzt, das Wetter ist in Ordnung. Wenn es ein klarer Tag ist und nicht viel Wind weht, nimmt er sie mit. Aber wenn es regnet oder starke Winde gibt, will er kein Risiko eingehen. Er hat das einmal gemacht und versprochen, es nie wieder zu tun.«

Tomek machte sich eine geistige Notiz, um herauszufinden, worauf genau sie sich bezog.

»Das ist wirklich hilfreich«, sagte er zu ihr. »Eine letzte Sache, bevor wir gehen. Haben Sie heute Morgen etwas Verdächtiges gesehen? Jemanden, der allein die Slipanlage hinunterging oder ein bisschen... verdächtig aussah?«

»Verdächtig?«

»Ja. Sie wissen schon. Als ob sie etwas taten, was sie nicht tun sollten.«

»Ich weiß nicht, was Sie meinen«, sagte sie kühl.

»Welcher Teil bereitet Ihnen Schwierigkeiten? Lassen Sie es mich anders formulieren: Haben Sie heute Morgen jemanden gesehen, der an den Strand ging und nicht Teil einer Gruppe war, die von Warren oder jemand anderem geführt wurde, der typischerweise Touren durchführt?«

Lucinda überlegte, als ob die Frage in dieser Formulierung einen wichtigen Teil ihres Gehirns freigeschaltet hätte, der es ihr ermöglichte, richtig zu funktionieren.

»Wenn ich so darüber nachdenke, jemand hat heute Morgen sein Auto hier geparkt, und ich glaube nicht, dass er zurückgekommen ist, um es abzuholen.«

Tomeks Puls beschleunigte sich. »Haben Sie irgendwelche Videoaufnahmen von dem Auto, die wir uns ansehen könnten?«

# KAPITEL
## NEUN

Die CCTV-Aufnahmen vom Segelclub hatten den Zeitrahmen ihrer Ermittlungen dramatisch eingegrenzt. Sie zeigten, wie Morgana, genau wie Lucinda es erklärt hatte, kurz nach acht Uhr auf den Parkplatz fuhr. Sie war allein aus dem Auto gestiegen und dann Richtung Strand gegangen, die Slipanlage hinunter, bis sie verschwand, als sie kleiner wurde, als die Auflösung der Aufnahmen erfassen konnte. Tomek hatte sich unheimlich gefühlt, als er zusah, wie sie im Hintergrund verschwand und ihrem Tod entgegenschlich. Sie hatte sich zögerlich bewegt, vorsichtig, ängstlich. Fast versteinert. Das stand in krassem Gegensatz zu dem Tempo, der Kraft und dem Selbstbewusstsein, die er in ihrem Café bei ihr erlebt hatte.

Aber noch wichtiger war, dass die Aufnahmen bewiesen hatten, dass sie am Morgen noch am Leben gewesen war und dass sie kurz nach acht zum Hafen aufgebrochen und kurz vor zehn gestorben war. Das bedeutete, dass sie nun ein Zwei-Stunden-Fenster hatten, um den Zeitpunkt der Tötung einzugrenzen und den Mörder zu finden.

Vor dem Clubhaus hatte Chey eine schnelle Online-Suche des Kennzeichens durchgeführt und bestätigt, dass es zu Morgana gehörte. Dann hatte er ein Spezialistenteam angefordert, um das Fahrzeug zur Untersuchung abzuholen. Sie waren kurz darauf eingetroffen und hatten das Fahrzeug auf der Ladefläche eines Sattelschleppers mitgenommen.

Als er sah, wie Morganas Mercedes in der Ferne zu einem kleinen Punkt schrumpfte, fühlte sich Tomek an Morgana selbst erinnert, wie sie ihrem Tod entgegenschritt. Er fragte sich, ob sie gewusst hatte, dass es passieren würde. Er fragte sich, wofür sie dorthin gegangen war. Ob sie sich mit jemandem treffen wollte oder ob sie den ganzen Weg zurückgelegt hatte, um sich das Leben zu nehmen, um sich in das eiskalte Wasser zu stürzen und ihre Seele die Erde verlassen zu lassen.

Im Moment wusste er nicht, was er denken sollte.

Seine Unsicherheit wurde nicht dadurch gemildert, dass Lucinda niemanden gesehen hatte, der Morgana gefolgt war. Ihren Angaben zufolge war seitdem niemand ins Wasser gegangen, außer Warren Thomas und seiner Touristengruppe.

»Wie hast du das gemacht?«

Cheys Frage überraschte Tomek und riss ihn aus seinen Gedanken.

»Wie habe ich was gemacht? Mit einer Extra-Portion Genialität aufgewacht heute Morgen?«

Chey rollte mit den Augen und schüttelte den Kopf. »Vergiss, dass ich gefragt habe. Dein Ego könnte zu sehr anschwellen.«

»Wenn's um mein Ego geht, dann will ich's wirklich wissen. Komm schon. Raus damit. Das ist ein Befehl.«

»Du spielst bei dieser Sache die Rankkarte aus?«

»Ich mache das nur ein paar Mal im Jahr, und du hast mich gerade dazu gebracht, eine meiner begrenzten Ressourcen zu verbrauchen, also – raus damit.«

Chey steckte seine Hände in die Taschen und vergrub sein Kinn im oberen Teil seines Mantels, bis sein Mund unter dem Stoff verschwand. Tomek hingegen spürte dank seines polnischen Erbes die Kälte nicht so stark wie seine britischen Kollegen. Als Kind war er an Winter mit minus zehn Grad in einem Haus gewöhnt, das nur einen Kamin zum Heizen hatte und ein einzelnes Bett, in dem sich drei kleine Jungen zum Wärmen zusammenkuscheln mussten.

»Ich habe mich gefragt, wie...«, begann der junge Mann, aber der Rest kam gedämpft unter seinem Mantel hervor.

»Entschuldige, was war das? Alles, was ich gehört habe, war 'Wie wusstest du, dass es heute regnen würde?'«

Chey hob schnell sein Kinn aus dem Loch wie ein Erdmännchen, stellte die Frage und ließ es wieder fallen.

»Wie ich wusste, dass das der richtige Ort war?«, wiederholte Tomek. Er drehte sich zur Seepromenade. Durch die Reihen von Segelbooten und den Wald aus Masten sah er die zwei rechteckigen Legobausteine des Mulberry Harbour aus dem Wasser ragen. »Ich bin ehrlich zu dir, Chey, weil ich dich respektiere und weil ich weiß, dass du niemand anderem etwas sagen wirst – und wenn doch etwas durchsickert, dann werde ich genau wissen, wen ich beschuldigen muss – aber das war reiner Zufall. Manchmal braucht man im Leben ein bisschen Glück, um durchzukommen. Tatsächlich ist ein Großteil des Lebens Glück, hauptsächlich angetrieben durch harte Arbeit. Wenn ich eine Zahl nennen müsste, würde ich sagen, dass deine zwanzig Prozent Arbeit für achtzig Prozent deines Glücks verantwortlich sind.«

»Du hast gerade das Achtzig-zwanzig-Prinzip geklaut.«

»Hab ich das? Jeder andere tut es, warum sollte ich nicht? Wie ich schon sagte, im Leben geht es nur um Glück, harte Arbeit und Hingabe.«

»Wo passt das in die hundert Prozent?«

»Tut es nicht. Es steht draußen und schaut zu.«

»Jetzt erfindest du einfach Sachen!«

»Und da hast du deine zweite wichtige Lektion für den Morgen, junger Chey. Jeder improvisiert auf seinem Lebensweg. Niemand weiß wirklich, was er im Leben tut, also hab keine Angst, dir das einzugestehen und Fehler zu machen. Ich hatte bei dieser Sache einfach Glück.«

Chey schüttelte den Kopf, das Klappern seiner Zähne war hinter dem Mantel zu hören. »Wie zum Teufel sind wir auf das Thema Philosophie und Lebenslektionen gekommen?«

»Weil wir alle nur improvisieren. Und außerdem, wenn jemand fragt, wie wir darauf gekommen sind, hierher zu kommen, sag ihnen, dass ich so lange auf diese verdammte Karte an der Wand im Einsatzraum gestarrt habe, dass sie mir buchstäblich zugerufen hat.«

»Alles klar. Können wir jetzt zurückgehen? Ich will einen Kaffee.«

»Ausgezeichnet. Ich kenne den besten Ort dafür.«

# KAPITEL
## ZEHN

Tomek wusste nicht, was er vom ersten Schluck des Kaffees, der ihm serviert worden war, erwarten sollte, aber sicher nicht das, was seine Lippen berührte. Verbrannt, als wäre er mit einem Bunsenbrenner behandelt worden, bevor man ihn mit kochendem Wasser aufgoss. Und er war sich sicher, dass er auch Chemikalien in seinem Mund schmecken konnte. Oder vielleicht war es Salz; der Geruch und Geschmack davon war überall in Warren Thomas' Haus präsent, als wäre es in die Wände und die Möbel eingerieben worden und befände sich in jedem der Diffusoren, die überall im Raum verteilt waren.

Tomek bedankte sich höflich für das Getränk und stellte es dann auf den Tisch auf der anderen Seite des Raumes – so weit weg wie möglich.

Warren Thomas war ein großer Mann. Nicht übergewichtig, obwohl es wahrscheinlich irgendeine ungenaue BMI-Skala oder einen neuen Diättrend gab, der willkürlich bestimmt hatte, dass er in die Kategorie „adipös" fiel. Vielmehr war er breitschultrig, muskulös und einige Zentimeter größer als Tomek. Er sah aus, als hätte er in einem früheren Leben professionell Rugby gespielt. Oder zumindest genoss er den Sport noch am Wochenende. Und er hatte auch die passenden Narben im Gesicht. Die Blumenkohlohren, die gebrochene Nase, die nie richtig geheilt war. Tomek erinnerte sich an den Tag, an dem dieser bestimmte Vorfall passiert war. Murray Coalfield hatte Warren im Sportunterricht zu Boden getackelt, und ihr Lehrer, Herr Johnson, hatte Warren, nachdem er das Blut untersucht hatte, das dem jungen Jungen übers Gesicht lief, gesagt, er solle weiterspielen. Sein weißes Sportshirt hatte sich von dem Vorfall nie ganz erholt, und Warrens Knochen übrigens auch nicht.

»Es ist schön, dich wiederzusehen, Tomek.«

»Dich auch. Ich mag gar nicht daran denken, wie viele Jahre es her ist.«

»Je weniger darüber gesagt wird, desto besser. Was hast du die ganze Zeit mit dir angefangen?«

Tomek deutete auf sich und dann auf Chey. »*Das*. Die letzten zwanzig Jahre meines Lebens mehr oder weniger. Und du?«

»Nichts annähernd so Aufregendes. Ein paar Gelegenheitsjobs hier und da. Habe in meinen Zwanzigern semi-professionell gespielt. Musste wegen einer kaputten Schulter aufhören. Danach wieder einige Gelegenheitsjobs hier und da, und nach all dem habe ich mein Reiseführer-Geschäft gegründet.«

»So habe ich gehört. Läuft das Geschäft gut?«

»Business ist wie Business eben ist.«

Tomek hatte keine Ahnung, was das bedeuten sollte, aber er vermutete, dass der Mann aus bestimmten Gründen ausweichend war. Vielleicht wollte er Tomek nicht zu verstehen geben, dass er finanziell zu kämpfen hatte. Dass er nicht den perfekten Job mit der perfekten Frau und dem perfekten Leben hatte. Tomek hatte es schon immer gehasst, Leute zu treffen, die er aus der Schule kannte. Es wurde immer zu einem Wettbewerb mit vielen seiner ehemaligen Klassenkameraden. »Oh, du arbeitest in der Stadt, ja? Wie viel verdienst du im Jahr? Oh, wir haben gerade unser zweites Haus gekauft, fünf Zimmer, und wir haben noch eins im Süden von Spanien.«

»Oh, du lebst immer noch in Essex? Ich bin schon lange weggezogen. Musste von allem wegkommen. Bin jetzt aber viel glücklicher.«

»Du bist nicht verheiratet? Das ist schon in Ordnung, es ist noch Zeit.«

Herablassende Arschlöcher, die er am liebsten alle zum Teufel jagen würde.

Das war ein weiterer Grund, warum er sich von Facebook fernhielt, abgesehen davon, dass er nicht wusste, wie es funktionierte und weder Zeit noch Lust hatte, es zu lernen; weil er keinen Bock hatte zu sehen, wohin Leute in Urlaub fuhren, während sie mit zehntausend Euro Schulden dastanden und auf 60% effektiven Jahreszins für all ihre Einkäufe blickten, verteilt über die nächsten vierzig Jahre. Solange sie in den sozialen Medien cool aussahen, war das alles, was zählte. Es spielte keine Rolle, dass ihre Häuser und Besitztümer kurz vor der Pfändung standen. Nichts davon war wichtig, wenn man fünfzehn Likes und zwanzig Herzchen auf einem seiner Facebook-Posts hatte. Das war alles, was im Leben einiger seiner ehemaligen Schulkollegen wichtig war.

»Klingt, als würde es dir wirklich gut gehen«, sagte Tomek. »Schade um das Rugby. Ich dachte immer, du hättest viel Potenzial, hättest es groß rausbringen können. Viele Leute hätten sich nach dem, was mit deiner Schulter passiert ist, nicht erholt, aber du hast dich aufgerappelt und wie es aussieht, bist du an einem guten Ort.«

Der überraschte Blick auf Warrens Gesicht deutete darauf hin, dass er diese Antwort nicht erwartet hatte.

»Schade, dass du trotzdem keinen anständigen Kaffee machen kannst.«

Die drei lachten. »Um ehrlich zu sein, trinke ich ihn nicht so oft. Ich glaube sogar, das Zeug ist abgelaufen, also hoffe ich, ich habe dich nicht vergiftet.«

Sie lachten.

»Gib mir jederzeit eine Flasche Wasser«, fuhr Warren fort.

»Solange Salz drin ist.«

Mehr Gelächter. »Tut mir leid deswegen«, antwortete Warren. »Es ist ein Teil von mir geworden. Ich glaube, es ist in meinem Blut und tritt einfach aus meinen Poren aus.« Warren fuhr mit der Hand an seinen kräftigen, hellhaarigen Unterarmen auf und ab.

Dann wechselten sie das Gespräch zum Thema des Morgens, wie Warren auf die Leiche gestoßen war.

»Erzähl uns, was passiert ist. Es muss sehr traumatisierend für dich gewesen sein.«

»Ich würde gerne sagen, dass es das war. Aber...«, er verstummte und senkte seinen Blick auf seine behaarten Knie. »Es ist nicht das erste Mal, dass ich so etwas durchmache. Und es ist auch nicht das erste Mal, dass ich eine Leiche da draußen gesehen habe.«

Tomek durchforstete seine Erinnerungsbank und versuchte sich zu erinnern, ob er jemals an einem Tatort am Hafen gewesen war oder davon gehört hatte.

»Vor etwa sechs Jahren nahm ich ein Paar mit dorthin eines Morgens. Sie hatten jahrelang in der Gegend gelebt, waren aber nie am Hafen gewesen und wollten einfach sehen, wie es dort ist. Sie kamen an diesem Morgen zu spät, und der Wind hatte stark aufgefrischt, während ich wartete. Er war viel stärker, als mir lieb gewesen wäre. Ich war nicht glücklich darüber, sie mitzunehmen, aber am Ende gab ich nach. Als wir auf halbem Weg waren, hatte die Flut bereits eingesetzt, und wir wären fast dort draußen gestrandet.«

»Aber ihr wurdet es nicht?«

»Zum Glück haben wir es zurück geschafft, aber wir mussten für eine gute Viertelmeile durch das Wasser waten.«

Tomek nickte langsam und versuchte, alles zu verstehen. »Und... und du sagtest, es sei nicht das erste Mal, dass du eine Leiche gesehen hast?«

Warren senkte seinen Blick. »Ja...«, sagte er mit einem Kloß im Hals. »Es war ein guter Freund von mir. Nicht aus der Schule. Ich habe ihn beim Rugby kennengelernt. Er ging eines Morgens dort raus und kam nicht zurück. Brachte sich dort um.«

Tomek gewährte dem Mann einen kurzen Moment des Nachdenkens.

»Das tut mir leid.«

»Er hatte einige Probleme. *Viele* Probleme eigentlich. Er hatte jahrelang gekämpft, nachdem er wie ich gezwungen worden war, den Sport aufzugeben – ich ging in eine Richtung, er in die andere. Er versuchte, sich beschäftigt zu halten, aber er wusste einfach nicht, was er mit seinem Leben anfangen sollte. Ich fand ihn bei meinem morgendlichen Lauf.«

»Deinem morgendlichen Lauf?«

Warren nickte. »Jeden Morgen bei Ebbe laufe ich zum Hafen und zurück. Es ist der perfekte Weckruf, und es bringt mich in die richtige Stimmung für den Tag.«

»Bei Wind und Wetter?«

»Bei jedem Wetter, unter allen Bedingungen.«

»In den gleichen Shorts, die du jetzt anhast? Mutiger Mann.«

»Aber warum?«, fragte Chey plötzlich. »Du gehst den ganzen Tag, jeden Tag als Teil deines Jobs dorthin...«

Tomek stimmte zu. Es war, als würde er zum Bahnhof und zurück joggen, nur um danach, nachdem er geduscht und rasiert war, mit dem Auto dorthin zu fahren. Es ergab für ihn keinen Sinn.

»Ich weiß, aber ich nutze es auch als Gelegenheit, das Wetter und die Gezeiten zu erkunden. Ich habe nach dem, was passiert ist, gelernt, dass ich meine Buchungen für den Tag storniere, wenn ich kein gutes Gefühl habe.«

Tomek drehte sich zu den Erkerfenstern, die auf Warrens Einfahrt blickten. Er starrte auf eine dicke Wand aus Dunkelgrau. Es hatte gerade angefangen zu regnen, und das Prasseln der Regentropfen, die auf die Kunststoffverkleidung fielen, hallte durch den Raum.

»Da ist es«, sagte Warren. »Später als vorhergesagt.«

»Wie war dein Gefühl für die heutige Gruppe?«, fragte Tomek.

»Ich fühlte mich nicht wohl dabei, sie heute Morgen rauszuführen. Das Wetter war bedrohlich, und der Wind frischte auf. Aber sie bestanden darauf.«

»Warum?«

»Weil sie aus Amerika im Urlaub sind. Riesige Fans vom Vereinigten Königreich, aus irgendeinem Grund. Auch Geschichtsfreaks, anscheinend. Aber sie reisen morgen ab, und sie konnten es sich nicht leisten, es zu verpassen. Also gab ich schließlich nach.«

»Was hat dich dazu gebracht nachzugeben, wenn du die Gefahren kanntest, bei diesem Wetter rauszugehen?«

Warren senkte beschämt den Kopf. »Geld«, antwortete er. »Sie haben mir das Doppelte angeboten. Das wollte ich nicht ablehnen. Außerdem waren die Bedingungen bei meinem Lauf nicht *so* schlecht. Sie waren beherrschbar. Gerade an der Grenze dessen, was ich als tolerierbar betrachten würde.«

»Ist das der Grund, warum ihr fast eine Stunde gebraucht habt, um den Hafen zu erreichen?«

»Ja. Sie blieben ständig im Sand stecken und fielen hin. Außerdem mussten wir anhalten, damit sie alle zwei Minuten Luft holen konnten. Es war ein Albtraum. Als wir dort ankamen, hatten wir nur noch ein paar Minuten, bevor die Flut einsetzte. Normalerweise verbringe ich eine halbe Stunde bis fünfundvierzig Minuten am Hafen, erkläre die Geschichte dahinter, gebe ihnen einige interessante Fakten, aber das ist nicht passiert.... aus offensichtlichen Gründen.«

Offensichtliche Gründe, die Tomek gerne ansprechen wollte.

»Was ist passiert, nachdem du die Leiche gefunden hast?«

»Ich habe die Kontrolle übernommen«, gab Warren stolz zu. »Wie ich schon sagte, ich hatte es schon einmal gesehen, also wusste ich, was zu tun war. Ich trage jedes Mal, wenn ich dorthin gehe, ein kleines Funkgerät bei mir, das mit der Küstenwache verbunden ist. Ich funkte zu ihnen und sagte ihnen, was passiert war. Aber da das Wasser so schnell hereinkam, hätten sie nicht so schnell eingreifen können, wie wir es uns gewünscht hätten, also sagten sie uns allen, wir sollten auf den Hafen klettern und auf Rettung warten.«

»Wer hat die Leiche hochgehoben?«

»Wir alle. Ich musste allen helfen, hochzukommen. Es ist höher, als es aussieht, und es gibt einen Trick dabei. Leute springen ständig hinein und verletzen sich, weil sie nicht erkennen, wie hoch es ist – und das Wasser darunter ist auch nicht so tief. Manche Leute können so dumm sein.«

Tomek nickte weiterhin langsam und nahm die Informationen auf. Aus dem Augenwinkel sah er, wie Chey einen letzten Schluck von seinem Getränk nahm und die Tasse auf den Couchtisch stellte.

»Und dann wurdet ihr kurz darauf gerettet?«

»Ja.«

»Hast du während des Wartens versucht, die Leiche wiederzubeleben?«

Qualen überkamen Warrens Gesicht. »Ich habe es versucht, aber es war ein Kampf. Sie... die Amerikaner... sie waren hysterisch. Ich versuchte, mich zu konzentrieren, aber sie schrien ständig und lenkten mich ab. Als ich sie zuerst fand, fühlte ich nach einem Puls, aber er war nicht da.«

»Und was kannst du uns über die Person sagen, die geflohen ist?«

Warren neigte seinen Kopf zur Seite. »Ich habe ihn nicht so deutlich gesehen. Dieser Typ, Andrei, hatte eine bessere Sicht. Alles, was ich weiß, ist, dass er in Richtung Pier lief.«

»Warum könnte er in diese Richtung gegangen sein?«

»Weil es der einzige Weg war«, antwortete Warren. »Er hätte nicht an uns vorbeilaufen können, sonst hätte ich ihn zu Boden getackelt.«

»Warum hast du ihn nicht verfolgt? Du bist es gewohnt, auf diesem Gelände zu laufen, du machst es jeden Tag, du hättest ihn leicht einholen können, oder?«

Warren zögerte und begann an seinen Fingernägeln zu spielen, die bereits bis aufs Äußerste abgekaut waren. »Das ist mir nicht eingefallen. Meine unmittelbare Reaktion war, mich um die Frau zu kümmern, die im Wasser lag. Ich dachte nicht daran, ihm nachzujagen. Was willst du damit andeuten?«

»Nichts. Überhaupt nichts. Es ist mein Job, diese Fragen zu stellen.«

»Nun, deine Kollegen haben mir vorhin keine solchen Fragen gestellt.«

»Das liegt daran, dass sie nicht ich sind. Haben sie dich gefragt, ob du die Frau heute Morgen bei deinem Lauf gesehen hast?«

»Was?« Warren schlug ein Bein über das andere.

»Heute Morgen. Dein Lauf. Um wie viel Uhr bist du losgelaufen?«

»Ebbe war um neun. Das Wasser war bereits am Zurückgehen, als ich losging, also denke ich, es war gegen sieben.« Warrens Gesicht verzog sich, während er die Berechnung im Kopf anstellte.

»Und du bist die Slipanlage runtergelaufen, richtig?«

»Richtig.«

»Also hast du das Opfer auf dem Rückweg nicht gesehen? Wir

haben Aufnahmen von ihr, wie sie kurz nach acht Uhr heute Morgen die Slipanlage runtergeht. Hätten sich eure Wege nicht kreuzen müssen?«

Warren zögerte. »Nicht unbedingt«, antwortete er mit vorsichtiger Stimme. »Sie könnte einen anderen Weg genommen haben. Vielleicht hat sie versucht, einige der tieferen Pfützen zu vermeiden. Nach ihrer Kleidung zu urteilen, war sie nicht gut auf das Wasser und den Schlamm vorbereitet. Aber das macht mir nichts aus. Ich laufe einfach geradeaus durch. Außerdem war es zu dem Zeitpunkt noch leicht dunkel. Wenn ich sie nicht direkt angeschaut hätte, bezweifle ich, dass ich sie gesehen hätte.«

Tomek nickte wieder langsam und ließ sich in seinem Gesichtsausdruck nichts anmerken.

»Was machst du morgen?«, fragte er.

»Nichts Besonderes. Warum?«

»Ich würde gerne mit dir zum Hafen gehen, wenn das okay ist? Ich möchte den Tatort sehen. Chey wird auch mitkommen.«

»Werde ich das?«

Tomek wandte sich an den jungen Polizisten. »Wirst du.« Dann zurück zu Warren: »Er ist ein großer Fan vom Strand, weißt du. So sehr, dass ich ihn Sand essen gesehen habe. Wir versuchen, ihn davon zu entwöhnen. Es ist nicht sehr gut für seine Gesundheit.«

Warren lachte unbeholfen. »Ich denke, das wäre kein Problem. Ich… ich müsste überprüfen, wann Ebbe ist. Und wir müssten rechtzeitig aufbrechen. Aber ja, ich kann euch zum Hafen bringen. Müssen nur hoffen, dass dort nicht eine zweite Leiche liegt.«

# KAPITEL
## ELF

»Auf keinen Fall.«

Tomek kochte vor Wut, schluckte sie aber hinunter. Er wollte keine Szene machen, noch nicht, aber es machte ihm nichts aus, seinen Unmut offen zu zeigen, damit Victoria sehen konnte, dass er mit ihrer Entscheidung ganz und gar nicht einverstanden war.

»Warum nicht?«, fragte er.

»Weil es eine unverantwortliche und ineffiziente Nutzung von Ressourcen und Zeit ist.«

Tomek tippte mit dem Finger gegen sein Kinn. »Erklär mir das mal«, begann er. »Das ist ein Tatort, ja?«

»Ja.«

»Und was machen wir an Tatorten?«

Sie konnte sehen, worauf er hinauswollte, aber ihre Sturheit hielt sie davon ab, die Frage sofort zu beantworten.

»Wir sammeln so viele Informationen und Beweise wie möglich.«

»Bingo. Und was ist Mulberry Harbour?«

»Ein Tatort«, antwortete sie, ihre Stimme schwer vor Niederlage.

»Zehn Punkte!«, sagte er sarkastisch. »Dort ist jemand gestorben, Victoria. Noch wichtiger, dort wurde jemand möglicherweise ermordet. Was es zu einem Tatort macht. Der einzige Unterschied zwischen diesem und allen anderen ist, dass er mehr als anderthalb Kilometer im Meer liegt und ein Schmerz im Hintern ist, dorthin zu gelangen. Warum behandeln wir ihn anders?«

Victoria überlegte sorgfältig, was sie antworten sollte. Sie wandte sich ihrem Computerbildschirm zu, als ob sie dort die Antwort finden könnte. Leider tat sie das auch. Ohne ein Wort zu sagen, packte sie den Monitor mit beiden Händen und drehte das Gerät zu ihm. Sie war auf der Homepage der BBC-Wetterwebsite. Oben auf der Seite war eine Karte von Großbritannien, bedeckt mit zwei gelben und orangen Flecken. Orange im Norden, gelb im Süden.

»Ein Sturm zieht auf, Tomek«, sagte Victoria mit leichtem West Country-Akzent. »Und wir alle tun gut daran, bereit zu sein, wenn sie kommt.«

Tomek sah sie ausdruckslos an. »Hast du mich gerade mit einem *Harry Potter*-Zitat abgespeist?«

»Ja. Und ich bin Dumbledore, du bist Snape. Ich bin der Boss und du wirst tun, was man dir sagt.«

»Gibt es nicht eine Szene, in der Snape Dumbledore tötet?«

»Wie auch immer«, begann sie mit einem Kopfschütteln. »Morgen werden starke Winde mit bis zu 130 Stundenkilometern erwartet, die über das Land fegen, mit Regen, der voraussichtlich von den frühen Morgenstunden bis zum nächsten Tag fallen wird, wobei einige Gebiete bis zu 30 Zentimeter erreichen könnten. Das Wetteramt hat für mehrere Landesteile eine schwere Hochwasserwarnung herausgegeben.«

»In Ordnung, Carol Kirkwood. Du meinst also, es geht um Sicherheit und Vorsicht?«

Victoria antwortete mit einem kurzen Nicken.

»Uns wird nichts passieren. Es trifft uns nie so hart, wie sie es vorhersagen. Das ist alles nur Panikmache. Aber wenn du dir wirklich Sorgen um uns machst, können wir alle am Tag danach gehen«, erwiderte Tomek mit einem falschen Lächeln. »Ich möchte auch Chey mitnehmen. Er interessiert sich für Geschichte, besonders den Zweiten Weltkrieg, und er hat mir mal erzählt, dass er ein Wasserratte ist. Außerdem denke ich, es wäre gut, ihn eine Weile von seinem Bildschirm und aus dem Büro zu bekommen. Ihn für kurze Zeit frei herumlaufen zu lassen.«

»Wie einen Hund, meinst du?«

Tomek hob in gespielter Kapitulation die Hände. »Hey, du hast es gesagt, nicht ich.«

Als er sich aus seinem Stuhl erhob und das Gespräch abrupt beendete, schnippte Victoria mit den Fingern und deutete ihm an, zurückzukommen. Das gefiel Tomek nicht. So war bisher nur Nick mit ihm umgegangen, ein Mann, der damit durchkam, weil sie eng befreundet waren. Aber nicht Victoria. Er mochte nicht den Gedanken, dass sie glaubte, sie könnte das regelmäßig mit ihm machen.

»Wie sind deine Ermittlungen heute Morgen sonst verlaufen?«, fragte sie langsam. »Etwas gefunden?«

Tomek wusste genau, was sie mit so einer Frage bezwecken wollte. Sie testete ihn, forderte ihn heraus. Richtete ein Licht so hell wie die Sonne auf ihn, um zu sehen, ob er unter dem Druck schmelzen würde.

Nun, er hatte Neuigkeiten für sie.

»Wir wären stundenlang dort gewesen, wenn ich nicht vorgeschlagen hätte, den Segelclub zu besuchen. Jetzt wissen wir, wann Morgana am Strand ankam und wo sie ins Wasser ging. Wir haben auch ihr Auto, das forensisch untersucht wird. Alles, was wir jetzt noch tun müssen, ist herauszufinden, wer sich ihr angeschlossen hat und von welchem Punkt entlang der Küste, und dann sollten wir unseren Mörder haben. Du wirst erfreut sein zu hören, dass Chey gerade dabei ist, sich darum zu kümmern.«

Victoria presste die Lippen zusammen und griff nach ihrer Tasse Tee. Sie stand seit Beginn ihres Treffens vor etwa zwanzig Minuten fast voll da, und noch immer stieg Dampf aus der Tasse. Sie mochte ihre heißen Getränke extra, extra heiß, und er hatte sie mehrmals dabei ertappt, wie sie den Wasserkocher zweimal aufkochte, um sicherzustellen, dass er seine Maximaltemperatur erreicht hatte... wieder einmal. Ihm fiel noch kein neuer Spitzname für sie ein.

»Denkst du nicht, dass dein alter Schulfreund in irgendeiner Weise verwickelt sein könnte?«

Tomek schüttelte den Kopf. Fast zu schnell. »Nein«, sagte er. »Die Zeitabläufe passen nicht. Außerdem wüsste ich nicht, warum er es tun sollte. Ich glaube nicht, dass es irgendeine Verbindung zwischen den beiden geben würde.«

»Ich werde Martin beauftragen, das zu untersuchen. Schauen, was er ausgraben kann.«

Tomek hob eine Hand in die Luft. »Das erinnert mich: Was habt *ihr* herausgefunden?«

Für einen langen Moment starrte Victoria ihn ausdruckslos an, als hätte sie die Frage nicht gehört. Dann, für einen noch längeren Moment, blieb sie still und wählte, ihm nicht zu antworten.

»Ich muss die Ergebnisse verarbeiten, sobald das Team alles aufgeschrieben hat«, sagte sie und entließ ihn dann schnell aus ihrem Büro. »Und wenn ich mich recht erinnere, möchte ich, dass du zusammen mit Lorna bei der Obduktion dabei bist.«

»Ernsthaft? Steht in meiner Stellenbeschreibung *Arschl*olizist?«

Victoria presste wieder die Lippen zusammen, verärgert über seinen Ton. »Alle anderen sind beschäftigt.«

»Dann mach sie unbeschäftigt.«

»Leider kann ich das nicht.«

Vielmehr war es eine Frage des *Nichtwollens*. Und das Schlimmste war, dass sie nicht einmal versuchte, diese Tatsache zu verbergen.

▭

Tomek verließ Victorias Büro kochend vor Wut. Er hasste es, beiseitegeschoben zu werden. Und wenn sie darauf bestand, ihn aus dem Rampenlicht zu halten, dann musste er eben unterhaltsame und kreative Wege finden, um sicherzustellen, dass er darin blieb.

Nach dem Verlassen ihres Büros steuerte Tomek auf Rachel Hamiltons Schreibtisch zu. Sie war eine der wenigen, außer Chey, Nadia und erst kürzlich Oscar, denen er vertrauen konnte.

»Victoria hat mir gesagt, ich soll mit dir reden«, log er. »Sie meint, du weißt am meisten über das, was vor sich geht.«

»Sie schmeichelt mir«, erwiderte Rachel.

»Aber du weißt etwas, richtig?«

»Ich weiß eine Menge Dinge. Wasser ist nass. Bären scheißen in den Wald. All dieser Kram.«

»Ich glaube, den Spruch hast du von mir geklaut, oder?«

Sie sagte nichts.

»Nächstes Mal hol dir deine eigenen Witze. Also, sag mir, mit wem habt ihr bei Morgana gesprochen?«

Um ihr Gedächtnis zu unterstützen, griff Rachel nach ihrem Notizbuch und blätterte zur letzten Seite. »Wir haben mit allen Mitarbeitern dort gesprochen«, begann sie. »Sieben insgesamt, ohne Morgana, und ohne ihren stellvertretenden Manager, Vlad, der den Laden führt, wenn sie nicht da ist. Obwohl er auch nicht da war, als wir ankamen, kam er etwa zwanzig Minuten später.«

»Wo war er?«

»Er sagte uns, er hätte verschlafen.«

»Und nicht, dass er gerade von der Ermordung Morganas zurückgekommen war?«, fragte Tomek, dessen Gedanken gleich den offensichtlicheren Schluss zogen.

»Bin mir nicht sicher, ob er das so freimütig zugeben würde. Oscar untersucht es jetzt.«

Tomek wartete, bis sie fortfuhr. Nachdem sie einen Schluck von ihrem Getränk genommen hatte, erzählte sie ihm, dass alle Angestellten von Morgana dasselbe über sie gesagt hatten. Dass sie eine der fleißigsten und großzügigsten Personen sei, die sie je kennengelernt hätten. Sie alle hatten seit mehreren Jahren mit ihr zusammengearbeitet, und die meisten hatten ihren entspannten und beruhigenden Führungsstil genossen, seit sie die Firma gegründet hatte. Sie machte das Café zu einem Ort, an dem man gerne hinging, und sie waren alle beeindruckt davon, wie hart sie arbeitete, was sie dazu inspirierte, ihr nachzueifern. Ebenso waren sie alle erschüttert, die Nachricht von ihrem Tod zu hören, und als sie gefragt wurden, ob sie das Café schließen wollten, hatten sie beschlossen, es offen zu halten. Das hätte sie gewollt, sagten sie.

»Sehr lobenswert«, erwiderte Tomek. »Hat jemand eine Zeugenaussage vom stellvertretenden Manager genommen?«

»Ja«, antwortete Rachel. »Es stellt sich heraus, dass Morgana einen

Ehemann hat. Anton Usyk. Auch Ukrainer. Anna versucht gerade, ihn zu finden. Offenbar besitzt er ein ähnliches Restaurant in Southend.«

»Noch ein Café?«

Sie nickte.

»Wette, das hat für ungesunde Konkurrenz gesorgt.«

»Werden wir herausfinden. Anna wird ihn zur Identifizierung hereinbringen, bevor die Obduktion beginnen kann. Dann werden wir mit ihm sprechen.«

»Was hatten Morganas Mitarbeiter sonst noch über ihren Charakter zu sagen? Hat jemand etwas Seltsames bemerkt, jemanden, der öfter als üblich hereinkam? Jemanden, der ihr in irgendeiner Weise gedroht hat?«

Rachel konsultierte ihre Notizen. »Nichts dergleichen. Das Interessanteste, was sie sagten, war, dass sie eine massive Flirttante war. Tut mir leid, das zu sagen, aber anscheinend hatte sie immer mit den Typen geflirtet, die hereinkamen, damit sie wiederkommen, um sie zu sehen. Tatsächlich, während wir dort waren, ich schwöre es dir, waren mindestens fünf verschiedene Kerle da, die Morgana nachtrauerten. Ich schwöre bei Gott. Ich glaube, sie waren über die Nachricht noch bestürzter als ihre Kollegen.«

»Frag mich, ob ihr Ehemann davon wusste?«

Rachel zuckte mit den Schultern. »Sie musste tun, was sie tun musste, um voranzukommen. Und nach dem, was ich gesehen habe, brauchte es nicht viel dazu. Sie hatte eindeutig einen Typ: groß, kurze schwarze Haare, Bart. Und davon gab es verdammt viele dort, die alle dasaßen, vor sich hin grinsten und darauf warteten, dass sie ihre Bestellung aufnimmt. Wenn ich darüber nachdenke, sahen sie alle aus wie du.«

»Danke?«

Tomek war sich nicht sicher, ob das ein Kompliment oder eine Beleidigung war.

»Andererseits sehen alle Kerle aus Essex heutzutage gleich aus. Nichts, um euch zu unterscheiden.«

»Gut, dass du lesbisch bist, oder? Du würdest Martin und mich nicht verwechseln wollen...«

»Martin ist die Ausnahme. Nur, weil er bessere Haare hat als ich.«

»Was, wenn ich meine so lang wachsen lasse wie seine?«

»Ich wäre immer noch lesbisch, du wärst immer noch in einer Beziehung, und es würde scheiße aussehen. Es sei denn, Abigail steht auf so was, dann müsste ich vielleicht den zweiten Teil meiner Aussage ändern.«

»Aber nicht den ersten?«

»Leider nicht. Sie haben noch keinen Schalter erfunden, der mein Lesbischsein sofort ausschaltet. Obwohl es wahrscheinlich Leute da draußen gibt, die fieberhaft versuchen, einen zu entwickeln.«

# KAPITEL
## ZWÖLF

Weniger als eine Stunde später befand sich Tomek mit Lorna Dean, der Gerichtsmedizinerin des Innenministeriums, im Leichenschauhaus des Southend Hospital, um sich auf die Obduktion vorzubereiten. Bevor all das Ausweiden, Vermessen und Fotografieren begonnen hatte, war Morganas Ehemann zur Identifizierung eingeladen worden. Anton Usyk war ein kräftiger, stämmiger Mann mittlerer Größe mit tiefen Poren auf seiner Hakennase und dichten, schwarzen Augenbrauen. Seine Frisur war typisch osteuropäisch – fast kahlgeschoren, bis auf ein kleines Büschel schwarzen Haares auf seinem Kopf – und war mit einer dicken Schicht Gel bedeckt. Er trug Designerkleidung – Gucci-Oberteil, Versace-Gürtel, Giorgio-Armani-Hose – und roch so stark nach Männerparfüm, dass Tomek ihn roch, bevor er ihn entweder sah oder hörte.

Die Identifizierung wurde von Tomek mit Hilfe eines Polizisten und Kriminalkommissarin Anna Kaczmarek, der Familienbetreuerin, durchgeführt. Morganas Leiche war unter einem weißen Laken platziert worden, und Anton hatte einen Sekundenbruchteil damit verbracht, sie anzuschauen, bevor er ihre Identität bestätigte. Er hatte nichts gesagt, in seinem Gesichtsausdruck nichts preisgegeben. Vielleicht eine Sprachbarriere, vermutete Tomek. Aber sobald er und Anna mit ihm Polnisch gesprochen hatten, wurde Anton gesprächiger, offener mit seiner Rede. Die beiden Sprachen waren nicht allzu verschieden voneinander, und Tomek fand es immer praktisch, wenn er ein Gespräch mit einem Nachbarland seines Heimatlandes Polen belauschen wollte.

»Meine Kollegin wird Ihre Hauptansprechpartnerin sein«, hatte Tomek gesagt und auf Anna gedeutet. »Sie wird Ihnen bei allem helfen, was Sie brauchen, und Sie über den Fortschritt der Ermittlungen auf dem Laufenden halten.«

»Ich verstehe«, antwortete er langsam auf Ukrainisch.

»In der Zwischenzeit werden wir Ihnen auf der Wache einige Fragen stellen müssen. Über Ihre Frau, ihre Bewegungen, ob Sie etwas über ihren Aufenthaltsort heute Morgen wussten. Wir werden natürlich einen Übersetzer finden, um es Ihnen so angenehm wie möglich zu machen.«

Antons Gesicht verzerrte sich vor Verwirrung. »Warum ist das notwendig?«, fragte er, diesmal auf Englisch.

»Das ist Routine«, antwortete Tomek, schrofferer als beabsichtigt. »Ihre Frau ist gestorben, Herr Usyk. Wir glauben, dass sie möglicherweise ermordet wurde. Sie realisieren es vielleicht jetzt nicht, da Sie noch unter Schock stehen, aber Sie könnten wissen, wer das getan hat. Vielleicht wurde Ihre Frau in den letzten Wochen verfolgt. Vielleicht hatte sie Feinde, von denen Sie nichts wussten.«

Und es gab immer die dritte Option: dass er genau wusste, was mit ihr passiert war. Dass er vielleicht derjenige war, der sie getötet hatte. Auf welche Weise genau, würde Tomek gleich herausfinden. Aber in neun von zehn Fällen wurden Mordopfer von ihren Verwandten oder jemandem, den sie kannten, getötet. Und für Anton Usyk war das keine schöne Statistik.

Tomek hätte nichts lieber getan, als den Mann dort und dann zu verhören. Alles herauszufinden, was er wusste. Seine Antworten zu hinterfragen. Löcher in allem zu finden, was er zu sagen hatte. Aber jetzt war nicht der richtige Zeitpunkt. Auch nicht der richtige Ort.

Am Ende des Identifizierungsprozesses war Tomek stolz auf sich, fast perfektes Polnisch während ihrer Interaktion gesprochen zu haben. Sicher, es gab hier und da ein paar Fehler, aber wer zählte schon mit? Für jemanden, der die Sprache seit seinem fünfzehnten Lebensjahr – also seit rund fünfundzwanzig Jahren (obwohl er versuchte, *diese* Zahl aus seinem Kopf zu verbannen) – nicht mehr fließend gesprochen hatte, war er beeindruckt.

Wenige Augenblicke später betrat er den Obduktionsraum, einen deprimierenden und demoralisierenden Ort, mit einem ungewöhnlichen Grinsen im Gesicht.

»Jemand hat etwas zu lächeln«, sagte Lorna, als er sich näherte. »Die arme Frau hier nicht mehr...«

»Sie wird es, wenn wir ihren Mörder finden.«

Und damit begannen sie. In den Stunden nach ihrem Tod war Morganas Körper in die Livormortis eingetreten, wobei das Blut in ihrem Körper der Schwerkraft erlegen war und sich entlang ihres Rückens, ihrer Oberschenkelmuskulatur und Waden angesammelt hatte, wobei purpurfarbene Flecken zurückblieben. Die Wirkung auf ihre Haut erinnerte Tomek an ein Bild, das er in der Grundschule gemalt hatte. Er sollte eine Strandszene malen, hatte sich aber so gefreut und dem Meer einen roten Farbton verliehen, der dann zu einem lilafarbenen Ozean wurde, der aussah wie aus einem Wes-Anderson-Film.

Zuerst begann Lorna mit der Untersuchung von Morganas Kopf. Sie streichelte das Gesicht der Frau behutsam, legte ihre behandschuhten Finger auf ihre Nase und ihr Kinn, bewegte es von einer Seite zur anderen und notierte dabei ihre Ergebnisse. Dann wandte sie ihre Aufmerksamkeit Morganas Hals zu. Eine gesprenkelte Kette aus Blau und Lila hatte sich an der Vorderseite ihres Halses gebildet, um ihren Kehlkopf gewickelt.

»Bingo«, sagte Lorna.

»Etwas gefunden?«

Die Pathologin deutete auf die Blutergüsse. »Diese würden darauf hindeuten, dass sie stranguliert wurde, möglicherweise gewaltsam unter Wasser gehalten.«

»Das ist unsere Todesursache?«

»Dir entgeht nichts«, sagte sie mit einem halben Augenzwinkern.

Tomek antwortete mit einem gezwungenen Lächeln, dann wandte er seine Aufmerksamkeit wieder der Obduktion zu. Während Lorna den Prozess fortsetzte, holten sie kurz auf. Sie sprachen über ihre jeweiligen

Töchter. Wie es Carla, Lornas Tochter, in der Schule ging. Dann darüber, wie Kasia in ihrer zurechtkam. Beide Mädchen hatten zu kämpfen. GCSEs, Prüfungen, Probeprüfungen, Freunde, Lehrer, Schule, soziale Medien, Sozialisierung, Angst, Pubertät – ihre ganzen Welten, und nicht zu vergessen die Hormone, expandierten, und sie hatten Mühe, mitzuhalten. Sowohl Tomek als auch Lorna freuten sich auf die Februar-Halbzeitpause, obwohl der einzige Nachteil war, dass sie über den Valentinstag stattfand.

»Carla hat gerade eine ernsthafte Beziehung beendet«, erklärte Lorna, während sie eine Seite von Morganas Rippen zurückzog.

»Ach ja?«

»Johnny hieß er. Ganz netter Junge. Eigentlich harmlos. Aber sie waren vier Monate zusammen.«

»Und das gilt als ernst?«

»In dem Alter schon.«

Ehrlich gesagt war das ernster als jede Beziehung, die Tomek je gehabt hatte. Er konnte sich nicht erinnern, wann er zuletzt eine hatte, die länger als vier Wochen gedauert hatte, geschweige denn vier Monate.

»Sie ist ziemlich mitgenommen deswegen«, fuhr Lorna fort und faltete den anderen Brustkorb zurück. »Weint ununterbrochen. Sie hat aufgehört zu essen. Will nicht mit ihren Freunden ausgehen. Es hat sie wirklich schlimm getroffen.«

»Und du sagst, sie ist sechzehn?«

Lorna nickte.

»Dann freue ich mich darauf, das alles bald auch zu erleben.«

»Man muss vorsichtig sein mit Mädchen. Wir machen uns zu viele Hoffnungen. Denken zu viel nach. Außerdem wissen wir alle, wie Männer sind, und trotzdem fallen wir jedes Mal auf euch rein. Besonders in dem Alter. Ich habe damals ein paar Fehler gemacht.«

»Haben wir das nicht alle? Das ist doch der Sinn des Erwachsenwerdens.«

Tomek dachte an Kasia. An Billy „Der Kuhkämpfer" Turpin, einen vierzehnjährigen Jungen in ihrer Schule, der einmal dachte, er könnte gegen eine Kuh kämpfen – und gewinnen. Ihre Beziehung hatte nicht gehalten. Eigentlich hatte sie kaum begonnen. Aber er war sich sicher, dass es andere Jungen am Horizont geben würde. Andere Jungen, mit denen sie sprach und die sie auf einer tieferen, weniger oberflächlichen Ebene kennenlernte. Andere Jungen, die nicht gut genug für sie sein würden. Andere Jungen, die er nicht gutheißen würde. Er wusste, wie sie waren – er war selbst mal einer gewesen – und wenn er sich selbst nicht vertraut hätte, würde er sicherlich niemand anderem vertrauen.

»Alles, was du tun musst, ist, für sie da zu sein, wenn sie so etwas durchmachen«, fuhr Lorna fort. »Gib ihnen eine Schulter zum Ausweinen und tu so, als ob du weißt, wovon du sprichst, wenn du ihnen Ratschläge gibst. Manchmal, in dem Alter, glauben sie dir tatsächlich, wenn du sagst, dass alles gut werden wird.«

Tomek dachte noch einen Moment länger darüber nach, aber es war ein Moment der Reflexion, der abrupt unterbrochen wurde, als sein Telefon an seinem Bein vibrierte. Er griff in die Tasche und trat von der Leiche zurück, nahm das Gerät heraus.

»Hallo?«

»Papa?«

»Ja, Kasia. Ich bin bei der Arbeit. Was ist los? Ist es dringend?«

»Da ist ein Brief für dich.«

»Okay... Das kann warten, bis ich nach Hause komme. Danke für–«

»Es sieht aus, als käme er aus einem Gefängnis.«

Das zwang Tomek innezuhalten.

»Welches?«

Eine Pause, während sie den Brief betrachtete.

»HMP Wakefield.«

# KAPITEL
# DREIZEHN

Tomek raste direkt nach Beendigung der Obduktion nach Hause. Er hatte keine Zeit, Lornas Erkenntnisse und seine Tagesaktivitäten zusammenzufassen und mit Victoria zu teilen. Sein täglicher Bericht müsste bis zum Morgen warten. Jetzt musste er nach Hause. Der Brief beunruhigte ihn. Aber was ihm noch mehr Sorgen machte, war Kasia. Sie hatte die Angewohnheit, alle Briefe oder Pakete mit seinem Namen zu öffnen und ihm immer ein Foto davon zu schicken, bevor er nach Hause kam, in der Meinung, es würde ihm irgendwie helfen. Normalerweise waren es nur Rechnungen oder Kontoauszüge, ziemlich harmlose, langweilige, alltägliche, *erwachsene* Sachen. Aber irgendetwas an diesem Brief hatte sie davon abgehalten, ihn zu öffnen. Etwas hatte ihr gesagt, dass er wichtiger war als die anderen, einer, den sie ungeöffnet lassen sollte. Und so hatte er ihr dringend gesagt, sie solle ihn auf den Tisch legen, ihre Hände waschen und Abstand halten.

Man konnte nicht wissen, was darin war. Wenn er aus der JVA Wakefield kam, der Heimat einiger der berüchtigtsten und gewalttätigsten Gefangenen des Landes, könnte er mit Spice, Drogen oder einer anderen Art von Gift versehen sein. Der Inhalt könnte grafisch und obszön sein. Pornografie, ein Foto einer Leiche, ein Stück

Stoff oder DNA von einem Tatort oder aus jemandes Zelle. Nichts, was ein dreizehnjähriges Mädchen sehen sollte.

Tomek wollte ihn allein öffnen.

Ganz allein.

Den Brief zwischen seinen Fingern kneifend, ihn auf Armlänge haltend, schlich er vorsichtig in sein Schlafzimmer, aus Angst, dass jede plötzliche Bewegung den dünnen Umschlag explodieren lassen könnte. Vorsichtig schloss er die Tür hinter sich und setzte sich auf die Kante seines Bettes.

Da war er, direkt vor ihm. Sein Name und seine Adresse, in krakeliger, kaum leserlicher Handschrift geschrieben. Oben rechts befand sich ein Stempel der JVA Wakefield, mit der Rücksendeadresse des Gefängnisses darunter. Tomeks Herz begann immer schneller zu schlagen, je länger er darauf starrte, seine Finger wurden klamm vor Schweiß.

Er konnte nur von einer Person stammen.

Nathan Burrows.

Woher kannte er seine Adresse? Wie hatte er ihm einen Brief schicken können? Normalerweise sah das Verfahren vor, dass Tomek der Entgegennahme zuerst hätte zustimmen müssen, bevor überhaupt etwas verschickt wurde. Aber das war nicht geschehen. Die üblichen Regeln waren über Bord geworfen worden. Was die Frage aufwarf: *wie*?

Den Atem anhaltend, drehte Tomek den Umschlag um und riss die Kante auf. Dann schob er seinen Finger darunter und begann, das Papier auseinanderzureißen. Als sein Finger die andere Ecke erreichte, atmete er tief aus, seine Finger schweißnass. Mit Daumen und Zeigefinger, als würde er versuchen, einen Splitter aus seiner Haut zu entfernen, nahm er den Brief heraus und hielt ihn an den Fingernägeln. Bevor er ihn las, roch er daran. Unter normalen Umständen wären Umschläge, die ein Gefängnis im Vereinigten Königreich verlassen, auf Drogen überprüft worden (ebenso auf dem Weg hinein), aber dies war kein normaler Umstand. Irgendwo entlang der Linie war das Verfahren nicht befolgt worden, also war er nicht bereit, irgendwelche Risiken einzugehen.

Zu seiner großen Erleichterung konnte er nichts Verdächtiges riechen. Dann drehte Tomek das Blatt um.

Oben auf der Seite stand Tomeks Adresse, in kindlicher Handschrift mit Bleistift gekritzelt. Darunter befand sich der Brief:

Lieber Tomek,

Es tuht mir leid, dass wir unser Trefen leztes Mal so kurz halten mustenn. Und es tuht mir auch leid, dass ich mich erst so spät zurückmelde. Es hat einige Zeit gedauert, die Wärter zu überzeugn, mir einen Bleistift und Papier zu geben. Ich hofe, du kanst mir verzeihen.

Ich wolte dir nur mitteilen, dass ich unser Gespräch genosen habe. Es war schön, dich wiederzusehen. Wie ist es dir seitdem ergangen? Wie läuft es bei Kasia in der Schule? Ich hofe, sie komt mit all ihren Kursen gut zurecht.

Wenn es für dich in ordnung ist, und ich hofe wirklich, dass es das ist, würde ich gerne weiter an dich schreiben, um einen Dialog zu eröfnen. Ich währe dir dankbar, wenn du antworten könntest. Die Wärter und Leute hier geben mir Schreibunterricht. Sie bringen mir langsam das Rechtschreiben bei, aber manchmal höre ich nicht zu und mache den Rest in meiner Zele. Ich habe Probleme mit dem Zuhören.

Es ist schade, dass du mir nicht glaubst, was deinen Bruder betrift. Vielleicht können wir eines Tages Freunde werden und ich kann dir erzählen, was mit ihm passiert ist. Würde dir das gefallen? Ich denke oft an ihn. Das habe ich dir auch nicht erzählt, oder? Ich denke oft darüber nach, wie er in jener Nacht gestorben ist. Manchmal, wenn ich im Bett liege, sehe ich ihn vor mir, wie er auf dem Boden liegt, bedeckt mit seinem Blut.

Apropos zu Bett gehen, ich hofe, du schläfst gut in der Nacht, in der du dies liest. Ich hofe wirklich, dass deine Alpträume aufhören. Sie müssen dir über die Jahre hinweg so viel Schmerz und Unbehagen verursacht haben. Hast du jemals den Film über die Lämmer gesehen? Ich hofe, deine schlafen bald ein, Tomek.

Denkst du, wir können Freunde sein? Bitte schreib zurück. Wenn nicht für dich selbst, tu es für Michal. Er würde wollen, dass du Freunde findest und Vergebung übst.

Ich freue mich darauf, von dir zu hören (Man hat mir gesagt, ich soll diesen Teil schreiben. Anscheinend klinkt es profesionell).

Nathan Burrows, JVA Wakefield

P.S. - Deine Freundin ist übrigens sehr hübch. Du hast einen guten Geschmack bei Frauen.

Tomek wusste nicht, ob er ihn zerreißen, verbrennen oder schreien sollte.

Am Ende tat er nichts davon. Stattdessen weinte er zum ersten Mal seit langer Zeit, schluchzte und wimmerte in seine Hände, unfähig, die plötzliche Flut von Emotionen zu kontrollieren, die ihn ertränkte. In seinem Gefühlsausbruch ließ er den Brief zu Boden fallen, Tränen strömten über seine Wangen und in seine Handflächen.

Aber das Weinen hörte auf, als Tomeks Kummer schnell in Wut umschlug.

Der Bastard quälte ihn, neckte ihn. Schlimmer noch, er wusste, wo Tomek wohnte. Und Kasia – er wusste über Kasia Bescheid. Und Abigail. Er kannte sein ganzes Leben. Wie? Hatte er kriminelle Kontakte, die ihn beobachteten? Freunde? Verwandte? Wie hatte Nathan Zugriff auf all seine Informationen, einschließlich der Alpträume? Es war unmöglich, dass er Zugang zu seinem Tagebuch oder gar zu seinen Gesprächsnotizen mit seinem Therapeuten hatte. Noch unmöglicher war es, dass er die Informationen von jemandem im Team erhalten hatte. Er vertraute ihnen allen bis ins Grab – sogar Sean und Victoria. Sie alle wussten, was mit seinem Bruder geschehen war und wie sehr es ihn betroffen hatte. Es gab keine Möglichkeit, dass sie Informationen über sein Leben an Nathan Burrows weitergegeben hätten, oder? Tomek wollte diesen Gedanken nicht weiter verfolgen.

Dann zog er eine Alternative in Betracht.

Der zweite Killer.

Charlie.

Die anonyme, unmöglich zu fassende Figur, die geholfen hatte, seinen Bruder zu töten. Was, wenn er noch da draußen war, Tomek nachstellte, aus der Ferne beobachtete? Kasia, Abigail beobachtete? Ihre Bewegungen überwachte?

Er stieß sich vom Bett ab und ging zum Fenster. Als er die Vorhänge zurückzog, überblickte er die Autos entlang der Straße. Inzwischen hatte er gelernt, welche seinen Nachbarn gehörten und welche nicht. Die vor ihm waren alle im Besitz von Leuten aus seiner Straße. Es gab nichts Beunruhigendes da draußen. Dann versuchte er sich zu erinnern, ob er in letzter Zeit jemanden gesehen hatte, ob er auf dem Heimweg an jemandem vorbeigegangen war. Eine bestimmte Gestalt, der er wenig Aufmerksamkeit geschenkt hatte, die unscheinbar dort auf dem Gehweg stand. Oder ob es dasselbe Auto war, das ihm immer nach Hause folgte.

Bei beiden Überlegungen kam er zu keinem Ergebnis. Nichts. Sein Kopf war leer.

Nach einigen weiteren Momenten, in denen er in die Dunkelheit starrte, wendete er seinen Blick von der Straße ab und schaute zum Himmel. Der Wind hatte aufgefrischt und bewegte die Bäume auf der Straße hin und her. Blätter jagten über den Himmel, ein beginnender Regenfall zeichnete sich in der Ferne zwischen der Dunkelheit ab. Ein unheilvolles Gefühl hatte sich auf der Straße niedergelassen, und er konnte es auf seiner Haut spüren. Er konnte nicht mit Sicherheit sagen, ob ihn jemand verfolgt oder sein Haus überwacht hatte. Aber eines wusste er sicher: Wenn der Sturm, von dem Victoria ihm erzählt hatte, im Anzug war, dann würde heute Nacht niemand dort stehen. Zumindest für die nächsten paar Stunden war sein Zuhause sicher vor der Bedrohung, von der er nicht einmal wusste, ob sie real war.

# KAPITEL
# VIERZEHN

Wolken aus Wasserdampf explodierten in einem gleichmäßigen, rhythmischen Takt aus seinem Mund. Er atmete durch die Nase ein, durch den Mund aus. Langsam, kontrolliert, abgemessen, egal wie sehr sein Herz-Kreislauf-System ihn anflehte, das Tempo zu erhöhen.

Seine Beine und Arme bewegten sich auf die gleiche Weise, gleichmäßig, rhythmisch. Seine Füße hämmerten auf den Boden, das Geräusch war über dem harschen Wind, der an seinen Ohren vorbei pfiff und seine Trommelfelle zerriss, nicht zu hören. Der Wind war so stark, dass es sich für die ersten hundert Meter ihres Laufs anfühlte, als würde er sich überhaupt nicht bewegen, als wäre er gegen ein unbewegliches Objekt gelaufen, als ob etwas an seinem Hemd ziehen und ihn daran hindern würde, vorwärts zu kommen. Glücklicherweise hatte er Warren Thomas an seiner Seite, und der große, riesenhafte Mann bewegte sich definitiv in die richtige Richtung. Obwohl Tomek sich an der Leichtigkeit störte, mit der sich der Mann bewegte. Sanft, anmutig, fast als würde er durch Wind und Regen gleiten und als könnte er durch jedes Wetter gleiten. Es sah für ihn mühelos aus, und nach der Geschwindigkeit zu urteilen, mit der die Wasserdampfwolken aus seinem Mund platzten, war es das auch.

Früher am Morgen hatte Tomek Warren eine Nachricht geschickt, um zu bestätigen, ob sie zum Hafen gehen könnten, aber die Antwort war negativ. Dank Sturm Alisha war die Flut angeschwollen und zu rau und gefährlich. Die Küstenwache und die RNLI hatten die ganze Nacht die Zivilisten gewarnt, unter keinen Umständen ins Wasser zu gehen, und Warren dachte nicht, dass eine Reise zum Mulberry Harbour das Risiko wert wäre.

Tomek hatte widerwillig zugestimmt.

Stattdessen hatte er einen Lauf vorgeschlagen. Seinen ersten seit Monaten. Die beiden, entlang der Küste, vorbei am Segelclub, weiter entlang der Küste bis zum Shoebury East Beach. Obwohl er seit Kasias Eintritt in sein Leben keine richtige körperliche Übung mehr gemacht hatte, war er überrascht, wie gut sein Körper damit zurechtkam. Er war nicht gezwungen gewesen anzuhalten. Er hatte keine Schwierigkeiten zu atmen oder das Tempo zu halten. Er schlug sich gut.

Und er brauchte es. Sein Körper brauchte es. Sein Geist brauchte es. Ein Ventil, ein Fluchtweg. Eine Chance, Dampf abzulassen und die Spannung in seinen Knochen zu lösen. Die ganze Nacht hindurch hatten ihn Gedanken an Nathan Burrows geplagt. Gedanken an den Mann, der in seiner Gefängniszelle saß, den Brief mit einem spöttischen Lächeln im Gesicht schrieb, sich möglicherweise selbst berührte, während er schrieb. Wie er Tomeks Adresse mit Freude schrieb, den Umschlag versiegelte und ihn einem der Wärter im Gefängnis übergab, unfähig, seine Aufregung zu verbergen.

Während er lief, stellte sich Tomek den Mann vor, wie er dort stand, zehn Meter voraus. Er jagte ihm nach. Drückte, hämmerte, seine Gliedmaßen pumpten. Versuchte, den Abstand zu schließen. Näher. Näher. Aber er war gerade außer Reichweite, eine Fingerspitze entfernt.

Entlang der Küste waren Beweise für den Sturm zu sehen, der sich über Nacht durch die Grafschaft gerissen hatte. Wasser hatte die Schutzmauer überwunden und die Promenaden überflutet, ergoss sich auf die Gehwege und umliegenden Straßen und hinterließ große Wasserflächen, die manchmal so tief wie seine Knöchel waren. Anderswo hatte Tomek weitere Beweise gesehen: umgestürzte Bäume am Straßenrand, die nur von einer einzigen, kräftigen Wurzel gehalten wurden; Mülltonnen, die einen Fluchtversuch unternommen hatten und nur bis zur Mitte der Straße gekommen waren, nachdem sie unterwegs gegen ein paar Autos gestoßen waren. Im Autoradio kamen Meldungen, dass in ländlicheren Gebieten Stromleitungen ausgefallen waren und das Stromnetzteam der Region die ganze Nacht gearbeitet hatte, um Stromausfälle zu bekämpfen, obwohl es wahrscheinlich war, dass die Betroffenen bis zum Abflauen des Windes ohne Strom auskommen müssten. Alisha war gekommen, hatte ihre Zerstörung angerichtet und war wieder gegangen.

Am Ende der Route kamen sie bei den East Beach Booms zum Stehen, zwei Kilometer Seeverteidigungsanlage, die aus etwa zwei Meter hohen Betonpfeilern bestanden, die in den Sandboden eingelassen und durch angewinkelten Stahl zusammengehalten wurden. Zuerst im Zweiten Weltkrieg als Verteidigungsmechanismus gegen U-Boote, Minen und andere Überwasserschiffe eingesetzt, waren die verbliebenen Pfähle umfunktioniert worden und wurden größtenteils während des Kalten Krieges gegen die wahrgenommene Bedrohung durch die Sowjetunion errichtet. Jetzt dienten sie als Grenze für das Land im Besitz des Verteidigungsministeriums, das hauptsächlich für militärische Operationen und Waffentests genutzt wurde. Der Zugang zum Strand dahinter war streng verboten, und so war es der perfekte Ort, um umzukehren und in Richtung Warrens Haus zu gehen.

Sie kamen vierzig Minuten – und weitere zweieinhalb Kilometer – später an. Als sie an Warrens Haustür ankamen, war Tomek völlig erschöpft, vornüber gebeugt, trocken würgend, sein Körper drohte, seinen Inhalt zu entleeren.

»Du hast dich zu sehr verausgabt«, sagte Warren.

Tomek ignorierte ihn, während er sich darauf konzentrierte, nicht auf die Einfahrt seines alten Schulfreundes zu kotzen. Der Kampf war kurz. Und erfolglos.

Der Inhalt seines Magens – das wenige, was noch übrig war – schoss auf den Backstein, spritzte auf Tomeks Schuhe und Beine.

»Es tut mir so leid«, sagte Tomek und wischte sich den Mund mit dem Ärmel seines nassen T-Shirts ab. »Ich werde es aufräumen.«

»Lohnt sich nicht. Der Regen wird es bald wegspülen.« Warren steckte seinen Schlüssel ins Schloss und drehte ihn um. Als Tomek sich auf den Weg zum Auto machte, rief Warren ihn zurück. »Wo zum Teufel glaubst du, gehst du hin?«

»Zur Arbeit...«

»Nicht in diesem Zustand.«

»Das ist schon in Ordnung. Wir haben dort Duschen. Ich wollte mich im Büro frisch machen.«

»Nicht nachdem du gerade meine Einfahrt vollgekotzt hast«, sagte Warren und stieß die Tür auf. Als Tomek sich nicht darauf zubewegte, eilte er hinüber, packte ihn am sauberen Ärmel und warf ihn ins Haus. »Du musst dich aufwärmen, und du brauchst auch etwas Wärme im Inneren. Und Zucker. Lass mich den Wasserkocher anstellen.«

Tomek hoffte, dass es nicht eine weitere von Warrens widerlichen Tassen Kaffee war, aber er war zu höflich, um etwas zu sagen. Stattdessen murmelte er etwas, war sich aber nicht sicher, was. Er dachte, es war »danke«, aber es hätte alles sein können.

»Lass mich dir ein Handtuch holen«, sagte Warren in der Küche. Bevor Tomek protestieren konnte, verließ sein Freund den Raum, rannte nach oben und kehrte einen Moment später mit einem Handtuch in der Hand zurück. Ägyptische Baumwolle, dunkelblau. »Trockne dich damit ab. Ich weiß, das Haus ist ein bisschen unordentlich, aber ich würde es vorziehen, wenn du das Sofa nicht durchnässt.«

Tomek nahm das Handtuch dankbar entgegen und begann, den Regen von seinen Unterarmen, dem Hals und dem Gesicht abzuwischen. Dann fuhr er mit dem Handtuch über seinen Kopf und nahm die meiste Feuchtigkeit auf. Sobald das Getränk zubereitet war – glücklicherweise ein Tee – führte Warren Tomek ins Wohnzimmer. Es lag auf der Rückseite des Hauses und blickte auf den Garten. Draußen, vom Wind umgeworfen, lag ein Zweipersonenkajak, das die gesamte Länge des Gartens einnahm.

»Können wir damit zum Hafen fahren?«, fragte Tomek.

»Nicht, wenn du nicht ertrinken willst.«

»Ich meinte ein andermal.«

»Wenn das Wetter besser ist, sehe ich keinen Grund dagegen. Warst du schon mal in einem?«

Tomek nickte und bestätigte, dass er es war. Aber er entschied sich, nicht zu erklären, wann oder warum. Das war ein Gespräch für einen anderen Tag.

»Lass mich sehen, wie das Wetter heute Nachmittag ist«, sagte Warren. »Die Vorhersage sagt, dass der Wind stark nachlassen wird. Es hängt nur davon ab, ob das zur gleichen Zeit wie die Flut ist. Ich gebe dir Bescheid.«

Tomek legte sein Handtuch auf das Sofa, setzte sich auf die Kante und schloss seine Hände um den Becher. Es war nur eine kleine Wärmequelle, aber er konnte bereits spüren, wie er wärmer wurde. Er hob die kleine Tasse an seinen Mund und nahm einen Schluck. Die Flüssigkeit verbrannte die Spitze seiner Zunge und seinen Hals, aber sie füllte ihn mit einer Nahrung, die sich in seinem ganzen Körper ausbreitete.

Warren nahm einen Stuhl vom Esstisch und zog ihn näher zu Tomek.

»Es ist nicht viel«, sagte er und zeigte auf die Möbel, »aber es reicht.«

»Besser als die Bedingungen, unter denen manche Menschen leben. Wie lange bist du schon hier?«

»Ich miete seit etwa fünf Jahren. Es erfüllt seinen Zweck. Aber ich brauche nicht viel. Gib mir ein Bett, eine Toilette und einen Platz zum Kochen, und ich bin zufrieden.«

Wie eine Gefängniszelle, dachte Tomek.

Beweise für Warrens einfachen Lebensstil waren überall im Wohnzimmer zu sehen. Es gab keine Wohnaccessoires, keine Fotos, keine Ornamente wie die, die Kasia und Abigail ihm geraten hatten zu kaufen, um »den Ort ein bisschen aufzupeppen«. Es gab einen Fernseher, ja, aber er war aus den späten 2000er Jahren und sah aus, als wäre er seit Jahren nicht benutzt worden. Ebenso rochen und fühlten sich die Möbel an, als kämen sie von einem Flohmarkt, die letzten Besitztümer von jemandem, der allein gestorben war. Es gab keine Bücher im Regal, keine DVD-Hüllen, keine CDs. Nicht einmal einen Plattenspieler.

»Was machst du den ganzen Tag?«, fragte Tomek.

Warren lachte. »Ich lese gerne. Meine Sammlung ist oben. Du solltest sie sehen. Ich bekomme viele von ihnen aus dem Secondhand-

Laden. Sie sind billig und ich kann sie zurückgeben, wenn ich fertig mit ihnen bin.«

Tomek nickte höflich. Er hatte kein besonderes Interesse an Büchern, schätzte sie aber dennoch. Er nahm noch einen Schluck von seinem Tee und lenkte das Gespräch weiter, diesmal zum Thema Schule. Es war das Einzige, was sie im Moment gemeinsam hatten. Das und ihre gemeinsame Liebe zum Rugby. Aber für den Moment war der gemeinsame Schulbesuch etwas, was sie beide erlebt hatten, etwas, woran sie beide schöne Erinnerungen hatten. Manchmal miteinander, manchmal ohne. Sie verbrachten die nächste halbe Stunde damit, Geschichten aus dem Klassenzimmer zu teilen, über alte Kollegen zu diskutieren und sich zu fragen, was sie heutzutage so trieben, obwohl keiner von beiden irgendetwas über irgendjemanden wusste; sie hatten beide darauf verzichtet, Social-Media-Konten zu führen, und waren zufrieden damit, es dabei zu belassen.

»Ehrlich gesagt, es ist mir scheißegal, was die Leute heutzutage treiben«, sagte Tomek. »Sie sind wahrscheinlich sowieso alle unglücklich. Machen einen Job, den sie hassen, nur damit sie ihn online posten können und den Eindruck erwecken, alles sei perfekt.«

»Ich mache mir Sorgen um die nächste Generation. Sie sind damit aufgewachsen. Sie denken, sie leben in einer bilderbuchperfekten Welt, aber es ist nicht alles Sonnenschein und Regenbogen. Etwas muss sich ändern.«

Tomek brummte, als er den letzten Schluck seines Getränks nahm. »Sag mir was Neues. Kasia verbringt so viel Zeit damit. Sie folgt all diesen Models, liked all ihre Fotos. Es schafft eine unrealistische Darstellung davon, wie das Leben sein sollte, und ich habe absolut keine verdammte Ahnung, was ich dagegen tun soll.«

»Wie alt ist sie?«

»Dreizehn.«

»Ich wusste nicht, dass du ein Vater bist.«

»Ich auch nicht, bis vor etwa vier Monaten.«

Verwirrung kroch über Warrens Gesicht. Tomek erklärte dann, dass Kasia eines Nachmittags an seiner Tür aufgetaucht war, während er sich um seine Bonsai-Bäume gekümmert hatte.

»Ich liebe Bonsai-Bäume!«, unterbrach Warren. »Ich habe einige im Schuppen und ein paar auf meinem Schlafzimmerfenster.«

»Nein. Echt?«

»Ja. Echt.«

Tomek war erstaunt. Normalerweise, wenn er erwähnte, dass er daran interessiert war, winzige Bäume in Blumentöpfen zu züchten, wurde er mit unbeholfenen und verwirrten Blicken konfrontiert, aber jetzt hatte er jemanden mit dem gleichen Interesse gefunden. Sie teilten eine Verbindung. Tomek zögerte nicht, darum zu bitten, Warrens Sammlung zu sehen, und der Mann zeigte sie ihm mit dem gleichen Eifer und der gleichen Begeisterung, die er Abigail gezeigt hatte, als er sie seiner eigenen Sammlung vorgestellt hatte. Es standen vier auf der Fensterbank, alle verschiedene Arten und verschiedene Größen, mit weiteren zehn draußen, die im Schuppen am Ende des Gartens Schutz suchten, während sie darauf warteten, dass der Sturm vorüberzog.

»Wie lange hast du sie schon?«, fragte Tomek.

»Seit der Schule. Einige von ihnen wurden im Laufe der Jahre beschädigt und ich musste sie ersetzen, aber ich sammle sie seit wir Kinder waren.«

Tomek schüttelte den Kopf, als er Warren in die Augen starrte. »Wo warst du mein ganzes Leben lang? Ich dachte, ich wäre der Einzige.«

Warren legte eine Hand auf Tomeks Schulter. »Du und ich beide, Kumpel. Du und ich beide.«

# KAPITEL
# FÜNFZEHN

Tomeks Haare waren noch nass von der Dusche im Büro, als er in Victorias Büro gerufen wurde.

»Guten Morgen, Tomek«, sagte sie. »Oder sollte ich eher sagen, guten Nachmittag?«

Tomek schaute auf seine Uhr. Es war erst 10:12 Uhr. »Wünschst du dir schon, dass die Zeit schneller vergeht?«

»Manche von uns sind schon seit sieben Uhr hier.«

»Das ist Ihre Sache. Ich war bei Warren Thomas.«

»Warum?«

»Informationen sammeln«, log er. »Ich hatte gehofft, er könnte mich zum Hafen mitnehmen, aber das Wetter hat uns einen Strich durch die Rechnung gemacht.«

Victoria grinste selbstgefällig. »Hab ich's Ihnen nicht gesagt.«

»Das sagen Sie zwar, aber alles ist nicht verloren, da er mir versprochen hat, mich heute Nachmittag mitzunehmen.«

»Klingt nach einem Gentleman. Wohin nimmt er Sie mit? Candle-Light-Dinner am Strand? Oder etwas Aufregenderes – Minigolf an der Strandpromenade?«

»Sprechen Sie aus Erfahrung?« erwiderte Tomek. »Oder warten Sie immer noch darauf, dass Sean eines dieser Dinge mit Ihnen unternimmt?«

Victoria öffnete ihren Mund, um zu antworten, biss sich aber schnell auf die Zunge.

»Sehr witzig«, sagte sie, »sehr geistreich. Wo wir gerade beim Thema Witze sind, wo war Ihr täglicher Bericht von gestern? Warum lag er heute Morgen nicht in meinem Posteingang?«

Tomek ließ sich Zeit mit seiner Antwort. »Was ist daran witzig?«

»Ihre Ausrede, vermute ich. Ich habe Sie in der Vergangenheit schon absolute Knaller erfinden hören.«

»Jacob's oder Ritz?«

Victoria gestikulierte mit ihren Händen und zeigte wiederholt auf ihn. »Genau das meine ich. Sie haben immer etwas zu sagen. Immer eine schnelle Bemerkung parat, um sich aus der Klemme zu ziehen, aber-«

»Ich versuche mich überhaupt nicht aus der Klemme zu ziehen, gnädige Frau. Ich bin genauso tief besorgt darüber wie Sie. Und wir müssen der Sache auf den Grund gehen.«

»Natürlich sind Sie das. Der Tag, an dem Sie sich genauso viel um diese Art von Dingen kümmern wie ich, ist der Tag, an dem ich verdammt noch mal sterbe.«

Tomek kämpfte darum, das Lächeln auf seinem Gesicht zu unterdrücken. Er wünschte niemandem den Tod. Eigentlich tat er es doch, aber die Liste war so kurz, dass er sie auf einen Fingernagel schreiben könnte. Zu Victorias Vorteil war sie nicht darauf.

»Genau deshalb werden Sie es nie zum Inspektor schaffen.«

Die Worte fühlten sich wie eine Ohrfeige und ein Tritt in die Leistengegend an. Gleichzeitig.

»Wovon reden Sie?«, fragte Tomek und fügte innerlich hinzu: *Du gehässige Schlampe.* »Was wissen Sie? Gibt es eine Stelle oder eine Beförderung, die ansteht?«

Ohne zu antworten wandte Victoria ihre Aufmerksamkeit von ihm ab und spielte plötzlich die Schüchterne. »Ich habe es nicht so gemeint. Vergessen Sie, dass ich etwas gesagt habe.«

»Aber Sie *haben* es so gemeint. Und ich möchte wissen, wie.«

»Und ich möchte wissen, warum Sie den Bericht gestern Abend nicht eingereicht haben. Diese Ehrlichkeitssache funktioniert in beide Richtungen, Tomek.«

Er hielt inne. Sie waren in einer Pattsituation. Er hatte nicht die Absicht, ihr den wahren Grund zu nennen, warum er nach der Obduktion direkt nach Hause gegangen war und ihren verdammten Bericht nicht fertiggestellt hatte. Aber ihm fiel keine Ausrede ein. Keine Erscheinung materialisierte sich vor ihm wie ein Flaschengeist. Und, so entschied er, bis er schließlich mit etwas aufkommen würde, wäre der Moment vergangen, und sie hätte es durchschaut.

Patt.

»Wann kann ich damit rechnen?«

»Ernsthaft?«

»Ja, ernsthaft. Sie müssen ihn trotzdem einreichen. So leicht kommen Sie nicht davon. Herrgott, Sie sind manchmal wie ein Kind. Als würde ich Sie bitten, Ihre verdammten Hausaufgaben zu machen.«

Tomek sagte nichts. Stattdessen schenkte er Victoria ein anmaßendes und übertriebenes Lächeln.

»Da Nick nicht hier ist, um Sie zu verteidigen, muss ich alles sehen, was Sie tun.«

»Ich habe Ihnen bereits gesagt, was ich für heute Nachmittag geplant habe. Sie sind herzlich eingeladen, sich uns anzuschließen, wenn Sie möchten.«

»Nein. Was ich möchte, ist, dass Sie mehrere Dinge tun.« Sie hob ihre Hand und begann, an den Fingern abzuzählen. »Erstens möchte ich, dass Sie mir diesen Bericht so schnell wie möglich zukommen lassen. Zweitens möchte ich, dass Sie Kontakt zu allen Hauptzeugen aufnehmen und sehen, wie es ihnen geht, herausfinden, ob sie sich an etwas anderes erinnert haben. Und drittens möchte ich, dass Sie mein Büro verlassen.«

Tomek wartete geduldig und tippte mit seinem Daumen gegen sein Knie. Er wartete, bis Victoria sich genötigt fühlte, etwas zu sagen.

»Was machen Sie immer noch hier?«

»Ich muss wissen, welches Sie zuerst erledigt haben möchten.«

—

Verpiss dich. Das war die vierte Ergänzung zu der Liste der Dinge, die sie von ihm wollte.

Verpiss dich.

Verlasse mein Büro.

Schick mir den Bericht.

Und dann besuche die Hauptzeugen.

In dieser Reihenfolge.

Unglücklicherweise für sie hatte Chey ihren Plan für ihn komplett ruiniert, bevor er überhaupt begonnen hatte.

»Wachtmeister, es gibt ein Problem mit einem der Hauptzeugen«, sagte er.

»Wer?«

»Kirsty Redgrave. Sie hat gemeldet, dass jemand letzte Nacht vor ihrem Airbnb stand.«

Tomek drehte sich auf der Stelle und zeigte dann auf die Tür auf der anderen Seite des Raumes. »Schnell Robin, zum Batmobil!«

Chey sah ihn nur verwirrt an. »Ist das irgendeine Art von Witz? Werden wir im Fernsehen sein?«

»Was? Nein, Idiot. Ich sage, schnapp dir deinen Mantel und die Schlüssel, und wir fahren gemeinsam runter...«

»Gemeinsam?« Chey verlagerte sein Gewicht von einem Fuß auf den anderen. »Aber ich dachte, ich würde hier bleiben und das beenden, was ich gerade mache?«

Tomek schüttelte den Kopf. »Hatte gerade ein kurzes Wort mit der Chefin, und sie hat mir gesagt, dass du und ich sowieso mit all diesen Leuten sprechen müssen. Ziemlich praktisch, wie das zu unseren Gunsten ausgegangen ist, oder?«

Wirklich praktisch.

Chey schien es zu glauben. Er sagte: »Nun, Batman, worauf warten wir noch?«

# KAPITEL
# SECHZEHN

Kirsty Redgrave war in ihren Fünfzigern, sah aber aus, als würde sie alles dafür tun, um genau diesen Eindruck zu vermeiden. Ihr Haar war glatt gestylt, ihr Gesicht leicht mit Make-up betont, und ihre Schulter- und Bizepsmuskeln waren deutlich definiert, was darauf hindeutete, dass sie mehr trainierte als aß. Sie und der Rest ihrer amerikanischen Familie wohnten in einem Fünf-Zimmer-Haus in South Benfleet. Sie hatten das Anwesen auf Airbnb gefunden und wohnten dort, während die Eigentümer in ihrem Zweitwohnsitz im Süden Spaniens einen ausgedehnten Weihnachtsurlaub verbrachten. Tomek war immer noch rätselhaft, warum irgendjemand, geschweige denn eine Gruppe Amerikaner, die einige der atemberaubendsten Landschaften der Welt vor ihrer Haustür hatten, einen Ort wie Essex für ihre Reisen wählten. Ihm fielen viele Orte weiter im Norden und sogar im Süden ein, die besser waren als hier. Das Einzige, was Süd-Essex zu bieten hatte, waren ein paar historische Attraktionen, alle paar Meter ein Schlagloch und ein Einkaufszentrum, das Menschen aus dem ganzen Land anzog (hauptsächlich, weil es sonst nichts zu tun gab und es eine ganz passable Möglichkeit war, einen Nachmittag zu verbringen). Vielleicht lag es daran, dass Tomek dort aufgewachsen war und gesehen hatte, wie sich der Ort im Laufe der Jahre so stark verändert hatte, dass seine Sicht auf die Gegend abgestumpft war, in einem matten Grauton eingefärbt. Trotzdem ergab es für ihn immer noch keinen Sinn.

»Southend ist voller Geschichte«, sagte Kirsty mit ihrem starken New Yorker Akzent, als sie das Wohnzimmer betrat.

»Technisch gesehen ist überall Geschichte«, erwiderte Tomek sarkastisch. »Der Planet existiert seit Milliarden von Jahren.«

Kirsty drehte sich zu Chey um und verdrehte die Augen. »Ist er immer so?«

»Leider«, antwortete der junge Polizist.

»Nun, es gibt viel zu sehen und zu tun. Man muss nur wissen, wo man suchen muss.«

»Sind Sie Lehrerin oder haben Sie einfach ein reges Interesse?«

»Ich bin Professorin«, antwortete Kirsty. »Geschichte an der New York University. NYU!«

Der plötzliche Ausbruch überraschte Tomek. Für jemanden, der laut Chey am Telefon so in Panik geraten war, dass es klang, als hätte sie sich ohne Hose aus dem Haus ausgesperrt, war sie überraschend munter.

»Ich unterrichte schon seit Jahren«, fuhr sie fort. »Jetzt gehe ich ins fünfzehnte Jahr, und ich liebe es, würde es für nichts auf der Welt ändern.« Sie wandte sich um und schaute aus dem Fenster. »Wenn man bedenkt, dass jemand, irgendwo, vor Jahrhunderten, auf die Idee kam, Straßen, Bewässerungssysteme und Währungen einzuführen – wo wären wir ohne all das?«

»Wir würden in unserem eigenen Dreck leben«, sagte Tomek. »Und vergessen wir nicht das brutale Töten zur Unterhaltung. Obwohl ich überrascht bin, dass sich das nicht bis heute gehalten hat.«

Kirsty konnte der Komik seiner Bemerkung nichts abgewinnen.

»Was ist so besonders an Essex?«, fragte Chey, seine Stimme voller Neugier.

»So vieles«, antwortete Kirsty. »Wussten Sie, dass hier paläolithische Steinwerkzeuge gefunden wurden, was bedeutet, dass Menschen in diesem Gebiet seit der ersten Eiszeit gelebt haben?«

Tomek erwiderte, dass er das nicht wusste.

»Und dass Beweise aus der Jungsteinzeit darauf hindeuten, dass der Mensch bereits vor etwa sechstausend Jahren in Chelmsford gelebt hat.

Und dass, in jüngerer Zeit, die Schlacht von Benfleet im Jahr 894 n. Chr. in der Nähe des Bahnhofs stattfand. Die Dänen gegen die Sachsen. Krass! Und wer könnte Boudicca vergessen?«

»Absolut«, sagte Tomek, obwohl er absolut keine Ahnung hatte, von wem sie sprach. In dem Bestreben, das Gespräch voranzutreiben, schaute er auf seine Uhr und fragte: »Ich dachte, Sie wollten heute abfliegen?«

Kirsty verdrehte erneut die Augen. »Das wollten wir, aber dann kam dieser verdammte Sturm. Unser Flug wurde gestrichen und jetzt können wir keinen anderen bekommen bis zum Wochenende. Zum Glück sind unsere Gastgeber auch in Spanien gestrandet, deshalb hatten sie kein Problem damit.«

*Oder sie haben es einfach nicht eilig, nach Hause zu kommen.*

»Immerhin haben Sie noch ein paar Nächte hier«, sagte Chey. »Das sollte Ihnen Zeit geben, noch ein paar zusätzliche Dinge von Ihrer Liste abzuhaken.«

Kirstys Gesicht leuchtete bei dem Gedanken auf, noch mehr historische Ruinen zu erleben und weitere archäologische Stätten zu besuchen, aber dann erinnerte sie sich schnell daran, dass sie und ihre Familie bereits alles von der Liste abgearbeitet hatten.

»Wo sind übrigens alle anderen?«, fragte Tomek.

»Sie sind einkaufen gegangen.«

»Ach ja?«

»Runter zu einem Ort namens Lakeside.«

Das Grinsen schoss unwillkürlich auf Tomeks Gesicht.

»*Das* ist ein Ort voller Geschichte«, sagte er mit einem frechen Grinsen.

Kirsty ignorierte den Kommentar und fuhr fort. »Um ehrlich zu sein, wollte ich, dass sie aus dem Haus kommen. Ich dachte, es wäre hier nicht sicher.«

»Ah, ja. Der Grund, warum wir hier sind. Bitte erklären Sie, was passiert ist und was Sie gesehen haben.«

Kirsty fasste sich, bevor sie begann, atmete tief ein und ließ die Anspannung in ihrem Körper sinken. Als sie anfing, verließ die Freude und das Staunen der vorherigen Diskussion ihr Gesicht und wurde durch Angst ersetzt, als ob sie das Erlebte noch einmal durchlebte, während sie davon erzählte.

»Es geschah letzte Nacht. Während des Sturms. Der Wind wehte wie verrückt, und ich habe noch nie so viel Regen gesehen. Ich ging zum Fenster, um die Schlafzimmervorhänge zu schließen, schaute nach draußen, und da sah ich eine Gestalt stehen. Zuerst dachte ich mir nicht viel dabei, aber als ich noch einmal hinschaute, stand er immer noch da. Ich sagte es meinem Mann, er kam, um nachzusehen, aber als er die Treppe hochkam, war die Gestalt verschwunden.«

»Verstehe«, sagte Tomek und schaute Chey an, gab ihm einen Blick, damit er eine Notiz in seinem Buch machte. »Und können Sie sich erinnern, wie er aussah?«

»Das war nicht das einzige Mal, dass ich ihn gesehen habe!«, fuhr Kirsty fort. »Er tauchte etwa eine halbe Stunde später wieder auf.«

»Ach ja?«

»Diesmal im Garten. Er war über den Zaun gesprungen und stand einfach da und beobachtete das Haus.«

Tomek versuchte, einen Moment lang seinen Unglauben beiseite zu schieben und sich vorzustellen, was sie gesehen hatte. Dunkelheit, abgesehen von dem matten orangefarbenen Schimmer der Straßenlaternen unten. Autos, die am Straßenrand parkten. Horizontaler Regen, der ihre Sicht verzerrte. Blätter und Zweige, die von einer Seite des Fensters zur anderen flitzten. Und eine einsame, gesichtslose Gestalt, die sich gegen die Schwärze abzeichnete, vollkommen still stand und zu ihr hochstarrte.

»Sind Sie sicher, dass es ein Mann war?«

»Ja«, zischte sie.

»Woher wissen Sie das?«

»Ich weiß, wie ein Mann aussieht. Ich habe schon welche gesehen.«

»Das bezweifelt niemand«, erwiderte Tomek, der spürte, dass sie immer gereizter wurde, je mehr Fragen er stellte. »Wie deutlich haben Sie das Gesicht des Mannes gesehen?«

»Ich... ich...«, zögerte sie, schloss die Augen. »Ich habe ihn nicht gut erkannt. Er war so weit weg, ich...«

»Können Sie beschreiben, was er anhatte?«

Kirsty schloss wieder die Augen. »Einen schwarzen Mantel. Einen langen schwarzen Mantel. Mit hochgezogener Kapuze. Er hatte weiße Zugschnüre, daran erinnere ich mich, weil sie im Wind flatterten.«

»Was ist mit seinem Gesicht? Ein Schal? War sein Mantel bis zum Kinn hochgezogen? Irgendwelche erkennbaren Merkmale? Vielleicht hat das Licht sich in einer Brille gespiegelt?«

Mit geschlossenen Augen schüttelte Kirsty den Kopf. »Ich glaube nicht, dass er eine Brille trug. Aber ich konnte seine Augen sehen. Wie Katzenaugen, die in der Dunkelheit leuchteten.«

Einen Moment lang fragte sich Tomek, ob sie tatsächlich eine Katze gesehen hatte. Aber seine begrenzte Erfahrung und Kenntnis des Tieres erinnerten ihn daran, dass es unwahrscheinlich war, dass eine Katze mitten in einem Sturm durch die Straßen von South Benfleet streifte, nicht wenn ein warmes Bett und Futter zu Hause auf sie warteten.

»Was ist mit seinen Schuhen?«, fragte Chey. »Trug er Turnschuhe, Schuhe? Welche Farbe hatten sie?«

Kirsty kniff ihre Augen noch fester zusammen, wodurch sich Falten an ihrer Schläfe bildeten. »Turnschuhe«, antwortete sie. »Dunkel, glaube ich. Passend zu seinem Mantel.«

Chey machte eine Notiz in seinem Buch. »Und was ist mit seinem Körperbau, seiner Größe? Wie würden Sie ihn beschreiben?«

»Er war groß.« Sie blähte ihre Schultern auf, als sie es sagte. »Seine Statur schien den Mantel auszufüllen. Er wirkte kräftig gebaut, solide, wie ein Rugby-Spieler. Und seine Beine waren auch kräftig. Er sah aus wie ein Türsteher oder jemand, der an der Tür steht. So nennt ihr die hier, oder?«

Tomek bestätigte, dass es so war. Dann öffnete sie ihre Augen und blinzelte ein paar Mal, um das Licht wieder hereinzulassen. Er griff in seine Tasche, zog sein Handy hervor und öffnete die Notizen-App. In der Nacht zuvor hatte er sich die Beschreibung notiert, die die amerikanische Reisegruppe von dem Mann gegeben hatte, der vom Tatort geflohen war – ihrem Hauptverdächtigen.

»Schwarzer Mantel«, begann er. »Schwarzes Haar... mittelgroßer bis kräftiger Körperbau. Würden Sie sagen, dass die Beschreibung des

Mannes, den Sie letzte Nacht gesehen haben, mit der des Mannes übereinstimmt, den Sie am Tatort gefunden haben?«

Kirstys Wangen wurden vor Sorge rot. »Das hatte ich nicht, bis Sie es erwähnt haben. Aber... ich weiß nicht. An dieser Person war etwas anders. Bedrohlichkeit, Bosheit. Etwas leicht Gestörtes. Der Typ am Hafen gestern, er... ich weiß nicht. Er sah besorgt aus.«

»Besorgt?«

»Panisch. Als ob er wüsste, dass alle ihn verdächtigen würden, diesem armen Mädchen etwas angetan zu haben, und er deshalb einfach weggelaufen ist. Immerhin, wenn Sie ihn nicht finden können, können Sie auch nichts gegen ihn unternehmen.« Kirsty rieb sich die Wange. »Was, wenn es der Mörder ist? Was, wenn er zurückkommt, um sicherzustellen, dass wir nichts sagen? Oder vielleicht ist er gekommen, um auch uns zu töten!«

Tomek hob eine Hand, um sie zu beruhigen, aber es hatte wenig Wirkung.

»Sie müssen uns helfen. Sie müssen uns beschützen. Was, wenn er heute Nacht wiederkommt? Wir brauchen jemanden, der Wache hält. Einen Polizisten, irgendjemanden. Wir brauchen Schutz.«

»Wir sind nicht das FBI, Kirsty«, sagte Tomek unverblümt. »Wir haben nicht unbegrenzte Ressourcen, um Leute zum Aufpassen zu schicken. Aber wir werden der Sache nachgehen und alles tun, was wir können.«

Tomek erhob sich vom Sofa und reichte ihr eine Visitenkarte. »Darauf steht meine Telefonnummer. Wenn Sie etwas Verdächtiges sehen, lassen Sie es mich wissen. Ich bin nur eine kurze Fahrt entfernt, also kann ich innerhalb weniger Minuten hier sein, aber zuerst müssen Sie die Polizei anrufen, damit sie jemanden schicken können.«

Kirsty befand sich in einem Zustand der Verwirrung, als sie aufstanden, um zu gehen, und erst einige Momente, nachdem sie das Wohnzimmer verlassen hatten, wurde ihr klar, dass sie gingen. Sie schloss die Tür hinter sich, lief ihnen nach und rief sie zurück. »Bitte sorgen Sie dafür, dass uns nichts passiert.«

Wenn das möglich wäre, dachte er, dann würde niemand jemals Opfer eines Verbrechens werden.

Als sie draußen waren, eilten Tomek und Chey zum Auto. Der Wind war mit voller Wucht zurückgekehrt und fegte an Tomek vorbei. Währenddessen kämpfte Chey, der kleinere und schlankere von beiden, gegen die Elemente an.

»Was hältst du von all dem?«, fragte er, als er die Tür hinter sich schloss und den Wind aussperrte.

»Es ergibt für mich keinen Sinn, dass unser Verdächtiger vom Tatort flieht und dann zurückkommt«, sagte Tomek. »Sie sind Touristen. Es ist äußerst unwahrscheinlich, dass sie ihn kennen oder irgendeine Verbindung zu ihm haben, die ihn dazu bringt, sie terrorisieren zu wollen.«

»Aber der Mörder wusste nicht, dass sie Touristen sind. Er könnte gedacht haben, dass sie hier wohnen und dass er Gefahr läuft, ihnen in Zukunft über den Weg zu laufen.«

»Also denkst du, er will sie auch umbringen?«, fragte Tomek.

Chey zuckte mit den Schultern.

Sehr hilfreich, dachte Tomek.

»Eine Sache ergibt für mich aber keinen Sinn«, sagte er und starrte tief in Gedanken versunken auf das Armaturenbrett. »Wie er ihre Adresse gefunden hat...«

»Was meinst du?«

Tomek zeigte auf das Haus. »Denk mal darüber nach«, sagte er. »Diese Leute sind seit einer Woche, zwei Wochen im Land. Sie haben den Platz über eine private Firma in einer App gebucht. Es gibt keine Aufzeichnung darüber, dass sie hier wohnen, außer zwischen dem Eigentümer und Kirsty. Wie zum Teufel sollte der Verdächtige wissen, wo sie wohnen?«

# KAPITEL
## SIEBZEHN

Tomek konnte diesen Gedanken nicht abschütteln.

Wie konnte die Gestalt, die vor dem Airbnb stand, wissen, wo sie zu finden waren, wenn es dieselbe Person war, die vom Tatort geflohen war? In Tomeks Kopf gab es zwei Möglichkeiten: Entweder war der Mörder ein Mitglied der Polizei und wusste, wo diese Information zu finden war, oder – und das hielt er für wahrscheinlicher – der Verdächtige hatte nach seiner Flucht vom Tatort vor der Polizeiwache gelauert, da er wusste, dass die Zeugen zur Befragung dorthin gebracht würden. Dann hatte er sie einfach zurück zu ihrem Zufluchtsort auf einer Insel voller Fremder verfolgt.

Wenn der Verdächtige dazu in der Lage war, wenn er den Redgraves nach Hause folgen konnte, dann war es möglich, dass sie nicht die einzigen Ziele waren.

Dass er es auch bei den anderen getan hatte.

Warren...

Andrei...

Kurz nachdem sie Kirsty Redgrave verlassen hatten, hatte Chey Nadia angerufen und nach Andrei Pirlogs Adresse gefragt. Laut Google Maps wohnte er etwas mehr als zwanzig Minuten entfernt, im Herzen von Southend-on-Sea. Eine kleine Einzimmerwohnung an der belebten London Road. Tomek benutzte sie jeden Morgen auf dem Weg zur

Arbeit und zurück, und er wusste, wie voll es dort werden konnte. So wie jetzt. Das ständige Rollen von Reifen, das sanfte Schnurren von Motoren im Leerlauf, das häufige Hupen, weil irgendein Idiot unweigerlich jemand anderem die Vorfahrt genommen hatte. Sie hatten allein drei Minuten warten müssen, bis jemand sie über zwei Fahrspuren ließ.

Die Wohnung war die zweite in einer Reihe von fünf. Sie alle befanden sich über verschiedenen lokalen unabhängigen Geschäften. Ein Fish-and-Chips-Laden, ein Zeitungskiosk, eine Bäckerei, ein Tattoo-Studio und ein chinesisches Imbisslokal. Andrei hatte das Pech, über dem chinesischen Restaurant zu wohnen, mit seinem dicken, klebrigen Geruch nach Pflanzenöl und Geschmacksverstärker, der in der Luft hing. Tomek spürte, wie er sich in seinem Rachen festsetzte, als er aus dem Auto stieg.

»Stell dir vor, du hättest chinesisches Essen auf Abruf«, sagte Chey.

»Wovon redest du? Deine Eltern haben ein indisches Restaurant. Du hast jederzeit Zugang zu indischem Essen, oder wie du sagst, *auf Abruf.*«

Chey schloss die Autotür. »Ja, aber das ist was anderes.«

»Inwiefern?«

»Weil es *chinesisch* ist. Es gibt nichts Besseres als Chinesisch.«

»Sag das bloß nicht vor deinen Eltern. Ich möchte mich nicht mit noch einem Mordfall befassen müssen.«

Der junge Polizist lachte unbeholfen. »Bezweifle, dass du dabei auch was zu sagen hättest, wenn dieser Fall ein Maßstab ist.«

Tomek ignorierte den Kommentar zunächst, ging auf Andreis Wohnung zu, hielt an einer Treppe an und drehte sich dann zu dem Mann um. »Was soll das denn heißen?«

Chey senkte seine Stimme und antwortete: »Ich sehe, was hier vor sich geht, weißt du. Jeder tut das. Zwischen dir und Sean. Sean und Victoria. Es ist so offensichtlich. Aber ich bin auf deiner Seite, übrigens. Obwohl ich die Zeit genieße, die wir zusammen verbringen.«

Als wären sie ein Paar.

»Wie lange weißt du das schon?«

»Seit wir angefangen haben, die ganze Arbeit zu machen, ohne dass

Victoria es Nick erzählt. Ich dachte mir, dass das der Anfang der kommenden Dinge war.«

Tomek war beeindruckt. Er gab zu, dass Victoria nicht sehr subtil gewesen war, ja. Aber es war politisch, und es hatte viel länger gedauert, bis Tomek solche Probleme bemerkt hatte, als er in Cheys Alter und in diesem Stadium seiner Karriere war (wenn er sie überhaupt bemerkte). Stattdessen hatte er sich zu sehr damit beschäftigt, mit seinen Kollegen zu flirten, das absolute Minimum zu tun und sich in Schwierigkeiten zu bringen.

»Sehr scharfsinnig«, antwortete Tomek. »Und du sagst, alle anderen haben es auch bemerkt?«

Chey nickte, seine Augen wurden größer.

Tomek fühlte plötzlich, dass ein Coup bevorstehen könnte.

»Ich bin beeindruckt.«

»Heißt das, wir sind jetzt beste Freunde?«, fragte Chey.

In den letzten Monaten hatte der Polizist unerträglich versucht, sich mit Tomek anzufreunden, um außerhalb und innerhalb der Arbeit engere Freunde zu werden. Aber Tomek hatte es immer aufgeschoben. Es gab einen großen Altersunterschied zwischen ihnen. Fast sechzehn Jahre. Und Tomek hatte diesen Fehler in der Vergangenheit schon einmal gemacht, wenn auch mit einer Person des anderen Geschlechts, und er war nicht bereit, das wieder zu tun. Seit Sean fast aus seinem Leben verschwunden war, hatte Tomek gescherzt, dass eine Position als einer seiner besten Freunde frei geworden sei, was dem jungen Mann Hoffnung gegeben hatte. Chey kämpfte seitdem um den ersten Platz.

»Tut mir leid, Kumpel«, sagte er. »Aber die Stelle ist fast besetzt. Es sei denn, du kannst mir den Unterschied zwischen einem Kirschblüten- und einem chinesischen Ulmen-Bonsai nennen?«

Chey griff in seine Tasche.

»Nicht schummeln!«

Niederlage tanzte über sein Gesicht. »Wie soll ich dann die Antwort herausfinden?«

»Ein wahrer bester Freund würde sich von so etwas nicht aufhalten lassen. Sei kreativ. Frag herum.«

Chey klatschte seine Handflächen zusammen und verbeugte sich. »Verstanden, Sensei.«

»Du hast bis zum Ende des Tages Zeit.«

Damit gingen sie die kleine Treppe zu Andrei Pirlogs Wohnung hinauf. Chey war als Erster da und wartete geduldig, bis Tomek folgte. Gerade als er an die Tür klopfen wollte, fiel ihm etwas auf. Ein Spalt, nicht größer als ein paar Millimeter, aber groß genug, dass das Gehirn ihn als ungewöhnlich erkannte.

Die Tür stand offen.

Waren sie zu spät? Hatte die mysteriöse Gestalt Andrei bereits erreicht?

Er gab Chey ein leichtes Nicken. Der Polizist verstand, was er meinte, und während Tomek jeden Muskel in seinem Körper anspannte, stieß er die Tür auf.

Die Wohnung war kalt, still. Als wäre sie wochenlang, monatelang unbewohnt gewesen, und alles, was zurückgeblieben war, waren Erinnerungen und die Seelen derer, die auf dem Weg vorbeigezogen waren. Die Haare in Tomeks Nacken richteten sich auf, als er durch den Flur ging.

Linker Fuß.

Rechter Fuß.

Links.

Bis er stehen blieb. Zu seiner Rechten befand sich ein kleines Badezimmer. Durch den Spalt in der Tür sah Tomek, worauf er sich vorbereitet hatte. Da lag er in der Badewanne, untergetaucht unter Wasser, vollständig bekleidet, sein Körper schlaff, der Mann, den Tomek bis jetzt nur von Fotos kannte. Die Augen geschlossen, der Mund offen, tot. Andrei Pirlog.

# KAPITEL
# ACHTZEHN

Tomek stürzte zur Badewanne, krachte gegen die Seite, griff nach Andreis Hinterkopf und zog dessen Nase und Mund aus dem Wasser.

»Andrei!«, schrie er dem Mann ins Gesicht. »Andrei! Wachen Sie auf! Können Sie mich hören?«

Aber der Mann konnte ihn nicht hören. Und nach dem toten Gewicht seines Körpers in Tomeks Armen zu urteilen, würde er nie wieder etwas hören. Hektisch legte Tomek einen Finger an den Hals des Mannes und wartete auf einen Puls. Nichts.

Doch Tomek wollte das nicht als Antwort akzeptieren. Mit den Zehen gegen den Rand der Badewanne gestemmt und mit Cheys Hilfe, als dieser endlich begriff, was Tomek versuchte, zog Tomek Andrei aus der Wanne und schleifte ihn auf den Boden. Wasser überflutete das Linoleum, durchnässte Tomeks Socken und Beine. Er legte den Mann flach auf den Rücken und begann mit der Herzdruckmassage. Hämmerte mit den Handflächen auf die Brust des Mannes, spürte, wie dessen Brustkorb unter seinem Gewicht nachgab, bewegte Andreis Körper wie eine Stoffpuppe, dessen Gliedmaßen bei jeder Kompression zitterten. Starrte in die seelenlosen, leblosen Augen des Mannes.

Schließlich, nach zwei Minuten unermüdlicher

Wiederbelebungsversuche, griff Chey ein und zog ihn von der Leiche weg.

»Er ist tot«, sagte Chey sanft und warf seinen Arm über Tomeks Brust. Die Barriere reichte aus, damit Tomek zur Besinnung kam und erkannte, dass es Zeit war aufzuhören. Der Mann war tot, schon seit langer Zeit. Es gab nichts mehr, was er tun konnte.

»Wir müssen die Spurensicherung rufen«, sagte Tomek, während er Chey beiseiteschob und in den Arbeitsmodus wechselte. »Mach die Haustür zu. Lass niemanden und nichts mehr in dieses Gebäude. Und fass nichts an.«

Chey nickte zum Zeichen, dass er verstanden hatte, und verschwand. Einen Moment später rief er vom Flur zurück: »Womit soll ich die Tür schließen, Chef? Ich will sie nicht kontaminieren.«

»Mit deiner Kleidung. Tu es ganz oben – irgendwo, wo sonst niemand die Tür angefasst haben könnte.«

»Jawohl, Käpt'n.«

Als er hörte, wie die Tür sich schloss, trat Tomek einen Schritt zurück und betrachtete seine Umgebung, warf seinen ersten richtigen Blick auf den Mann vor ihm. Andrei Pirlog war ein gutaussehender Mann mit einer Fülle langen, dicken schwarzen Haares, das Martin Konkurrenz machen konnte. Seine Augen lagen tief, und er hatte ein vollständiges Gebiss gepflegter, sauberer Zähne. Er sah aus wie jemand, der viel Zeit mit der Pflege seines Äußeren verbrachte, und als ob er italienische oder mediterrane Wurzeln in seinem Blut hatte; mehr, als der rumänische Name und die Nationalität vermuten ließen.

Die Duschbadewanne nahm die Länge einer Wand ein. In der Ecke neben seinem Kopf lag eine geöffnete Packung Paracetamol, gegen die Wand gequetscht. Tomek zählte fünf fehlende Tabletten. Zweifellos hatten sie in Andreis Eingeweiden ihre letzte Ruhestätte gefunden.

Bevor Tomek den Rest des Raumes untersuchen konnte, kam Chey zurück.

»Die Spurensicherung ist unterwegs«, sagte er. »ETA zehn Minuten.«

Tomek hatte nicht gehört, wie der Polizist den Anruf getätigt hatte, dankte ihm aber trotzdem.

»Junge…«, sagte Chey.

»Was?«

»Nichts.«

»Nein. Sag es schon.«

Chey zeigte auf das Waschbecken.

»Was ist damit?«

»Er ging durch die *Hölle*.«

Tomek sah ihn unbeeindruckt an und wünschte, er würde sich beeilen. Je länger sie dort blieben, desto länger kontaminierten sie den Tatort.

»Wie kommst du darauf?«

»Weil man viel über einen Menschen anhand des Zustands seiner Zahnbürste erkennen kann.«

Tomek schaute ihn verständnislos an.

»Wie das?«

»Nun, es sieht aus, als hätte er seit einer Weile sieben Schichten Dreck aus seinen Zähnen und seinem Zahnfleisch geschrubbt. Er muss durch die *Scheiße* gegangen sein.«

»Die *Scheiße* bedeutet Selbstmord?«

Chey zuckte mit den Schultern. »Schätze schon.«

Tomek seufzte tief, schüttelte den Kopf und rieb sich das Gesicht, um etwas von der Spannung in seinen Muskeln zu lösen. Dann hob er vorsichtig ein Bein über den Leichnam und trat aus dem Badezimmer, um sich ins Wohnzimmer zu begeben.

»Wo gehst du hin?«, fragte Chey. »Wir sollten nicht-«

»Wir müssen die Gegend sichern«, sagte er. »Sicherstellen, dass keine Gefahren vorhanden sind.«

»Gefahren? Aber es sieht aus, als hätte er sich selbst-«

Tomek hob eine Hand und brachte Chey zum Schweigen. Er wollte es nicht hören. Die Alarmglocken in seinem Kopf läuteten und sagten ihm, dass dies mehr als ein Selbstmord war. Dass jemand in die Wohnung eingedrungen war, getan hatte, was er tun musste, und dann wieder gegangen war. Ob es beabsichtigt war, die Tür offen zu lassen, wusste Tomek nicht. Aber er würde es herausfinden.

Tomek ließ die Leiche zurück und sprang in den gegenüberliegenden

Raum. Andreis Schlafzimmer. Vielmehr das, was davon übrig war. Alles, was in dem Raum verblieben war, war eine schlichte Matratze, ein Nachttisch mit nur einer Lampe als Begleiter und ein Kleiderschrank, der in die Ecke gestellt worden war. Das war alles. Sonst nichts. Keine Dekorationen, keine Bilderrahmen, nicht einmal ein Stück Bettwäsche, um die Matratze zu bedecken. Der Raum sah aus, als wäre er schon eine Weile leer gewesen.

Genauso wie der Rest der Wohnung.

Das Wohnzimmer hatte alle notwendigen Dinge – ein Sofa, einen Esstisch – aber nicht mehr, nicht weniger. Was die Küche betraf, so war sie mit allen typischen Elektrogeräten ausgestattet, aber als Tomek in den Kühlschrank und in einige der Schränke schaute, fand er nichts. Es war die schlechteste Werbung der Welt für ein Zuhause. Nach allem Anschein hatte Andrei dort keine einzige Nacht verbracht, aber es gab Beweise für seinen Aufenthalt: Essensreste und Müll im Abfalleimer, eine Handvoll Kleidungsstücke in der Waschmaschine, die darauf warteten, gereinigt zu werden.

Die ganze Wohnung war bizarr, verwirrte ihn. Und er wusste nicht recht, was er davon halten sollte.

Bevor er weiter darüber nachdenken konnte, spürte er eine Hand auf seiner Schulter. Er zuckte zusammen und drehte sich auf der Stelle um. Chey stand hinter ihm und sah kleinlaut aus, als hätte er gerade etwas in der Garage kaputt gemacht und käme, um es seinem Vater zu sagen.

»Die Spurensicherung ist hier. Es wird Zeit, dass wir gehen.«

# KAPITEL
# NEUNZEHN

Sie kamen nicht sehr weit.

Tomek klopfte und wartete, während er ungeduldig mit dem Fuß auf dem Beton tippte. Hinter der Tür hörte er Popmusik, die durch Lautsprecher dröhnte. Er war überrascht festzustellen, dass er sie nicht kannte; seit Kasia in sein Leben getreten war, war er mit allem, was mit Popkultur zu tun hatte, bestens vertraut – oder gab zumindest vor, es zu sein – und er scheute sich nicht zuzugeben, dass er jederzeit wusste, wer der neueste Freund ihres Lieblingspopstars war oder wann deren neues Album herauskam. Wenn das Team eines Abends im Last Post, ihrer Stammkneipe um die Ecke der Polizeistation, ein Kneipenquiz veranstalten würde, würde er sich für die Popquizrunde melden. Es gab keinen Promiskandal, über den er nicht Bescheid wusste, keine Neuerscheinung, die ihm entgangen wäre. Kasia hatte ihm das Geschenk des Wissens über Dinge gemacht, die absolut keinen Einfluss auf sein tägliches Leben hatten. Trotzdem war es schön, Hobbys zu haben.

Schließlich, nachdem er dreimal geklopft hatte, öffnete sich endlich die Tür. Vor ihnen stand eine Frau Anfang dreißig in einem Bademantel. Um ihren Kopf war ein weißes Handtuch gewickelt, und ihr Gesicht war mit einer Schicht Make-up bedeckt.

»Hi«, sagte Tomek mit einem gezwungenen Lächeln.

»Ick will nüscht«, schnauzte sie.

»Das ist gut. Denn wir verkaufen nichts.«

»Oh. Wofür seid'a denn hier?«

»Wegen Ihres Nachbarn.«

»Wer?«

»Herr Pirlog. Bei Nummer-« Tomek lehnte sich zurück, um das Schild an Andreis Haustür zu überprüfen. »Bei Nummer sechzehn.«

»Ick weeß nich, wer det is.«

»Sie wissen gar nichts über ihn?«

Die Frau kaute an ihrer Unterlippe und schüttelte den Kopf. »Ne. Hab sein' Namen nie jehört und ihn hier auch nie jesehn.«

»Wenn Sie noch nie von ihm gehört haben, woher wissen Sie dann, dass Sie ihn noch nie gesehen haben?«, fragte Chey.

Tomek wünschte, er hätte es nicht getan. Es war ein aussichtsloser Kampf, mit dieser Frau zu sprechen, und er war bereit, zum nächsten Nachbarn überzugehen. Obwohl er ziemlich sicher war, wie das Ergebnis auch dort ausfallen würde.

»Hört ma«, sagte sie und blitzte dieses Mal einen Zahnspangenhalter in ihrem Mund auf. »Ick wohn' hier seit jut einem Jahr, wa? Und ick hab nie irjendwen da rein- oder rausjehen sehen. Tut mir leid, aber ick kann euch nich helfen, womit auch imma ihr Hilfe braucht.«

»Er ist tot«, sagte Tomek unverblümt.

»Scheiße«, erwiderte sie ebenso direkt.

»In der Tat. Haben Sie vielleicht in den letzten vierundzwanzig Stunden oder so etwas Seltsames gesehen oder gehört?«

Sie schüttelte den Kopf. »Ist er schon so lange tot? Dachte, ick hätte was Komisches jerochen. Ach nee, das waren nur die Mülltonnen draußen. Vergiss es.« Sie schaute in die grauen Wolken über ihnen und begann, an ihrem Kinn zu tippen, als ob sie tief in Gedanken versunken wäre, obwohl der leere Gesichtsausdruck niemanden täuschte. »Ehrlich jesagt, Jungs, ick hab den janzen Tag und die janze Nacht meine Musik an. Ick hör nich viel außer dem, wat ick höre.«

»Du bist bestimmt eine Freude«, murmelte Tomek vor sich hin.

Bevor er die Frau zu ihren blutenden Trommelfellen zurückkehren ließ, übergab Tomek ihr eine Visitenkarte und sagte ihr, sie solle sich melden, falls ihr noch etwas einfallen sollte. Dann gingen er und Chey weiter die Reihe der Wohnungen entlang. Ihr Optimismus, dass jemand Andrei gekannt oder getroffen hatte, schwand rapide, je weiter sie kamen. Am Ende der Reihe hatten sie nichts. Niemand hatte Andrei getroffen, niemand hatte ihn auch nur im Vorbeigehen gesehen. Niemand hatte von ihm gehört. Aber wie sich herausstellte, hatten sie auch voneinander nichts gehört, obwohl sie die ganze Zeit nur Zentimeter voneinander entfernt wohnten. Keiner in dieser Reihe von Mietwohnungen hatte sich die Zeit genommen, mit seinen Nachbarn zu sprechen oder sich vorzustellen; stattdessen schlossen sie sich ein und blieben auf ihre eigenen vier Wände beschränkt.

Besiegt und niedergeschlagen hatte Tomek die Nachbarn einer Polizistin überlassen, die mehr als glücklich war, Zeugenaussagen aufzunehmen. »Das ist heute der einfachste Teil meines Tages«, hatte sie gesagt, nachdem sie Tomeks Teil des Gesprächs mit ihnen mitgehört hatte. Er neigte dazu, ihr zuzustimmen.

Während er die Nachbarn in den fähigen Händen der Polizistin ließ, machten er und Chey sich auf den Weg zurück zum Einsatzraum. Es gab dort nichts mehr für sie zu tun: Andreis Leiche war für eine Obduktion abtransportiert worden; die Spurensicherung war mitten in der Untersuchung der Beweise; und der Tatortmanager war darauf bedacht, es so schnell wie möglich zu erledigen.

»Ich weiß nicht, wie es dir geht, Kumpel«, sagte Tomek, als er den Motor anließ. »Aber ich glaube nicht, dass du heute Zeit haben wirst, den Unterschied zwischen einer Kirschblüte und einer chinesischen Ulme herauszufinden. Ich würde es vorziehen, wenn du deine Zeit darauf konzentrierst, herauszufinden, wer Andrei getötet hat. Die Bonsai- und Bester-Freund-Sache kann warten.«

# KAPITEL
## ZWANZIG

Nachrichten von Andreis Tod verbreiteten sich schnell. Als er und Chey in den Einsatzraum zurückkehrten, war die Nachricht, dass der wichtigste Schlüsselzeuge der Ermittlung nun tot war, ihnen bereits zuvorgekommen. Und Tomek hatte einen Großteil einiger Sekunden damit verbracht, es dem Team zu erklären, bevor er in Victorias Büro gerufen wurde. Sie schloss die Tür fest hinter ihm und ließ ihn wissen, dass sie irgendeine Art von Problem haben würden.

»Ich habe diesen Bericht immer noch nicht«, sagte sie, während sie auf die andere Seite ihres Schreibtisches ging und den Tisch als Freiraum zwischen ihnen beließ.

»Ich war beschäftigt.«

»Das habe ich gehört. Wessen Idee war es, Chey von seinen Pflichten abzuziehen?«

Tomek runzelte die Stirn. »Ich glaube, es war Kirsty Redgraves Idee, als sie sagte, dass jemand vor ihrer Unterkunft gestanden hat.«

»Kirsty Redgrave? Eine der Schlüsselzeuginnen?« Das war eindeutig neu für Victoria, und Tomek genoss diesen Moment, in dem er ihr einen Schritt voraus war. »Ich dachte, sie sollten zurück in die Staaten fliegen?«

Tomek zeigte auf das Fenster hinter ihr. »Es gab etwas Wind und

Regen, der sie leicht verzögert hat. Nicht sicher, ob Sie das gesehen oder davon gehört haben.«

In diesem Moment kanalisierte Victoria ihren inneren Nick und seufzte schwer.

»Wann reisen sie ab?«, fragte sie.

»Morgen. Ich denke, wir sollten sie herbeibringen oder sie irgendwie schützen.«

Victoria nahm sich einen Moment Zeit, um zu verarbeiten, was er gesagt hatte. »Warum?«

»Weil sie glauben, dass sie während des Sturms jemanden vor ihrem Haus stehen sahen – auf der Straße und später im Garten. Jetzt haben sie Angst, dass er zurückkommen könnte. Und nach dem, was mit Andrei passiert ist, bin ich geneigt, zuzustimmen.«

»Und Sie sind sich sicher, dass jemand dort war?«

»Wie könnte *ich* mir sicher sein?«, sagte Tomek und zeigte auf sich selbst. »*Ich* war nicht dort. Die einzige Möglichkeit wäre, wenn ich ein Zeitreisegerät hätte oder zumindest Zugang zu einem. Aber leider habe ich keins, also kann ich nur ihr Wort dafür nehmen. Und laut ihrer Aussage wurde jemand gesehen, der der Beschreibung unseres Hauptverdächtigen entspricht und vor dem Haus stand. Wir müssen sicherstellen, dass er nicht zurückkommt und ihnen das antut, was er Andrei angetan hat.«

»Und was wäre das?«, fragte Victoria. Sie versuchte, die Verwirrung und Bestürzung in ihrer Stimme zu verbergen, aber Tomek durchschaute sie. Sie hatte absolut keine Ahnung, was vor sich ging, und sie brauchte ihn, um es ihr zu erklären, als wäre sie ein Kind.

»Ich dachte, es wäre offensichtlich?«

»Sie glauben, Andrei wurde getötet?« Sie sprach mit Überraschung, als könnte sie nicht glauben, dass die Worte aus ihrem Mund kamen.

»Ich habe Grund zu der Annahme, ja.«

»Die eingehenden Berichte besagen, dass es Selbstmord war.«

»Richtig. Berichte können falsch sein. Deshalb habe ich Ihnen meinen von gestern nicht gegeben.«

»Ist das ein Eingeständnis von Unfähigkeit, Sergeant?«

Noch nicht, war es das nicht.

Als Tomek nicht antwortete, fragte Victoria: »Warum haben Sie versucht, ihn zu retten?«

»Wie bitte?«

»Andrei. Warum haben Sie sich entschieden, ihn zu retten? Schätzungen zufolge ist er seit fast vierundzwanzig Stunden tot.«

Tomek schüttelte ungläubig den Kopf. »Fragen Sie mich das ernsthaft?«

»Ja.«

Tomek seufzte. »Weil die Haustür offen war. Nachdem ich gehört hatte, was Kirsty Redgrave und ihrer Familie passiert war, war ich etwas nervös, und als ich die Tür sah, dachte ich, ihm könnte gerade etwas zugestoßen sein. Verzeihen Sie mir, dass ich versucht habe, ein Menschenleben zu retten.«

»Hören Sie damit auf«, zischte sie. »Stellen Sie mich nicht als die Böse hin.«

»Schwierig, wenn Sie meine Entscheidung in Frage stellen, jemanden wiederzubeleben.«

»Sie hätten den Tatort kontaminieren können. Sie wissen es besser.«

»Ich weiß auch, dass der Versuch, ein Leben zu retten, besser ist als irgendwelche Beweise zu bewahren – Beweise, die Ihrer Meinung nach anscheinend nicht existieren.«

Victoria wandte sich wieder von ihm ab und starrte auf die Wand.

»Wir müssen abwarten, was die Obduktion und die forensischen Berichte ergeben, aber bis dahin möchte ich, dass wir uns voll und ganz darauf konzentrieren, Morganas Mörder zu finden. Wir wissen mit Sicherheit, dass jemand sie getötet hat. Wir wissen mit keiner Gewissheit, dass Andrei Pirlog ermordet wurde, auch wenn die Panikmache der Amerikaner darauf hindeutet, dass er es vielleicht wurde. Und ich bin nicht bereit, Leuten nachzujagen, die nicht existieren.«

Tomek schnellte vom Stuhl hoch, verließ fassungslos ihr Büro und stürmte in die Küche, wo er sich eine Flasche Wasser und einen Karamell-Rocky-Keksriegel (einen seiner absoluten Favoriten) aus dem Kühlschrank nahm. Während er sich an der Küchentheke anlehnte, kippte er das Wasser hinunter. Sobald er fertig war, begann er, den Schokoriegel auszupacken. Er war hungrig und brauchte etwas Zucker. Sein Zuckerspiegel war niedrig, und er würde noch niedriger werden, als er spürte, wie das Adrenalin durch seinen Körper schoss. Dann kam Sean in die Küche und Tomek griff vorsorglich nach einem weiteren Keks. Sean beachtete ihn nicht. Er kam einfach herein, ging direkt zum Schrank und nahm einen Becher heraus. Erst als Tomek die Tür zuknallte, bemerkte Sean ihn.

»Oh, alles klar, Kumpel?«, fragte er und strapazierte jegliche Freundlichkeit in seiner Stimme auf ein nie dagewesenes Niveau.

»Alles klar«, antwortete Tomek.

»Wie geht's Kasia?«

»Ja, ihr geht's gut.«

»Und Abigail?«

»Auch gut.«

»Cool.«

»Schön.«

Sean öffnete den Mund, um zu sprechen, aber Tomek kam ihm zuvor. »Wenn wir gerade von Freundinnen sprechen, könntest du nicht mal ein Wort mit deiner reden?«

»Worüber?«

»Andrei. Sein 'Selbstmord'. Sie scheint zu glauben, dass der Typ sich selbst in der Badewanne abgemurkst hat.«

»Ich bin sicher, sie hat ihre Gründe.«

»Auch wenn sie falsch sind?«

Sean grunzte.

»Ihm ist etwas zugestoßen und sie weiß es. Sie ist nur zu verdammt blöd, um etwas zu tun–«

Sean hob einen Finger und erwiderte: »Sprich nicht so über sie.«

Tomek hob die Hände in gespielter Kapitulation. »Ich sage nichts, was nicht wahr ist, Kumpel.«

Sean überwand die Lücke zwischen ihnen in einem Augenblick, wobei der Schwung seiner überwältigenden Körpermasse und seiner einen Meter vierundneunzig großen Gestalt ihn fast in Tomek hineingestoßen hätte. Aber er hielt sich zurück und blieb standhaft. Sie starrten einander lange an. Tomek beobachtete die Gesichtszüge des Mannes, sah, wie seine Pupillen nach links und rechts ricochettierte. Er spürte die Wärme von Seans Atem auf seiner Haut. Sah die Aknenarben auf seinen Wangen, wegen denen er immer unsicher war.

Bevor einer von ihnen etwas sagen konnte, öffnete sich die Tür. DC Oscar Perez betrat den Raum und blieb in der Tür wie eingefroren stehen.

»Entschuldigung, Leute«, sagte er schüchtern. »Störe ich etwas?«

»Nein«, antwortete Tomek. »Sean hat mir gerade gesagt, dass er eine Umarmung braucht. Aber ich bin nicht so der Umarmer. Würdest du?«

Oscars Gesicht leuchtete unter den LED-Lichtern. Er klatschte in die Hände und stürzte sich auf Sean. »Mit dem größten Vergnügen. Wir alle brauchen ab und zu eine Umarmung. Eine kleine Bro-Umarmung, um sicherzustellen, dass alles in Ordnung ist.«

Eine Sekunde später war Oscar bereit, seine Arme um Sean zu schlingen, der plötzlich aussah, als müsste er dringend und unangenehm auf die Toilette.

Als Tomek gehen wollte, schnippte Oscar mit den Fingern und packte ihn an der Schulter. Er zog ihn zurück und sagte: »Nein, nein, nein. Wo glaubst du, gehst du hin?«

»Zu meinem Schreibtisch.«

»Nö. Nicht so schnell. Komm her, los geht's.«

Tomek schien keine Wahl zu haben. Oscar packte ihn am Ärmel und zog ihn heran. Im nächsten Moment hatte er seine Arme um zwei Männer geschlungen, die sich beide an den entgegengesetzten Enden des Größenspektrums befanden, berührte ihr Speck, spürte ihre Muskeln. Tomek wollte so schnell wie möglich dort raus, aber jedes Mal, wenn er sich zurückzog, spürte er, wie Oscar ihn zurückholte. Dies geschah ganz nach Oscars Bedingungen, und sie durften nicht aufhören, bis er es sagte.

Ihre gemeinsame Zeit wurde von Nadia unterbrochen, die mit einer Hand auf ihrem Babybauch den Raum betrat. »Wisst ihr, wenn ihr auf diese Weise ein Kind zu zeugen versucht, macht ihr es völlig falsch.«

In diesem Moment hatte Tomek genug und riss sich los. Während

Nadia sich mit der Mikrowelle beschäftigte, trat Tomek einen Schritt zurück und starrte Oscar finster an.

»Das war doch gar nicht so schwer, oder, Tomek?«

»Nein. Aber ich bin hundertprozentig sicher, dass ich etwas *Hartes* von einem von euch an meinem Bein gespürt habe.«

# KAPITEL
# EINUNDZWANZIG

Später an diesem Abend lagen Tomek und Abigail halbnackt unter der Bettdecke. Draußen waren es zwei Grad, aber Tomek war heiß, und so hatte er ein Bein aus der Decke gestreckt. Er lag mit dem Arm hinter dem Kopf und starrte an die Decke. Die Ereignisse des Tages hatten ihn mitgenommen und er musste Dampf ablassen, abschalten. Gedanken an Morgana, Andrei, die Badewanne und zu einem gewissen Grad auch an Sean und Victoria plagten seinen Geist. Aber heute Abend gab es noch etwas anderes, das ihn beschäftigte.

Kasia. Der Teenager, der ihn weiterhin verwirrte und verärgerte, und diejenige, die ihn zweifellos noch viele Jahre – wenn nicht den Rest seines Lebens – verwirren und verärgern würde. Sie war in den letzten Tagen ruhig gewesen, distanziert, von irgendetwas abgelenkt. Als er sie nach der Schule gefragt hatte, hatte sie mit einsilbigen Antworten reagiert. Als er sie nach ihren Freunden und Lieblingsfächern gefragt hatte, war ihr Gesichtsausdruck teilnahmslos geblieben. Etwas beunruhigte sie. Und er wusste nicht, was. Wahrscheinlich der soziale Druck, ein Teenager zu sein: Schule, Erwachsenwerden, Jungs, Aussehen, Aufmerksamkeit. Es war ein verdammtes Minenfeld, und er hatte absolut keine Ahnung, was er dagegen tun sollte.

In der kurzen Zeit, die sie Vater und Tochter waren, hatten sie bereits gegen Alkoholkonsum Minderjähriger, Dampfen und Freunde gekämpft; das Dreigestirn ihrer Versuche, ihre Gleichaltrigen zu beeindrucken. Ganz zu schweigen von dem Vorfall, bei dem sie fast an einem anaphylaktischen Schock gestorben war, was immer noch sichtbare Auswirkungen auf sie hatte. Aber er glaubte, seine Tochter gut genug zu kennen, um zu wissen, dass es hier um etwas anderes ging, etwas, das nichts mit dieser bestimmten Nacht zu tun hatte. Sie war widerstandsfähig gewesen, um das zu überwinden, entschlossen, und ihre geistige Gesundheit hatte sich dank der Therapiesitzungen, die sie gemeinsam besuchten, verbessert. Aber er spürte, dass dies ein ganz anderes Problem war. Eines, das nicht in einer kleinen Besenkammer mit einem ausgebildeten Fachmann besprochen worden war.

Er brauchte Hilfe. Er hoffte, sie neben sich finden zu können. Abigail war normalerweise ein gutes Sprachrohr, und er vertraute ihr die Informationen an, die er ihr gab. Im Moment saß sie neben ihm, an ihrem Laptop, und tippte einen weiteren Artikel.

»Kann ich dich etwas fragen?«

»Was ist Pi auf zehn Stellen?«

»Was?«

»Nichts. Nur etwas, worüber ich vorhin nachgedacht habe.«

»Richtig«, Tomek starrte in den leeren Raum auf dem Bett. »Nein. Es ist etwas, das deutlich wichtiger ist als Pi.«

»Ich bin noch nicht bereit für die Ehe.«

Tomek drehte sich zu ihr um, die Augen weit aufgerissen. »Ist das etwas anderes, worüber du vorhin nachgedacht hast?« Er konnte die Besorgnis in seiner Stimme nicht verbergen.

Sie tätschelte herablassend seinen Bauch. »Mach dir keine Sorgen um dein kleines Bäuchlein. Das ist noch weit weg für dich. Du musst dir erst deine Sporen verdienen. Aber du hast Potenzial...«

»Ich will vielleicht gar nicht, wenn du mich weiter tätschelst, als wäre ich dein verdammter Chihuahua.«

Das war nicht die Richtung, die Tomek für das Gespräch erwartet hatte. Tatsächlich war es nicht die Richtung, die er für *irgendein* ihrer Gespräche erwartet hätte. Zumindest nicht für die nächsten Monate. Sie waren erst seit ein paar Wochen zusammen, unter dem offiziellen Titel Freund-Freundin erst seit etwas mehr als einer dieser Wochen, und sie stellte schon die Frage nach Heirat? Wenn sie jemals einen Grund suchte, um ihn abzuschrecken – oder jeden vierzigjährigen Mann, der es dreißig Jahre lang gewohnt war, allein zu sein – dann war sie auf dem richtigen Weg.

»Mach weiter«, sagte sie, da sie spürte, dass ihn das Gesprächsthema beunruhigte. »Was wolltest du mich fragen?«

»Es geht um Kasia. Ist sie dir in letzter Zeit... *niedergeschlagen* vorgekommen?«

Abigail band ihre Haare zu einem Dutt, legte ihren Laptop auf den Nachttisch und legte sich neben ihn. »Niedergeschlagen inwiefern?«

»Ich weiß nicht. Ruhiger als sonst. Ich glaube, da ist etwas im Gange, aber sie erzählt es mir nicht.«

»Könnte es an der Schule liegen?«

»Vielleicht.«

»Jungs?«

»Darüber haben wir schon gesprochen. Ich denke, sie ist da vorsichtiger geworden nach dem, was beim letzten Mal passiert ist.«

»Was ist passiert?«, fragte Abigail, plötzlich neugierig.

»Nichts Großes. Aber wenn ich dich fragen würde, ob du glaubst, dass du gegen eine ausgewachsene Kuh kämpfen könntest, was würdest du sagen?«

»Ich würde sagen, dass du verdammt blöd bist, diese Frage überhaupt zu stellen.«

»Genau. Und das ist alles, was du über Billy »Den Kuhkämpfer« Turpin wissen musst.«

Abigail schien zu verstehen, was er meinte, denn sie nickte und streichelte dann seine Schulter.

»Könnte es der Vorfall sein?«, fragte sie und lenkte das Gespräch zurück zu Kasia.

»Ich glaube nicht. Normalerweise ist sie ziemlich offen mit mir, was *das* angeht. Außerdem haben die Albträume nachgelassen, seit sie zu Isabel geht.«

»Und deine?«

»Ja, die sind in Ordnung.«

»Was ist mit ihren Fächern? Vielleicht kommt sie in einigen nicht zurecht, und das macht sie fertig. Was sind ihre Lieblingsfächer?«

»Hauswirtschaft und Geschichte.«

»Gut. Nun, man kann im Hauswirtschaftsunterricht kaum durchfallen, es sei denn, man verwendet Salz anstelle von Zucker für irgendetwas. Abgesehen davon kann man da kaum etwas falsch machen. Was die Geschichte betrifft, die ist ja bereits passiert, man muss nur die Fakten wiedergeben, also glaube ich nicht, dass es daran liegen könnte.« Abigail summte nachdenklich. »Wird sie vielleicht gemobbt?«

»Ich hoffe nicht. Auch da habe ich beim letzten Mal dafür gesorgt, dass es nicht mehr vorkommt.«

Tomek erinnerte sich an die Zeit, als er nach Canvey Island gefahren war, seinem am wenigsten beliebten Besuchsort, und der Familie eines jungen Mädchens erklärt hatte, dass das Verbreiten eines Bildes von sich nackt im Bett und das dadurch bedingte Mobbing von Kasia als Racheporno betrachtet wurde, und dass er mit einem Haftbefehl zurückkehren würde, wenn sie weitermachte. Das schien funktioniert zu haben, denn seitdem hatten weder Tomek noch Kasia von ihr gehört.

Es sei denn, sie wurde wegen etwas anderem gemobbt.

»Könnte es an »Mädchensachen« liegen?«, fragte er Abigail und benutzte seine Finger als Anführungszeichen in der Luft.

»Du musst es nicht so sagen«, sagte sie zu ihm. »Wir sind echte Menschen. Wir sind keine Ausgeburten deiner Fantasie.«

Er schlug ihr spielerisch auf den Arm. »Du weißt, was ich meine. Könnte es an Periodenangelegenheiten liegen? Oder...?«

»Möglicherweise. Das Leben eines Teenagermädchens ist voll von einem Sammelsurium an Hormonen, die mit deinem Kopf spielen. Da oben ist selbst in den ruhigsten Zeiten so viel los, solche Sachen helfen nicht gerade. Es könnten »*Mädchen*«-Probleme sein« – sie benutzte ihre Finger als Anführungszeichen, um ihn nachzuäffen – »aber wenn du willst, kann ich mit ihr reden, um zu sehen, ob sie bereit ist, mir etwas zu erzählen. Es könnte sowieso gut für uns sein, ein kleines Gespräch unter vier Augen zu führen. Wir hatten noch nicht wirklich die Gelegenheit, seit du und ich angefangen haben, uns zu treffen. Ich würde sie gerne kennenlernen.«

Tomek fühlte sich plötzlich sehr beschützend gegenüber seiner Tochter. »Ich denke, das ist eine gute Idee, aber lass mich erst mit ihr darüber sprechen. Wenn sie es mir nicht erzählt, dann kannst du einspringen und tun, was nötig ist.«

Ein leichtes Schmunzeln huschte über Abigails Gesicht. Kurz, diskret. »Das würde mir gefallen«, sagte sie, dann nahm sie ihren Laptop wieder auf.

»Hörst du jemals auf?«, fragte er.

»Ich könnte dich das Gleiche fragen. Wir sind beide Arbeitssüchtige. Das ist es, was uns als Paar funktionieren lässt.«

In vielerlei Hinsicht hatte sie Recht. Sie waren immer zu beschäftigt, um sich gegenseitig zu sehen, aber in der wenigen Zeit, die sie miteinander verbringen konnten, machten sie das Beste aus der Gesellschaft des anderen. Wenn die Arbeit für den einen zur Priorität wurde, verstand der andere das vollkommen und gab ihm den Raum und die Zeit, die er brauchte, weil er wusste, wie es war. Es war ein Balanceakt, aber sie schafften es. Allerdings hatte ein Teil von ihm still begonnen zuzugeben, dass es nicht gesund war. Für keinen von ihnen. Und er fragte sich, wie lange die Flitterwochenphase noch anhalten würde.

»Was gibt's Neues zum Hafenmord?«, fragte Abigail.

»Du nennst es doch nicht so, oder?«

»Nein. Es wäre allerdings ein guter Buchtitel. Ein wenig zu offensichtlich für meinen Geschmack. Wie läuft's?«

Dann ließ Tomek den anderen Teil seines Gehirns zu Wort kommen, der ihn wach gehalten hatte. Andrei Pirlog. Sein Selbstmord. Sein *Mord*. Die Redgraves. Der Mann vor dem Haus. Der Verdächtige, der vom Tatort geflohen war. Er erzählte ihr alles, ohne auf den Interessenkonflikt zu achten, der ihn eigentlich hätte zurückhalten sollen. Nicht überraschend hörte Abigail aufmerksam zu und holte mit einer Hand ihren Laptop, während ihre volle Aufmerksamkeit auf ihm lag. Am Ende war das Lächeln auf ihr Gesicht zurückgekehrt.

»Ich kann etwas veröffentlichen, wenn du möchtest?«

Tomek nahm sich einen Moment Zeit, um über den Vorschlag nachzudenken. Ein Artikel, der den Vorfall detailliert beschreibt und die

Beschreibung des Hauptverdächtigen in die Öffentlichkeit bringt, wäre eine große Hilfe. Seine Sorge war jedoch, dass die Beschreibung zu vage, zu allgemein war. Von den Einwohnern von Essex zu erwarten, einen Mann mit kurzen schwarzen Haaren und einem schwarzen Bart zu finden, war, als würde man einen Bäcker bitten, ein Brot in einem Supermarkt zu finden – sie würden überall eines entdecken. Trotzdem könnte es immer noch einem Zweck dienen und möglicherweise helfen, den Fall zu lösen. Daher überwogen in seinem Kopf die Vorteile die Nachteile, und so gab er ihr grünes Licht, etwas zu schreiben.

»Aber zuerst: Schlaf«, sagte er zu ihr, bevor er ihr einen Gutenachtkuss gab und sich auf die andere Seite des Bettes rollte.

# KAPITEL
# ZWEIUNDZWANZIG

Tomek wurde am nächsten Morgen vom heftigen Vibrieren seines Handys neben seinem Kopf geweckt. Mit halb geöffneten Augen griff er nach dem Gerät und starrte auf den Bildschirm, dessen grelles Licht ihn fast blendete. Victoria rief an, und nach den vier verpassten Anrufen von ihr zu urteilen, versuchte sie es schon eine ganze Weile. Tomek ließ auch diesen Anruf zur Mailbox durchgehen und sah dann seine Benachrichtigungen an.

Vier verpasste Anrufe. Sechs Textnachrichten. Alle innerhalb der letzten halben Stunde.

*Tomek, ruf mich an.*

*Ich brauche dringend eine Antwort. Es ist wichtig.*

*Tomek?*

*??*

*???*

*??????*

Ein Knoten begann sich in seinem Magen zu bilden. Instinktiv drehte er sich um und sah Abigail aufrecht im Bett sitzen, mit dem Laptop auf dem Schoß und tippenden Fingern.

Das Gefühl in seinem Magen verstärkte sich.

»Weißt du zufällig, warum Victoria versucht hat, mich anzurufen?«

»Es könnte etwas mit dem hier zu tun haben.«

Abigail drehte das Gerät zu ihm. Auf dem Bildschirm war oben auf der Seite das Logo des *Southend Echo* zu sehen, darunter ein beeindruckendes Bild vom Mulberry Harbour, aufgenommen vom lokalen Fotografen Dawid Glawdzin. Die Überschrift des Artikels lautete: *Polizei veröffentlicht Details zum Verdächtigen im Mordfall am Hafen von Southend.*

»Ja«, sagte er. »Das wird's sein.«

»Du klingst genervt.«

»Ich meine, ich hatte nicht erwartet, dass du es *so* schnell gemacht hast. Hast du überhaupt geschlafen?«

»Ich hab ein paar Stunden bekommen. Keine Sorge, ich hab nicht die ganze Nacht zum Schreiben gebraucht.«

Offensichtlich nicht, denn die Veröffentlichungszeit auf der Website war mit 03:57 Uhr angegeben. Er bemerkte auch, dass sie schlau genug gewesen war, den Artikel an jemand anderen im Team zur Veröffentlichung zu schicken, so dass diese Person den ganzen Ruhm – und Ärger – ernten konnte. Das bedeutete, dass Victoria kein Bein auf den Boden bekommen würde, wenn die Anschuldigungen zweifellos kommen würden, dass er Informationen an die Presse weitergegeben hätte. Wenn der Artikel unter Abigails Namen veröffentlicht worden wäre – der größte Fehler, den sie hätte machen können – wäre es eine andere Geschichte gewesen.

Tomek rollte sich aus dem Bett, sein Körper fühlte sich erschöpft an. Seine Beine und sein Rumpf waren vom Laufen gestern völlig fertig. Verdammt, er war aus der Form. Er musste wieder in Schwung kommen. Diesmal wirklich. Es tatsächlich tun. Nicht nur darüber nachdenken und es aufschieben, indem er dachte, dass unpassende und zu enge Schuhe das Problem wären. Nein, er musste sie anziehen, das Haus verlassen und Gummi auf Asphalt bringen.

Ein Fuß vor den anderen.

Mit diesem Gedanken machte sich Tomek auf den Weg zur Dusche, wusch sich und machte sich für den Tag fertig. Es war Samstag, Wochenende. Und trotzdem musste er arbeiten. Zeit fern von seiner Familie verbringen. Es war nicht fair, aber es gehörte zum Job. Und bei einer so verwirrenden und offenen Mordermittlung konnte er sich keine freie Zeit leisten.

Außer heute Morgen. Er konnte heute Morgen später zur Arbeit kommen, entschied er. Um den unvermeidlichen Shitstorm, der auf ihn zukommen würde, zu verzögern. Victoria hatte versucht, ihn noch zweimal anzurufen, während er unter der Dusche war, und er erwartete nicht, dass die verpassten Anrufe bald aufhören würden. Stattdessen müsste sie warten.

Jetzt gerade hatte er eine Tochter, die seine Aufmerksamkeit und Führung brauchte.

Kurz nach acht Uhr klopfte Tomek an Kasias Tür. Nichts. Nicht einmal das Geräusch von Bewegung im Bett. Plötzlich begann er, das Schlimmste zu befürchten. Dass sie abgehauen war, weggelaufen, genau wie sie es in der Vergangenheit getan hatte, und so klopfte er erneut, trat aber ohne auf eine Antwort zu warten ein. Er umklammerte den Türgriff fest und bereitete sich darauf vor, ihren Namen zu schreien. Als er sie zusammengerollt wie ein Ball unter der Bettdecke sah, tief und fest schlafend, stieß er einen tiefen Seufzer aus.

»Aufwachen, aufwachen«, rief er, ein bisschen übertrieben.

Kasia rührte sich, funkelte ihn böse an und rollte sich dann auf die andere Seite des Bettes.

»Ich habe heute Morgen eine Überraschung für dich, Kash«, sagte er.

»Will ich nicht.«

»Du weißt doch noch gar nicht, was es ist.«

»Meh«, kam das eindeutige Grunzen eines Teenagers, der um mehr Schlaf bettelt.

»Aufstehen, die Sonne scheint«, sagte er, während er zum Fenster ging und die Jalousien öffnete. »Wir gehen frühstücken.«

# KAPITEL
# DREIUNDZWANZIG

Tomek hatte Morgana's noch nie so leer gesehen. Es war, als hätte sich die Nachricht von ihrem Tod verbreitet und plötzlich war es tabu geworden, dorthin zu gehen. Es war bizarr, fast unheimlich. Tomek war zu verschiedenen Tageszeiten dort gewesen - frühe Samstagmorgen, Sonntagnachmittage, sogar um sieben Uhr an einem Dienstagabend - und doch war es jedes Mal gleich voll. Jetzt befanden sich nur zwei andere Gruppen mit ihnen im Café, und die Atmosphäre war entsprechend gesunken. Tomek konnte sich des Eindrucks nicht erwehren, dass der Ort ohne Morgana am Steuer nicht richtig funktionieren konnte, ohne sie, die von vorne führte und mit ihrem kokettem Lächeln und ihrer sprudelnden Persönlichkeit Einnahmen brachte.

Ihre Kellnerin heute Morgen hieß Helena. Ukrainerin, wie Morgana. Genauso hübsch, genauso unschuldig aussehend. Nur was ihre Persönlichkeit und ihre Fähigkeit, mit Kunden zu interagieren, betraf, befand sie sich am anderen Ende des Spektrums. Nervosität plagte ihre Sprache, als sie beide ansprach und nach ihrer Getränkebestellung fragte. Zweimal hatte sie Kasia gebeten, ihre Bestellung von Orangensaft zu wiederholen, und als sie sich zur offenen Küche im hinteren Bereich drehte, stieß sie gegen einen nahegelegenen Tisch mit Stühlen.

»Ich hoffe, dieser Laden geht nicht pleite«, sagte er und ließ seinen

Blick auf die Reihe von Blumen und Teddybären fallen, die vor dem Café abgelegt worden waren.

»Ja...« antwortete Kasia niedergeschlagen. Sie zog ihr Handy heraus und begann zu scrollen.

»Weißt du, was du essen möchtest?«

»Ei.«

»Guter Anfang. Soll noch etwas dazukommen?«

»Toast.«

»Und wie möchtest du es haben?«

»Wie meinst du das?«

Meine Güte, das war schmerzhaft.

»Rührei? Pochiert? Gebraten? Zu Butter verrührt und dann quer über die Wände geschmiert?«

»Ach. Richtig. Ähm... Rührei. Bitte.«

Nicht ein einziges Mal sah sie ihn an. Nicht ein einziges Mal zuckte sie mit der Wimper oder hob eine Augenbraue bei seiner letzten Ei-Option. Sie war über alle Maßen abgelenkt, und trotz seiner besten Bemühungen, es herunterzuspielen und ihre Stimmung zu heben, funktionierte es nicht.

»Was ist los, Kash?«, fragte er. Bevor sie antworten konnte, kehrte Helena mit ihren Getränken in der Hand zurück. Als sie sie auf den Tisch stellte, zwang Tomek sich zu einem Lächeln, dankte ihr und gab dann beide Bestellungen auf. Rührei für Kasia, Doppel-Herzinfarkt-Spezial für ihn. Nachdem Helena die Bestellung aufgenommen hatte und außer Hörweite zurückgewichen war, stellte Tomek Kasia die Frage erneut.

»Nichts ist los«, antwortete sie leise, ihr Kopf noch immer tief in ihr Handy vergraben.

»Ist es die Schule? Läuft es mit deinen Kursen okay?«

»Die Kurse sind in Ordnung. Die Schule ist in Ordnung.«

»Was ist mit dem Kochunterricht? Hat Mrs. Shaw nicht wieder mehr von deinem köstlichen Essen mit nach Hause genommen?«

»Nicht, seit ich Salz statt Zucker verwendet habe...«

Es dauerte einen Moment, bis der Kommentar bei ihm ankam. Salz,

Zucker. Und dann erinnerte er sich. Die Nacht zuvor. Sein Gespräch mit Abigail.

»Du hast das gehört?«

»Jap.«

Tomek dachte, sie hätte geschlafen, aber sie hatte alles gehört. Er versuchte sich zu erinnern, was er noch gesagt hatte. Was noch sie hätte beleidigen können. Noch beunruhigender jedoch war, wenn sie dieses Gespräch gehört hatte, während sie offen und ziemlich laut gesprochen hatten, dann bedeutete das möglicherweise, dass sie auch andere Dinge gehört hatte, die aus ihrem Zimmer kamen. Erwachsene Dinge. Geräusche, für die dicke Wände gebaut wurden.

»Ist es das, wie du über mich sprichst, wenn ich nicht da bin?«, fragte sie giftig. »Sagst du solche Dinge über mich zu Leuten bei der Arbeit?«

Oh, verdammt.

»Absolut nicht. Überhaupt nicht. Ich dachte, du hättest letzte Nacht geschlafen. Und ich habe nicht gesagt, dass du *schlecht* im Kochunterricht oder so wärst. Ich denke, du machst dich wirklich gut in der Schule und ich bin wirklich stolz auf dich. Ich habe nur gesagt, dass…«

Tomek zögerte, als er versuchte, sich an seine Formulierung zu erinnern. Aber sein Kopf war wie leergefegt.

»Du weißt gar nicht, wie es mir in der Schule geht«, fauchte sie. »Du weißt es nicht, weil du nie fragst.«

»Hey, komm schon. Das ist nicht-«

Sein Teller mit Essen, der vor ihm landete, unterbrach ihn. Er dankte Helena und funkelte sie dann an, damit sie sie unverzüglich in Ruhe lassen würde. Glücklicherweise wurde sie von einer anderen Gruppe von Kunden abgelenkt, die gerade eingetreten war, und huschte wie ein Hund, der neue Leute kennenlernt, davon.

»Das ist nicht fair«, fuhr Tomek fort, als sie außer Hörweite war. »Ich frage dich immer, wie dein Tag in der Schule war. Du sagst immer, es war in Ordnung.«

»Ja, und dabei lässt du es bewenden. Du könntest wenigstens ein paar Anschlussfragen stellen. Vielleicht fragen, welchen Unterricht ich hatte, was in der Mittagspause passiert ist...«

Tomek nickte, als ihm plötzlich die Erkenntnis so hart ins Gesicht schlug, dass es sich anfühlte, als wäre er gerade für die Weltmeisterschaft angemeldet worden.

»Okay. Verstanden. Notiert. Einverstanden. Aufgenommen.« Er atmete tief ein, hielt den Atem an und ließ dann die Luft langsam aus seinen Lungen entweichen. »Es tut mir leid. Ich sollte mehr Interesse zeigen. Das geht auf meine Kappe. Aber das alles ist noch sehr neu für mich, ein Vater zu sein.«

»Du kannst diese Ausrede nicht für immer benutzen, *Papa*.«

Tomek gefiel nicht, wie sie seinen Titel ausgesprochen hatte. Da steckte viel Boshaftigkeit und Feindseligkeit dahinter.

»Wie gesagt. Es tut mir leid. Die Arbeit war stressig. Und die Dinge mit Abigail haben-«

Tomek hielt inne, sobald er die Veränderung in Kasias Gesichtsausdruck bemerkte. Sie hatte die Augen verdreht, den Kopf geschüttelt und begonnen, mit ihrem Essen zu spielen. Mit ein paar subtilen Bewegungen machte sie ihre Meinung zu Abigail sehr deutlich. Ziemlich raffiniert für eine Dreizehnjährige, das musste er zugeben.

»Geht es *darum*?«, fragte er, während sein Verstand zwischen den Zeilen las. »Ist das der Grund, warum du die letzten Tage so verärgert warst? Du fühlst dich vernachlässigt, weil ich mehr Zeit mit Abi verbracht habe?«

Kasia sagte nichts.

»Denn wenn dem so ist, musst du das sagen. Du musst mir diese Dinge mitteilen. Ich bin kein Gedankenleser. Und trotz meiner Bemühungen, die Jungs in der IT-Abteilung zu überzeugen, einen zu entwickeln, haben sie immer noch keinen Weg gefunden, wie ich deine Gedanken - oder die von jemand anderem - lesen kann. Also muss ich viel Beinarbeit alleine leisten. Und ich bin ehrlich zu dir, Kash, mein Gehirn ist dafür nicht gemacht. Ich wünschte, es wäre so. Und ich wette, du auch.«

Sie grunzte, was Ja bedeutete.

»Also muss es vielleicht in beide Richtungen funktionieren. Wenn dich etwas aufgeregt hat oder dich bedrückt, musst du es mir sagen. Du musst ehrlich und offen mit mir sein, und ich werde dasselbe mit dir tun. Einverstanden?«

Langsam nahm sie Messer und Gabel auf und sah ihm in die Augen. »Einverstanden«, sagte sie und begann dann, ihr Frühstück zu zerkleinern.

Ein schmales Lächeln huschte über Tomeks Gesicht. »Übrigens, wie war dein Unterricht gestern? Was ist in der Mittagspause passiert?«

Kasia legte Messer und Gabel beiseite. Ihrem Gesichtsausdruck nach zu urteilen, schätzte sie es, dass er endlich diese bestimmten Fragen gestellt hatte, auch wenn sie achtzehn Stunden zu spät kamen. »Der Unterricht war gut. In Mathe haben wir über Kosinus, Sinus und Tangens gelernt.«

»Daran erinnere ich mich«, sagte er, während er auf etwas Speck kaute. »Ich erinnere mich, dass ich mir damals dachte, dass ich das in der Zukunft nie wissen müsste.«

»Das hat Hayden auch gesagt.«

»Nun, du kannst ihm sagen, dass er sich irrt. Ich habe es neulich benutzt.«

»*Wirklich*?«

Tomek kicherte. »Absolut nicht«, sagte er. »Niemand in der Geschichte des englischen Bildungssystems hat diese Gleichung jemals benutzt. Es wird dir auf keine Weise nutzen.«

»Ich glaube nicht, dass du mir solche Sachen sagen solltest. Miss Hendry wäre nicht sehr erfreut, wenn sie hören würde, dass du mir sagst, ich solle mir keine Sorgen darum machen.«

Tomek legte Messer und Gabel hin und wedelte mit dem Finger vor ihrem Gesicht. »Nein, du missverstehst mich. Ich sage nicht, dass du es nicht lernen sollst. Du *musst* es lernen. Du brauchst es, um den GCSE zu bestehen. Alles, was ich sage, ist, dass du dich nicht zu sehr darauf freuen sollst, es später im Leben zu benutzen. Wenn Miss Hendry fragt, ob du den Unterschied zwischen Kosinus, Sinus und Tangens kennst, möchte ich, dass du ihr sagen kannst, dass du ihn kennst, aber dass du auch weißt, dass du ihn nie in deinem Leben benutzen wirst. Lass mich wissen, wie ihre Reaktion ausfällt.«

Kichernd antwortete Kasia, dass sie das tun würde. Jetzt war die Qual aus ihrem Gesicht verschwunden und durch ein Lächeln ersetzt worden, das Tomek seit Wochen nicht gesehen hatte. Sie war wieder ein glücklicher Teenager.

Oder so glücklich, wie ein Teenager sein konnte.

»Was ist mit den Mittagspausen?«, fragte Tomek. »Sitzt ihr alle nur an euren Handys herum, ohne miteinander zu reden?«

»Viele Leute tun das. Ich schaue ihnen nur gerne zu. Ich finde das faszinierend.«

»Interessant. Vielleicht würdest du eine gute Detektivin abgeben.«

»Ich möchte nicht ins Familiengeschäft einsteigen, danke«, sagte sie schnell. Viel zu schnell für Tomeks Geschmack.

»Du hast noch Zeit, deine Meinung zu ändern«, antwortete er hoffnungsvoll. »Was möchtest du stattdessen tun?«

»Mein eigenes Café haben«, sagte sie noch schneller.

Er war beeindruckt. Seine Tochter als Unternehmerin. Er könnte vor seinen Kollegen damit angeben und zeigen, wie stolz er auf sie war.

Natürlich war das eine Voraussetzung, eine Selbstverständlichkeit, eine Nicht-Verhandelbarkeit, ihr Vater zu sein. Aber trotzdem... eine Unternehmerin.

Und denk an den Kuchen!

»Es würde mir nichts ausmachen, all die neuen Süßigkeiten und Leckereien zu probieren, die du kreierst. Ich weiß, wovon ich rede.«

Kasia wurde plötzlich schüchtern und wandte ihre Aufmerksamkeit wieder ihrem Essen zu. Er beschloss, das Gespräch auf seinen ursprünglichen Pfad zurückzuführen, bevor er es auf einen Abweg geführt hatte.

»Mit wem verbringst du die Mittagspausen?«, fragte er. »Wie geht es Sophia?«

»Ja, ihr geht's gut«, antwortete Kasia, Zögern in ihrer Stimme. »Ich verbringe jetzt viele meiner Mittagspausen mit Yasmin.«

»Ach so. Aber ihr seid noch mit Sophia befreundet?«

»Ja. Natürlich sind wir das. Zwischen uns ist nichts passiert, falls du dir darum Sorgen machst.«

Das tat er, aber er wollte nichts dazu sagen. Stattdessen wollte er die

Situation auf natürliche Weise ablaufen lassen und bei Bedarf da sein, um die Scherben aufzusammeln.

Lass sie ihre eigenen Fehler machen, Tomek, sagte er sich.

Die nächsten fünf Minuten aßen sie schweigend. Kasia aß noch, als Tomek fertig war. Nur hatte sie inzwischen aufgehört zu essen und begann, mit dem Essen zu spielen, es auf ihrem Teller hin und her zu schieben. Tomek beobachtete sie einen Moment lang. Aber sie nahm es nicht wahr, weder die Stille noch seinen intensiven Blick.

»Hey«, sagte er und überraschte sie. »Alles in Ordnung? Bist du sicher, dass nichts anderes falsch ist?«

»Ich bin sicher«, sagte sie, wieder zu schnell. Die Zurückhaltung in ihrer Stimme strafte ihre Wortwahl Lügen.

»Kash. Worüber haben wir gerade gesprochen? Sag es mir.«

Für einen langen Moment kämpfte seine Tochter innerlich, sammelte den Mut, zu sagen, was auf ihrem Herzen lag. Schließlich tat sie es. »Es ist etwas, das ich schon eine Weile fragen wollte, aber ich war ein bisschen verlegen. Es ist wirklich albern, aber-«

»Nichts, was du sagst, ist albern, und du musst dich vor mir für nichts schämen«, sagte er und griff nach ihrer Hand.

»Es ist nur... in der Schule haben alle einen, und ich finde, sie sehen wirklich cool aus, aber sie sind wirklich teuer, und ich weiß, dass wir gerade erst Weihnachten hatten und alles, und ich wollte nicht danach fragen, aber-«

»Alle haben was?«

»Einen Becher.«

»Entschuldige, was?«

»Einen Becher. Einen speziellen Becher. Es ist wie eine Riesenflasche.«

*Sag nicht, was du wirklich denkst.*

»Richtig.«

»Er hält Dinge für eine wirklich lange Zeit kühl, und er hält Getränke auch für eine noch längere Zeit wirklich heiß.«

»Also ist es eine Thermosflasche?«

*Tu es nicht.*

»Ja. Nun, nein. Nicht wirklich. Dieser hier wurde viral, weil er in einem Hausbrand gefangen wurde und das Einzige war, das überlebte, mit dem Getränk noch drin - und es war *immer noch* warm!«

»Das Feuer könnte damit etwas zu tun gehabt haben...«

Tomek brauchte einen Moment, um zu verarbeiten, was sie sagte. Sie bat ihn, ihr einen Becher zu kaufen, vermutlich weil alle anderen einen hatten (einschließlich all derer, die jemand waren), und wenn sie keinen hätte, dann würde das als sozialer Fauxpas angesehen werden und sie würde zu einer Art sozialem Aussätzigen werden.

Wegen eines verdammten Bechers.

»Wie viel kostet er?«

»Hundert Pfund«, sagte sie.

*Okay, jetzt kannst du es sagen.*

»Heiliger Strohsack«, antwortete er. »Heilt dieser Becher auch Krebs? Denn für dieses Geld sollte er das tun. Wenn nicht, solltest du vielleicht *das* zum Familiengeschäft machen.«

Kasia fand das nicht komisch. Sie senkte den Kopf und begann wieder, mit ihrem Essen zu spielen. Als er spürte, dass er sie verloren hatte, tippte Tomek ihr auf die Hand und sagte, dass er sich den Becher ansehen würde, um zu sehen, was er tun könnte.

»Bist du sicher, dass das alles ist, was dir im Kopf herumgeht?«, fragte er ein letztes Mal.

Sie nickte, aber am matten Glanz in ihren Augen wusste er, dass dem nicht so war. Da war noch etwas anderes, etwas Wichtigeres als ein feuerfester Becher. Aber das war in Ordnung. Sie hatte ihm die Tür geöffnet. Es war vielleicht nicht das, was er hören wollte, aber sie hatte ihm ein Problem gestanden und die Dinge ein wenig offen gelassen für mehr. Und für jetzt war er damit zufrieden.

Mit etwas Glück würde der Rest bald kommen.

# KAPITEL
# VIERUNDZWANZIG

Bevor Tomek den Einsatzraum betrat, hatte er bereits genug. Er war nicht in der Stimmung für einen weiteren Streit mit Victoria, Sean oder sonst jemandem.

Leider empfanden sie nicht das Gleiche.

Es war kurz nach zehn, als er durch die Tür trat, und Victoria leitete gerade ein Meeting. Überraschenderweise hatte sie aufgehört, ihn anzurufen und Nachrichten zu schicken, nachdem er und Kasia zu Morganas aufgebrochen waren, fast als hätte sie gewusst, dass er die Zeit allein mit seiner Tochter brauchte. Oder sie hatte all die aufgestaute Frustration für seine Ankunft aufgespart.

Was sich als zutreffend erwies. Als er in den Raum schlüpfte, zog er einen Stuhl ganz hinten heraus, in der Hoffnung, dass niemand ihn bemerken würde. Aber sein Plan wurde vom kreischenden Geräusch des Stuhls auf dem Boden vereitelt.

»Da ist er ja«, sagte Victoria und hielt inne. »Wurde verdammt noch mal Zeit.«

»Frau Inspektor.«

»Möchten Sie uns vielleicht erklären, warum Sie keinen meiner Anrufe beantwortet oder auf meine Nachrichten reagiert haben?«

Tomek ließ seinen Blick durch den Raum schweifen. Alle Augen waren auf ihn gerichtet, einige prüfend, während andere (besonders

Chey und Rachel) lächelten und begierig darauf warteten, die Ereignisse vor ihnen zu verfolgen.

»Wir machen das hier?«, fragte er.

»Ja.«

»In Ordnung. Ich war mit meiner Tochter frühstücken.«

»Und Sie denken, das ist eine akzeptable Zeitnutzung mitten in einer Mordermittlung?«

»Wir waren bei Morganas, Frau Inspektor. Ich habe recherchiert.«

Dünn, fast bis zu dem Punkt, dass es nicht existierte, aber es war dennoch Recherche.

Ihrer Natur getreu forderte Victoria ihn auf, über seine Ergebnisse zu berichten.

»Die Aushilfskellnerin, Helena, sah müde aus. Genau wie der Rest des Lokals. Es war leer. Insgesamt waren nur drei Gruppen von Gästen da. Niemand will jetzt hingehen, nachdem sie wissen, was passiert ist. Das fand ich seltsam. Ich hätte gedacht, wenn die Anzahl der Blumen und Karten vor dem Fenster ein Hinweis wäre, dass die Leute ihre Unterstützung zeigen würden, indem sie kommen und das Geschäft am Laufen halten.«

Victoria nickte langsam, während sie die Arme vor der Brust verschränkte.

»Der Service in der Küche war langsam«, fuhr Tomek fort. »Unser Essen hat länger gedauert, was mich beunruhigt, wie lange das Geschäft überleben kann.«

»Wie hilft uns das dabei, den Mordverdächtigen zu finden?«

Tomek überlegte einen Moment und hoffte, die Antwort würde in seinem Kopf auftauchen. Aber das tat sie nicht. Er hatte nichts.

Bis DC Martin Brown einstieg. »War der stellvertretende Manager nicht da?«

»Ich glaube nicht. Erinnern Sie mich daran, wie er aussieht.«

Als ob er heimlich für *Blue Peter* arbeiten würde, holte Chey ein Foto des stellvertretenden Managers, Vlad Boyko, hervor, das er zuvor auf seinem Laptop vorbereitet hatte. Tomek betrachtete das Foto des Mannes und schloss die Augen, und versuchte, ihn sich im Restaurant vorzustellen.

»Jetzt, wo du es sagst«, meinte Tomek, »ich kann mich nicht erinnern, ihn überhaupt gesehen zu haben.«

»Interessant«, erwiderte Victoria. Dann wandte sie sich an Nadia. »Bitte auf die Aktionsliste setzen. Wir müssen ihn überwachen. Er könnte flüchtig werden.«

Sobald Nadia anfing, eine Notiz auf ihrem Block zu machen, ließ Tomek die Schultern fallen und sank tiefer in seinen Stuhl, in der Hoffnung, sich vor dem Blick der Inspektorin zu verstecken.

Es funktionierte nicht.

»Du kommst genau richtig, Tomek«, sagte sie aufgeregt, als wäre ihr der Gedanke gerade erst gekommen. »Wir waren mitten in der Diskussion über das Leck.«

»Leck? Oh, das ist nicht gut. Es gibt eine Apotheke die Straße runter. Ich glaube, die haben Inkontinenzeinlagen.«

Ein leichtes, fast unhörbares Kichern ging durch den Raum, wurde aber durch einen durchdringenden Blick von Victoria zum Schweigen gebracht.

»Sie wissen, welches Leck ich meine. Das im *Southend Echo*. Das, das alle Informationen über unseren Hauptverdächtigen veröffentlicht hat. Das, das Andrei Pirlogs Tod der Öffentlichkeit bekannt gegeben hat. Sie wissen darüber nicht zufällig etwas, oder?«

Tomek senkte den Kopf. »Doch, weiß ich.«

Victorias Augen weiteten sich vor Freude. »Sie wissen es?«

»Ja. Ich weiß jetzt alles, was Sie mir gerade gesagt haben.«

Die Überraschung über sein plötzliches "Geständnis" verschwand schnell aus ihrem Gesichtsausdruck.

»Das ist nicht, was ich meinte. Und das wissen Sie.«

Tomek wusste es. Natürlich wusste er es. Er war nicht dumm. Aber er würde nichts zugeben, es sei denn, Victoria hätte Beweise, die ihn in die Enge treiben könnten.

»Ich weiß nichts über einen Artikel«, sagte er.

»Nichts zu tun mit Ihrer Journalistin-Freundin?«

Tomek schüttelte den Kopf und sprach tonlos. »Nein. Und ich schätze die Anschuldigung nicht. Wenn Sie keine Beweise haben, die das Gegenteil belegen, würde ich es vorziehen, wenn Sie nicht unterstellen würden, dass ich die Grenze zwischen Privatem und Beruflichem verwischt habe.«

Stille breitete sich im Büro aus. Aus dem Augenwinkel sah Tomek, wie die Köpfe seiner Kollegen zwischen ihnen hin- und herschauten, als würden sie ein Seifenoper-Drama verfolgen.

»Gut«, sagte sie. »Ich war nur neugierig. Aber wenn ich Beweise finde, die meine Theorie stützen, schwöre ich bei Gott, ich werde Ihnen das Leben in den nächsten Wochen zur Hölle machen.«

»Ich freue mich darauf«, antwortete er grinsend.

# KAPITEL
# FÜNFUNDZWANZIG

In den Stunden nach dem Meeting war Tomek an seinen Schreibtisch gefesselt. Endlich hatte er angefangen, den Bericht zu tippen, dem Victoria schon lange hinterherlief. Es war eine lange und mühsame Aufgabe, den Fortschritt, den sie gemacht hatten, in handliche, mundgerechte Informationshäppchen zu verdichten. Zunächst hatte er mit seinen Erkenntnissen aus der Obduktion begonnen. Sie hatte unmissverständlich bewiesen, dass Morgana ertrunken war. Die Blutergüsse um ihren Hals deuteten darauf hin, dass sie unter Wasser gehalten worden war. Allerdings gab es kaum Fingerabdruck- oder DNA-Spuren an ihr, die nicht von den Redgraves, Andrei Pirlog oder Warren Thomas stammten. Bei ihren Versuchen, ihren Körper auf den Kai zu heben, hatten sie jegliche Beweise, die auf den Mörder hingewiesen hätten, kontaminiert.

Abgesehen von den Blutergüssen um ihren Hals und dem Wasser in ihrer Lunge war an Morganas Körper nichts Ungewöhnliches zu finden. Sie war bei guter Gesundheit gewesen. Sie trank nicht, rauchte nicht und frönte auch nicht den Köstlichkeiten ihres eigenen Restaurants. Trotzdem wurden ihre Kleidung und ihre Schuhe zur externen Untersuchung geschickt. Allerdings gab es einen Rückstau, und es würde noch ein oder zwei Wochen dauern, bis sie die Ergebnisse erhielten. Glücklicherweise ergab all das einen kurzen Bericht, und er hatte ihn innerhalb einer halben Stunde fertiggestellt.

Als er das Dokument auf seinem Computer schloss, ließ er seinen Blick durchs Büro schweifen. Es war spärlich besetzt. Nur er, Chey und Nadia, die angewiesen worden waren, ihre Arbeit im Büro fortzusetzen. Währenddessen waren alle anderen draußen im Einsatz, sammelten weitere Zeugenaussagen und sprachen mit Morganas Angestellten und ihren Kunden. Chey hingegen hatte immer noch die undankbare Aufgabe, nach Überwachungskameraaufnahmen des Verdächtigen zu suchen – und außerdem die Anrufe zu beantworten, die nach Abigails Online-Artikel von der Öffentlichkeit eingegangen waren. Seit der Veröffentlichung des Artikels hatte das Team Hunderte von Anrufen über die Telefonzentrale erhalten, alle mit angeblichen Informationen zur Identität von Morganas Mörder. Wie so oft waren viele davon Zeitverschwender. Es hatte jedoch einen Anruf in der Telefonzentrale gegeben, der von Interesse gewesen war. Eine Frau aus Southend hatte am Morgen von Morganas Tod einen Mann gesehen, der komplett bekleidet und mit Sand bedeckt aus dem Wasser auftauchte und vage der Beschreibung des Verdächtigen entsprach. Wie Tomek und Chey vermutet hatten, war die Gestalt ein paar hundert Meter vom Southend Pier entfernt in der Zivilisation verschwunden. Sean, der Glückspilz, war geschickt worden, um mit ihr zu sprechen.

Das kam Tomek gelegen. Er dachte, das Team verschwendete seine Zeit damit, mit weiteren Hauptzeugen zu sprechen. Sein Fokus lag auf Andrei Pirlog. In seinen Augen war der Mann immer noch ermordet worden, obwohl Victoria anderer Meinung war und bereits zu dem Schluss gekommen war, dass sein Tod ein Selbstmord war. Sie warteten immer noch auf die Obduktions- und DNA-Ergebnisse, aber etwas an dem Tod des Mannes beunruhigte ihn. Warum hätte er sich umbringen sollen? War der Anblick einer Leiche zu viel für ihn gewesen? Oder war er zum Schweigen gebracht worden, getötet für das, was – und wen – er an jenem Morgen gesehen hatte?

Tomek erhob sich von seinem Schreibtisch und machte sich auf den Weg zur Küche. Als er eintrat, summte sein Handy. Es war eine Textnachricht von Nick.

*Bist du im Büro? Ich sehe dein Auto. Ich bin draußen.*

Eine arktische Windböe peitschte ihm ins Gesicht, sobald er die Tür zum Parkplatz öffnete. Überbleibsel von Sturm Alisha waren noch zu spüren, während Blätter von einer Seite zur anderen gewirbelt wurden.

Einen Moment später entdeckte Tomek Nick, der in seinem Auto saß, sein Gesicht kaum sichtbar hinter der Spiegelung des trüben Himmels in der Windschutzscheibe. Er ging auf das Fahrzeug zu und stieg ein. Die Heizung lief auf Hochtouren, wie wenn man eine Sauna betritt.

»Meinst du nicht, dass es noch heißer sein könnte?«, sagte Tomek und wünschte sich sofort, dass er seinen Mantel nicht mitgebracht hätte.

»Man spürt die Kälte viel mehr, wenn man in mein Alter kommt.«

»Das und die schwache Blase.«

»Schon gut. Das reicht. Arsch.« Nick deutete auf das Gebäude. »Wie ist das Leben ohne mich?«

»Kommt darauf an, wen du fragst. Manche würden sagen, es ist besser und sie haben die Zeit ihres Lebens. Andere würden sagen, es ist das Schlimmste, was je passiert ist.«

»In welchem Lager bist du?«

»Im letzteren.«

»So schlimm?«

Dann erklärte Tomek Nick alles, was seit seiner Suspendierung geschehen war. Die Überwachungsaufnahmen, den Vorfall vor dem Haus der Redgraves, Andreis Tod und das Durchsickern der Informationen an die Zeitung.

»Kann ich davon ausgehen, dass du bei dieser kleinen Pissorgie deine Finger im Spiel hattest?«, fragte Nick.

»Wie ein Fettkind auf einem Cupcake.«

»Und sie weiß das?«

»Nun, sie vermutet es. Sie *weiß* nichts.«

Nick seufzte, lang und tief. »Komm dem Feuer nicht zu nahe,

Kumpel. Du kannst dich in viel mehr Ärger bringen, wenn ich nicht da bin, um dich zu verteidigen.«

Das war das Problem. Tomek wollte nicht, dass Nick ihn verteidigte. Nicht mehr. Er war alt genug, um auf sich selbst aufzupassen und mit den Konsequenzen seiner Handlungen umzugehen – bis sie zu weit gingen, natürlich, dann könnte er eine helfende Hand gebrauchen. Aber bis dahin glaubte er zu wissen, wo die Grenze war.

»Wie ist der Frühruhestand?«, fragte Tomek.

»Langweilig wie die Hölle. Ich meine, versteh mich nicht falsch, ich liebe es, den ganzen Tag mit Lucy, Maggie und Nella zu verbringen, aber Lucy braucht nur begrenzt Betreuung. Sie sitzt nur da und schaut fern. Wir müssen nur sicherstellen, dass wir zur Stelle sind, wenn sie uns braucht. Den Rest der Zeit sind nur Maggie und ich im Haus, während Daniela in der Schule ist.«

»Wie läuft das alles?«, fragte Tomek.

»Beschissen. Vielleicht noch schlimmer. Auf jeden Fall nicht besser als vorher.«

»Es sind erst ein paar Tage vergangen.«

»Genau. Das ist es, was mir Sorgen macht. Wenn mir jetzt schon so langweilig ist, wenn ich jetzt schon nach weniger als einer halben Woche Angst davor habe, nach Hause zu gehen, was sagt das über unsere Ehe aus? Was bedeutet das für unsere Zukunft?«

Tomek hatte keine Antwort auf diese Frage. »Gib dir Zeit. Hast du mit Isabel darüber gesprochen?«

Nick schüttelte den Kopf und seufzte erneut, diesmal tiefer. »Sie ist komplett ausgebucht. Sie muss immer noch ihren Rückstand aufarbeiten. Deshalb bin ich zu dir gekommen. Um mich abzulenken. Einem alten Kumpel mein Herz auszuschütten.«

Scheiße.

»Ich weiß nicht, wie viel ich helfen kann. Hab selbst genug am Laufen: Kasia verschweigt mir etwas, und ich kann nicht herausfinden, was es ist.«

»Hast du versucht, sie zu fragen?«

»Ja. Offensichtlich. Hast *du* versucht, mit *deiner* Frau zu reden?«

Nick starrte ins Leere. Seine Stimme war ausdruckslos, fast leer.

»Nicht viel. Ich gehe oft spazieren, um den Kopf frei zu bekommen, meine Gedanken zu ordnen. Obwohl ich das während des Sturms nicht machen konnte und gezwungen war, drinnen zu sitzen. Da hatten wir einen guten Tag.«

»Weil du gezwungen warst und nirgendwo anders hingehen konntest?«

Nick nickte. Es sah nicht gut aus. Über ihre persönlichen Probleme zu sprechen war alles schön und gut, vielleicht sogar therapeutisch, aber Tomek wollte das Thema wechseln.

»Was denkst du über Andreis Tod?«, fragte Tomek.

Wenn Nick von dem plötzlichen Gesprächswechsel beleidigt war, zeigte er es nicht. Stattdessen wirkte er fast erleichtert. Sie waren eben Kerle. Zwei Männer, unfähig, ihre Gefühle auszudrücken und sich ihren Emotionen zu stellen.

»Es scheint verdammt praktisch, dass er sich am Tag, nachdem er der Hauptzeuge in einem Mordfall war, umbringt«, sagte Nick. »Und er war auch noch so nett, dir die Tür offen zu lassen.«

»Hast du je erlebt, dass ein Selbstmörder das tut?«

Nick durchsuchte sein Gedächtnis. »Ich habe ein paar Fälle erlebt, die in dieser Hinsicht ähnlich waren. Menschen, die niemanden in ihrem Leben hatten. Die hofften, dass sie irgendwann gefunden würden. Die es demjenigen, der sie fand, leichter machen wollten. Aber es ist nicht üblich. Besonders nicht bei einem Hauptzeugen, wie ich schon sagte. Und noch ungewöhnlicher, wenn andere Hauptzeugen eine Gestalt vor ihrem Fenster gemeldet haben.«

»Genau das denke ich auch, aber Victoria meint, es sei zu früh, um den Weg in seinen Tod zu bestimmen. Sie will warten, bis wir die DNA und die Obduktion abgeschlossen haben.«

»Du könntest ihr immer einen Schritt voraus sein. Der Kurve voraus sein. Meine Theorie wäre, dass er zum Schweigen gebracht wurde. Dass, wer auch immer Morgana getötet hat, zurückgekommen ist, um ihn zu holen. Die Frage, die du dir stellen musst, ist *wie* und *warum*, und ob es noch etwas anderes gibt, das die beiden verbindet.«

Tomek schloss die Augen, als er überlegte, was Nick gesagt hatte. Aber bevor er sich zu lange darauf konzentrieren konnte, erregte eine

Gestalt seine Aufmerksamkeit, die über den Parkplatz schlenderte, einen dunklen Mantel trug, schwarzes Haar, einen dünnen schwarzen Bart und einen um den Hals gewickelten Schal. Dampfwolken strömten rasch aus seinem Mund, obwohl er nicht rannte. Entweder war er ernsthaft unfit, oder er war wegen etwas nervös; seine Herzfrequenz hatte aus einem Grund zugenommen.

»Entschuldige mich«, sagte Tomek, als er nach dem Türgriff griff.

»Wohin gehst du?«

Tomek zeigte auf den Mann. »Jemand, der unserem Hauptverdächtigen sehr ähnlich sieht, ist gerade in die Polizeistation gegangen.«

# KAPITEL
# SECHSUNDZWANZIG

Der Mann hieß Mariusz Stanciu. Vierunddreißig Jahre alt, Rumäne, mit kurzen schwarzen Haaren und einem dünnen schwarzen Bart. Kurz nachdem Tomek ihn vom Beifahrersitz von Nicks Auto aus entdeckt hatte, war er über den Parkplatz gerannt und hatte den Mann angesprochen, ihm Hilfe angeboten und angenommen, er hätte sich verirrt.

Der Mann hatte geantwortet: »Ich bin gekommen, um mich zu stellen.«

Das hatte das Herz zum Rasen gebracht. Der potenzielle Verdächtige erledigte seine Arbeit für ihn. Jetzt, zwanzig Minuten später, saßen sie zusammen in einem kleinen Raum. Unscheinbar, leer, bis auf einen Tisch und zwei Stühle, die an die Wand gedrückt waren. In den oberen Ecken auf Tomeks linker Seite befanden sich zwei Kameras, die jede ihrer Bewegungen beobachteten und aufzeichneten. Mariusz hatte sich für ein freiwilliges Gespräch ohne professionelle Unterstützung entschieden, und Tomek war mehr als glücklich, dem nachzukommen.

»Danke, dass Sie heute gekommen sind«, begann er. »Obwohl ich Sie daran erinnern muss, dass ich trotz dieses freiwilligen Gesprächs das Recht habe, Sie festzunehmen. Sie haben auch während des gesamten Verfahrens Anspruch auf rechtlichen Beistand, den Sie allerdings bereits abgelehnt haben. Möchten Sie weiterhin darauf verzichten?«

Mariusz schenkte ihm einen leeren Blick. Seine Augen wirkten glasig, als wäre er in Gedanken tief versunken über etwas in Rumänien.

»Ich wünsche keine rechtliche Unterstützung«, antwortete er mit starkem Akzent.

Der Satz klang einstudiert, fast wie auswendig gelernt, als würde er ihn aus dem Gedächtnis ziehen, statt natürlich und in der Gegenwart zu sprechen.

»Gut. Dann möchte ich, dass Sie beginnen«, sagte Tomek. »Warum sind Sie heute hierhergekommen, Mariusz?«

»Ich habe... ich habe...« Er hielt inne, um sich zu sammeln. Schaute auf seine Finger und begann, sie ineinander zu verschränken. »Ich habe im Fernsehen gesehen. Die Nachrichten. Über die Frau, die am Hafen gestorben ist. Ich habe... die Beschreibung gesehen, nach wem Sie suchen.«

»Warum sind Sie also hergekommen? Weil Sie tatsächlich dort waren oder weil Sie auf die Beschreibung von jemandem passen, der dort war?«

»Weil ich dort war und auf die Beschreibung passe.«

»Und Sie kommen erst jetzt, weil Sie gemerkt haben, dass die Polizei nach Ihnen sucht?«

»Ich... ich...« Mariusz schaute wieder auf seine Hände und spielte weiter mit ihnen. »Verzeihen Sie, mein Englisch...«

»Das ist in Ordnung«, sagte Tomek ruhig. »Nehmen Sie sich so viel Zeit, wie Sie brauchen.«

Er wollte diesen Fall nicht so schnell vermasseln.

»Ich war dort«, sagte Mariusz langsam, fast roboterhaft. »Aber ich hatte nichts mit ihrem Tod zu tun.«

Tomek nickte und lehnte sich in seinem Stuhl zurück. Jetzt war es an der Zeit, Mariusz reden zu lassen. Für ihn selbst, den Mund zu halten und zuzuhören. Löcher in seiner Geschichte zu finden, Dinge, die er später ausnutzen und weiter untersuchen konnte.

»Erzählen Sie mir alles«, sagte er und griff nach seinem imaginären Popcorn, das er neben seinen Stift und sein Papier legte.

Bevor er begann, räusperte sich Mariusz. »Wissen Sie, ja, ich war an diesem Morgen am Hafen. Ja, ich habe die Leiche der Frau gefunden – wie war ihr Name, Morgana? Ja, genau. Aber ich hatte nichts mit ihrer

Tötung zu tun. Ich habe sie nur gefunden. Als die anderen Leute zum Hafen kamen, geriet ich in Panik, ließ sie zu Boden fallen und rannte dann weg. Ich weiß nicht, was über mich gekommen ist. Ich wollte nicht, dass sie denken, ich hätte etwas mit ihrer Tötung zu tun. Ich geriet in Panik.«

Mariusz kam zu einem natürlichen Halt und sah Tomek erwartungsvoll an, wartete darauf, dass er antwortete, aber als nichts kam, fühlte sich der Mann gezwungen, fortzufahren.

»Ich bin in die falsche Richtung gegangen. Ich habe nicht gesehen, wohin ich ging. Und dann kam die Flut. Sie war wirklich schnell. Schneller als erwartet, und dann kam ich in die Nähe des Piers. Sie wissen schon, Southend Pier. Danach rannte ich zum Ufer, bedeckt mit Sand, Schlamm und Wasser. Dann ging ich nach Hause, wo ich mich wusch und meine Kleidung reinigte. Ich wusste nicht, was ich tun sollte, also blieb ich für den Rest des Tages drinnen.«

Ein weiterer natürlicher Halt. Ein weiterer erwartungsvoller Blick. Diesmal beschloss Tomek, ihn zu befriedigen. Bisher stimmte alles, was er gehört hatte. Aber es hatte sich einstudiert angehört. Einige der Details, die Mariusz erwähnt hatte, wie der Pier, wie das Abwaschen von Sand und Schlamm von seiner Kleidung, klangen fabriziert. Als ob ihm entweder gesagt worden wäre, sie zu erwähnen, oder er sie wiederholt geübt hätte. Tomek wollte das Gespräch in eine Richtung lenken, die Mariusz nicht erwartete.

»Was machen Sie beruflich, Mariusz?«

»Beruflich? Wie meinen Sie das?«

»Was arbeiten Sie? Was ist Ihr Job?«

»Oh. Ich verstehe. Ich... ich bin Lkw-Fahrer. Ich arbeite für ein Speditionsunternehmen.«

Tomek schmunzelte über die falsche Aussprache des Mannes von Spedition. Es kam heraus wie „Schpädizion". Hätte er nicht seit fünfunddreißig Jahren im Land gelebt, glaubte Tomek, hätte er denselben Fehler gemacht.

»Kann ich den Namen des Unternehmens bekommen«, sagte er, mehr als eine Feststellung denn als Frage.

»Natürlich. Es ist...« Eine kurze Pause, während er unruhig auf seinem Stuhl rutschte. »Es heißt DWG Logistics.«

»Wie lange arbeiten Sie schon dort?«

»Drei Monate. Ich bin immer noch in, wie sagt man, Probezeit?«

»Probezeit, ja. Was haben Sie in den Tagen seit dem Fund der Leiche gemacht?«

»Gearbeitet. Ich musste im ganzen Land hin- und herfahren. Bestellungen an meine Kunden ausliefern.«

»Weil Sie noch in der Probezeit sind?«

»Ja. Mein Job ist mir sehr wichtig. Ich muss ihn so lange wie möglich behalten, verstehen Sie. Ich habe etwas Wichtiges vor.«

*Wie den Mord an jemand anderem?*

Tomek sah die Karotte dieser Aussage vor sich baumeln und biss an. »Was?«

»Ich will meiner Freundin einen Heiratsantrag machen.«

Tomek blickte auf die rechte Hand des Mannes. In Rumänien, wie auch in Polen und anderen europäischen Ländern, trug man den Ehering an der rechten Hand, nicht an der linken.

»Wenn ich mich nicht irre, sieht es aus, als wären Sie bereits verheiratet?«

Mariusz schaute auf seine Finger, bedeckte sie und begann, sie zu massieren. »Das ist kein Ehering. Der wurde mir von meinem Großvater gegeben, bevor er starb. Ich trage ihn hier, um mich an ihn zu erinnern.«

Tomek schätzte die Geste. Er hatte seine Großeltern nie wirklich gekannt. Seine väterliche Großmutter war gestorben, bevor er geboren wurde, während sein mütterlicher Großvater ein paar Monate nach seiner Geburt gestorben war. Seine Brüder, Michał und Dawid, hatten mehr Zeit mit ihrer polnischen Großmutter verbracht, bevor sie sie schließlich in Polen zurückließen, als sie nach Großbritannien auswanderten. Er hatte sie seitdem nur ein paar Mal gesehen, bei Urlauben, Jubiläen und Beerdigungen. Was seinen verbliebenen britischen Großvater betraf, so war er aus Liebe nach Schottland gezogen. Es war herausgekommen, dass sein Opa, während seine Oma im Sterben lag, mit einer anderen Frau geschlafen hatte und darauf wartete, dass sie starb, bevor er mit seiner neuen Geliebten nach Schottland zog. Natürlich hatte das viele Streitigkeiten in der Familie verursacht, und Tomek hatte ihn seitdem weder gesehen noch von ihm gehört. Er bezweifelte, dass der Mann noch am Leben war.

»Wo ist Ihre Freundin jetzt?« fragte Tomek.

»Sie... sie ist... zurück zu Hause in Rumänien. Sie musste wegen einiger familiärer... familiärer Probleme zurückkehren.«

»Verstehe. Und weiß sie, was passiert ist?«

Mariusz schüttelte unschuldig den Kopf. »Ich wollte sie nicht beunruhigen«, erklärte er. »Werden Sie mich nicht fragen, warum ich am Hafen war?«

Mariusz' Frage überraschte Tomek.

»Ich hatte es vor«, antwortete er. »Werden Sie es mir sagen?«

»Natürlich. Ich möchte der Ermittlung so weit wie möglich helfen. Es ist mir wichtig. Sie müssen den Mörder fangen!«

Tomek hielt seinen Gesichtsausdruck leer, während er darauf wartete, dass die psychische Angst des Mannes die Oberhand gewann.

»Ich habe den Hafen besucht, weil ich dort, wie ich schon sagte, den Antrag machen werde. Ich wollte, wie sagt man, *auskundschaften*. Ich wollte einen Probelauf machen und sehen, wie es für mich und meine Freundin ist, dorthin zu gehen, wenn ich den Antrag stelle. Ich musste sehen, ob es schlammig oder nass war und wie die Gezeiten sind. Ich hatte nicht erwartet, dort eine Leiche zu finden.«

»Sicherlich nicht«, erwiderte Tomek tonlos. »Können Sie sich erinnern, wann Sie am Tatort ankamen?«

Mariusz schaute auf den Tisch, als ob er dort die Antwort finden würde. Dann sagte er: »Neun Uhr dreißig morgens. Kurz danach. Ich glaube, ich bin nach elf wieder am Strand angekommen.«

»Über eine Stunde später? Das ist eine lange Zeit, um zurückzukommen...«

Die kleinen Glühbirnen in Tomeks Kopf begannen zu blinken.

»Ich musste rennen und den Pfützen ausweichen. Außerdem bin ich falsch gegangen. Das habe ich Ihnen bereits gesagt.«

»Sie haben recht. Das haben Sie. Entschuldigung. Haben Sie auf Ihrem anfänglichen Weg zum Hafen an diesem Morgen jemanden gesehen, der sich seltsam verhielt, oder irgendetwas Ungewöhnliches?

Haben Sie jemanden vom Tatort fliehen sehen? Haben Sie den Mord gesehen?«

Mariusz schüttelte den Kopf. Langsam. »Es tut mir leid,« sagte er, »aber ich habe nichts gesehen. Es war nur ich. Ich wünschte, ich könnte mehr helfen.«

»Sie wollen der Ermittlung wirklich in jeder möglichen Weise helfen, nicht wahr?«

Mariusz beugte sich leicht auf seinem Stuhl vor und straffte seinen Rücken. »Natürlich will ich das. Es ist mir wichtig. Was auch immer Sie brauchen.«

Tomek hatte genug gehört.

»In diesem Fall, Mariusz Stanciu, verhaftete ich Sie unter dem Verdacht des Mordes an Morgana Usyk. Sie müssen nichts sagen, aber es kann Ihrer Verteidigung schaden, wenn Sie bei der Befragung etwas nicht erwähnen, auf das Sie sich später vor Gericht berufen. Alles, was Sie sagen, kann als Beweis verwendet werden.«

# KAPITEL
# SIEBENUNDZWANZIG

Tomek hatte keine andere Wahl gehabt, als Mariusz zu verhaften und ihn in eine Zelle zu stecken. Er hatte gestanden, am Tatort gewesen zu sein und sich als einzige Person zum Zeitpunkt von Morganas Tod in der Gegend aufgehalten zu haben. Für mindestens die nächsten vierundzwanzig Stunden hatten Tomek und sein Team den Luxus, seine Verbindung zu Morganas Tod untersuchen zu können, ohne das Risiko, dass er flüchten oder Beweise vernichten könnte. Das einzige Problem, das jetzt noch blieb, war, seinen Aufenthaltsort, seinen Job und seine Bewegungen nach ihrem Tod zu bestätigen. Es war ein Wettlauf gegen die Zeit, aber glücklicherweise, dachte Tomek, hatten sie das richtige Team dafür.

Kurz nach seiner Festnahme war Mariusz zum Aufnahmeschalter gebracht worden – oder wie Tomek ihn gerne nannte, den Verhaftungsschalter – wo er seine Habseligkeiten abgegeben, einen Trainingsanzug zum Umziehen bekommen und seine Fingerabdrücke und DNA-Proben abgenommen worden waren. Tomek hatte auch dafür gesorgt, dass er eine Kopie des Fotos des Mannes behielt. Ärgerlich war, dass Mariusz darauf bemerkenswert gut aussah. Da war nichts von diesem ausgelaugten Aussehen, keiner dieser ausgezehrten und erschöpften Gesichtsausdrücke zu sehen. Stattdessen wirkte er jugendlich und voller Leben, als ob er wüsste, dass er sich keine Sorgen machen müsste.

Tomek fuhr mit dem Foto durch seine Finger, während er darauf wartete, dass sich die Haustür öffnete. Neben ihm stand Rachel, die heute beschlossen hatte, ihr Haar offen zu tragen. Einen Moment später öffnete sich die Tür, und sie wurden von dem großen Mann begrüßt. Er war so groß, dass sein Körper kaum durch die Tür passte. Heute Morgen trug er kurze Rugby-Shorts, die enger als ein Entenarsch waren und an allen falschen Stellen ausbeulten. Auf seinem Oberkörper trug er ein altes, zerrissenes und ramponiertes Rugby-Shirt, das aussah, als hätte es ihm seit zwanzig Jahren nicht mehr gepasst.

»Tomek...«, sagte Warren kleinlaut. »Und...?«

»DC Rachel Hamilton«, antwortete sie.

»Du klingst nicht, als ob du von hier wärst.«

»Das liegt daran, dass ich es nicht bin. Obwohl ich dieses besondere Abzeichen mit Stolz trage. Ich bin ein Mädchen aus Nordlondon.«

»Was führt dich hierher? Es waren sicherlich nicht Tomeks Führungsqualitäten, so viel weiß ich. Ich habe ihn auf dem Rugby-Feld in der Schule gesehen. Er wusste nicht, wo vorne und hinten ist.«

Warren legte seine Hand auf den oberen Türrahmen und lehnte sich seitlich an, wobei er seine großen Trizeps- und Latissimus-Dorsi-Muskeln zur Schau stellte, die Muskeln am Rücken, die aussahen, als hätte er Flügel. Das offensichtliche Flirten und der Versuch, seine Federn wie ein Pfau zu spreizen, waren lobenswert, aber zwecklos. Wenn Rachel nicht plötzlich und ziemlich drastisch ihre Meinung in den letzten Wochen geändert hatte, war sie immer noch lesbisch und spielte definitiv auf derselben Seite des Feldes wie sie beide. Aber Tomek wollte ihm das nicht sagen. Er genoss es, zuzusehen, wie das Auto auf den unpassierbaren Baum zusteuerte.

»Eigentlich war er es«, sagte Rachel. »Ich hatte so viele wundervolle Dinge über ihn gehört, und dann war ich bitter enttäuscht, als ich ihn endlich persönlich traf.«

»Man sagt ja, dass man seine Helden nie treffen sollte«, warf Tomek ein.

Rachel verdrehte die Augen und wandte sich dann an Warren, um zu fragen, ob sie hereinkommen könnten. Der Mann trat beiseite, um sie durchzulassen. Als Tomek an ihm vorbeischlüpfte und sich wie ein Fuchs, der versucht, durch ein Dachsloch zu passen, vorbeidrückte, sagte Warren: »Warum überlässt du den Schlagabtausch nicht mir, Kumpel?«

»Du dachtest, das war mein Flirtversuch?«

»War es nicht?«

»Natürlich. Entschuldigung, ja. Schrecklich, du hast Recht. Tatsächlich werde ich es dir überlassen. Und wenn du Tipps brauchst, sie steht wirklich auf Witze, die ABBA absolut in die Pfanne hauen.«

»ABBA?«

Ihre Lieblingsband.

Tomek nickte und unterdrückte das Grinsen, das auf sein Gesicht springen wollte. »Hasst sie. Kann sie nicht ausstehen. Sie meint, dass diese virtuelle Show, die sie gerade haben, die größte Geldverschwendung ist, die die Menschheit je gesehen hat.«

Warrens Gesicht leuchtete auf wie ein Alkoholiker, der ein Getränk geschenkt bekommt. »Großartig, danke! Ich hasse ABBA auch!«

Einen Moment später gesellten sich Tomek und Warren zu Rachel im Wohnzimmer. Sie hatte es sich bereits auf dem Sofa gegenüber dem Fernseher bequem gemacht. Warren bot ein Getränk an, aber beide lehnten ab.

»Klingt ernst«, sagte er, während er zur Mitte des Raums schlurfte.

»Heute Morgen haben wir jemanden wegen des Verdachts festgenommen, die Frau aus dem Hafen ermordet zu haben«, sagte Rachel, knapp und direkt auf den Punkt.

»Schon jemanden verhaftet? Wen?«

»Deshalb sind wir hier«, sagte Tomek und griff in seine Tasche.

Sobald Tomek diese Bewegung machte, trat Warren rückwärts, hielt seine Hand vor sich, als würde er einen Rugby-Tackle eines Gegners abwehren. Seine Augen waren wild vor Angst.

»Mich? Ist das eine kranke Art zu sagen, dass ihr gekommen seid, um mich zu verhaften?«

Tomek und Rachel sahen sich an. Dann brachen sie in Gelächter aus.

»Ich glaube, dafür bräuchten wir mehr als uns zwei«, sagte sie.

»Obwohl, wenn du weglaufen würdest, wäre ich vielleicht der Einzige, der dich einholen könnte«, fügte Tomek hinzu.

Das schien Warrens Befürchtungen zu zerstreuen. Er ließ die Hände sinken und entspannte die Schultern ein wenig.

»Wir wollten sehen, ob du die Identität der Person, die wir verhaftet haben, bestätigen kannst, ob sie zur Beschreibung der Person passt, die du an jenem Morgen gesehen hast?«

»Wart ihr schon bei den Amerikanern?«

»Wir kommen gerade von dort.«

»Und?«

»Das werde ich dir nicht sagen. Ich möchte, dass du dir dieses Foto zuerst ansiehst und mir sagst, ob es zur Beschreibung passt, die du gegeben hast.«

Tomek griff in seine Tasche und holte das Fahndungsfoto von Mariusz Stanciu hervor. Er reichte es Warren, der es vorsichtig von Tomek entgegennahm und das Gesicht aus der Ferne betrachtete, die Augen zusammenkneifend. Dann merkte er, dass er niemanden täuschte, und eilte in die Küche, um eine Lesebrille zu holen. Als er zurückkehrte, untersuchte er das Foto. Es dauerte ganze drei Sekunden, bis er zu einem Ergebnis kam.

»Ich kann es nicht mit Sicherheit sagen«, sagte er. »Ich habe das Gesicht des Kerls nicht so gut gesehen. Die einzige Person, die den besten Blick auf ihn werfen konnte, war der Typ, der vor uns da war. Ihr solltet es ihm zeigen.«

»Das würden wir gerne«, antwortete Tomek, als er das Fahndungsfoto von Warren zurücknahm. »Aber er ist tot.«

»Tot?«

»Leider.«

»Wie?«

»Selbstmord. Angeblich. Aber wir ermitteln.«

Warrens Blick wanderte zu den Sprossenfenstern. »Wenn er ermordet wurde... bedeutet das, dass er vielleicht getötet wurde, weil er das Gesicht des Mannes gesehen hat?«

»Wenn das der Fall ist, dann müssen du und der Rest der Reisegruppe euch keine Sorgen machen«, antwortete Rachel.

»Sie haben ihn auch nicht deutlich genug gesehen?«

Rachel schüttelte den Kopf.

»Es scheint, als wäre die einzige Person, die zweifelsfrei bestätigen kann, ob das der Typ ist, der vom Tatort geflohen ist, tot.«

»Es tut mir leid«, erwiderte Warren.

»Wofür entschuldigst du dich?«, fragte Tomek.

Er zeigte auf das Dokument in Tomeks Hand und sagte: »*Dafür*. Ich wünschte, ich könnte bestätigen, ob er das war. Aber ich habe sein Gesicht einfach nicht gesehen. Alles, was ich sah, war sein Mantel. Ich war zu beschäftigt damit, Kirstys Ehemann am Ende der Gruppe zu helfen. Der fette Sack blieb ständig im Schlamm stecken.«

»Kein Problem«, erwiderte Rachel kühl. »Du warst bisher sowieso eine große Hilfe bei dieser Untersuchung.«

»Natürlich.« Warren schnippte mit den Fingern, als ob ihm gerade etwas eingefallen wäre. »Hey, habt ihr schon in Betracht gezogen, dass dies ein ABBA-besessener Attentäter sein könnte? Denn wenn ja, dann hat er gerade die Zeit seines Lebens.«

Stille. Rachels Gesicht fiel in sich zusammen. Tomek konnte das Lachen kaum zurückhalten.

»Was?«, fragte Rachel.

»Was?«

»Was?«, sagte Tomek und stimmte ein.

Plötzlich schrumpfte der riesige Rugby-Spieler auf die Hälfte seiner Größe und sah aus wie ein Kind, das gerade auf dem Spielplatz blamiert worden war. »ABBA... 'Dancing Queen'... Nein?«

»Nein. Nicht wirklich.«

Rachel warf ihm einen verächtlichen Blick zu, dann drehte sie sich zu Tomek um und funkelte ihn an. In diesem Moment verlor Tomek die Kontrolle und brach in schallendes Gelächter aus, beugte sich doppelt und hielt sich an der Seite des Sofas fest.

»Es tut mir leid. Ich habe es ihm gesagt. Ich dachte, dir gefällt vielleicht mal ein ABBA-Witz, der nicht von mir kommt...«

»Du hast mich reingelegt?«, stammelte Warren. »Du hast mich reingelegt? Arschloch.«

»Ja, dem schließe ich mich an«, sagte Rachel und rückte auf

Warrens Seite, sodass die beiden sich gegen ihn verbündeten. »Wahrscheinlich das größte Arschloch, das ich kenne. Wenn nicht sogar das größte der Welt.«

Wieder Fassung gewinnend, lächelte Tomek sie selbstgefällig an und verbeugte sich spöttisch. Rachel beendete den Besuch schnell. Tomek wäre mehr als glücklich gewesen, noch zu bleiben und ein paar weitere von Warrens ABBA-Witzen zu hören, aber laut Rachel war keine Zeit. Ihr Zeitfenster, um Beweise gegen Mariusz Stanciu zu finden, schloss sich schnell.

»Du musst mich immer noch zum Tatort bringen«, sagte Tomek zu Warren, als sie zur Haustür gingen.

»Nicht nach diesem kleinen Streich, nein.«

»Toll. Sagen wir morgen, zur gleichen Zeit wie unser Lauf?«

»Du willst wieder laufen gehen?«

»Wenn das okay für dich ist? Mein Körper hat es am Tag danach deutlich gespürt, aber sobald ich wieder in Schwung komme, bin ich sicher, wird alles in Ordnung sein.«

Warrens Gesicht strahlte bei der Aussicht, einen Laufpartner zu haben. Langfristig.

»Komm schon, Mo Farah«, sagte Rachel und tippte Tomek auf die Schulter, »wir müssen zurück ins Büro. Da ist eine Mordermittlung zu leiten, erinnerst du dich?«

# KAPITEL
## ACHTUNDZWANZIG

Tomek zog den Stuhl unter dem Tisch hervor und setzte sich. Neben ihm saß Chey, der innerhalb weniger Stunden aussah, als hätte er sich in einen Vater von fünf Kindern verwandelt, alle unter zehn Jahren. Seine Augen waren eingefallen, seine Wangen hatten an Farbe verloren, und das freche Grinsen, an das Tomek gewöhnt war, war verschwunden. Er wirkte gebrochen, geschlagen.

»Langer Tag?«, fragte Tomek.

»Das kannst du verfickt nochmal glauben.«

»Du siehst aus, als könntest du etwas Adderall gebrauchen.«

»Was ist das?«

»Keine Ahnung«, antwortete Tomek. »Das ist so was, das Amerikaner sagen, wenn sie jemanden sehen, der müde aussieht.«

»Wenn's amerikanisch ist, will ich's nicht. Ich hab die Netflix-Dokus gesehen.«

Tomek wollte ihn gerade bitten, das näher zu erläutern, aber Victoria hatte gerade den Raum betreten, also hielt er inne. Als sie an ihm vorbeiging, spürte Tomek, wie die Atmosphäre sich abkühlte.

»Also, Leute«, begann sie, »ich möchte es kurz und bündig halten. Ich will Updates von allen, und ich will wissen, ob wir Mariusz Stanciu formell des Mordes an Morgana Usyk anklagen können.«

Sie knallte einen Ordner mit Dokumenten unnötig hart auf den

Tisch und drehte sich dann zur Tafel am Kopfende des Raumes. Neben ihr stand ihr treuer Hund, Sean, mit dem Trainingshalsband noch um den Hals und einem Whiteboard-Marker in der Hand.

»Chey«, begann Rachel. »Möchten Sie den Anfang machen?«

Alle Augen richteten sich auf Chey.

»Glaub nicht, dass ich eine Wahl habe«, murmelte er leise. Er raschelte mit einigen Papieren, um es zu übertönen, aber es war trotzdem hörbar. Wenn Victoria es gehört hatte, ließ sie es sich nicht anmerken. »Womit soll ich anfangen?«

»Mit den wichtigsten Fakten.«

»In Ordnung. Gut. Also, ich habe alles getan, was ich konnte, um die Überwachungsaufnahmen vom Pier und der umliegenden Strandpromenade durchzusehen. Jetzt, wo wir wissen, wann und wo Mariusz behauptet, an Land zurückgekehrt zu sein, hat das das Feld eingegrenzt, aber ich kann immer noch keine Bilder von ihm entlang der Strandpromenade finden. Es gibt nichts, was auf diesen Abschnitt des Wassers zu dieser Tageszeit hinweist. Er könnte also zu diesem bestimmten Zeitpunkt aus dem Wasser gekommen sein, aber ich kann nichts davon sehen.«

»Oder er hat gelogen«, bemerkte Tomek.

Sein Kommentar wurde ignoriert.

»Martin? Was haben Sie?«

Jetzt war DC Martin Brown an der Reihe zu sprechen. Er sah, in völligem Gegensatz zu Chey, frisch aus, als wäre es sein erster Arbeitstag und er wäre erst seit zehn Minuten da. Was, verglichen mit dem Rest des Teams, auch stimmte; zusammen mit Victoria war er vor einigen Monaten aus Colchester dazugestoßen. Er war noch dabei, sich ins Team einzufügen, aber die engen Verbindungen zur Inspektorin waren nach wie vor deutlich erkennbar.

Bevor er sprach, strich er sich eine lose Haarsträhne hinter das Ohr. »Ich habe mit seinem Arbeitgeber, DWG Logistics, gesprochen, und sie haben bestätigt, dass Mariusz für sie arbeitet. Sie haben seine Arbeitserlaubnis, eine Kopie seines Reisepasses – alles zugeschickt. Sie haben sogar bestätigt, dass er in den letzten Tagen gearbeitet hat, und haben die Lieferscheine für seine Fahrten durchs Land geschickt.«

»Chey…«, begann Victoria. »Können Sie das bitte auf ANPR und CCTV überprüfen?«

»Könnte das nicht jemand anders machen?«, antwortete er in seiner höflichsten Stimme. »Es ist nur so, dass ich mit den anderen Aufnahmen, die Sie von mir finden lassen wollen, völlig überlastet bin.«

»Aber Sie haben bereits festgestellt, dass Sie ihn nicht finden können. Jetzt bitte ich Sie, ihn bei einer anderen Gelegenheit zu finden.«

Der Polizist senkte den Kopf, nickte geistesabwesend und kritzelte eine Notiz in sein Buch.

»Tomek…«, fuhr Victoria fort und wandte sich ihm mit einem Hauch von Verachtung in ihrer Stimme zu.

»Ja, Frau Inspektor?«

»Was hatten die Hauptzeugen über Mariusz zu sagen?«

»Sie kennen ihn weder vom Sehen noch vom Hören«, antwortete er. »Oder in diesem Fall, von Andrei.«

»Was?«, fragte Sean abrupt und überraschte damit Tomek und alle anderen im Raum.

»Sie konnten nicht eindeutig sagen, dass es derselbe Mann ist. Die einzige Person, die ihn am besten gesehen hat, war Andrei Pirlog.«

»Und jetzt ist er tot…«, sagte Victoria leise, als ob sie mit sich selbst sprechen würde.

»Glauben Sie immer noch, dass es Selbstmord ist, Frau Inspektor?«, fragte Tomek, aber seine Frage wurde mit Schweigen beantwortet. »Oh, und bevor wir weitermachen: Ich habe den Redgraves gesagt, dass Sie einen weiteren einwöchigen Aufenthalt in ihrem Airbnb genehmigt haben.«

»Warum zum Teufel hast du das getan?«

»Nun, ich dachte, wir könnten sie für die Ermittlungen brauchen, und sie sollten morgen zurück nach Amerika fliegen. Ich dachte, wir könnten es uns nicht leisten, sie zu verlieren.«

»Also hast du ihnen gesagt, sie könnten noch eine Woche bleiben?«

»Alle Kosten bezahlt. Essen, Unterkunft, Sicherheit. Sie sind sehr dankbar.«

Victorias Augen verengten sich, als sie ihren Kiefer anspannte. »Ich glaub's einfach nicht. Was erwartest du von mir?«

»Ich erwarte, dass Sie Ihr Wort halten, Frau Inspektor.«

»Ich habe dem nie zugestimmt.«

»Wollen Sie diejenige sein, die sie enttäuscht, oder soll ich lieber die Nachricht überbringen?«

»Ich habe jetzt keine verdammte Wahl, als die Kosten zu genehmigen, oder?«

Victoria brauchte einen Moment, um ihre Wut zu kontrollieren, bevor sie den Rest des Meetings fortsetzte. Ihr Gesicht war vor Wut rot angeschwollen. Sie wandte sich an DC Anna Kaczmarek, die Familienverbindungsbeamtin.

»Können Sie sich bitte darum kümmern? Geben Sie ihnen ein Budget. Ich will nicht, dass sie leben, als wären sie in der Todeszelle.«

Anna bestätigte, dass sie das erledigen würde. Dann sprach Victoria DC Oscar Perez an. Der Captain, wie er im Büro liebevoll genannt wurde, weil er ständig alles korrigierte, was jemand sagte, hatte sich während des gesamten Gesprächs ruhig verhalten. Untypisch für ihn. Er fand immer etwas zu sagen. Er war ein guter Detektiv, und Tomek schätzte ihn sehr. Er wusste, wovon er sprach. Er war gründlich, besonnen und effizient. Alles, was das Team sich wünschen konnte.

»Ich habe Mariusz' Social Media durchforstet, und es scheint, dass er erst vor kurzem ins Land gekommen ist. Soweit ich das beurteilen kann, ist er vor etwas mehr als drei Monaten hier angekommen. Er postet nicht viel, aber es reicht, um einen Einblick in sein Leben zu bekommen. Leider nicht mehr. Nichts, was darauf hindeutet, dass er am Morgen des Mordes dort war.«

»Irgendwas, das auf eine Verbindung mit Morgana hindeutet?«

»Noch nicht. Aber ich suche noch.«

»Großartig. Was ist mit seiner Freundin?«, fragte Victoria. »Was wissen wir über sie?«

»Sie ist aktiver in sozialen Medien. Postet viele Inhalte. Besser gesagt, das tat sie. Bis sie ins Land kamen, postete sie fast täglich. Jetzt nicht mehr so viel.«

»Können Sie mit ihr sprechen? Herausfinden, ob sie etwas über den Aufenthaltsort ihres Freundes weiß.«

Martin nickte. »Ich werde versuchen, Kontakt mit ihr aufzunehmen.«

Victoria klatschte in die Hände. »Ausgezeichnet. Großartige Arbeit, Team. Wirklich, großartige Arbeit. Ich bin stolz auf euch alle. Aber es gibt noch viel zu tun. Viel zu erledigen in den nächsten neunzehn Stunden. Harte Arbeit, mit gesenkten Köpfen und Hingabe wird von euch allen erwartet. Und ich möchte in der Lage sein, Mariusz Stanciu bis zum Ende des Countdowns wegen Morganas Mord anzuklagen.«

———

Tomek fand, dass Victorias anfeuernde Rede mehr nach Boris Johnson als nach Winston Churchill klang. Eingebildet, langweilig und uninspirierend. Vielleicht war das einfach ihre Art. Oder vielleicht war es seine rapide wachsende Verachtung für sie.

Als er aus der Tür schlüpfte, als einer der Letzten, spürte er eine Hand auf seinem Rücken.

Sean.

»Würdest du...«, er hielt inne. »Würde es dir was ausmachen, wenn wir uns kurz unterhalten?«

»Okay...«, antwortete Tomek und blieb auf der Schwelle stehen. »Klingt unheimlich.«

Sean bedeutete Tomek, zur Seite zu treten, und schloss dann die Tür hinter ihm, als wäre er in einem Spionagefilm.

»Du stirbst doch nicht, oder?«, fragte Tomek.

»Nein. Nun, wir alle tun das. Nur mit unterschiedlicher Geschwindigkeit.«

»Brilliant.«

»Aber nein, ich sterbe nicht. Jedenfalls nicht in nächster Zeit. Ich nur...«, Sean steckte seine Hände in die Taschen und blickte zu Boden. Tomek fühlte sich, als würde er gleich zum Abschlussball eingeladen werden. »Zu Hause passieren einige Dinge.«

»Oh?«

»Ja. Nichts Großartiges. Ich habe... ich habe ein paar Mietzahlungen verpasst, und jetzt schmeißt der Vermieter mich raus. Außerdem will er die Wohnung auch verkaufen, was nicht gerade hilft.«

»Die Miete pünktlich zu bezahlen, würde wahrscheinlich helfen«, bemerkte Tomek. So war ihre Beziehung – oder besser gesagt, was einmal ihre Freundschaft gewesen war – dass sie so offen miteinander sprechen konnten, ohne die Notwendigkeit zu verhätscheln oder zu beschwichtigen. Alles, was sie zueinander sagten, war unernst – sogar die ernsten Teile. So sollte es sein. »Was ist passiert?«

»Ich bin nur in einige finanzielle Probleme geraten«, antwortete Sean.

»Du hast dir doch keinen Verkaufsautomaten gekauft, oder?«

Tomek bezog sich auf ihren gemeinsamen Freund, den Wirt einer Kneipe, die sie früher häufig besuchten, der Opfer eines potenziell lukrativen Geschäftsvorhabens geworden war, das einen Verkaufsautomaten in der Kneipe, Ware, die sich angeblich von selbst erneuerte (und überhaupt erst verkaufte), und ein passives Einkommen, das nie aufhörte, beinhaltete. Seit Tomek das letzte Mal mit ihm gesprochen hatte, war nur der erste Punkt eingetroffen – zu anfänglich teuren Kosten.

Ein Grinsen huschte über Seans Gesicht. Das erste, das Tomek seit langem gesehen hatte.

»Nein«, antwortete er, »so blöd bin ich nicht.«

»Das werde ich beurteilen, je nachdem, wie du dein Geld verloren hast.«

»Ich hab's einfach verloren. Zu viele Ausgaben. Zu viel ausgehen. Zu viele unnötige Anschaffungen.«

»Wie zum Beispiel?«

Tomek merkte nicht, dass er seinen Freund verhörte, aber Sean tat nichts, um ihn aufzuhalten.

»Ich habe einen Computer gekauft, den ich nicht benutze. Ein paar neue Kopfhörer. Eine neue Uhr. Ein neues Auto.«

Ein neues Auto? Jetzt fühlte sich Tomek wirklich aus der Schleife genommen. Das war die Art von Dingen, die sie miteinander geteilt hätten. Obwohl Tomek sehr wenig Interesse an motorisierten

Fortbewegungsmitteln hatte, hätte er trotzdem darum gebeten, mit ihm eine Spritztour zu machen. Natürlich im Rahmen des Gesetzes.

»Was hast du dir geholt?«

»Tesla. Brandneu.«

»Wie lange hast du den schon?«

»Etwa sechs Wochen. Frühes Weihnachtsgeschenk.«

»Finanzierung?«

Sean ließ seinen Kopf noch tiefer sinken. »Alles war finanziert.«

»Also hast du eine Zahlung verpasst.«

»Es gab ein Problem mit meiner Bank. Die haben's versaut.«

Das taten sie immer in solchen Situationen. Immer war die Bank schuld. Oder jemand anderes. Aber nie das Opfer, nie derjenige, dessen Name auf den Finanzierungsverträgen stand.

»Jetzt wirst du aus deiner Wohnung geworfen?«

»Das, und der Vermieter verkauft.«

Wie konnte er das vergessen?

»Was hat dich dazu gebracht, all diesen Scheiß zu kaufen?«, fragte Tomek.

»Ich weiß es nicht! Ich dachte, ich wollte es.«

»Du wolltest das alles innerhalb weniger Wochen?«

Das menschliche Gehirn und wie es auf das Neueste, das Heißeste, das Glänzendste konditioniert worden war, verblüffte ihn weiterhin. Als er aufwuchs, hatten er und seine Brüder nie das Geld, um zu kaufen, was auch immer sie wollten. Stattdessen waren sie immer gezwungen, Schaufensterbummel zu machen, zu hoffen, zu wollen, dass sich eines Tages etwas ändern würde. Und selbst als sich das für sie als Familie zu ändern begann, als seine Eltern ihre jeweiligen Geschäfte in Großbritannien gegründet hatten, hielten sie das Geld immer noch knapp, hielten es von ihnen fern. Nur das Notwendigste. Sie wussten nicht, welche Turbulenzen am Horizont lauerten, und so waren sie vorsichtig damit. Sie waren klug, konservativ, und es half ihm zu schätzen, wie es war, nichts zu haben.

Interessanterweise galt das Gleiche auch für Sean. Als Kind hatte Sean auch gewusst, wie es ist, nichts zu haben, besonders nach dem Tod seines Vaters, und so war er gezwungen gewesen, in der Schule unternehmerisch tätig zu werden, indem er Süßigkeiten und Snacks mit einem erheblichen Aufschlag verkaufte. Die Gewinne hatte er dann für das Wesentliche verwendet. Essen. Wasser. Heizung. Miete. Wie Tomeks Eltern war Sean vernünftig gewesen. Aber jetzt hatte sich etwas verändert. Die Dopamin-Rezeptoren in seinem Gehirn waren durcheinandergeraten. Und Tomek glaubte zu wissen, warum.

Victoria. Entweder tat er es, um sie zu beeindrucken, oder sie war die treibende Kraft dahinter.

»Weiß sie davon?«

Sean schüttelte den Kopf. »Und ich würde es gerne so behalten. Es ist peinlich.«

»Peinlich für wen? Für dich oder für sie?«

Sean öffnete den Mund, konnte aber nicht auf die Frage antworten.

»Hast du mit der Personalabteilung gesprochen?«, fragte Tomek. »Die sollten es wahrscheinlich wissen, damit es später keine bösen Überraschungen gibt. Wir wollen dich nicht tot im Straßengraben finden, weil du einen Kredithai nicht zurückzahlen konntest.«

»Nein, nein. Nur die Inkassounternehmen stattdessen.«

»Brilliant.«

Ein Moment der Stille breitete sich zwischen ihnen aus. Sean massierte sein Gesicht, während er nach Worten rang. Das Geräusch seiner Haut, die über seine Stoppeln strich, war ohrenbetäubend in dem fast stillen Raum. Dreißig Sekunden vergingen, bevor er endlich sagte, was er sagen musste.

»Ich habe mich gefragt, ob ich für ein paar Nächte, vielleicht Wochen, bei dir unterkommen könnte? Ich würde nur ein Sofa brauchen-«

»Gut, denn mehr würdest du auch nicht bekommen.«

»Und ich kann für mein eigenes Essen und alles bezahlen. Ich würde nicht viel Platz wegnehmen.«

Tomek musterte ihn von Kopf bis Fuß. »Du hast deine Größe gesehen, oder? Du kannst froh sein, wenn die Hälfte von dir auf das Sofa passt. Lass mich überlegen. Ich muss das mit Kasia abklären, sehen, ob sie damit einverstanden ist.«

»Natürlich.«

»Und mit Abigail.«

»Abigail?«, fragte er verletzt, als ob er sich zweite Wahl fühlte. »Warum musst du sie fragen?«

»Sie übernachtet ziemlich oft bei mir. Sie könnte es unangenehm finden.«

»Du kennst sie doch erst seit zwei Sekunden.«

Tomek trat einen Schritt zurück und hob eine Hand zu Sean. »Willst du das Sofa oder nicht?«

# KAPITEL
## NEUNUNDZWANZIG

Der Geruch von Speck und Pflanzenöl war derselbe, vertraut und doch gleichzeitig anders, fremd. Als würde man in das gleiche Bettmodell steigen, nur um festzustellen, dass es nicht das eigene ist.

Wie Goldlöckchen, die bei den drei Bären einbricht, stimmte im Café Iliana einfach etwas nicht. Die Atmosphäre war seltsam. Es gab weniger Gäste, und die Abstände zwischen den Tischen waren zu eng, was bedeutete, dass man fast aufeinandersaß und alles mithören konnte, was um einen herum gesagt wurde. Zu allem Überfluss schmeckte der Kaffee grauenhaft.

Während Victoria und das Team all ihre Aufmerksamkeit darauf richteten, Beweise zu finden, um Mariusz Stanciu des Mordes an Morgana Usyk zu beschuldigen, hatte Tomek andere Vorstellungen. Zunächst glaubte er nicht, dass der Mann irgendetwas mit ihrem Mord zu tun hatte (er hatte ihn nur verhaftet, um die Gewahrsamszeit zu beginnen und sicherzustellen, dass er nicht flüchtete). Es gab Lücken in Mariusz' Geschichte, ganz zu schweigen davon, dass Chey seinen Aufenthaltsort nicht bestätigen konnte und keiner der Hauptzeugen ihn eindeutig identifizieren konnte. Selbst wenn Andrei noch am Leben wäre, war Tomek fast sicher, dass der Hauptzeuge ihn nicht erkannt hätte.

Stattdessen vermutete Tomek, dass etwas anderes im Spiel war. Dass jemand Mariusz zu der Tat angestiftet hatte. Seine Antworten und sein Monolog klangen zu perfekt, zu einstudiert. Und das kleine Loch in seiner Geschichte, wo er gesagt hatte, dass er Morgana zurück auf den Boden gelegt hätte, während die Zeugenaussagen behaupteten, er hätte sie ins Wasser fallen lassen. Ganz zu schweigen von seiner Bereitwilligkeit, bei den Ermittlungen zu helfen und zu unterstützen, was Tomek vermuten ließ, dass es etwas war, das jemand ihm gesagt hatte. Warum und wer, wusste er nicht. Aber er hatte vor, es herauszufinden.

Und so war er zu Ilianas Café an der Strandpromenade von Southend gekommen, inmitten einer kleinen Ladenzeile mit Blick aufs Wasser, ein paar Kilometer entfernt von seiner Schwester, Morganas, in Hadleigh. Das Restaurant gehörte ihrem Ehemann, Anton Usyk, einem Mann, den Tomek unbedingt ein zweites Mal treffen wollte. Bei ihm waren nur sehr geringe Fortschritte erzielt worden, und soweit Tomek wusste, war es notwendig. Die erste Stelle, an der sie bei einer solchen Ermittlung typischerweise nachschauten, war der engste Verwandte des Opfers, besonders der Ehemann. Und bisher hatte Victoria ihn davonkommen lassen.

Tomek wollte den Mann kennenlernen. Und er stellte oft fest, dass eine vertraute Umgebung die besten Ergebnisse brachte.

»Guten... Tag«, sagte die Kellnerin. »Kann ich... Ihnen... etwas bringen?«

Ihre Art war völlig daneben. Disharmonisch, fahrig. In ihrem Gesichtsausdruck oder ihrem Lächeln steckte kein Selbstvertrauen. Wenigstens hatte Helena, die Kellnerin in Morganas, glücklich gewirkt, dort zu sein. Diese hier, deren Namensschild auf ihrer Brust Gina lautete, war unglücklich. Als sie jedoch die Frage wiederholte, beschloss Tomek, ihr etwas entgegenzukommen. Sie war Polin, und ihr Englisch war nicht besonders gut. Also sprach er in ihrer Muttersprache, um sie zu beruhigen.

»*Dzień dobry*«, sagte er. Guten Tag.

»Du sprichst Polnisch?«

»Ich *bin* Pole, also hoffe ich das doch.«

Das entlockte ihr ein Lachen. Es hielt jedoch nicht lange an. Sobald der Laut aus ihrem Mund geplatzt war, schnappte sie mit dem Kopf in Richtung des hinteren Teils des Restaurants.

Ilianas hatte fast genau dasselbe Layout wie Morganas, mit den Sitzecken an den Seiten des Raumes, der Kasse ganz rechts und der offenen Küche im hinteren Teil, wobei die Köche über eine Metalltheke hinweg sichtbar waren. Neugierig drehte sich Tomek auf seinem Platz, in der Hoffnung, einen Blick auf das zu erhaschen, was sie anschaute, aber sie lenkte ihn ab.

»Aus welchem Teil Polens kommst du?«, fragte sie.

»Katowice. Und du?«

Ein weiterer Blick zur Küche. »Gdańsk.«

»Schön. Ich war noch nie dort. Wie lange lebst du schon hier?«

»Drei Monate.«

»Schön. Wie gefällt es dir?«

Gina zögerte, drehte sich zur Küche, dann zuckte sie mit den Schultern. »Ist okay...« Diesmal sprach sie auf Englisch.

»Was hat dich dazu gebracht, deine Heimat zu verlassen?«, fragte er.

Aber bevor sie antworten konnte, kam eine Gestalt zu ihr und legte eine Hand auf ihre Schulter.

»Ist hier alles in Ordnung?«, fragte der Mann barsch. Dann, sobald Anton Usyk Tomek erkannte, sagte er: »Ah, Detektiv. Es ist schön, Sie wiederzusehen.«

Er sprach sachlich, ohne Emotion. Sein Gesicht war leer, ausdruckslos. Schwer zu lesen. Tomek hasste es, mit Menschen aus seinem Teil der Welt zu sprechen. Sie verrieten nie etwas. Ließen die andere Person nie wissen, was sie dachten oder fühlten. Es war, als wären sie alle russische Spione vor Gericht.

»Schön, Sie auch wiederzusehen«, sagte Tomek.

»Ich hoffe, Sie sind unter besseren Umständen hier als beim letzten Mal?«

»Ich bin nicht hier, um Ihnen mitzuteilen, dass ein weiterer Ihrer Lieben tot ist, falls Sie das meinen.«

»Das ist besser als gar keine Nachricht.« Anton wandte sich der Kellnerin zu, dann wieder Tomek. »Wie unhöflich von mir. Sie waren gerade dabei zu bestellen. Entschuldigung. Was können wir Ihnen bringen?«

»Ein Flat White reicht.«

»Perfekt. Etwas zu essen?«

Tomek lehnte das Angebot ab. Anton wandte sich an Gina und flüsterte ihr auf Ukrainisch etwas zu. Dann eilte sie zum hinteren Teil des Cafés, wo sie sofort mit ihren Aufgaben beschäftigt war. Ohne etwas zu sagen, half sich Anton selbst zum Stuhl gegenüber, seine Brustmuskeln zeichneten sich unter dem eng anliegenden Hugo Boss Designer-T-Shirt ab. »Ich hoffe, die Gesellschaft stört Sie nicht?«

»Nur wenn Sie sehr laut schlucken?«

Anton lachte. »Nur wenn ich mit jemandem spreche, mit dem ich nicht sprechen möchte.«

Einen Moment später kamen ihre Getränke. Gina stellte sie behutsam, vorsichtig auf den Tisch und verschüttete dabei fast Tomeks Flat White auf die Oberfläche. Anton Usyk hielt die Tasse fest im Blickkontakt mit Tomek an seinen Mund und trank. Der Ton war unhörbar.

»Ich habe es Ihnen gesagt«, erklärte er. »Ich habe darüber nicht gelogen, oder?«

»Nein«, antwortete Tomek, fragte sich aber, ob es irgendetwas gab, über das er gelogen *hatte*.

»Wie läuft die Ermittlung?«, fragte Anton. »Ich habe nichts gehört.«

»Langsam. Aber wir machen gute Fortschritte.«

»Haben Sie schon Verhaftungen vorgenommen?«

»Noch nicht«, log er. »Wir arbeiten noch daran. Das Gebiet, in dem der Mörder vom Tatort floh, ist so groß, dass es sich als schwieriger erweist als erwartet. Bisher haben wir eine Vorstellung davon, dass der Mörder möglicherweise an der Strandpromenade in der Nähe des Piers aufgetaucht ist. Wir untersuchen derzeit CCTV-Aufnahmen und Augenzeugenberichte aus dieser Zeit und diesem Gebiet. Unser Team glaubt, dass sie möglicherweise einen Screenshot von ihm auf einer der Kameras gesichtet haben. Der Plan ist, diese Informationen möglicherweise bald an die Öffentlichkeit zu geben.«

Antons Gesicht war leer, ausdruckslos. Immer noch nichts preisgebend. Tomek hatte versucht, ihn dazu zu provozieren, etwas zu verraten, aber der Mann hatte ein Pokerface wie ein Profi.

»Ich vertraue darauf, dass Sie und Ihr Team alles Mögliche tun. Wenn es irgendetwas gibt, womit ich helfen kann, dann lassen Sie es mich bitte wissen.«

In Tomeks Kopf begann eine Alarmglocke zu läuten.

»Tatsächlich könnten Sie vielleicht helfen«, sagte er, während er in seine Tasche griff, um sein Notizbuch hervorzuholen. »Ich habe mich gefragt, ob Sie mir sagen könnten, was Sie am Morgen der Ermordung Ihrer Frau getan haben.«

Zum ersten Mal zuckte Antons Kopf. Subtil, fast unsichtbar für das bloße und ungeübte Auge. Aber nicht für Tomeks.

»Ich habe bereits eine Zeugenaussage gemacht. Ich habe Ihnen bereits gesagt, wo ich war.«

»Der Lauf der Zeit erlaubt es uns manchmal, Situationen anders zu betrachten und sie in einem neuen Licht zu sehen«, erklärte Tomek, absichtlich philosophisch und obskur. »Außerdem haben Sie es meinen *Kollegen* gesagt. Sie haben es nicht *mir* gesagt.«

»Ich verstehe...« Anton nippte an seinem Getränk. »Was möchten Sie wissen?«

»Alles. Aber beginnen wir mit Ihnen, Ihrer Geschichte, der Geschichte Ihrer Frau.«

»Könnten Sie präziser sein?«

»Wie lange sind Sie schon in Großbritannien?«

»Dreizehn Jahre«, antwortete er ohne Zögern. Wenn Tomek mit dieser Frage selbst konfrontiert wurde, musste er immer zurückdenken und sein Alter berechnen, bevor er eine Antwort gab. Während für Anton die Antwort in einem Sekundenbruchteil kam. Entweder kannte er die Information aus dem Stegreif. Oder es war eine Lüge. »Morgana und ich sind hergekommen, als wir Mitte zwanzig waren. Southend ist seitdem unser Zuhause.«

»Und ihr beide habt einige sehr erfolgreiche Unternehmen aufgebaut, wie es aussieht?«

Anton neigte leicht den Kopf. »Wir haben hart gearbeitet, um dahin zu kommen, wo wir sind.«

»Da bin ich mir sicher.« Tomek trank etwas von seinem Flat White und leckte sich den Schaum von der Lippe. »Sagen Sie mir«, fuhr er fort, »warum haben Sie zwei Restaurants?«

»Weil wir, wie Sie sagen, erfolgreich sind.«

»Arbeiten die beiden Unternehmen unabhängig voneinander, oder sehen Sie sich als Teil einer Kette?«

»Separat. Morgana führt Morganas. Ich führe Ilianas. Es sind zwei separate Unternehmen.«

»Hat das jemals Reibungen zwischen euch beiden verursacht, irgendwelche Streitigkeiten, Wettbewerb, Meinungsverschiedenheiten? Wenn einer von euch so viel besser abschnitt als der andere, kann ich mir durchaus vorstellen, wie es dazu kommen könnte. Ehrlich gesagt, ich war bisher nur bei Morganas. Ich wusste bis vor ein paar Tagen nicht, dass dieser Ort existiert. Und ich denke, so geht es vielen Leuten.«

»Es tut mir leid, dass Sie die Entdeckung nicht früher gemacht haben.«

»Mir nicht. Morganas war viel besser.«

Eine weitere Kopfneigung. Ein Moment für Anton, um seine Antwort zu überdenken. »Das ist Ihre Meinung.«

Und die von mehreren tausend anderen, wenn die Google- und Tripadvisor-Bewertungen irgendein Indikator waren.

»Sind Sie hierher gekommen, um mich zu beleidigen, Detektiv? Ich mag es nicht, beleidigt zu werden. Besonders nicht von einem Mann Ihrer Profession.« Plötzlich verengte sich Antons Blick, seine Stirn runzelte sich. Jetzt verriet er viel in seinem Ausdruck. Eine Emotion insbesondere: Wut.

»Ich bin keineswegs gekommen, um so etwas zu tun«, antwortete Tomek. »Ich bin nur neugierig, haben Sie beide nie über die Wettbewerbsnatur Ihrer Geschäfte gestritten?«

»Nein. Wir sind ein Team.«

»Also ist der Zustand der Unternehmen nie zwischen euch beiden gestanden?«

»Nein.«

»Wie steht es mit Morganas flirtender Art? Mir wurde gesagt, sie war sehr freundlich zu vielen ihrer Kunden.«

»Deshalb war ihr Restaurant viel erfolgreicher. Sie wusste, wie man freundlich zu seinen Kunden ist. Ich, ich bin lieber lustiger.«

*Weil du bisher so ein Spaßvogel warst.*

»Sex verkauft sich, wie man so schön sagt«, fügte Anton hinzu.

Das tat er. Und Tomek schämte sich zu sagen, dass er ein bisschen darauf hereingefallen war. Die schönen Augen, das Lächeln. Mit Haut und Haaren. Wenn es nicht der Ort gewesen wäre, an dem er Abigail auf halbprofessioneller Basis getroffen hatte, wären das seine einzigen Gründe gewesen, wiederzukommen.

»Ihr beiden müsst sehr beschäftigt sein«, sagte er, um das Gespräch weiterzuführen.

»Ja. Ich beginne um sieben Uhr morgens und gehe an manchen Abenden erst nach acht oder neun Uhr. Für Morgana war es ähnlich. Manchmal blieben wir sogar länger. Es gibt viele Dinge zu managen.«

»Ich stelle mir vor, dass ihr sehr wenig Zeit miteinander verbracht habt.«

»Das ist das Opfer, das man bringen muss, wenn man ein erfolgreiches Unternehmen haben will.«

»Das kann ich mir vorstellen. Ihr beide kommt spät nach Hause, müde vom Tag. Es muss eine echte Belastung für eure Ehe gewesen sein. Ihr werdet frustriert miteinander. Die kleinen Dinge gehen euch auf die Nerven. Aber keiner von euch sagt etwas, weil ihr müde und gestresst seid. Dann beginnen diese kleinen Dinge, euch mehr und mehr zu nerven. Und immer noch sagt ihr nichts, weil ihr wisst, wie es ist. Bis eines Tages aus der kleinen Sache eine große wird. Und etwas reißt.«

»Nein, Detektiv. Sie irren sich. Wir wissen, wie es ist, nichts zu haben außer einander. Wir wissen, wie es ist, ganz unten zu sein. Und jetzt, da wir an der Spitze sind, hat sich das nie zwischen uns geändert. Wir sind bescheiden, einfach. Nichts ist zwischen uns gekommen. Nichts von dem, was Sie sagen, ist wahr.«

Tomek glaubte es nicht. Es gab immer noch einen Keim des Zweifels in seinem Kopf bezüglich Antons Bewegungen und Verhalten. Er war ein muskulöser, gut gebauter Typ, der eindeutig trainierte. Die gerundeten Schultern, die geschwollenen Bizeps. Tomek blickte auf Antons Hände. Er hatte es nicht bemerkt, aber sie umschlossen die Tasse mit Leichtigkeit. Stark und kraftvoll, und doch hatte er ein feines Gespür. Es wäre für ihn sehr einfach gewesen, seine Frau mit diesen zu Tode zu würgen.

»Sie haben meine Frage immer noch nicht beantwortet«, sagte Tomek und trank den letzten Rest seines Getränks. »Ich habe mich gefragt, was Sie am Morgen des Mordes an Ihrer Frau gemacht haben.«

Zum ersten Mal zuckte Antons Mundwinkel. Subtil, fast unsichtbar für das ungeübte Auge. Aber nicht für Tomeks.

»Ich habe bereits eine Zeugenaussage gemacht. Ich habe Ihnen bereits gesagt, wo ich war.«

»Der Lauf der Zeit erlaubt es uns manchmal, Situationen anders zu reflektieren und sie in einem neuen Licht zu sehen«, erklärte Tomek, absichtlich philosophisch und undurchsichtig. »Außerdem haben Sie es meinen *Kollegen* gesagt. Sie haben es nicht *mir* gesagt.«

»Ich verstehe...« Anton nippte an seinem Getränk. »Was möchten Sie wissen?«

»Alles. Aber beginnen wir mit Ihnen, Ihrer Geschichte, der Geschichte Ihrer Frau.«

»Könnten Sie konkreter sein?«

»Wie lange sind Sie schon in Großbritannien?«

»Dreizehn Jahre«, antwortete er ohne Zögern. Wenn Tomek selbst mit dieser Frage konfrontiert wurde, musste er immer zurückdenken und sein Alter berechnen, bevor er eine Antwort gab. Während für Anton die Antwort wie aus der Pistole geschossen kam. Entweder kannte er die Information auswendig. Oder es war eine Lüge. »Morgana und ich kamen her, als wir Mitte zwanzig waren. Southend ist seitdem unser Zuhause.«

»Und ihr beide habt einige sehr erfolgreiche Unternehmen aufgebaut, wie es scheint?«

Anton neigte leicht den Kopf. »Wir haben hart gearbeitet, um dahin zu kommen, wo wir sind.«

»Da bin ich mir sicher.« Tomek trank etwas von seinem Flat White und leckte sich den Schaum von der Lippe. »Sagen Sie mir«, fuhr er fort, »warum haben Sie zwei Restaurants?«

»Weil wir, wie Sie sagen, erfolgreich sind.«

»Funktionieren die beiden Unternehmen unabhängig voneinander, oder seht ihr euch als Teil einer Kette?«

»Separat. Morgana führt Morganas. Ich führe Ilianas. Es sind zwei separate Unternehmen.«

»Hat das jemals Reibungen zwischen euch beiden verursacht, irgendwelche Streitigkeiten, Wettbewerb, Meinungsverschiedenheiten? Wenn einer von euch so viel besser abschnitt als der andere, kann ich mir durchaus vorstellen, wie das passieren könnte. Ehrlich gesagt, ich war bisher nur bei Morganas. Ich wusste bis neulich nicht, dass dieser Ort existiert. Und ich glaube, so geht es vielen Leuten.«

»Es tut mir leid, dass Sie die Entdeckung nicht früher gemacht haben.«

»Mir nicht. Morganas war viel besser.«

Eine weitere Kopfneigung. Ein Moment für Anton, um seine Antwort zu bedenken. »Das ist Ihre Meinung.«

Und die von mehreren tausend anderen, wenn die Google- und Tripadvisor-Bewertungen irgendein Indikator waren.

»Sind Sie hierher gekommen, um mich zu beleidigen, Detektiv? Ich mag es nicht, beleidigt zu werden. Besonders nicht von einem Mann Ihrer Profession.« Plötzlich verengte sich Antons Blick, seine Stirn runzelte sich. Jetzt verriet er viel in seinem Ausdruck. Eine Emotion insbesondere: Wut.

»Ich bin keineswegs hierher gekommen, um so etwas zu tun«, antwortete Tomek. »Ich bin nur neugierig, habt ihr beide nie über die wettbewerbsorientierte Natur eurer Geschäfte gestritten?«

»Nein. Wir sind ein Team.«

»Der Zustand der Unternehmen ist also nie zwischen euch gestanden?«

»Nein.«

»Wie steht es mit Morganas flirtender Art? Mir wurde gesagt, sie war sehr freundlich zu vielen ihrer Kunden.«

»Deshalb war ihr Restaurant viel erfolgreicher. Sie wusste, wie man freundlich zu seinen Kunden ist. Ich, ich bin lieber lustiger.«

*Weil du bisher so eine Spaßkanone warst.*

»Sex verkauft, wie man so schön sagt«, fügte Anton hinzu.

Das tat er. Und Tomek schämte sich zu sagen, dass er ein bisschen darauf hereingefallen war. Die schönen Augen, das Lächeln. Er war ihnen mit Haut und Haar verfallen. Wenn es nicht der Ort gewesen wäre, an dem er Abigail auf halbprofessioneller Basis getroffen hatte, wären das seine einzigen Gründe gewesen, wiederzukommen.

»Ihr beiden müsst sehr beschäftigt sein«, sagte er, um das Gespräch weiterzuführen.

»Ja. Ich beginne um sieben Uhr morgens und gehe an manchen Abenden erst nach acht oder neun Uhr. Für Morgana war es sehr ähnlich. Manchmal blieben wir sogar länger. Es gibt viele Dinge zu managen.«

»Ich stelle mir vor, dass ihr sehr wenig Zeit miteinander verbracht habt.«

»Das ist das Opfer, das man bringen muss, wenn man ein erfolgreiches Unternehmen haben will.«

»Das kann ich mir vorstellen. Ihr kommt beide spät nach Hause, müde vom Tag. Es muss eine echte Belastung für eure Ehe gewesen sein. Frustrationen miteinander. Die kleinen Dinge gehen euch auf die Nerven. Aber keiner von euch sagt etwas, weil ihr müde und gestresst seid. Dann beginnen diese kleinen Dinge, euch mehr und mehr zu nerven. Und immer noch sagt ihr nichts, weil ihr wisst, wie es ist. Bis eines Tages aus der kleinen Sache eine große wird. Und etwas zerbricht.«

»Nein, Detektiv. Sie irren sich. Wir wissen, wie es ist, nichts zu haben außer einander. Wir wissen, wie es ist, ganz unten zu sein. Und jetzt, da wir an der Spitze sind, hat sich das zwischen uns nie geändert. Wir sind bescheiden, einfach. Nichts ist zwischen uns gekommen. Nichts von dem, was Sie sagen, ist wahr.«

Tomek glaubte es nicht. Es gab immer noch Zweifel in seinem Kopf bezüglich Antons Bewegungen und Verhalten. Er war ein muskulöser, gut gebauter Typ, der offensichtlich trainierte. Die gerundeten Schultern, die geschwollenen Bizeps. Tomek blickte auf Antons Hände hinab. Er hatte es nicht bemerkt, aber sie umschlossen die Tasse mit Leichtigkeit. Stark und kraftvoll, und doch mit einer gewissen Zartheit. Es wäre für ihn sehr einfach gewesen, seine Frau mit diesen zu Tode zu würgen.

»Sie haben meine Frage immer noch nicht beantwortet«, sagte Tomek und trank den letzten Rest seines Getränks. »Ich habe mich gefragt, was Sie am Morgen des Todes Ihrer Frau gemacht haben.«

Zum ersten Mal hob sich Antons Mundwinkel. Subtil, fast unsichtbar für das bloße und ungeübte Auge. Aber nicht für Tomeks.

»Das ist nicht die Frage, die Sie mir ursprünglich gestellt haben. Sie haben gefragt, *wo* ich am Morgen ihres Todes war. Aber ich werde Ihnen beides gleichzeitig beantworten. Ich war hier, bei der Arbeit, im Büro. Wie ich sagte, ich fange um sieben an, und ich verlasse das Büro nicht vor spät abends. Es gibt wichtige Verwaltungsarbeit, um die ich mich kümmern muss.«

»Jeden Morgen?«

»Jeden Morgen.«

»Ohne Ausnahme?«

»Ohne Ausnahme.«

»Also wer hat das Haus an diesem Morgen zuerst verlassen?«

»Ich.«

»Und Sie wissen nicht, wohin Ihre Frau gegangen ist?«

»Nein.«

»Und Sie wissen nicht, warum sie dort war?«

»Nein. Ich weiß nicht, warum sie dort war.«

Tomek wandte sich Gina zu und begann dann, die Szenerie zu bewundern, die Kunden zu beobachten. Inzwischen war deren Zahl auf fünf angewachsen.

»Noch eine Sache«, sagte er, »bevor ich es vergesse.«

»Ja.«

»Woher kommt der Name Iliana?«

»Es ist der Name unserer Tochter. Sie starb während Morganas Schwangerschaft vor zehn Jahren. Sie ist der Grund, warum wir dieses Restaurant eröffnet haben. Ilianas war zuerst, dann Morganas.«

Tomek sprach sein Beileid aus. Anton ließ seinen Kopf sinken. Er konnte Schmerz in dem Gesicht des Mannes sehen, zum ersten Mal eine Emotion. Und auch etwas Scham. Vielleicht lag es daran, dass das Restaurant, das ihren Namen trug, nicht so erfolgreich war. Dass er ihr Andenken irgendwie enttäuscht hatte.

Dann holte ihn der Gedanke ein, dass Morgana das Baby während ihrer Schwangerschaft verloren hatte. Wie schrecklich es gewesen sein musste. Wie traumatisierend. Vor drei Monaten wären ihm diese Gedanken nicht in den Sinn gekommen; jetzt, wo Kasia in seinem Leben war, hatten sich die Dinge geändert.

Daraufhin zog Tomek seine Geldbörse heraus und legte einen Zehner auf den Tisch. Anton hob ihn auf und gab ihn zurück. Aufs Haus, sagte er. Ein besonderer Gefallen für seine harte Arbeit. Tomek dankte dem Mann und verließ das Café.

Das Team erwartete ihn kurz danach zurück, aber es gab noch einen anderen Ort, den er zuerst besuchen wollte.

Jemanden, von dem er mit Sicherheit wusste, dass er am Morgen von Morganas Tod nicht bei der Arbeit war, als er hätte dort sein sollen.

# KAPITEL DREISSIG

Vlad Boyko wohnte in einer Einzimmerwohnung im Erdgeschoss nahe dem Leigh-Friedhof. Tomek wusste sehr wenig über den Mann, der dort lebte. Seans Bericht über ihn, der im PNC leicht zugänglich war, war vage gewesen, und die schnelle Suche, die er Nadia gebeten hatte durchzuführen, hatte wenig Informationen ergeben.

Tomek klopfte an die Tür und wartete. Von oben, aus der Wohnung darüber, drang laute Musik und tiefer Bass.

Einen Moment später öffnete sich die Tür, und dort stand Vlad, gekleidet in einem schlichten weißen T-Shirt, das mehrere Größen zu klein war, und einer grauen Jogginghose.

Tomek hatte darauf gesetzt, dass Vlad zu Hause sein würde. Obwohl er nicht wusste, was der stellvertretende Manager eines Cafés, dessen Besitzerin und Geschäftsführerin vermisst wurde, zu Hause machte.

Das wollte er herausfinden.

»DS Tomek Bowen«, sagte er und hielt dem Mann seinen Dienstausweis vors Gesicht. »Darf ich reinkommen?«

»Stimmt etwas nicht?«

»Noch nicht. Ich habe nur noch ein paar Fragen an Sie zum Morgen von Morganas Tod. Es ist ziemlich kalt draußen, und ich würde ungern sehen, dass Sie die ganze Wärme verlieren. Könnte ich reinkommen?«

Widerwillig trat Vlad beiseite. Er hatte in dieser Situation keine

Macht, es sei denn, er wollte sich verdächtig machen, indem er den Zutritt verweigerte.

Als Tomek eintrat, wurde der Lärm der Musik von oben lauter. Die Decke und die Wände vibrierten stark, und er spürte, wie seine Haut im Takt des Beats kribbelte.

»Rücksichtsvolle Nachbarn haben Sie da.«

»Ja.«

»Wie lange dauert das normalerweise?«

»Den ganzen Tag. Manchmal die ganze Nacht.«

»Sie sollten sich beschweren«, sagte Tomek.

»Ich bin daran gewöhnt.«

Tomek bezweifelte das nicht, aber es war trotzdem eine Unannehmlichkeit. Glücklicherweise war er mit einem wunderbaren Nachbarn gesegnet worden, in Form eines über 70-jährigen Rentners, der den Lärm auf ein Minimum beschränkte und viel von ihm und Kasia ertrug, einschließlich seiner schweren Schritte, die in den frühen Morgenstunden über die Dielen stampften, wenn er nicht schlafen konnte.

Vlad führte Tomek dann in den Küchenbereich, wo er Tee oder Wasser anbot. Tomek lehnte beides ab.

»Wenn ich noch mehr Koffein zu mir nehme, werde ich die ganze Nacht die Strandpromenade rauf und runter sprinten.«

»Richtig«, sagte Vlad, halb interessiert, während er sich mit dem Wasserkocher für sein eigenes Getränk beschäftigte.

»Haben Sie das schon mal gemacht? An der Strandpromenade entlang laufen, meine ich?«

»Nein.«

»Sollten Sie. Es ist fantastisch. Aufregend. Mögen Sie Laufen?«

»Nein. Kann ich nicht behaupten.«

»Mir ist aufgefallen, dass Sie ein schönes Paar Hoka-Laufschuhe an der Tür haben. Verzeihen Sie...«

»Die sind nur für den Komfort. Viele der Bewertungen, die ich online gelesen habe, sagten, sie seien wie auf Wolken gehen.«

»Ich habe schon seit einer Weile ein Paar im Auge, kann aber die Kosten nicht rechtfertigen. Sie sind wirklich teuer.«

Vlad zuckte mit den Schultern, was implizierte, dass die Kosten für Tomek zwar hoch sein mochten, für ihn aber sicherlich nicht. Kurz darauf beendete der Wasserkocher sein Kochen, und der stellvertretende Manager machte sich eine Tasse Tee.

»Wie sind Sie in den letzten Tagen mit den Nachrichten zurechtgekommen?«, fragte Tomek.

»Es war ein Schock. Schwer.«

»Wie kommt es, dass Sie nicht im Restaurant sind?«

»Es ist mein freier Tag.«

»Und wie geht es allen im Restaurant? Leiden sie auch?«

»Natürlich. Wir alle liebten Morgana. Wir können nicht glauben, dass sie weg ist.«

Zu Tomeks Rechten befand sich ein kleiner, kreisförmiger Holzesstisch. Er deutete darauf und fragte, ob es in Ordnung sei, sich zu setzen. Vlad bestätigte dies.

»Wie lange kennen Sie Morgana schon?«, fragte Tomek.

»Seit wir sieben waren.«

Interessant.

»Und wie lange arbeiten Sie schon mit ihr?«

»Mehrere Jahre. Sie gab mir den Job, als ich zuerst herüberzog. Sie half mir, als ich es am meisten brauchte. Ich hätte ihr nie etwas angetan.«

»Niemand behauptet das«, antwortete Tomek.

Solche Antworten waren immer alarmierender als die meisten. Aufschlussreich, in der Tat. Es gab immer eine versteckte Bedeutung dahinter.

»Sie sagen, Sie waren seit der Kindheit befreundet«, fuhr er fort. »Waren Sie beide immer eng miteinander?«

»Ja.«

»Keine Streitigkeiten oder Meinungsverschiedenheiten zwischen Ihnen beiden?«

Vlad schüttelte den Kopf und verschränkte die Arme vor der Brust.

»Ich stelle mir vor, dass Sie beide einander vertraut haben, richtig? Ich meine, Sie kennen sich seit Sie sieben waren. Ich wette, sie hat Ihnen wahrscheinlich Dinge erzählt, die Sie versprochen haben, mit niemandem zu teilen, und Sie haben wahrscheinlich einige Dinge mit ihr geteilt, die Sie nicht wollten, dass jemand anders erfährt.«

Tomek hatte eine Spitzhacke in der Hand und grub an der Steinmauer von Vlads Ausdruck. Unter seinem harten Äußeren befand sich ein Diamant, das konnte Tomek spüren, und er würde ihn erreichen.

»Wir haben einander vertraut, ja.«

»Hat sie Ihnen je von irgendwelchen Meinungsverschiedenheiten erzählt, die sie mit Anton hatte? Von Zeiten, in denen er sie vielleicht geschlagen hat oder wenn die Gewalt eskaliert ist?«

Vlad grinste und ließ ein kleines Kichern hören. »Sie glauben, Sie sind so clever«, sagte er. »Aber Sie liegen völlig falsch. Anton hat sie nie geschlagen, er hat nie jemanden geschlagen.«

»Vielleicht hat sie Ihnen nicht so sehr vertraut, wie Sie denken.«

Eine Mischung aus Besorgnis und Verwirrung blitzte über Vlads Gesicht. »Wovon reden Sie? Ich kenne Morgana besser als die meisten Menschen. Sie ist wie eine Schwester für mich.«

»Nicht eine Geliebte?«, fragte Tomek, während er weiter hämmerte und versuchte, den richtigen Winkel zu finden, um den Stein zu öffnen.

»Entschuldigung? Was wollen Sie damit sagen?«

»Haben sich Ihre Gefühle jemals von Freundschaft zu etwas mehr entwickelt? Sind Sie sicher, dass Sie sie nie als mehr als eine Freundin gesehen haben?«

Tomek wurde an seine Kindheitsbeziehung mit Saskia Albright erinnert. Sie war die einzige Person gewesen, die an seinem ersten Schultag in England auf dem Schulhof zu ihm gekommen war. Danach waren sie beste Freunde geworden. Obwohl ihre Beziehung im Laufe der Jahre distanzierter geworden war, war Saskia jetzt wieder in seinem Leben, und Tomek war bestrebt, sie dort zu behalten. Während ihre Freundschaft stark war, hatte Tomek sich immer gefragt, ob da mehr war, etwas, das sie beide erkunden konnten, aber er hatte immer Angst, ihre Beziehung zu gefährden. Es war eine schwierige und feine Linie, die er ging. Eine, von der er nicht sicher war, ob er das Ergebnis wissen wollte.

»Ich... ich weiß nicht, was Sie meinen«, sagte Vlad. Außer, dass die

Intonation in seiner Stimme und sein zitternder Ausdruck eine andere Geschichte erzählten.

»Sie haben sie nie zu irgendeinem Zeitpunkt gebeten, Ihre Freundin zu sein oder mit Ihnen auszugehen?«

»Nein...«

»Sie haben es nie versucht und sie hat Sie abgewiesen?«

»Nein...«

»Ich wette, das hat wehgetan, nicht wahr? Stellen Sie sich das vor, sie jeden Tag zu sehen, zu wissen, dass sie mit einem anderen Mann zusammen ist, möglicherweise einem anderen Mann, den Sie nicht gutheißen. Ich wette, Sie denken, sie könnte viel Besseres als ihn bekommen, nicht wahr? Wünschen Sie, dass sie mit Ihnen verheiratet wäre?«

»Ich verstehe nicht, wovon Sie reden...«

»Was ist vor ihrem Tod passiert?«, fragte Tomek. »Haben Sie sie gebeten, ihren Mann zu verlassen? Haben Sie versprochen, dass sie mit Ihnen glücklicher wäre, dass ihr beide zusammen im Restaurant leben könntet? Aber dann sagte sie nein-«

»Sie liegen falsch«, schnappte Vlad.

»Und das hat Ihnen nicht gefallen, oder? Also wollten Sie sicherstellen, dass, wenn Sie sie nicht haben konnten, dann niemand.«

»Genug!« Vlads Stimme dröhnte durch die Erdgeschosswohnung und übertönte den Klang der Musik von oben. Er schlug mit der Faust auf sein Bein, sein Körper war angespannt, sein Brustkorb hob und senkte sich tief.

Tomek lächelte innerlich. Er hatte gerade den Diamanten gefunden, nach dem er gesucht hatte.

»Warum kamen Sie am Morgen von Morganas Mord zu spät zur Arbeit, Vlad?«

»Weil ich verschlafen habe«, zischte der Mann durch zusammengebissene Zähne. »Das habe ich Ihnen bereits gesagt.«

»Nicht mir gegenüber. Können Sie sich erinnern, wann genau Sie aufgewacht sind?«

»Es war nach elf.«

»Das ist ein ziemlich langes Ausschlafen. Um wie viel Uhr stehen Sie normalerweise für die Arbeit auf?«

»Sechs.«

»Um wie viel Uhr sollten Sie anfangen?«

»Acht.«

»Ist Ihnen das schon einmal passiert?«

»Nein.«

»Aber Sie sind erst zur Mittagszeit im Restaurant angekommen.«

»Was hat so lange gedauert?«

»Es dauert bei mir eine Weile, bis ich fertig bin.«

Zwei Stunden. Das war einige Zeit.

»Was haben Sie am Abend zuvor gemacht?«

»Warum?«

»Ich möchte nur wissen, warum jemand, der nie zu spät kommt, plötzlich drei Stunden später zur Arbeit erscheint als er sollte.«

»Ich war müde«, antwortete er. »Im Restaurant zu arbeiten, ist anstrengend. Es zehrt an mir. Am Ende des Tages bin ich müde. Alles, was ich tue, ist zur Arbeit gehen, nach Hause kommen und schlafen. Ich esse nicht. Ich dusche nicht. Aber ich tue es trotzdem. Wissen Sie warum? Weil ich es liebe.«

*Und weil du Morgana liebst.*

»Ich hatte nichts mit ihrem Mord zu tun, und ich weiß nichts darüber. Sie können also aufhören, mir all diese Fragen zu stellen.«

Tomek nahm das als seinen Hinweis zu gehen; mit dem Diamanten, den er ausgegraben hatte, zart in seiner Tasche. Er schüttelte Vlads Hand, dann sagte er ihm, dass er sich selbst hinauslassen könne. Ziemlich verdächtigerweise (und Tomek konnte ihm das nicht verübeln) ignorierte Vlad das Angebot und folgte Tomek zur Tür. Als er durch den Flur wanderte, während die Musik noch immer durch die Wände vibrierte, fiel ihm etwas auf. Ein Fleck Schlamm auf dem Boden neben einem kleinen Schrank, und die kleinen, aber unverwechselbaren Spuren von Fußabdrücken.

»Was ist das?«, fragte Tomek.

»Schlamm«, kam die nichtssagende Antwort. Wie Anton Usyk verriet Vlad in seinem Gesichtsausdruck nichts.

Ohne um Erlaubnis zu bitten, öffnete Tomek den Schrank. Darin befand sich eine Auswahl an Mänteln – von dünn bis dick, wasserdicht bis modisch – und eine kleine Sammlung von Schuhen. Die bemerkenswertesten waren ein Paar rote Turnschuhe mit Plastikspikes, die aus den Zehen herausragten.

»Was zum Teufel sind das?«

»Christian Louboutin. Die sind Designer.«

»Versuchst du, mit diesen Kontakt zu Außerirdischen aufzunehmen?«

»Nein.«

»Stört es dich, wenn ich sie mitnehme?«

»Wofür?«

»Als Beweismittel. Ein paar Tests damit machen.«

Vlad zögerte. »Schätze, ich habe keine Wahl, oder?«

»Natürlich haben Sie die. Sie könnten nein sagen und mir erlauben, misstrauisch zu gehen, warum Sie sie nicht hergeben wollten. Oder Sie könnten sie abgeben und nichts zu befürchten haben.«

So oder so, es war kein gutes Bild für Vlad.

Schließlich, nach einigen Grunzern und verächtlichen Blicken, gab Vlad nach und erlaubte Tomek, die Schuhe mitzunehmen. Glücklicherweise hatte er einen großen Beweismittelbeutel im Kofferraum seines Autos für genau solche Anlässe.

Als Tomek wegfuhr, trug er ein Lächeln auf seinem Gesicht. Erfolg. Nicht nur war er mit einem Diamanten in Form von Vlads unsterblicher Liebe für Morgana weggegangen, sondern er hatte auch einen physischen, greifbaren mitgenommen. Und sie saßen gerade neben ihm auf dem Beifahrersitz, gesichert mit dem Sicherheitsgurt.

# KAPITEL
# EINUNDDREISSIG

Tomeks letztes Ziel auf seiner Liste für den Tag war die Red Birch Farm in South Woodham Ferrers. Die Farm lag etwas mehr als zwanzig Minuten entfernt, aber es war Hauptverkehrszeit, und so wurde die Fahrt frustrierend länger. Als Tomek ankam, begann es bereits dunkel zu werden.

Die Red Birch Farm gehörte Stanley Hutchinson und wurde von ihm betrieben. Früher am Morgen hatte Tomek die Verdächtigenliste durchgesehen und seinen Namen ganz am Ende gefunden. Er, mit viel Hilfe von den Tieren auf seiner Farm, belieferte Morgana und Anton mit Fleisch und Produkten für ihr Geschäft. Normalerweise wurde es zu einem günstigeren Preis aus dem Ausland importiert, aber irgendwie konnten Stanley und sein Vieh es Morgana und Anton zu einem lächerlich niedrigen Preis in Rechnung stellen. Tomek wusste nicht, wie ihre Gewinnmargen aussahen, aber wenn das Paar fünf Pfund für ein komplettes englisches Frühstück verlangen konnte, wurde jemand irgendwo abgezockt, und es war offensichtlich nicht der Kunde.

Tomek hielt es für sinnvoll, mit dem Mann zu sprechen, der enge Geschäftsbeziehungen zu dem Ehepaar hatte. Seine Sicht auf ihre Beziehung wäre objektiver. Es könnte Dinge geben – heimliche Kommentare, Entscheidungen, von denen der andere nichts wusste –

die er bemerkt und für sich behalten hatte. Er könnte über wertvolle Einblicke verfügen, die Victoria und das Team möglicherweise übersehen hatten.

Tomek lenkte den Wagen in die Einfahrt der Farm. Ein riesiges Banner mit der Aufschrift »Red Birch Farm und Streichelzoo« dominierte eine kleine Reihe von Hecken auf der linken Seite. Als Tomek eine große Kiesfläche befuhr, die als Parkplatz diente, fuhr er durch ein Schlagloch. Sein Körper hüpfte und wurde von einer Seite zur anderen geschleudert, und er verzog das Gesicht bei dem Gedanken an den Schaden, der an der Unterseite seines Autos entstanden war. Es klang teuer, aber es unterschied sich nicht von den unzähligen Schlaglöchern in der ganzen Grafschaft. (Allein auf dem Weg dorthin war er über ein Dutzend gefahren.)

Das Erste, was Tomek beim Aussteigen aus dem Auto bemerkte, war der Geruch. Mist, vermischt mit dem Duft von frisch gemähtem Gras. Eine einzigartige, aber seltsamerweise recht angenehme Mischung. Die Farm bestand aus vier großen, hangargroßen Gebäuden und einigen kleineren Ziegelsteinbauten, die in geringem Abstand voneinander standen. Traktoren und andere schwere Maschinen übersäten den Vorplatz. Dahinter erstreckten sich weite grüne Flächen, auf denen ameisengroße Tiere zu sehen waren. In der Ferne war die Grenze des Geländes von dichten Baumreihen gesäumt.

Als Tomek die Autotür schloss, überquerte ein Mann mit Gummistiefeln und einem dünnen Fleece-Pullover den Vorplatz von einem Gebäude zum anderen.

»Alles klar bei dir, Kumpel?« rief er Tomek mit starkem Essex-Akzent zu. »Der Streichelzoo ist für heute geschlossen, Alter.«

»Zum Glück bin ich nicht deswegen hier«, antwortete er, als ihn eine Windböe von der Seite traf. »Ich suche den Besitzer.«

Der Mann tippte auf die Brusttasche seines Fleece-Pullovers. »Den siehst du vor dir. Gibt's ein Problem?«

Stanley Hutchinson sah völlig anders aus, als Tomek erwartet hatte. In seiner Vorstellung hatte er sich einen übergewichtigen, pompösen Mann mit einem Bauch, der größer war als sein Geldbeutel, und einem

Blutdruck vorgestellt, der darauf hindeutete, dass er nie schwere Arbeiten verrichtete. Der Mann vor ihm war jedoch das genaue Gegenteil: groß, schlank, aber muskulös im Oberkörper, und viel jünger. Tomek schätzte ihn auf Anfang dreißig, und auch Stanleys Griff überraschte Tomek. Das kam zweifellos davon, wenn man den ganzen Tag Dutzende von Heuballen wuchtete.

»Nein, es gibt kein Problem«, antwortete er. »Ich bin von der Polizei Essex.«

»Geht es um Morgana?«

Tomek nickte leicht.

»Sie kommen besser rein.«

Stanley meinte sein Büro, ein hochmodernes, zeitgemäßes Interface mit einem Stehpult, einem iMac-Computer und durchweg schicken Einrichtungsgegenständen. In der Ecke des Raumes befand sich, zusammen mit einer Kaffeemaschine, ein kleiner Sitzbereich, ausgestattet mit zwei schwarzen Ledersofas und einem kleinen Couchtisch.

»Hier halten wir unsere Morgenbesprechungen ab«, sagte Stanley. »Nichts geht über etwas Koffein, um mich in den frühen Morgenstunden wach zu halten.«

»Oder um Sie die ganze Nacht durchhalten zu lassen.«

»Genau. Der Sommer ist unsere geschäftigste Zeit mit all der Ernte, deshalb haben wir den Streichelzoo als zusätzliche Einnahmequelle, der das ganze Jahr über geöffnet ist. Kinder lieben es, hierher in den Matsch zu kommen und all die Tiere zu sehen. Die Eltern nicht so sehr.«

Tomek erinnerte sich an die Zeit, als er während der Grundschule auf einem Schulausflug auf der Marsh Farm gewesen war. Seine Erinnerung war vage, aber der Geruch war lebhaft und hatte sich nach all diesen Jahren in seinem Gedächtnis festgesetzt.

An der Wand zu Tomeks Linken befand sich eine kleine Reihe von Auszeichnungen und Schildern, die an Stanley und die Farm gerichtet waren. Tomek rückte näher, um einen besseren Blick zu haben. Es waren Auszeichnungen von verschiedenen Wohltätigkeitsorganisationen aus dem ganzen Land, die Stanley für seine Schirmherrschaft und Fundraising-Aktionen gratulierten und dankten.

»Was ist das alles?« fragte Tomek.

»Nur meine Art, den Menschen etwas zurückzugeben«, sagte er.

»Das Geschäft muss gut laufen.«

»Es ist in Ordnung. Wir haben seit dem Brexit zu kämpfen, aber davon wollen sie nichts hören.«

Stanley bot ihm eine Tasse Kaffee an, aber Tomek lehnte ab. Er hatte für einen Tag genug gehabt.

»Ich verstehe, dass einer meiner Kollegen Sie seit Morganas Tod Anfang der Woche besucht hat?«

»Ja. Nette Frau. Rachel, glaube ich, war ihr Name. Es ist schrecklich, was mit ihr passiert ist. Wir alle stehen immer noch ein bisschen unter Schock, aber wir hatten keine Zeit zu trauern oder es zu verarbeiten, da hier nichts zum Stillstand kommt. Ich wünschte, es würde, aber Sie wissen sicher, wie es ist. Ständig, ständig, ständig. Wie ein Hamster im Laufrad.«

»Oder ein Huhn, das Eier legt«, fügte Tomek hinzu, was Stanley ein anerkennendes Lächeln entlockte. »Kannten Sie Morgana sehr gut?«

Stanley zuckte mit den Schultern. »Ich würde sagen, ja. Wir sind seit über zehn Jahren ihr und Antons Lieferant, seit sie das Geschäft gegründet haben. Anton kümmert sich um die gesamte Logistik, während Morgana für die Finanzen zuständig ist.«

»Wirklich? Sie ist also die Chefin des Unternehmens?«

Stanley nickte. »Bei denen ist das Stereotyp auf den Kopf gestellt. Sie ist eine echte Geschäftsfrau, eine richtige Unternehmerin. Sie weiß, wie man feilscht, verhandelt und bekommt, was sie will. Das ist wahrscheinlich der Grund, warum viele der Jungs hier sie so mochten. Sie kommt immer vorbei, um zu sehen, wie ihr Fleisch zubereitet wird, wie es mit den Eiern läuft, wie die Dinge laufen.«

»Ist es so, dass sie für ihre Produkte so wenig bezahlen konnte?« fragte Tomek. »Weil sie mit den Wimpern geklimpert hat?«

Stanley schätzte den unterschwelligen Kommentar nicht. »Wie gesagt, wir machen viel Geschäfte mit ihr«, sagte er mit einem Hauch von Verachtung in der Stimme. »Sie war eine meiner ersten Kundinnen, als ich das Geschäft von meinem Vater übernahm, nachdem er gestorben war, und seitdem habe ich nie einen Grund gesehen, ihr mehr zu berechnen, als ich muss. Wir liefern jedes Jahr etwa zwei Tonnen Produkte an sie, meist unsere besten Fleischstücke. Verstehen Sie mich nicht falsch, wir machen immer noch einen Gewinn mit ihrem Geschäft bei uns, aber die Margen sind hauchdünn.«

»Wie können Sie sich dann leisten, diesen Ort zu betreiben?«

»Wir haben andere Kunden. Wir verkaufen viel an Lebensmittelhändler und andere Restaurantketten, dort machen wir den Großteil unseres Geldes, aber wir bieten einfach unseren besten Kunden die besten Preise an. So hat das immer funktioniert.«

»Sehen Sie das in Zukunft anders?« fragte Tomek.

»Das hängt alles davon ab, was Anton mit dem Geschäft zu tun gedenkt. Er könnte Morganas schließen, er könnte es offen halten. Ich glaube, es gab sogar Diskussionen über die Eröffnung eines dritten.«

»Wer würde das leiten?«

Stanley zögerte, zuckte unverbindlich mit den Schultern. »Ich habe versucht, mich aus diesen Gesprächen herauszuhalten. Es hatte nichts mit mir zu tun, und wann immer ich hörte, dass die Dinge zwischen ihnen hitzig wurden, habe ich mich zurückgezogen.«

Interessant, dachte Tomek. Etwas, das Anton nicht erwähnt hatte. Vielleicht war das die Meinungsverschiedenheit gewesen, die sie über die Kante gebracht hatte. Vielleicht war es die Meinungsverschiedenheit, die dazu geführt hatte, dass Anton sie tötete. Tomek machte sich eine Notiz.

»Und wie war Ihre persönliche Beziehung zu Morgana?« fragte er.

»Was meinen Sie?«

»Ich habe gehört, sie war ziemlich kokett. Sie haben selbst gesagt, dass alle Jungs hier sie geliebt haben. Haben Sie jemals etwas mit ihr versucht?«

Stanleys Ärger verwandelte sich in Wut. »Auf keinen Fall! Warum sollte ich unsere Geschäftsbeziehung für so etwas Dummes gefährden?«

»Weil manche Dinge wichtiger sind als Geschäfte.«

Er schüttelte heftig den Kopf, fast bis zu dem Punkt, an dem Tomek allein beim Anblick übel wurde. »Niemals. Ich ,würde nie etwas so Unmoralisches und Eingebildetes tun.«

»Ich nehme an, es gibt also keine Frau Hutchinson?«

Er schüttelte den Kopf. »Früher schon. Sie entschied, dass sie den Geruch von Scheiße nicht mehr ertragen konnte. Das und die langen Arbeitszeiten. Sie warf mir vor, mehr mit der Farm verheiratet zu sein als mit ihr, obwohl sie damit ihren Range Rover und Schmuck bezahlt hat, oder? Sie war nicht sehr glücklich, das zu hören. Wie auch immer, es ist vorbei – *sie* ist weg – und ich bin weitergezogen.«

Tomek nickte und führte das Gespräch weiter.

»Hat meine Kollegin Sie nach Ihrem Aufenthaltsort am anderen Tag gefragt?«

»Ja. Und ich habe ihr gesagt, dass ich hier war. Früh. Wahrscheinlich bevor Sie wach waren.« Stanleys Ton war plötzlich gesunken, zweifellos befeuert durch Tomeks Anschuldigung, dass der Mann sich auch in Morgana verliebt hatte.

»Kann das jemand bestätigen?«

»Wie wäre es mit den fünfzehn Leuten, die für mich arbeiten?« Stanley deutete zur Tür. Dann, fast wie einstudiert, ging eine Gestalt am bodenhohen Glasfenster vorbei. »Und vergessen Sie nicht die fünfundzwanzig Kühe, die hundertfünfzig Schafe, die siebenunddreißig Hühner und die neun Schweine – Entschuldigung, *acht*, wir mussten gerade eines davon schlachten lassen.«

»Kann ich einen Blick darauf werfen?« fragte Tomek.

»Auf der Farm? Ist das, weil Sie die Tiere sehen wollen oder weil Sie sie über meinen Aufenthaltsort verhören wollen?«

»Beides.«

Tomek gewann Sympathie für Stanley. Der Mann besaß Humor, und es war angenehm, mit jemandem zu tun zu haben, der nicht so aussah, als hätte man ihm gerade mitgeteilt, dass der Preis für seine Milch um weitere zwanzig Prozent steigen würde. Vielleicht lag es daran, dass er ein waschechter Essex-Junge war – von seiner Sprechweise bis zu seiner Kleidung, sogar bis zu seinem Haar, das nach hinten gekämmt war –, dass Tomek eine gewisse Affinität zu ihm verspürte.

Der Weg zu den Tieren war kurz. Die ersten, auf die sie trafen, waren die Schweine. Insgesamt acht, alle in unterschiedlichen Schmutzstadien, alle fast so groß wie Tomeks Auto. Als er an den Rand ihres Geheges kam, stürzten sie auf ihn zu, grunzten und schnaubten wie Dämonen.

Dort erklärte Stanley, dass sie sich so verhielten, weil sie wahrscheinlich hungrig waren, da sie zuletzt vor ein paar Tagen gefressen hatten. Er versuchte, sie so mager wie möglich zu halten, da es gut für das Fleisch sei, wenn sie schließlich geschlachtet würden, fügte Stanley hinzu.

Als Nächstes kamen die Hühner, für die Tomek nicht viel übrig hatte. Er wusste nicht warum, aber sie hatten ihn immer erschreckt. Sein Körper spannte sich an, und die Haare auf seinen Armen kribbelten jedes Mal, wenn er eines sah. Vielleicht war es die Art, wie sie gingen, oder die Art, wie ihre Köpfe bei jedem Schritt vor und zurück wackelten, aber es gab einfach etwas an ihnen, das ihn nervös machte. Er war begierig darauf, so schnell wie möglich von dort wegzukommen, allerdings nicht bevor Stanley ihn gebeten hatte, sich vorzustellen, wie es sich anfühlen würde, zu Tode gepickt zu werden. Und mit diesem schrecklichen Bild im Kopf wagten sie sich zu den Kühen. Heute Abend waren sie hereingebracht worden und standen alle in einer Reihe, angeschlossen an Melkmaschinen. Der Lärm der schweren Maschinen war ohrenbetäubend und überraschte Tomek. Als sie gingen, der Klang immer noch in Tomeks Ohren klingelte, überquerten sie direkt ein kleines Feld zu einer Reihe von Gehegen. Der eigentliche Streichelzoo, hatte Stanley es genannt. Dort fanden sie eine kleine Herde Schafe, Lämmer, Esel, Lamas, Ziegen, Kaninchen und ein Stachelschwein, das Tomek ein bisschen aus der Bahn warf. Während der Tour hörte Tomek höflich zu, aber sein Gehirn war damit beschäftigt, die Gesichter der Farmarbeiter zu mustern und zu scannen und sie mit der Beschreibung ihres Hauptverdächtigen abzugleichen. Während Stanley möglicherweise nichts mit Morganas Mord zu tun hatte, wenn seine Kollegen wirklich seinen Aufenthaltsort bestätigen konnten, gab es nichts, was dagegen sprach, dass jemand anderes auf der Farm das Verbrechen begangen hatte. Und bisher hatte er keinen gesehen.

»Danke, dass Sie mir alles gezeigt und meine Fragen beantwortet haben«, sagte er zu Stanley, kurz bevor er ging. »Ich muss meine Tochter vielleicht mitbringen, wenn der Zoo wieder geöffnet ist.«

»Oh, ist sie eine Kleine?«

»Sie ist dreizehn. Also nicht so klein. Aber ich meinte nicht, dass sie kommen und sie sehen soll«, antwortete er. »Ich meinte als Job. Etwas für sie zu tun. Ich kann nicht anders, als zu denken, dass das Schaufeln von etwas Scheiße sie genauso unterhalten und begeistern könnte wie die Kinder. Ich weiß, dass es mich sicherlich glücklich machen würde, sie von ihrem Handy wegzubekommen. Sie könnte eine Ablenkung gebrauchen.«

# KAPITEL
# ZWEIUNDDREISSIG

Tomeks Lächeln war verschwunden, als er zu Hause ankam. Während der zwanzigminütigen Fahrt hatte Tomek einen Anruf von seiner Mutter bekommen, den ersten seit langer Zeit, in dem sie ihn, Abigail und Kasia zum Abendessen am nächsten Tag einlud. Tomek hatte so lange wie möglich ausweichend geantwortet, bis seine Mutter ihn zu einer Antwort gedrängt hatte. Am Ende des Gesprächs hatte er zugestimmt, ihr noch am selben Abend Bescheid zu geben.

Es war nicht so, dass er seine Eltern nicht sehen wollte; es war nur so, dass die letzten Treffen nicht gut geendet hatten. Ganz zu schweigen davon, dass ihre Beziehung seit fast dreißig Jahren zerrüttet war. Seit dem Tod seines Bruders hatten seine Eltern (besonders seine Mutter) ihn aus der Familie ausgeschlossen, aber in letzter Zeit hatten sie alle begonnen, sich zu versöhnen. Tomek hatte ihnen Kasia vorgestellt, was ein Schock für sie gewesen war. Er konnte es ihnen nicht verübeln. »Hey, Mama, hier ist eine Teenagertochter, von der ich bis vor ein paar Wochen nichts wusste.« Das war die Art von Neuigkeiten, die etwas Vorarbeit und eine ungesunde Dosis Alkohol erforderten.

Vorher hatte Tomek einmal eine frühere Partnerin zu einem Essen mitgenommen, um den Todestag seines Bruders zu ehren. Es endete mit einem riesigen Streit und Tomek, der während des Hauptgangs aus dem Haus stürmte.

Und genau *das* beunruhigte Tomek. Abigail mitzunehmen. Seine neue Freundin. Sie der Familie vorzustellen.

Es war ein großer Schritt in ihrer Beziehung. Es bedeutete langfristiges Engagement, dass er dies für die lange Strecke wollte. Tomek konnte sich nur an zwei andere Freundinnen erinnern, die er seiner Familie vorgestellt hatte. Eine stellte sich als Mutter seines Kindes heraus, die andere als Serienmörderin. Es war keine Entscheidung, die er auf die leichte Schulter nahm. Und auf dem Heimweg war er in den Flug nach Zweiter-Gedanke-Vorort eingestiegen, wo er jedes Detail seiner Beziehung zu Abigail überanalysierte. Liebte er sie, oder war es zu früh? Sah er eine Zukunft mit ihr, oder war es nur etwas Spaß für den Moment? Wollte er langfristig mit ihr zusammen sein? Sie war ein paar Jahre jünger als er, und obwohl sie nicht darüber gesprochen hatten, wusste er, dass sie Kinder wollte. Würde Kasia genug sein, oder wollte sie mehr? War er bereit, einen weiteren Tomek-Bowen-Sprössling in der Welt zu begrüßen? Er war vierzig Jahre alt und an einem komfortablen Punkt in seiner Karriere. Hatte er das in sich?

Er wusste es nicht. Und er war noch nicht bereit, sich mit solchen Fragen auseinanderzusetzen. Also schob er, wie immer, die Fragen – und Antworten – in den hintersten Teil seines Kopfes, wo er sich später damit beschäftigen würde.

Wann immer das sein mochte.

Zum Glück wurde er, als er nach Hause kam, von Kasia abgelenkt. Seine Tochter hatte sich umgezogen und lag in Freizeitkleidung auf dem Sofa, während sie fernsah, das Gesicht in ihr Handy vertieft, als er durch die Haustür trat.

»Wie war die Schule?«

»Gut.«

»Sicher?«

»Ja.«

»Würdest du es mir sagen, wenn es nicht so wäre?«

»Ja.«

Lügnerin. Es hatte ihn große Anstrengung gekostet, ihr neulich im Café die Informationen zu entlocken, und selbst da war sie nicht ehrlich zu ihm gewesen.

»Du wirst nie erraten, wo ich heute war«, sagte er.

»Okay.«

»Willst du wissen wo?«

»Ja.«

»Dann rate.«

Sie stöhnte und verdrehte die Augen, das Gesicht immer noch in ihr Handy versunken. »Ich weiß nicht. Kannst du es mir nicht einfach sagen?«

»Nein. Du musst raten.«

»Ich weiß nicht. Arbeit?«

»Ja. Ich war bei der Arbeit, da hast du recht. Aber das meine ich nicht. Ich war heute in einem Streichelzoo. Oben in der Nähe von Oma und Opa.«

»Warum?«

»Wegen der Arbeit. Er ist öffentlich zugänglich. Ich dachte, du hättest vielleicht Lust hinzugehen?«

»Zum Streichelzoo? Ich bin nicht fünf, Papa.«

Tomek grinste. »Ich meinte nicht, dass du hingehen und Spaß haben sollst. Ich meinte, dass du dort arbeiten könntest – Kühe melken, Hühner füttern, Schweineställe ausmisten.«

»Igitt, nein!« Sie setzte sich kerzengerade auf und schwang angewidert ihre Beine von der Couch. »Warum sollte ich das wollen? Das klingt schrecklich.«

Der Vorschlag kam genau so an, wie er es erwartet hatte.

»Außerdem«, fuhr sie fort, »bin ich dreizehn. Ich darf noch nicht arbeiten. Das ist gegen das Gesetz.«

»Ich bin das Gesetz.«

Kasia verdrehte wieder die Augen. »Du bist manchmal so nervig«, sagte sie und verlor dann schnell das Interesse und wandte ihre Aufmerksamkeit wieder ihrem Handy zu.

»Wie wäre es, wenn wir stattdessen morgen zu deiner Oma und deinem Opa zum Essen gehen?«, fragte er, während er zum Esstisch ging.

»Alle zusammen?«

»Ich habe Abigail noch nicht gefragt. Ich wollte erst sehen, ob du

Lust hast zu gehen und ob es für dich in Ordnung ist, wenn sie dabei ist.«

Kasia senkte ihr Handy auf ihre Brust. »Warum sollte ich nicht wollen, dass sie dabei ist?«

»Frage nur.«

Er hatte den Weg des Feiglings gewählt. Die Entscheidung auf sie abgewälzt. So müsste er sich nicht dem unangenehmen Gespräch danach stellen; Abigail könnte nicht mit Kasia streiten oder Zoff anfangen, weil sie sie nicht dabeihaben wollte. Sie wäre die Böse.

»Ich habe kein Problem damit, wenn sie mitkommt«, antwortete Kasia. Damit war es für ihn entschieden. »Und ich habe keine Pläne mit meinen Freunden, also können wir gehen.«

Aber Tomek hatte aufgehört zuzuhören. Seine Aufmerksamkeit richtete sich auf den Stapel Briefe auf dem Esstisch, die hastig dort abgelegt worden waren, über die Oberfläche verstreut. Seine Augen suchten nach seinem Namen in der handgeschriebenen Schrift, nach dem HMP-Wakefield-Stempel oben auf dem Dokument.

Aber da war nichts.

Nicht heute.

»Papa?« Kasias Stimme riss ihn aus seinen Gedanken.

»Ja«, antwortete er halbherzig.

»Hast du mir zugehört?«

»Ja, Kleine«, sagte er, immer noch auf die Briefe starrend, für den Fall, dass sein Gehirn etwas übersehen hatte.

»Was habe ich gesagt?«

»Dass... dass du keine Freunde hast.«

»Was? Nein! Ich habe gesagt, dass ich nichts mit meinen Freunden unternehme, also können wir gehen. Ich kann nicht fassen, dass du gesagt hast, ich hätte keine Freunde.«

Scheiße.

Jetzt hatte er keine andere Wahl, als Abigail einzuladen. Er hoffte nur, dass sie zu beschäftigt sein würde.

# KAPITEL
# DREIUNDDREISSIG

Es war stockdunkel, als Tomek kurz vor sechs Uhr morgens Warren an der Slipanlage traf. Der Mann war gut für die Reise ausgerüstet: eine Kagoule, die bis unter seine Knie reichte, eine dicke kurze Hose mit einer Thermolage darunter und eine Stirnlampe, die Tomek blendete, als er sie in seine Augen schwenkte.

Tomek war im Vergleich dazu massiv untervorbereitet und unzureichend gekleidet. Seine einzige Rettung war jedoch die Stirnlampe, die er im Schrank unter der Spüle gefunden hatte. Abgesehen davon trug er seine besten Turnschuhe, einen dünnen Hoodie und eine kurze Laufhose – ohne Thermolage. Ein Versäumnis in seiner Eile und Müdigkeit.

»Ich hoffe, du erwartest nicht, dass diese Schuhe noch funktionsfähig sind, wenn wir zurückkommen«, bemerkte Warren.

»Falls nicht, stelle ich deinem Tourunternehmen eine neue Rechnung aus.«

Warren kicherte und gab dann das Zeichen zum Aufbruch. Als Tomek hinter der Schutzmauer hervortrat und den Sand betrat, traf ihn eine Windböe ins Gesicht. Die letzten Böen des Sturms hatten die ganze Nacht gegen sein Fenster geprallt und ihn um den Schlaf gebracht. Das und die Aufregung, es endlich zum Hafen zu schaffen.

Am Fuß der Rampe hielt Tomek inne und betrachtete seine Umgebung. Überall Dunkelheit. Egal in welche Richtung er schaute. Die Wolken am Himmel bildeten eine dicke Decke, es gab kein Anzeichen der Sonne am Horizont, und die einzigen Lichter, die er in der Ferne sehen konnte, waren die kleinen Lichtpunkte der Straßenlaternen, die aus Kent auf der anderen Seite der Flussmündung kamen.

Es gab jedoch ein bestimmtes Licht, das Tomeks Aufmerksamkeit erregte. Rot, rhythmisch blinkend in der Ferne.

»Ist es da, wo wir hinwollen?«

»Darauf kannst du wetten.«

»Gut, dass wir die Stirnlampen haben.«

»Glaub mir«, antwortete Warren. »Du würdest nicht ohne sie sein wollen.«

Damit hatte er recht. Die ersten paar hundert Meter waren wackelig und beunruhigend. Tomek schaute ständig auf seine Füße, während er durch die Rinnsale und Furchen im Sand stapfte, um nicht zu stolpern und sich den Knöchel zu verdrehen. Je weiter sie die Sicherheit der Küste hinter sich ließen, desto dunkler wurde es, und Tomek war dankbar, einen Freund bei sich zu haben, jemanden, der wusste, was er tat. Warren hingegen wirkte entspannt, wie ein Naturtalent. Er joggte in seinem üblichen Tempo, den Kopf hoch erhoben und beleuchtete den Pfad stets ein paar Meter vor sich. Seine Füße trommelten methodisch auf den Sand. Er hatte mühelos in den Rhythmus des Laufs gefunden, während Tomek bei jedem Schritt versuchte, dagegen anzukämpfen.

Es dauerte noch ein paar hundert Meter, bis er in den Groove kam, und erst auf halbem Weg fand er schließlich seinen Rhythmus. Von da an konnte er mit Warren Schritt halten, und sie liefen Schulter an Schulter, wobei sie gegenseitig ihre Beine mit den letzten Resten der Flut bespritzten. Sie joggten schweigend und konzentrierten sich auf ihr Ziel und den Rhythmus ihres Atems.

Etwas mehr als dreißig Minuten später kamen sie an. Die tiefen Gräben am Strand hatten sie gezwungen, sich durchzuschlängeln, was ihrer Reise eine weitere Meile hinzufügte. Als die Silhouette des Hafens schließlich vor dem schwarzen Hintergrund sichtbar wurde, fühlten sich Tomeks Knie wie Wackelpudding an. Das Trampeln durch den weichen Sand und Schlamm hatte seine Muskeln stärker beansprucht als erwartet. Er musste sich setzen. Aber dafür war keine Zeit. Vor dem Aufbruch hatte Warren ihm die Wichtigkeit eingeschärft, so schnell und effizient wie möglich zu sein. Seinen Schätzungen zufolge hatten sie etwas mehr als dreißig Minuten, bevor sie umkehren mussten, um der aufkommenden Flut zu entgehen. Normalerweise gab er seinen Kunden weniger Zeit. Aber dank Tomeks Begründung für seinen Besuch war ihm mehr Zeit eingeräumt worden.

Schwer atmend beugte sich Tomek vor und stützte die Hände auf die Knie. »Ich bin so froh, dass du bei mir warst«, sagte er. »Ich hätte keine Ahnung gehabt, wohin ich gehen sollte.«

»Ich fange an, Zweifel zu haben, dir etwas zu berechnen«, antwortete Warren, als er herüberkam, Tomeks Hand ergriff und ihn aufrichtete. »Du musst aufstehen und deinen Brustkorb öffnen, wenn du Atem schöpfen willst.« Dann schlug er auf Tomeks etwas dickeren als normalen Bauch. »Und atme durch deinen Bauch. So füllst du mehr von deinen Lungen.«

Tomek tat wie ihm geheißen, und innerhalb weniger Minuten fühlte er sich wieder normal. Vierzigjährige Männer sollten diese Art von Bewegung nicht machen, besonders wenn sie es monatelang nicht getan hatten. (Und der Lauf, den sie am Tag zuvor gemacht hatten, hatte wenig dazu beigetragen, ihn vorzubereiten.)

Die Hände in die Hüften gestützt, betrachtete Tomek den Hafen. Er war größer als erwartet, aber bei diesem Lichtpegel war es fast unmöglich, den Ort zu durchsuchen. Und die Stirnlampe konnte nur begrenzt helfen.

Während sie darauf warteten, dass die Sonne über den Horizont kroch, stellte sich Tomek die Ereignisse vor, die zu Morganas Tod geführt hatten. Warren hatte auf die Stelle gezeigt, an der sie ihre Leiche gefunden hatten, und Tomek hatte sich vorgestellt, wie sie dort stand, in der Kälte wartete, vor Wind und Regen Schutz suchte. Dann war eine Gestalt erschienen. Die beiden hatten begonnen, zu reden, zunächst leise und freundlich. Dann hatte sich etwas geändert. Die Dinge wurden hitzig. Jemand schlug zu, verfehlte. Dann wurde Morgana in den Sand gestoßen. Es folgte ein Kampf. Sie wehrte sich gegen ihren Angreifer, aber es war zwecklos. Er überwältigte sie, war stärker als sie und setzte sein ganzes Gewicht ein, um sie nach unten zu drücken. Um sie zu ertränken. Tomek stellte sich Morganas Kampf vor: Gesicht unter der Wasserlinie, Blasen, die aus ihrem Mund entwichen, während sie schrie, dass ihr Mörder aufhören sollte, ihre Hände, die nach dem Gesicht des Angreifers griffen – *verfehlten* ebenfalls, da keine DNA-Spuren unter ihren Fingernägeln gefunden wurden.

Wer auch immer sie getötet hatte, hatte es schnell und effizient getan und keine Spuren hinterlassen.

Zwanzig Minuten später machte die Sonne schließlich ihre Erscheinung und hauchte der Umgebung Leben ein. Jetzt konnte Tomek den Hafen und all seine Einzelheiten deutlich sehen. Das einzige Problem war, dass ihnen nur noch zehn Minuten blieben, um ihn zu durchsuchen.

Tomek wusste nicht, was er zu finden hoffte, wenn überhaupt etwas. Es gab die sehr reale und beunruhigende Möglichkeit, dass er zu spät war. Dass alles, was der Mörder versehentlich zurückgelassen hatte, bereits dem Sturm und der tobenden Flut zum Opfer gefallen war, einschließlich Morganas Telefon.

Tomek watete durch den kleinen Wassergraben, bis es an seine Kniescheiben reichte. Dann griff er über sich, seine Finger suchten nach einer Rille oder einem Niet, etwas, um seinen Griff am Beton zu sichern. Als er es gefunden hatte, klemmte er seinen Fuß an die Wand und hievte sich auf den oberen Teil des Hafens. Er konnte sich die Kraft nicht vorstellen, die erforderlich war, um jemand anderen dort hinauf zu heben, geschweige denn eine Leiche. Andrei und die Redgraves, und sogar Morgana selbst, hatten Glück, dass Warren dabei war.

Sobald Tomek über den Rand geklettert war, überkam ihn ein überwältigendes Gefühl der Enttäuschung. Das Innere des Hafens war in riesige hohle Quadrate unterteilt, drei mal vier wie eine neue Version von Sudoku. Er schaute nach unten. Wasser schwappte sanft gegen die Innenseiten der Struktur.

Aber da war nichts. Nichts, was dort trieb, nichts, was in den

Nischen und Löchern steckte, die sich im Laufe der Jahrzehnte gebildet hatten.

Jede Hoffnung, etwas zu finden, war völlig verschwunden.

»Und du sagst, hier habt ihr ihre Leiche hochgehoben?«, rief Tomek Warren zu, der unten stand.

»Genau da, wo du stehst.«

»Und dann?«

»Die Kinder schrien, was es schwer machte, sich zu konzentrieren. Wir versuchten, sie wiederzubeleben, aber Andrei hatte das bereits getan. Ich rief dann die Küstenwache an, da ich mein Walkie-Talkie dabei hatte, und wir warteten. Zuerst unten, aber dann, als die Flut kam, bewegten wir uns weiter nach oben. Nach etwa zehn Minuten Wartezeit gingen Andrei und ich zu diesem Pylon und fingen an, mit den Armen zu wedeln, damit sie uns sehen konnten.«

Tomek drehte sich zum Pylon. Sein hellrotes Licht blinkte weiterhin alle paar Sekunden. Als er darauf zuging, vibrierte sein Handy in seiner Hosentasche.

Es war Rachel.

Er nahm ab.

»Morgen, Chef«, sagte sie. »Hoffe, ich habe dich nicht geweckt.«

»Überhaupt nicht.«

Eine Windböe blies durch das Telefon. »Verdammt, wo bist du?«

»Am Fuß des Mulberry Hafens. Friere mir die Beine und den Arsch ab.« Da wurde ihm bewusst, dass er seine untere Körperhälfte nicht mehr fühlte, seit sie angekommen waren. »Was ist los? Was ist so wichtig, dass du mich während meiner Meditationszeit anrufen musstest?«

»Einige von uns haben die ganze Nacht durchgearbeitet, um Beweise gegen Mariusz zusammenzutragen«, erklärte Rachel mit einem Hauch von Sarkasmus. »Während du meditiert hast, hat Lorna gerade berichtet, dass sie DNA-Spuren unter Andrei Pirlogs Fingernägeln gefunden hat.«

»Von wem?«

»Andrei Pirlog«, sagte sie. »Der Typ, den du in der Badewanne gefunden hast.«

»Nein, nicht er. Ich weiß, wer er ist. Ich meinte, wessen DNA?«

Ein sanftes Kichern. »Ich weiß, was du meintest. Ich habe nur Spaß gemacht. Ich glaube, du solltest wieder meditieren gehen, dein Kopf ist noch ganz benebelt.«

Tomek seufzte. Das Gefühl in seinen Beinen verschlimmerte sich, als der Wind ihn weiter peitschte. »Sag's mir einfach«, schrie er ins Telefon.

»Die DNA unter Andrei Pirlogs Fingernägeln gehört zu Mariusz.«

# KAPITEL
# VIERUNDDREISSIG

Tomek schlenderte mit einem selbstgefälligen Grinsen durch den Besprechungsraum, einem Ausdruck der Genugtuung. Und nach Victorias Gesichtsausdruck zu urteilen, wollte sie in diesem Moment nichts mehr, als es ihm aus dem Gesicht zu wischen.

Seine ersten Worte an sie trugen nichts dazu bei, diesen Wunsch zu mindern.

»Was hast du noch mal über Andreis Tod gesagt? Dass es Selbstmord war? Ich hatte den Eindruck, du warst zuversichtlich genug, um dein Haus darauf zu verwetten.«

»Was hast *du* noch mal über Mariusz gesagt? Dass er nichts mit Morganas Mord zu tun hat?«, konterte Victoria.

»Das wissen wir immer noch nicht mit Sicherheit.«

»Die Todesursachen sind identisch.«

Tomek zuckte mit den Schultern. »Das beweist gar nichts. Die DNA beweist, dass meine Theorie richtig war. Deine ist immer noch nur eine Theorie.«

»Genug.«

»Ich sage ja nur.«

»Na dann lass es. Niemand will hören, was du zu sagen hast.«

Tomek hatte das in seinem Leben schon so oft gehört, dass er langsam anfing zu glauben, es könnte wahr sein. Aber wie konnte er aufhören, wenn er gerade so eindeutig Recht behalten hatte?

»Wo ist Mariusz jetzt?«, fragte Tomek, plötzlich bewusst, dass noch andere Leute im Raum waren.

Martin Brown antwortete, indem er auf den Flachbildfernseher an der gegenüberliegenden Wand zeigte. Tomek war so sehr damit beschäftigt gewesen, Victoria zu provozieren, dass er den Mann auf dem Bildschirm gar nicht bemerkt hatte, der in einem Vernehmungsraum saß, mit einem Anwalt an seiner Seite. Ihm gegenüber saßen Sean und Oscar.

»Zwanzig Minuten schon«, fügte Martin hinzu. »Gerade rechtzeitig. Er wird gleich von der DNA erfahren.«

Fasziniert zog Tomek einen Stuhl vom Tisch heran, seine Aufmerksamkeit vollständig auf den Bildschirm gerichtet.

»Erkennen Sie diesen Mann?«, fragte Sean Mariusz und schob ein Foto von Andrei über den Tisch. »Dieser Mann wurde vor einigen Tagen in seiner Wohnung in Southend getötet. Erkennen Sie ihn?«

»Nein... keine Aussage«, antwortete Mariusz vorsichtig.

Tomek bemerkte sofort das Zögern in seiner Stimme. Der Mann auf dem Bildschirm war völlig anders als derjenige, dem er erst vierundzwanzig Stunden zuvor gegenübergesessen hatte. Seine Schultern waren gebeugt, sein Rücken in der Form eines Buckligen gekrümmt, und sein Kopf hing tief. Er spielte mit seinen Fingern und wippte heftig mit dem Knie. Tomek hatte nichts davon bemerkt. Vorher war er die Verkörperung von Gelassenheit gewesen. Aber jetzt war er von Angst erfüllt. Tomek vermutete, dass es nicht nur an dem Bild vor ihm lag. Tomek vermutete, dass etwas anderes dafür verantwortlich war.

»Sein Name ist Andrei Pirlog«, fuhr Oscar fort. »Kennen Sie diesen Namen?«

»Nein... keine Aussage.«

Mariusz konnte seinen Blick nicht von dem Foto vor ihm abwenden. Er starrte es intensiv an, als ob es zu ihm sprechen würde.

»Wir haben Grund zu der Annahme, dass Sie ihn kennen«, sagte Oscar. »Tatsächlich haben wir Grund zu der Annahme, dass Sie auch wissen, wo er wohnt. Sind Sie sicher, dass Sie diesem Mann noch nie begegnet sind?«

»Ich... ich weiß nicht, was ich sagen soll. Ich... ich...« Mariusz wandte sich an seinen Anwalt. Der Mann neben ihm hob seine Hand leicht und senkte sie dann wieder. Daraufhin beruhigte sich Mariusz' schweres Atmen, und er sagte: »Keine Aussage.«

»Interessant.« Jetzt war Sean an der Reihe, das Ruder zu übernehmen. »Heute Morgen haben wir Ihre DNA unter Andreis Fingernägeln gefunden. Wir haben auch Spuren Ihrer DNA in seinem Badezimmer und an seinem Hals gefunden. Die Beweise deuten darauf hin, dass Sie anwesend waren, als er getötet wurde. Vielleicht waren Sie sogar die Person, die ihn getötet hat.«

»Nein... ich...« Wieder ein Blick zu seinem Anwalt. »Bitte, helfen Sie mir.«

Der Mann bot keine Antwort.

»Sie sollten uns helfen, Mariusz«, fuhr Sean fort. »Jetzt ist der Zeitpunkt gekommen, uns zu sagen, was passiert ist. Sie haben ihn getötet, nicht wahr, Mariusz?« Seans Stimme strahlte Autorität aus und forderte Aufmerksamkeit in dem kleinen Verhörraum. »Sie haben ihn getötet und es dann wie Selbstmord aussehen lassen.«

»Nein. Bitte. Ich war es nicht. Meine Freundin, sie... ich...«

»Haben Sie mit Ihrer Freundin zusammengearbeitet?«

»Nein! Niemals. Nein.«

»Hatte sie etwas mit Andreis Mord zu tun? War sie Ihre Komplizin?«

Mariusz schüttelte heftig den Kopf. »Nein. Sie müssen verstehen, sie hatte nichts damit zu tun. Sie ist unschuldig. Genauso wie ich. Ich weiß nicht, was ich tun soll.«

»Die Beweise deuten auf etwas anderes hin«, unterbrach Oscar. »Die DNA-Beweise sind unwiderlegbar. Sie können sich dahinter nicht verstecken.«

»Was wird... Was wird mit mir geschehen?«, fragte Mariusz.

Plötzlich verlangsamte sich sein schnelles Atmen, und sein Bein hörte auf zu wippen.

»Wir werden Sie wegen des Mordes an Andrei Pirlog anklagen«, antwortete Oscar. »Kurz danach werden Sie ins Gefängnis geschickt, wo Sie in Untersuchungshaft bleiben werden. Gibt es noch etwas, das Sie sagen möchten?«

»Helfen Sie mir. Bitte. Ich weiß nicht, was ich tun soll. Meine Freundin.« Mariusz' Stimme war leer, emotionslos, fast roboterhaft. Es machte Tomek nervös und ließ die Haare in seinem Nacken aufstehen. Dann fügte Mariusz hinzu: »Ich habe es nicht getan. Ich habe Morgana nicht getötet. Sie müssen mir glauben.«

Leider für Mariusz glaubte ihm niemand im Team. Stattdessen waren alle hinter ihm her, alle begierig darauf, die Beweise zu finden, die sie brauchten, um zu beweisen, dass er Morgana ertränkt hatte. Immerhin, wie Victoria bereits festgestellt hatte, wenn er es bei einem ausgewachsenen Mann in dessen Badewanne tun konnte, dann würde er keine Schwierigkeiten haben, es bei einer Frau mitten am offenen Strand zu tun, umgeben von nichts als Wasser.

Jeder im Team glaubte, dass Mariusz für Morganas Mord verantwortlich war.

Jeder außer Tomek.

Er wusste nicht warum, aber irgendetwas erschien ihm merkwürdig. Dass Mariusz in die Mitte der Flussmündung gefahren war, um den perfekten Ort für seinen Heiratsantrag zu finden, dort Morgana gefunden, sie getötet, den Tatort verlassen und dann Andrei Pirlog auf die gleiche Weise ermordet hatte. Die Beweise gegen ihn für Andreis Mord waren unwiderlegbar. Tomek konnte das nicht leugnen. Die Beweise platzierten ihn im Badezimmer zur Zeit von Andreis Tod. Und was das Motiv für seinen Mord betraf, war es durchaus vorstellbar, dass Mariusz ihm gefolgt war und ihn getötet hatte, weil er zur falschen Zeit am falschen Ort war. Das alles ergab für Tomek Sinn. Was für ihn aber keinen Sinn ergab, war die Verbindung zwischen Mariusz und Morgana. Und soweit ihre ersten Ermittlungen ergeben hatten, gab es keine.

Tomek ahnte, dass er Schwierigkeiten haben würde, das dem Team zu verkaufen. Insbesondere Victoria.

Er hatte es versucht, kurz nachdem das Verhör abgeschlossen war, aber sie hatte ihn abgewiesen und ihn an die Beweise gegen Mariusz erinnert: mehrere Augenzeugenberichte, von denen einer jetzt tot war; eine Person, die seiner Beschreibung entsprach, außerhalb der Airbnb-Unterkunft der Redgraves; und eine Ausrede, die mehr Löcher hatte als ein Sieb. Kurz gesagt, es sah nicht gut aus für den LKW-Fahrer.

Aber Tomek war immer noch überzeugt, dass etwas anderes vor sich ging. Und wenn das Team nicht bereit war herauszufinden, was es war, dann musste er es eben alleine tun.

Doch zuerst hatte er einen Anruf zu tätigen.

Die ganze Rede von Gefängnissen und Verhaftungen hatte ihn an eine Sache erinnert. An eine Person.

Nathan Burrows.

Der Brief.

Die Dinge waren so hektisch gewesen mit der Untersuchung, dass er völlig vergessen hatte, im Gefängnis anzurufen. Nachdem er den Besprechungsraum verlassen hatte, schlich Tomek in einen kleinen Raum, der typischerweise für Einzelgespräche und private Unterhaltungen genutzt wurde. Oder, wenn du Rachel oder Martin warst, als ruhiger Ort, um den Kopf freizubekommen und dich auf wichtige Aufgaben zu konzentrieren.

Tomek schloss leise die Tür und zog sein Handy heraus. Als er am Tisch saß, wählte er die Nummer von HMP Wakefield. Er erwartete, dass der Anruf schnell sein würde, aber die Bürokratie im Gefängnis und Budgetkürzungen hatten dem einen Strich durch die Rechnung gemacht. Die erste Hürde war das roboterhafte automatisierte System, das ihm acht verschiedene Optionen bot. Dann, nachdem er die erste Reihe von Auswahlmöglichkeiten durchlaufen hatte, bekam er fünf weitere zur Auswahl. Schließlich, nachdem er durch das automatisierte Labyrinth gelangt war, konnte er mit einem Menschen sprechen.

»Ist das jemand vom Postteam innerhalb des Gefängnisses?«, fragte er zweifelnd.

»Nein, du bist beim falschen Team gelandet, Schätzchen«, antwortete die Frau mit starkem Yorkshire-Akzent.

Verdammte Scheiße. Wie schwer konnte das sein?

»Können Sie mich zu ihnen durchstellen?«

»Tut mir leid, Schätzchen.«

Dann war die Leitung tot. Tomek umklammerte das Telefon in seiner Faust und knirschte mit den Zähnen.

Er versuchte es erneut. Beim zweiten Mal kam er zur Hauptvermittlung durch.

Beim dritten Mal hatte er es geschafft.

»Verdammte Scheiße, endlich«, sagte er zu der Person am anderen Ende der Leitung.

»Sorry, Kumpel«, sagte die Stimme. »Die machen diese Dinge absichtlich schwer, schwör ich. Ich glaube nicht mal, dass einer von diesen NASA-Leuten beim ersten Versuch zu uns durchkommen könnte, wenn sie es versuchten.«

Tomek beruhigte sich sofort, seine Frustration ließ nach, als er den sanften Klang des Mannes hörte, der ihn beruhigte.

»Wie kann ich helfen?«

Für einmal war es schön, mit jemandem am Telefon zu sprechen, der nicht klang, als ob er seinen Job hasste. Es war eine angenehme Abwechslung zu einigen der Konzerne und Banken, mit denen er in der Vergangenheit gesprochen hatte.

»Mein Name ist DS Tomek Bowen, von der Essex Police. Ich habe letzte Woche einen Insassen namens Nathan Burrows besucht.«

»Ah, Mr. Burrows... Den kennen wir alle hier.«

Das trug wenig dazu bei, Tomeks Befürchtungen zu zerstreuen.

»Nun, Anfang dieser Woche habe ich einen Brief erhalten, der an meine Privatadresse zugestellt wurde, von Nathan.«

»Ich verstehe.«

»Was ich wissen möchte, ist, wie er meine Adresse herausgefunden hat. Dieser Mann hat meinen Bruder vor dreißig Jahren getötet. Ich will nicht, dass er so leicht Zugang zu meiner Adresse hat. Er weiß auch über meine Tochter und Partnerin Bescheid, was ich ihm sicherlich nie erzählt habe. Diese Informationen sollten nicht allgemein bekannt sein.«

Der Mann am anderen Ende der Leitung machte eine Pause.

»Wann sagten Sie, haben Sie ihn besucht?«

Tomek nannte ihm das Datum.

»Und um welche Uhrzeit?«

»Drei Uhr.«

Eine weitere Pause. Ein weiterer Moment des Wartens.

»Ich habe gerade das Besuchersystem überprüft, und ich kann sehen, dass Ihre Daten hier stehen.«

»Einschließlich meiner Adresse?«

Der Mann bestätigte, dass seine Privatadresse dort stand. »Aber dies ist ein sicheres System. Es gibt keine Möglichkeit, dass er darauf zugreifen könnte.«

»Was ist mit jemandem aus Ihrem Team?«, fragte Tomek und merkte, wie schlecht die Frage klang, nachdem er sie gestellt hatte.

»Was meinen Sie damit? Deuten Sie an, dass einer unserer Gefängniswärter ihm Ihre Adresse weitergegeben hat?«

Es war eine realistische Möglichkeit. Eine, die er nicht außer Acht lassen wollte, nur weil ein aktueller Gefängnismitarbeiter versuchte, ihn vom Gegenteil zu überzeugen.

»Ich weiß, Sie denken vielleicht, wir sind alle korrupt, aber das sind wir nicht«, sagte der Mann plötzlich defensiv.

»Hey«, antwortete er, »ich weiß, wie das ist. Ich bin Polizist. Wir bekommen diese Art von Sprüchen die ganze Zeit. Das gehört zum Geschäft. Aber was ich meinte war, vielleicht hat jemand im Dienst es ihm versehentlich gegeben, ohne es zu merken. Vielleicht haben sie einmal vom Computer weggeschaut und Nathan hat es gesehen. Oder...«

Oder jemand, der bestechlich ist, hat es notiert und unter der Tür durchgeschoben. Er konnte sich nur vorstellen, welche Art von Bezahlung der Wärter erhalten hätte. Drogen, Geld? Es würde nicht viel brauchen.

»Leider lassen mich unsere Systeme nicht sehen, wer, wenn überhaupt jemand, auf Ihre Informationen zugegriffen hat. Ich werde das weiter untersuchen müssen.«

»Sie persönlich?«

»Nun, nein. Ich meine, jemand wird das untersuchen müssen. Ich kann in der Zwischenzeit herumfragen.«

Tomek war skeptisch. Die Chancen, dass jemand zugeben würde, seine privaten und vertraulichen Informationen an einen verurteilten Mörder weitergegeben zu haben, waren so gering wie der Umschlag, in dem der Brief gekommen war, dünn war. Und er glaubte nicht, dass die verantwortliche Person bereit war, plötzlich ihre Karriereaussichten zu ändern und sich zu melden. Es war ein verlorener Fall.

»Alles, was Sie tun können, um zu helfen, wäre sehr geschätzt«, sagte Tomek und massierte seine Stirn.

»Großartig. Gibt es noch etwas, womit ich Ihnen helfen kann?«

# KAPITEL
# FÜNFUNDDREISSIG

Der Rest des Nachmittags verging wie im Flug. Tomek hatte diese Zeit damit verbracht, Mariusz' Interview zu verdauen und es immer wieder anzuschauen. Auch nach dem dritten Durchgang war er noch überzeugt, dass etwas nicht stimmte. Das einzige Problem war, dass er nicht wusste, was. Die Atmosphäre im Büro war von Jubel und Triumph geprägt. Sie hatten ihren Mann geschnappt, und viele würden am Ende des Tages in den Pub gehen, um zu feiern. Glücklicherweise hatte Tomek eine Ausrede.

Eine vierzigminütige Fahrt zum Haus seiner Eltern für ein Abendessen, auf das er nicht besonders erpicht war.

Tomek hatte sich entschieden zu fahren. Teils, weil er den Weg kannte, und teils, weil Abigail nicht gerne im Dunkeln fuhr. Auf der Fahrt hatten die drei sich über ihren Tag ausgetauscht. Kasias Tag war wie immer in Ordnung gewesen, und sonst nichts. Abigails Tag war ähnlich ruhig verlaufen. Es hatte keine bahnbrechenden Neuigkeiten gegeben, keine aufregenden Geschichten, die sie mit der Gemeinschaft teilen konnte. Ihr Gesicht hatte gestrahlt, nachdem Tomek ihr die Neuigkeiten über Mariusz erzählt hatte. Obwohl er sie gebeten hatte, die Information vorerst für sich zu behalten. Oder zumindest zu warten, bis sie offiziell mit der Zeitung geteilt würde.

»Warum lässt du mich warten?«, fragte Abigail, als er das Auto um eine enge Landstraße lenkte.

»Ich bin nicht überzeugt, dass er unser Täter ist«, antwortete er.

»Kitzelt dich wieder dein Spinnensinn?«

»Igitt!«, kam die Antwort von Kasia von hinten. Ihr Gesicht wurde von einem blassen blauen Schein ihres Handys erhellt. »Das ist widerlich. Sagt sowas nicht, während ich hier bin. *Bitte.*«

Tomek schaute sie finster im Rückspiegel an. »Du weißt, dass sie das nicht so gemeint hat, Kash.«

»Nein, weiß ich nicht. Ich weiß, wie ihr zwei drauf seid. Es ist eklig.«

»Es ist natürlich«, unterbrach Abigail. »Du bist ein bisschen zu jung, um dich mit solchen Dingen zu beschäftigen, aber es ist wichtig, dass du darüber Bescheid weißt und verstehst, wie natürlich es ist.«

Tomek konnte nicht glauben, was er da hörte. Das Letzte, was er jetzt wollte, war, dass seine Tochter und seine Freundin den Sex-Talk führten, kurz bevor er seine Eltern treffen sollte. Aber er war zu verblüfft, um etwas zu sagen.

»Ich weiß, wie das alles funktioniert«, erwiderte Kasia giftig. »Du musst mir nichts beibringen.«

»Also weißt du über Orgasmen und Ejakulation Bescheid?«

»Was?«

»Abi!«, brüllte Tomek und drehte sich zu ihr um. Sie schaute ihn verwirrt an, als hätte sie gerade die Startlinie eines Rennens überquert und wüsste nicht, was sie als Nächstes tun sollte.

»Was ist los?«, fragte Abigail.

»Sie ist *dreizehn.*«

»Und? Ich wusste über solche Dinge Bescheid, als ich in dem Alter war. Es ist wichtig, seinen Körper zu kennen und sich wohl genug zu fühlen, ihn zu erkunden. Ich habe ein gutes Buch, das du-«

Tomek schlug mit der Hand aufs Lenkrad. »So, das reicht. Kein Wort mehr. Nichts mehr von euch beiden, bis wir da sind.«

Glücklicherweise dauerte der Rest der Fahrt nur noch zehn Minuten. Tomek stand immer noch unter Schock, als er aus dem Auto stieg. Als die drei sich auf den Weg zur Haustür machten, schaltete sich ein Sicherheitslicht ein, und Tomek sah Schmerz und Angst in Kasias

Gesicht und ein Gefühl des Stolzes auf Abigails. Sein eigenes Gesicht zeigte derweil Schock und Entsetzen.

»Tomek, Kasia!«, schrie seine Mutter Izabela, als sie die Tür öffnete. »*Cześć*!« Sie beugte sich hinunter, um ihre Enkelin zu umarmen, dann streckte sie die Arme aus, um Tomek zu umarmen. Als sie sich zurückzog, beäugte sie ihn misstrauisch. »Alles in Ordnung? Du bist sehr blass.«

»Ein bisschen schockiert, aber es geht schon.« Dann erinnerte er sich an seine Freundin, die unbehaglich neben ihm stand. »Mama, das ist Abigail. Abigail, das ist Mama.«

»Freut mich, Sie kennenzulernen«, sagte Abigail, als sie die Hand ausstreckte, um Izabelas Hand zu schütteln.

»Die Freude ist ganz meinerseits.« Izabela schlug Abigails Hand weg und umarmte sie stattdessen. »Wir sind Umarmer in dieser Familie«, sagte sie. »Ich muss sagen, du bist sehr hübsch. Ich wette, du hast Massen von Männern, die dir zu Füßen liegen. Was stimmt nicht mit dir? Was hat dich dazu gebracht, meinen Sohn zu wählen?«

Der Kommentar entlockte den Mädchen ein kleines Lachen, aber Tomek war der Einzige, der nicht mitmachte.

»Nun, ich-«

»Beantworte die Frage bloß nicht!«, sagte er zu Abigail, packte dann seine Mutter an den Schultern, drehte sie um und schob sie hinein. Sobald er drinnen war, eilte er los, um seinen Vater Perry zu suchen. Der Mann würde ihn davor retten können, von den drei wichtigsten Frauen in seinem Leben in die Enge getrieben zu werden.

Tomek fand ihn in der Küche, wo er gerade die letzte Flasche Wein in vier separate Gläser einschenkte. »Hoffentlich magst du Weißwein«, sagte Perry.

»Ich bin mit allem zufrieden«, antwortete Tomek.

»Nicht du. Dein Date.« Perry schaute an Tomeks Seite vorbei und hielt ein Glas für Abigail bereit, die dicht hinter ihm folgte. Nachdem sie sich vorgestellt hatten, ohne weitere verbale Angriffe auf Tomek zu starten, reichte Perry jedem der Erwachsenen ein Glas. Dann wandte er sich Kasia zu. »Und für den Fahrer des heutigen Abends eine Flasche Fentimans Cola.«

»Du hast dich erinnert?« Kasias Gesicht leuchtete auf.

»Natürlich habe ich das.«

»Wow, danke! Papa lässt mich das nie trinken.«

»Weil es ein Vermögen kostet«, erwiderte Tomek. »Vielleicht könntest du dir so viel Fentimans kaufen, wie du willst, wenn du den Job annehmen würdest, den ich dir im Zoo besorgt habe.«

»Ein Job? Im *Zoo*?« Die Qual in Izabelas Stimme war spürbar, als sie mit ihren perfekt manikürten Nägeln durch ihr Haar massierte.

»Es ist kein richtiger Job«, antwortete Kasia mürrisch. »Das war nur Papas Idee eines Witzes.«

»Darin ist er gut«, erwiderte Perry und schlug Tomek auf den Rücken. »Ich glaube, ich habe angefangen zu arbeiten, als ich etwa in deinem Alter war, Kasia. In einer Werkstatt mit einem der Söhne eines Kollegen meines Vaters.«

»Bist du sicher, dass es kein Schornstein war? Sie haben Kinder in deinem Alter damals noch da hochgeschickt, oder?«

Perry zwinkerte und schlug Tomek spielerisch auf den Arm. »Siehst du, da ist wieder der Humor deines Vaters. Ich bin mir nicht sicher, woher er das hat. Denn meiner ist seinem weit überlegen, findest du nicht, Kash?«

»Ja«, antwortete Kasia, während sie an ihrem Getränk nippte. »Papas ist eher peinlich als lustig.«

»Ich sage ihr immer wieder, dass das mein Job ist. Das war immer deiner bei mir.«

»Aber du hast es immer so ernst genommen«, sagte Izabela, als sie ihre Hand auf seinen Unterarm legte. »Du warst so empfindlich. Erinnerst du dich an das eine Mal, als du geweint hast, als Papa dir sagte, dass deine Augen viereckig werden würden, wenn du weiter auf den Fernseher starren würdest, und dass sie schließlich aus deinem Kopf fallen würden?«

»Ich war sieben!« Tomek schüttelte den Kopf und wandte sich Abigail zu, die ein breites Grinsen im Gesicht hatte. Es war klar zu sehen, dass sie Spaß hatte. Dass sie sich überhaupt nicht unwohl fühlte. Und dass alles auf seine Kosten ging. »Meine Eltern, meine Damen und Herren«, fügte er hinzu, »terrorisieren einen Siebenjährigen.«

»Du warst nichts Besonderes. Deine Brüder wurden genauso behandelt.«

Und genau das war es. Er war nicht besonders. Nicht in den Augen seiner Eltern. Nicht im Vergleich zu seinen Brüdern. Er hatte sich nie gefühlt, als wäre er der Liebling gewesen, als er aufwuchs. Als Jüngster hatte er das erwartet. Das war es, was alle Sitcoms und Fernsehserien einem glauben ließen. Aber es war nicht seine Realität gewesen. Und dieses Gefühl hatte sich nach Michałs Tod nur noch verstärkt.

Glücklicherweise hatte jemand anderes ein neues Gesprächsthema angestoßen – möglicherweise Abigail, möglicherweise seine Mutter – aber er achtete nicht darauf. Seine Gedanken waren abgewandert zu Michał und Nathan Burrows. Zu dem Brief. Zu dem Gespräch, das sie vor einigen Wochen geführt hatten.

Über Michałs Tod zu sprechen, endete nie gut zwischen den dreien. Es war ein wundes Thema, aus offensichtlichen Gründen, aber es wurde noch schlimmer durch die Tatsache, dass Tomek seinen Eltern, insbesondere seiner Mutter, nie einen Abschluss über das geben konnte, was mit ihm passiert war. Die Möglichkeit, dass ein zweiter Mörder da draußen war, der sich nach all diesen Jahren der Verhaftung entzog, und niemand außer Tomek ihn identifizieren konnte, hatte eine Kluft zwischen ihnen geschaffen. Tomek glaubte kein Wort von dem, was Nathan gesagt hatte. Er wusste, was er gesehen hatte, und er hatte eine zweite Gestalt über dem toten Körper seines Bruders schweben sehen. Aber musste seine Mutter das wissen? Könnte er die Dinge reparieren und die Kluft zwischen ihnen überbrücken, indem er endlich zugab, dass alles nur Teil seiner zerbrechlichen und verzerrten Vorstellung nach all dieser Zeit gewesen war? Würde sie ihm glauben? Würde es ihr endlich den Abschluss geben, den sie nach über dreißig Jahren des Schmerzes brauchte?

Tomek war sich nicht sicher. Aber es gab nur einen Weg, es herauszufinden.

Für ihr Abendessen hatte Izabela den Familienliebling zubereitet: *Pierogi*. Eine einfache Mahlzeit aus mit Fleisch gefüllten Teigtaschen, serviert in einer ungesunden Menge Soße.

»Für Abigail habe ich etwas anderes gemacht, falls du sie nicht magst«, sagte Izabela mit einem warmen Lächeln.

»Ich bin offen für alles«, sagte Abigail, als sie eine mit der Gabel zum Mund führte.

Das Geräusch, das aus ihrem Mund kam, widersprach dem Ausdruck auf ihrem Gesicht. Genau wie ihre Worte. »Köstlich«, sagte sie.

Jeder im Raum spürte, dass sie log, aber wie sie waren alle zu höflich, um etwas zu sagen.

Für einen kurzen Moment aßen sie schweigend. Es dauerte nicht lange, bis das Gespräch auf die Arbeit kam. Tomek hatte gehofft, dass sie Abigail ein bisschen besser kennenlernen würden, aber er hätte mehr Glück im Lotto gehabt.

»Hast du gerade große Fälle?«, fragte sein Vater.

»Nur ein paar.«

»Irgendwelche, bei denen wir helfen können?«

»Abigail hat schon alles getan, wofür ich sonst jemanden gebraucht hätte.«

»Ach ja?«

Tomek stupste sie an, um es zu erklären. Das war sicherer. Sie konnte nur die Informationen weitergeben, die sie von Tomek oder Anna aufgeschnappt hatte. Auf diese Weise konnte nichts Wichtiges, was sie noch nicht wusste, nach außen dringen.

Abigail beendete mühsam ihren Bissen und sagte: »Wisst ihr von der Frau, die neulich in der Flussmündung gefunden wurde?«

»Nein?«

»Nun, sie wurde etwa einen Kilometer entfernt getötet. Ertränkt. Ich habe die Beschreibung des Verdächtigen herausgegeben.«

»*Und?*«, fragte Perry, die Augen unverwandt auf Tomek gerichtet.

»Wir haben heute Morgen jemanden im Zusammenhang mit dem Tod festgenommen«, antwortete Tomek ausdruckslos.

»Warum spüre ich ein ‚Aber‘?«

»Weil ich nicht glaube, dass er es getan hat. Ich denke, wir haben den falschen Kerl, oder dass jemand anderes irgendwie beteiligt war.«

Perry lachte. »Die Geschichte deines Lebens, was, Kleiner?«

Tomek kaute auf seiner Unterlippe. Er hatte den Kommentar von seiner Mutter erwartet, aber nicht von seinem Vater. Vielleicht hatte Perry es deshalb gesagt, weil er wusste, dass Tomek nicht zurückschlagen würde.

»Wo wir gerade davon sprechen«, begann Tomek und räusperte sich. »Letzte Woche habe ich Nathan besucht.«

»Nathan?«, wiederholte Perry. »Wer ist Nathan?«

»Du hast nicht...«, sagte Izabela, ihre Stimme ungewöhnlich tief.

»Doch, Mama.«

»Wer ist Nathan?«, fragte Perry, aber niemand antwortete. Das Gespräch zwischen Tomek und seiner Mutter ging weiter.

»Warum hast du das getan? Wie konntest du?«

»Ich musste es wissen.«

»Nicht so. Er verdient das nicht.«

»Wird mir jemand sagen, wer Nathan ist?«, fragte Perry.

Das Geräusch einer Gabel, die auf den Tisch knallte, lenkte sie alle ab. »Die Person, die Michał getötet hat!«

Alle Augen richteten sich auf Kasia. Sowohl ihr Messer als auch ihre Gabel lagen auf dem Tisch und hinterließen Soßenflecken auf der perfekt weißen und frisch gebügelten Tischdecke.

»Danke, Kasieńka.« Perry wandte sich Tomek zu, sein Gesicht düster. »*Der* Nathan? Wirklich? Warum bist du dorthin gegangen?«

»Wie ich schon sagte, ich musste es wissen. Ich brauchte Antworten.«

»Und hast du sie bekommen?«

Tomek senkte seinen Blick, hob ihn dann zu Kasia, dann zu Abigail, bevor er schließlich zu seinen Eltern zurückkehrte.

»Ja, habe ich.«

»Wirst du es uns sagen, oder wirst du in Rätseln sprechen?«

Tomek atmete tief und langsam ein. »Da war niemand«, sagte er. »Da war kein anderer Mörder. Er sagte mir, dass ich alles falsch verstanden hatte. All diese Jahre war es in meinem Kopf gewesen.«

# KAPITEL
# SECHSUNDDREISSIG

Tomek schreckte aus dem Schlaf hoch.

Nicht wegen eines Albtraums. Nicht weil er sich Bilder von Nathan Burrows und dem zweiten Mörder in seinem Kopf ausmalte. Sondern weil sein Handy neben seinem Kopf zu klingeln begann. Es hörte sich an wie ein Schuss, als es auf dem IKEA-Möbelstück vibrierte.

Mit halbgeöffneten Augen griff er nach dem Gerät. Sah Seans Namen oben auf dem Bildschirm. Stöhnte. Es war kurz vor sechs Uhr. Sein Wecker sollte in zwanzig Minuten klingeln. Aber irgendetwas sagte ihm, dass er nach diesem Anruf nicht mehr einschlafen können würde.

»Ja?«, sagte er.

»Morgen, Champion«, kam die ärgerlich muntere Antwort. »Hab dich doch nicht geweckt, oder?«

»Fliegen Flugzeuge am Himmel?«

»Was? Oh. Ich verstehe. Guter Spruch. Clever.«

»Nicht mein bester. Aber was kannst du auch erwarten, wenn ich gerade aufgewacht bin?«

Als er das sagte, regte sich Abigail neben ihm. Normalerweise hatte sie einen leichten Schlaf und war seit Beginn ihrer Beziehung bei mehreren seiner Wecker aufgewacht, aber die drei Gläser Wein und mehrere Teller Essen hatten dem einen Riegel vorgeschoben. Er schlüpfte aus dem Bett und huschte ins Wohnzimmer.

»Wird mir gefallen, was ich gleich höre?«, fragte er.

»Wahrscheinlich nicht. Mariusz Stanciu ist tot. Ermordet. Letzte Nacht in seiner Gefängniszelle getötet worden.«

# KAPITEL
## SIEBENUNDDREISSIG

Laut dem Bericht der Gefängniswärter wurde Mariusz um 22:39 Uhr für tot erklärt, etwa zehn Minuten nachdem er für die Nacht in seine Zelle gebracht worden war. Als Todesursache wurde eine Stichverletzung angegeben. Achtunddreißig Stiche. Sein Mörder war aus seiner Zelle ausgebrochen, hatte die Wärter überwältigt und war in Mariusz' Zelle geschlüpft. Mariusz war allein gewesen, hatte sich ohne jemanden, der ihn trösten konnte, in sein neues Gefängnisleben eingefunden, als der Killer hereinstürmte. Als die Wächter reagierten und etwa drei Minuten später einen anderen Schlüssel gefunden hatten, war Mariusz bereits verblutet und auf dem Boden gestorben. Währenddessen stand sein Mörder hinten in der Zelle, das Gesicht gegen die Wand gedrückt, die Arme über dem Kopf, als würde er zum ersten Mal verhaftet werden. Er ergab sich, gestand seine Niederlage. Aber das hielt die Wärter nicht davon ab, ihn gegen die Wand zu prügeln, sieben bewaffnete Körper, die ihn gegen den Beton quetschten. Es hielt sie auch nicht davon ab, ihn wiederholt mit ihren Knüppeln zu schlagen und ihn wie ein Stück Fleisch zu Boden zu werfen.

Der Mann hieß Denis Danyluk und verbüßte derzeit eine lebenslange Haftstrafe wegen Mordes.

Tomek und Sean waren geschickt worden, um ihn zu befragen. Die Entscheidung kam von Victoria. Als die größten und körperlich imposantesten Figuren des Teams waren sie die perfekten Kandidaten für diese Aufgabe. Es half auch, dass sie gemeinsam die zweite Führungsebene hinter ihr bildeten.

Beide wurden in einen kleinen, kahlen Raum geführt, der Tomek an die Verhörräume auf der Wache erinnerte. In der Mitte stand ein kleiner Tisch, der kaum groß genug für eine Person war, geschweige denn für drei. In seinem Stuhl lümmelnd, ihnen gegenüber, saß ein kräftiger, schwergewichtiger kahlköpfiger Mann mit Schultern, die fast so breit waren wie der Tisch selbst. Er trug einen äußerst unbeeindruckten Gesichtsausdruck. Über seinem linken Auge befand sich eine fünf Zentimeter lange Schnittwunde, die aussah, als hätte sie bis auf den Knochen geschnitten. Seine Augen hatten die Farbe der Decke, und seine Nase war an mindestens zwei Stellen gebrochen. Denis war nicht übergewichtig, aber er hatte auch nicht gerade fünf Prozent Körperfett. Obwohl er rund um die Uhr im Gefängnis lebte, sah er aus, als würde er gut essen – sogar sehr gut.

Als sie näher kamen, erhob sich Denis vom Stuhl und streckte seine Hand aus. Tomek war von seiner schieren Größe überrascht. Als würde er John Coffey aus *The Green Mile* ins Gesicht schauen. Jetzt verstand er, warum die beiden die besten Leute für diesen Job waren. Er setzte ein tapferes Gesicht auf.

»Mein Name ist Denis«, sagte er mit einem starken osteuropäischen Akzent. »Es freut mich, Sie kennenzulernen. Ich habe gewartet.«

Weder Tomek noch Sean entschieden sich dafür, seine Hand zu schütteln. Stattdessen zogen sie ihre Stühle heraus und setzten sich. In den oberen Ecken des Raumes blinkten einzelne rote Lichter, während die Videokameras jede ihrer Bewegungen aufzeichneten. Es war nur ein schwacher Trost zu wissen, dass der Schutz nur wenige Sekunden entfernt war, denn angesichts seiner Größe war Tomek überzeugt, dass der Mann sie beide erledigen könnte, bevor Verstärkung einträfe – und dann noch mit ein paar Sekunden Vorsprung mit dem Gesicht zur Wand und den Händen über dem Kopf dastehen würde.

»Wir müssen von Ihnen alles erfahren, was im Vorfeld von Mariusz' Tod passiert ist«, sagte Sean.

Denis zuckte mit den Schultern. »Es ist einfach. Ich bin in seine Zelle eingebrochen. Dann habe ich ihn getötet.«

»Wie sind Sie in seine Zelle gekommen?«

»Der Wärter kam rein. Ich habe seinen Schlüssel gestohlen.«

»Wie?«

»Ich habe ihn dem Wärter abgenommen.«

»Und?«

»Ich habe vorgegeben, Magenprobleme zu haben.«

»Was dann?«

»Ich habe den Schlüssel gestohlen, bin in Mariusz' Zelle gegangen, dann habe ich ihn getötet.«

»Wie?«

Ohne ein Wort zu sagen, schob sich Denis vom Tisch weg und stand auf. Tomek spannte sich sofort an und bereitete sich auf eine Auseinandersetzung vor. Aber es kam keine. Stattdessen begann Denis vorzuspielen, wie er Mariusz getötet hatte.

»Ich bin reingestürmt«, begann er, »habe ihn am Hemd gepackt und ihn gegen die Wand gedrückt. Dann habe ich auf ihn eingestochen. Achtunddreißigmal. Ich habe gezählt. Einmal für jedes Lebensjahr von Morgana. Er war tot, bevor er auf den Boden fiel. Dann habe ich das Messer fallen lassen und mich an die Wand gestellt. So.« Denis drückte seinen Körper gegen eine Seite der Wand und legte seine Hände über den Kopf.

»Kurz danach kamen die Wärter. Stimmt das?«

»Das stimmt«, antwortete Denis und sprach dabei in die Wand.

»Sie können jetzt zurückkommen«, sagte Tomek.

Ein tiefes Kichern. »Verzeihen Sie. Ich bin es gewohnt, in dieser Position zu sein.«

Tomek bezweifelte das nicht. Er bezweifelte auch nicht die Version der Ereignisse des Mannes. Sie stimmte mit dem überein, was er im Bericht gelesen hatte. Dass er hineingestürmt war und ihn ohne zu zögern getötet hatte. Dass es vorgeplant war. Dass Denis wusste, dass Mariusz ins Gefängnis kam, dass er wusste, in welcher Zelle er sein würde.

Die Fragen, die Tomek beschäftigten, waren wie und warum?

»Warum haben Sie ihn getötet?«, fragte er, als Denis zu seinem Sitz zurückgekehrt war.

»Rache.«

»Rache wofür?«

»Weil er Morgana getötet hat.«

»Warum sollte Sie das betreffen?«

»Weil sie meine Schwester ist.«

# KAPITEL
## ACHTUNDDREISSIG

Tomek war von der Nachricht wie vor den Kopf gestoßen und brauchte Zeit, um die Information zu verarbeiten, aber das war ein Luxus, den er sich nicht leisten konnte. Glücklicherweise war Sean ihm zu Hilfe gekommen und hatte den Rest des Interviews geführt, bis Tomek genug Fassung zurückgewonnen hatte, um sich ihm anzuschließen. Er konnte es nicht glauben. Oder besser gesagt, wollte es nicht glauben.

Es war das erste Mal, dass Tomek und sein Team davon hörten, dass Morgana außer ihrem Ehemann noch Familie hatte, geschweige denn einen Bruder im Gefängnis. Er war in keiner ihrer Ermittlungen, Zeugenaussagen oder Recherchen aufgetaucht. Er hatte nicht existiert. Aber jetzt tat er es. Vielleicht war es genau das, was Morgana gewollt hatte. Vielleicht war sie so angewidert und enttäuscht von den Taten ihres Bruders gewesen, dass sie ihn komplett abgeschottet hatte, ihn in ihrem Kopf eingesperrt und den Schlüssel weggeworfen hatte und allen anderen gesagt hatte, dasselbe zu tun. Es wäre nicht das Schlimmste gewesen, was sie hätte tun können.

Sean hatte die Gültigkeit seiner Behauptungen in Frage gestellt. Um dem entgegenzuwirken, hatte Denis zugestimmt, eine DNA-Probe abzugeben, und bis zur Abreise von Tomek und Sean war diese verpackt und bereit, zur Untersuchung geschickt zu werden. Nur die Zeit würde zeigen, ob Denis die Wahrheit sagte.

Ungeachtet dessen hatte der Mann Mariusz getötet, ihn brutal niedergemetzelt, und dafür erwartete ihn eine noch längere Strafe. Zusätzlich zu seiner aktuellen Strafe sah es so aus, als würde Denis nie aus dem Gefängnis herauskommen. Da er bereits wegen des Mordes an einem fünfundzwanzigjährigen Mann bei einem willkürlichen Tötungsdelikt einsaß, war es offensichtlich, dass Denis innerhalb der vier Wände seiner Zelle sterben würde. Und es gab nichts, was er tun konnte, um diese Tatsache zu ändern. Keine DNA-Tests, keine Anzahl von Geständnissen.

Als er vierzig Minuten später den Einsatzraum betrat, schwamm Tomeks Kopf vor Ideen und Gedanken. Er musste sie alle verarbeiten, und bevor er irgendetwas anderes tat, ging er direkt zu seinem Schreibtisch und begann, sie auf einem Notizblock festzuhalten. Als er fertig war, waren die Notizen kaum leserlich:

**Morganas**

**Ilianas**

**Denis und Mariusz Verbindung — was verbindet sie?**

**Denis — organisiert alles aus dem Gefängnis?**

**Mariusz und Andrei — Verbindung?**

**Vielleicht gar keine Verbindung?**

**Zufällig?**

**Andrei, Andreis Adresse — Mariusz**

**Verbindung?**

Für einen langen Moment starrte Tomek auf die Liste. Bis die Wörter bedeutungslos wurden, nichts als Gekritzel und Linien auf einer Seite. In seinem Kopf ergab alles Sinn, aber da fehlte etwas. Etwas im Hinterkopf, das er nicht erreichen, nicht greifen und auf die Seite werfen konnte.

Er starrte noch einen Moment länger auf die Liste.

Unentschlossenheit schlich sich ein, und plötzlich hatte er keine Ahnung, wo er anfangen sollte.

Glücklicherweise wurde ihm die Entscheidung abgenommen.

»Sarge«, rief ein zögerlicher Chey.

»Ja, Herr Pepper?«

»Nennen Sie mich Doktor.«

»Nein. Das werde ich nicht tun.«

Chey zuckte mit den Schultern und sagte dann: »Da entgeht Ihnen ein erstklassiger Scherz.«

»Ich nehme meine Chancen wahr. Wofür brauchst du mich?«

Chey zog den Stuhl neben Tomek heraus und ließ sich darauf plumpsen. Als er ein Bein über das andere schlug, sagte er: »Ich habe ein bisschen nachgeschaut...«

»Sei vorsichtig, wo du das machst und bei wem du das machst, Kumpel. Wir wollen nicht, dass du als Spanner verhaftet wirst.«

»Witzig. Aber das meinte ich nicht. Was ich meinte, war, ich habe ein bisschen *nachgedacht*–«

»Manche würden argumentieren, dass das sogar noch gefährlicher ist.«

Die frühere Aufregung auf Cheys Gesicht schwand allmählich, je mehr Tomek sie aus ihm heraussaugte.

»Tut mir leid«, sagte er und schlug dem Constable spielerisch auf den Arm. »Ich mache nur Spaß, bringe die kreativen Säfte zum Fließen, das ist alles. Du hast meine volle Aufmerksamkeit.«

Chey schaute unsicher drein. »Nun, während Sie weg waren, hat das Team Denis unter die Lupe genommen und versucht, alles über ihn herauszufinden. Aber ich wollte noch ein bisschen länger bei Mariusz bleiben.«

»Verstehe.«

»Ich habe wieder die Überwachungsaufnahmen an der Strandpromenade durchgesehen und versucht, irgendein Anzeichen von ihm um den Zeitpunkt von Morganas Mord zu finden. Ich habe sogar Aufnahmen vom Morgen angeschaut, um zu sehen, ob ich ihn finden könnte, wie er losgeht, um Morgana zu töten.«

»Und?«

»Immer noch nichts.«

»Haben wir schon eine Verbindung zwischen Mariusz und Morgana gefunden?«, fragte Tomek. Sein Verstand versuchte, die Gedanken und Ideen auszulöschen und mit Cheys Informationen neu anzufangen.

»Nein, aber das Team sucht noch.«

»Okay. Gibt es noch etwas anderes, oder ist das alles, was du mir sagen wolltest?«

Chey schüttelte den Kopf. »Natürlich nicht. Ich habe etwas gefunden, das Sie interessant finden könnten.«

Tomek rieb seine Hände aneinander. »Schieß los.«

»Nun, ich habe über etwas nachgedacht, das Sie über die Gestalt vor dem Airbnb der Redgraves gesagt haben. Wie konnte die Gestalt, angenommen es war der Mörder, diese Information herausgefunden haben? Sie ist nur in unseren Systemen verfügbar, oder er kannte die Redgraves gut genug, um zu wissen, wo sie wohnten. Die einzige Person, die zu dieser Beschreibung passt, ist Warren Thomas.«

Tomek rutschte unbehaglich auf seinem Stuhl hin und her.

»Aber dann passt er nicht zum Profil und zur Beschreibung, die sie alle vom Angreifer gegeben haben. Ich meine, ich habe Warren *gesehen*, und man würde den Unterschied zwischen ihm und Mariusz *erkennen*. Das brachte mich dann zum Nachdenken. Die andere Möglichkeit ist, dass er irgendwie durch unsere Systeme Zugang zur Adresse der Redgraves bekommen hat.«

»Oder er ist ihnen nach Hause gefolgt, nachdem sie ihre Zeugenaussagen auf der Wache gemacht haben?«, sagte Tomek.

Chey schnippte mit den Fingern zu einer Pistole. »Ich hatte gehofft, dass Sie das sagen würden. Tatsächlich wusste ich, dass Sie das tun würden. Kann Sie lesen wie ein offenes Buch, Sarge. Eigentlich waren Sie es, der mir die–«

»Du wolltest gerade etwas sagen?«, unterbrach Tomek.

»Ja. Richtig. Sorry. Ich hatte gehofft, dass Sie das sagen würden, weil ich Mariusz' Verbindung zu Andrei untersucht habe. Nochmals, soweit wir erkennen können, gibt es keine direkte Beziehung oder Verbindung zwischen den beiden.«

»Was darauf hindeutet, dass Mariusz Andrei getötet hat, weil er zur falschen Zeit am falschen Ort war.«

»Richtig, ja. Das ist zumindest die Schlussfolgerung. Und der einzige Weg, wie er herausfinden konnte, wo Andrei wohnte, ist entweder durch den Zugriff auf die Informationen in unseren Systemen oder...«

»Oder indem er Andrei nach seiner Zeugenaussage nach Hause folgte.«

Noch eine Fingerpistole. »Genau! Also, dank Ihrer weisen und professionellen Inspiration habe ich mir die Überwachungsaufnahmen der Wache angesehen, sowohl zu dem Zeitpunkt, als er für seine Aussage hereinkam, als auch zu dem Zeitpunkt, als er ging. Ich habe mir auch Überwachungsaufnahmen von seiner Wohnung über dem China-Imbiss kurz danach angesehen und Autos abgeglichen, die die Wache verlassen haben und an der nächsten Kamera vorbeigefahren sind.«

»Und?« Tomek spürte, wie er sich leicht nach vorne lehnte.

»Und nichts.«

»Was meinst du mit nichts?«

»Es gibt kein Zeichen von Mariusz vor der Wache. Ich konnte auch keine übereinstimmenden Fahrzeugbeschreibungen oder Kennzeichen sowohl von hier als auch von Andreis Wohnung finden, was bedeutet, dass ihm auch nicht mit dem Auto nach Hause gefolgt wurde.«

»Also, woher wusste Mariusz, wo Andrei wohnte?«, fragte Tomek, obwohl er wieder in tiefe Gedanken versank.

»Ist das nicht offensichtlich?«

Das war es. Aber Tomek musste die Konsequenzen bedenken.

»Es ist die zweite Möglichkeit«, fuhr Chey fort. »Mariusz hat es geschafft, auf die Informationen in unseren Systemen zuzugreifen. Oder jemand hat es für ihn getan.«

Tomek drehte sich langsam zu ihm um, die Augen vor Verzweiflung geweitet.

»Weißt du... weißt du, wer?«

Chey konnte die Aufregung aus seinem Gesicht nicht verbannen. »Ich habe gewartet, bis Sie zurückkamen, Sarge«, sagte er. »Victoria hat mir eine andere Aufgabe gegeben, auf die ich mich konzentrieren sollte, während Sie weg waren.«

Typisch.

Tomek blickte zu Cheys Schreibtisch. »Hast du es jetzt offen?«

Chey nickte. Tomek erhob sich aus seinem Stuhl vor Chey und eilte zu seinem Schreibtisch. Er klopfte wiederholt auf sein Handgelenk, als wolle er den jungen Mann zur Eile antreiben.

Der Constable spürte die Dringlichkeit und übersprang die letzten Schritte. An seinem Platz meldete er sich an seinem Computer an und lud den Bildschirm. Oben befand sich eine kleine Suchleiste. Chey gab Andrei Pirlogs Namen ein und drückte Enter.

Einen Moment später erschien ein kleines Protokoll auf dem Bildschirm. Tomeks Augen überflogen schnell die Informationen, betrachteten zuerst die Daten und dann den Namen des Kontos, das auf seine Akte zugegriffen hatte.

Und dann sah er es.

# KAPITEL
## NEUNUNDDREISSIG

Glücklicherweise kannte Tomek den Namen auf dem Bildschirm nicht. Er wollte sich nicht ausmalen, wie das Gespräch verlaufen wäre, wenn es jemand aus dem Team gewesen wäre. Dass jemand, den er gut kannte, Andreis persönliche Daten an einen Mörder weitergegeben hatte.

Der Name, der auf dem Bildschirm erschienen war, gehörte einem gewissen Gavin Barker.

Eine schnelle Suche nach Gavins Namen in der internen Polizeidatenbank ergab, dass er für das Team für Sicherere Polizeiarbeit tätig war, im selben Büro wie der Polizei-, Feuer- und Kriminalitätskommissar Brendan Door. Beim Anblick des Namens des PFKK begann Tomeks Kopf zu schwirren. Vor einigen Wochen war Brendan zusammen mit einigen der Elite und angesehensten Persönlichkeiten der Stadt, darunter der örtliche Parlamentsabgeordnete, der Bürgermeister, ein prominenter Geschäftsmann und der Leiter von Abigails Zeitung, dem *Southend Echo*, wegen Menschenhandels mit Frauen aus Osteuropa angeklagt worden, damit diese als ihre dekadenten und ausschweifenden Spielzeuge in ihrem exklusiven Mitgliederclub im Herzen von Southend dienen konnten. Derzeit befand er sich in Untersuchungshaft, während die Ermittlungen voranschritten.

Tomek und Chey saßen geduldig in einem kleinen Empfangsbereich.

Sie hockten auf unbequemen Stühlen aus einem groben Stoff, der Tomek an das Sofa seiner Großeltern in Polen erinnerte. Hinter dem Schreibtisch saß eine Frau, die so aussah, als würde sie bei einem Brandschutztest die Kontrolle verlieren – jemand, der als Erste schreien und aus dem Fenster springen würde, wenn die Situation es erfordern würde – leicht neurotisch und angespannt. Sobald sie erkannte, wer Tomek und Chey waren und weswegen sie hier waren, griff sie sofort zum Telefon, wählte Gavins Nummer und entschuldigte sich überschwänglich, während sie warteten.

Fünf Sekunden, bis er antwortete.

Fünf Minuten, bis er erschien.

Gavin war ein kleiner, unscheinbarer Mann mit einem großen Mund und kurzer, stacheliger Frisur, die viel zu viel Haargel erforderte und seit den frühen 2000er Jahren nicht mehr modisch gewesen war. Trotz seiner Größe hatte er einen höllisch festen Händedruck.

»Ich hoffe, das geht schnell?«, fragte er, als er seine Hände senkte.

»Wahrscheinlich nicht«, antwortete Tomek. »Sie sollten überlegen, alle Termine und Besprechungen abzusagen, die Sie jetzt haben.«

Ohne ein Wort zu sagen, drehte sich Gavin auf der Stelle um und schoss durch eine Doppeltür. Sein Büro war nur einen kurzen Fußweg entfernt, aber der Mann war ihnen weit voraus, und als sie ihn einholten, saß Gavin bereits hinter seinem Schreibtisch und wartete auf sie wie ein Schuldirektor, der ein paar Schulschwänzer erwartete.

»Wenn es um die Ermittlungen gegen Brendan geht, habe ich bereits jede Frage beantwortet, die es zu beantworten gibt.«

»Wir haben nur noch ein paar Fragen, wenn Sie uns die Freude machen würden.«

»Die Freude machen? Was soll das heißen?«

»Wir haben nur noch ein paar Fragen, die beantwortet werden müssen.«

»Ich habe Ihnen bereits gesagt, dass ich alles zu Brendan besprochen habe, was es zu besprechen gibt.«

»Wer hat denn etwas von Brendan gesagt?«

»Sie...?« Er wirkte jetzt unsicher.

»Nein, haben wir nicht. Wenn das die Empfangsdame Ihnen gesagt hat, dann tut es mir leid, aber Sie wurden falsch informiert.«

»Wenn es nicht um ihn geht, worum geht es dann?«

»Wir denken, Sie wissen das.«

Tomek setzte sich auf die Kante des Stuhls, legte eine Hand auf den Tisch und deutete dann auf Chey. Der Polizist griff in seine Tasche und holte ein Stück Papier hervor.

»Haben Sie von der Leiche gehört, die neulich am Mulberry Harbour gefunden wurde?«

Gavins Blick sprang zwischen Tomek und Chey hin und her. »Ich glaube, ich habe etwas darüber gesehen.« Seine Stimme war zittrig, nervös, als ob er wüsste, worauf das hinauslief.

»Nun«, sagte Tomek, »kurz danach wurde einer der Hauptzeugen getötet. Sagen Sie aber nichts weiter, wir halten diesen Teil ziemlich unter Verschluss. Es ist so schade, denn er war wirklich ein netter Kerl. Wie die Frau wurde er uns zu früh genommen. Können Sie glauben, dass der Bastard, der es getan hat, wie aus dem Nichts aufgetaucht ist?«

»Wie aus dem Nichts«, echote Chey.

»Nun, nicht genau aus dem Nichts. Er hatte ein bisschen Hilfe vom *Southend Echo*. Nachdem sie seine Beschreibung veröffentlicht hatten, fühlte er sich gezwungen, sich zu stellen, verstehen Sie? Aber das ist nicht die einzige helfende Hand, die unser Mörder hatte, oder, Chey?«

»Nein, Sarge.«

»Nein, auf keinen Fall«, fuhr Tomek mit einem Kopfschütteln fort. »Sehen Sie, Gavin, jemand hat unserem Mörder den Aufenthaltsort des Augenzeugen verraten. Können Sie das glauben?« Tomek lehnte sich näher. Gavin fühlte sich verpflichtet, dasselbe zu tun. Die Linien in seinen Augen hatten sich gefaltet und seine Stirn war gerunzelt. Tomek glaubte auch, einen Schweißtropfen am Rand seines schütter werdenden Haaransatzes zu sehen.

»Und... das Verrückte ist...«, fuhr Tomek fort. Die Anspannung in Gavins Gesicht wuchs. »Es kam aus *diesem* Büro.«

Die Erleichterung in Gavins Gesicht war so plötzlich und heftig, dass Tomek sie fast auf seiner Wange spürte.

Tomek senkte seine Stimme. »Und wir denken, *Sie* könnten uns helfen herauszufinden, wer...«

Gavins Augen weiteten sich. »Sie denken... Sie denken, jemand aus diesem Büro hat jemandem... einem Mörder eine Adresse zugespielt?«

»Oh, ja.«

»Und Sie denken, ich kann Ihnen helfen herauszufinden, wer das getan haben könnte?«

»Ja, aber Sie müssen wirklich still darüber sein. Wir können nicht riskieren, dass das die Runde macht. Es gibt gefährliche Menschen auf dieser Welt. Es ist ein Dschungel da draußen, und wer weiß, wozu sie fähig sind.«

»Richtig. Ja. Ich verstehe. Das ist... das ist interessant. Sehr interessant.« Gavin versank plötzlich in Gedanken, tippte sich ans Kinn und wandte seinen Kopf von Tomek ab. »Haben Sie... haben Sie eine Ahnung, wer es sein könnte?«

»Tim aus der Buchhaltung.«

»Tim aus der Buchhaltung? Wirklich? Ich... ich hätte nie gedacht, dass er dazu fähig ist.«

»Das liegt daran, dass es ihn nicht gibt«, sagte Tomek abrupt. »Es gibt keinen Tim aus der Buchhaltung. Wir haben ihn erfunden. Aber Sie haben Andrei Pirlogs Adresse nicht erfunden, oder? Sie haben sie genau dort gefunden, wo Sie sie brauchten, und Sie haben sie direkt an seinen Mörder weitergegeben, nicht wahr?«

Gavins Gesicht verzog sich zu einem Knoten des Protests. »Wovon reden Sie? Wie können Sie es wagen zu beschuldigen-«

Tomek brachte ihn mit dem Stück Papier zum Schweigen, das er die ganze Zeit hatte vorführen wollen.

»Das ist doch Ihr Name, oder nicht? Und das ist die IP-Adresse dieses Computers - keine Sorge, wir haben das vorher mit der IT überprüft. Wir haben auch Ihren Kalender und die Überwachungskameras im Gebäude überprüft, und alle sagen, dass Sie genau hier, an diesem Schreibtisch saßen, als Sie Andreis Profil im System eingesehen haben.«

Gavin öffnete und schloss seinen Mund, um zu sprechen, aber es kam nichts heraus.

»Ich kann nicht glauben, dass Sie einen unschuldigen, wenn auch fiktiven Mann für etwas bezahlen lassen wollten, das er nicht getan hat. Der arme Tim aus der Buchhaltung. Haben Sie keine Scham, Gavin?«

»Sie können mir das nicht antun«, erwiderte der Mann. »Sie haben keine Beweise.«

»Ich habe sie Ihnen gerade gezeigt. Sind Sie wahnhaft?«

»Nein, ich-«

»Wer hat Sie gebeten, die Adresse durchsickern zu lassen?«

»Niemand, ich-«

»Wer hat Sie gefragt?«

»Ich weiß es nicht. Ich habe nur eine SMS bekommen.«

»Was stand darin?«

»Es wurde nur nach der Adresse gefragt. Das war alles.«

»Haben Sie die Nachricht noch?«

»Nein. Ich habe sie gelöscht, sobald ich die Information gesendet hatte.«

»Warum? Warum Sie?«

»Ich weiß es nicht. Ich... ich wünschte, ich könnte es Ihnen sagen.«

»Sie lügen.«

»Nein! Ich verspreche Ihnen, das tue ich nicht!«

»Dann schlage ich vor, Sie erzählen uns alles, was wir wissen müssen.«

Aus dem Augenwinkel sah er, wie Chey ein kleines Audioaufnahmegerät aus seiner Tasche nahm und es auf den Tisch legte. Gavin betrachtete es misstrauisch, und während er sprach, huschten seine Augen häufig dorthin.

»Hören Sie, ich...«, begann er, plapperte unzusammenhängend, unfähig, seine Worte herauszubringen. Er holte scharf Luft und sammelte sich. »Ich weiß, wie das aussieht. Wirklich, das tue ich. Aber ich habe nichts Falsches getan. Das habe ich nicht. Neulich war ich in Leigh, ging mit meiner Frau und meinen zwei Töchtern den Broadway entlang, kümmerte mich einfach um meine eigenen Angelegenheiten, als ich diese SMS bekam. Sie kam von einer unbekannten Nummer, mit einem Foto meiner Familie, wie sie die Straße entlangliefen. Es muss etwa fünf Minuten zuvor aufgenommen worden sein. Sie standen vor dem

Co-op und warteten auf mich, während ich im Geschenkeladen auf der anderen Straßenseite war. Ich schaute mich um, um zu sehen, ob noch jemand da war, aber ich hatte keine Ahnung, nach wem ich Ausschau halten sollte. Und es war auch voll, also hatte ich keine Chance, sie zu finden.«

»Was stand in der Nachricht?«, fragte Tomek.

»So etwas wie: 'Wir wissen alles über dich, wir wissen alles über deine Familie. Antworte mit der Adresse eines gewissen Andrei Pirlog' - ich weiß nicht, ob ich das richtig ausspreche-«

»Ich denke nicht, dass es ihn stört«, unterbrach Tomek. »Er ist tot wegen Ihnen.«

Gavin zuckte bei dieser Bemerkung zusammen, fuhr aber trotzdem fort. »'Gib uns die Adresse von Andrei Pirlog, sonst töten wir deine Familie.' Natürlich wollte ich nicht einfach herumsitzen und nichts tun.«

»Also haben Sie stattdessen jemanden umbringen lassen.«

»Ich habe niemanden getötet!«, Gavin schlug mit der Handfläche auf den Tisch. Die einzige Person, die zusammenzuckte, war Gavin selbst.

»Nein, Sie haben Recht«, sagte Tomek und senkte seinen Ton etwas. »Er wurde nur in seiner eigenen Badewanne ertränkt, während Sie praktisch danebenstanden und zugeschaut haben.«

Gavin kaute auf seiner Unterlippe. Eine dünne Tränenschicht begann sich an seinen unteren Augenlidern zu bilden, als die Erkenntnis einsank.

»War das das Einzige, worum man Sie gebeten hat?«

Sie hatten ihn verloren. Gavin starrte ausdruckslos auf die Mitte des Schreibtisches, verloren in seinen tiefen, abwärtsdrehenden Gedanken.

»Gavin, ich brauche eine Antwort von Ihnen.«

Schließlich, nach was sich wie eine lange Zeit anfühlte, hob er seinen Kopf. »Sie sagten mir, ich solle auch ins Gefängnis gehen.«

»Wann?«

»Gestern. Ich musste gehen, bevor ein neuer Häftling ankam.«

»Mit wem haben Sie gesprochen?«, fragte Chey.

»Ein Mann namens Denis. Ich... ich sollte herausfinden, wann jemand hereinkam, jemand namens Mari-*usch* oder wie auch immer er hieß. Sie... sie wollten, dass ich die Nachricht übermittle.«

»Welche Nachricht?«

»Muss ich es buchstabieren?«

»Das ist das Mindeste, was Sie diesen Menschen schulden«, antwortete Tomek schroff.

Gavin räusperte sich. »Sie wollten, dass Denis Mari-*usch* tötet. Er sollte an diesem Abend ins Gefängnis kommen, und sie wollten, dass Denis ihn tötet.«

»Und Sie haben mitgemacht?«, fragte Chey.

Gavin drehte sich langsam zum Polizisten um. »Hast du eine Familie, Kumpel? Nein, natürlich nicht. Schau dich an, du bist ungefähr zwölf. Was weißt du schon? Du kannst nicht urteilen, wenn du nicht weißt, wie es ist, wenn deine Liebsten bedroht werden. Ich habe getan, was ich tun musste, um meine Familie zu schützen.«

»Auch wenn das bedeutete, zwei Menschen zu töten?«

Gavins Gesichtsausdruck fiel plötzlich. »Ich habe getan, was ich tun musste, um meine Familie zu schützen.«

Diesmal war kein Bedauern in seiner Stimme, als hätte er sich plötzlich mit seiner Entscheidung und der daraus folgenden Strafe abgefunden.

Tomek war wütend auf den Mann. Wenn er nur zuerst zur Polizei gekommen wäre, hätten sie Gavin und seine Familie schützen und möglicherweise zwei Leben retten können. Aber der Mann hatte die Dinge selbst in die Hand genommen, und jetzt würde er den höchsten Preis dafür zahlen.

# KAPITEL
# VIERZIG

Die Atmosphäre im Einsatzraum war gedrückt, niedergeschlagen. Hoffnungen und Erwartungen waren gesunken, und viele verwirrte Gesichter starrten ausdruckslos auf den Tisch und die Wände. Der Optimismus schwand trotz der erfolgreichen Anklage wegen des Mordes an Andrei Pirlog so schnell wie die zurückweichende Flut.

»Ich bin traurig und schockiert über die Nachricht von Mariusz' Ermordung«, sagte Victoria langsam, ruhig, mit einer gewissen Bedachtsamkeit in ihrer Stimme. Sie stand mit erhobenem Kopf und geradem Rücken da. Diesmal stand kein treuer Gefährte an ihrer Seite; stattdessen saß Sean mit den anderen am Tisch. »Aber dank Tomeks und Cheys Sorgfalt haben wir einen Grund gefunden, warum er tot ist. Meine Herren, würden Sie das bitte erklären?«

Und das taten sie. Allerdings erst, nachdem Tomek auf den offensichtlichen Fehler in Victorias Aussage hingewiesen hatte: dass die achtunddreißig Stichwunden in Mariusz' Körper der *eigentliche* Grund für seinen Tod waren, nicht ihre Gründlichkeit bei der Arbeit. Dennoch hatte Tomek Chey erlaubt, dem Team Gavins aktive Beteiligung am Tod des Mannes zu erklären. Es war eine Gelegenheit für den Polizeimeister, sich weiterzuentwickeln und mehr Selbstvertrauen in seiner Rolle zu gewinnen. Als er fertig war, eröffnete Victoria die Fragerunde, die Chey präzise und ohne Zögern beantworten konnte.

»Ich möchte diese Zeit nutzen, um durchzugehen, was wir wissen, was wir nicht wissen und was wir wissen wollen. Ich denke, wir alle müssen verstehen, was zum Teufel in den letzten Tagen passiert ist, damit wir alle einen Sinn darin sehen können und die Sache endlich abschließen.«

Ein leises Murmeln ging durch das Team.

Mit den versammelten Truppen machte sich Victoria auf in die Schlacht und drehte sich zu den Tafeln hinter ihr um. Im Laufe der letzten Tage hatte das Team Dokumente, Informationen, Fakten, Bilder, Tatortfotos und Beweise an die Wand gehängt, um eine vollständige Gedankenkarte der Ermittlung zu erstellen. Oben links befand sich ein kleines Foto vom Mulberry Harbour mit einigen kurzen Fakten über das Monument. Daneben war ein Bild von Morgana aus ihren sozialen Medien; die Achtunddreißigjährige lächelte überschwänglich in die Kamera. »Um 9:52 Uhr erhielten wir den Notruf von Warren Thomas am Mulberry Harbour, dass sie Morganas Leiche gefunden hatten. Anwesend waren damals Andrei Pirlog, jetzt verstorben, Warren Thomas selbst, Kirsty Redgrave und ihre vierköpfige Familie.« Ihre Namen standen unter dem Bild von Morgana, und Victoria zeigte auf jeden, während sie sprach. »Ein Verdächtiger von mittlerer Statur mit kurzen schwarzen Haaren und einem dünnen schwarzen Bart, der einen schwarzen Mantel und Schal trug, wurde gesehen, wie er Morganas Leiche hielt. Später floh er von der Szene nach Westen in Richtung Southend Pier, wo er später irgendwo hier wieder auftauchte.«

Mit ihrem Stift zeichnete Victoria auf einer Karte von Southend einen Pfeil vom Hafen zum Pier und dann eine weitere Linie nach oben. Sie hielt an, als sie Land erreichte.

»Zu dieser Zeit am Morgen kam die Flut schnell herein und ließ unsere Hauptzeugen stranden. Infolgedessen waren sie gezwungen, die Leiche und sich selbst auf den Hafen zu heben, wo sie auf Rettung warteten. Nachdem sie an Land gebracht worden waren, wurden sie für Aussagen zur Polizeistation gebracht. Die einzige Person, die den besten Blick auf unseren Verdächtigen hatte, war Andrei Pirlog.« Victoria stach mit dem Stift auf den Namen des Mannes. »Kurz darauf wurde Andrei tot in seinem Badezimmer aufgefunden. Ursprünglich wurde

Selbstmord vermutet, aber DNA-Beweise, die später unter Andreis Fingernägeln gefunden wurden, bestätigen, dass Mariusz Stanciu, ein Spediteur für DWG Logistics, anwesend war. Wir wissen jetzt, dass Mariusz Andrei getötet hat, die Beweise sind unwiderlegbar, und wir wissen auch, dass er derjenige war, der vom Tatort von Morgana geflohen ist.«

»Nein, wissen wir nicht«, unterbrach Tomek.

Victoria warf ihm einen Blick zu, als wäre sie kurz vor dem Ziel eines Marathons vom ersten Platz verdrängt worden. Wut kroch über die Falten ihres Gesichts.

»Doch, das tun wir.«

Tomek schüttelte den Kopf. »Alles, was wir haben, ist sein Wort dafür. Er hat sich aus dem Nichts gemeldet, weil er auf die Beschreibung in den Zeitungen passte.«

»Die du durchsickern lassen hast.«

»Das hat nichts damit zu tun.«

»Also gibst du es zu?«, bohrte Victoria nach.

»Nein. Lässt du mich jetzt ausreden? Danke. Wie ich sagte, Mariusz meldete sich, weil er auf die Beschreibung in der Zeitung passte. Als er mit mir sprach, sagte er mir, dass er nichts mit Morganas Tod zu tun hatte, dass er die Leiche so gefunden hat und dass er vom Tatort geflohen ist, weil er wusste, wie es aussehen würde. Als ich sein Foto den Redgraves und Warren Thomas zeigte, konnten sie nicht eindeutig sagen, dass er es war. Die einzige Person, die das konnte, war Andrei.«

»Den er getötet hat.«

»Ja, aber das heißt nicht, dass er derjenige war, der Morgana getötet hat, oder dass er überhaupt dort war.«

»Es deutet aber alles darauf hin«, warf Martin ein. »Er war am Hafen, er wurde gesehen, er floh, und dann tötete er die Person, die ihn am besten gesehen hatte. Das sieht nicht gut aus.«

»Ich weiß, wie es aussieht«, erwiderte Tomek mit einem schweren Seufzer. »Aber ihr saßt nicht ihm gegenüber in diesem Verhörraum. Ihr habt ihn nicht gehört. Ihr habt nicht gehört, wie ruhig und... roboterhaft er klang.« Ein weiterer Seufzer, diesmal tiefer, länger. »Ich glaube, was ich glaube, und ich glaube nicht, dass er Morgana getötet hat.«

»Was ist mit seiner Freundin?«, fragte Martin und mischte sich weiter ein.

»Was soll mit ihr sein?«, fragte Tomek.

»In seiner Aussage sagte er, dass er dort war, um einen perfekten Ort zu finden, um seiner Freundin einen Antrag zu machen. Wo ist sie? Existiert sie?«

»Ja«, kam die knappe Antwort von Oscar. Er erhob sich aus seinem Stuhl und zeigte auf ein Foto auf der anderen Seite der Wand. Es zeigte eine muntere Frau, die hinter einem dicken Schal lächelte, der um ihren Hals und ihr Kinn gewickelt war. Im Hintergrund befanden sich eine Treppe und ein Gebäude. »Sie existiert«, fuhr er fort, »aber ich konnte sie nicht kontaktieren, weil sie zurück in Rumänien ist.«

»Was das bestätigt, was Mariusz über sie gesagt hat«, fügte Tomek hinzu. »Er sagte, dass sie nach Hause zurückgekehrt sei, um ihre Familie zu besuchen.«

»Das ist alles nicht relevant«, unterbrach Sean. »Relevant ist, warum Mariusz, ein Mann, der wie aus dem Nichts auftaucht – in diesem Fall buchstäblich aus dem Blauen – Andrei töten würde, wenn er nichts mit Morganas Mord zu tun hatte. Warum sollte er einen unschuldigen Mann töten, wenn er selbst unschuldig war?«

Tomek hatte keine sofortige Antwort, also stellte er stattdessen eine eigene Frage. »Hat jemand bereits eine Verbindung zwischen Mariusz und Morgana gefunden?«

Alle Augen wandten sich einer der Tafeln zu. In der Mitte befanden sich zwei Bilder, Mariusz und Morgana, mit einer Linie dazwischen und einem großen Fragezeichen, das mehrmals unterstrichen war.

»Nein, kurz gesagt«, antwortete Rachel.

Tomek zuckte mit den Schultern und warf dem Rest des Teams einen selbstgefälligen Blick zu. »Punkt bewiesen.«

»Weiter«, begann Victoria. »Wir können auf Mariusz und Morgana zurückkommen. Aber wenn wir schon beim Thema Mariusz sind: Er wurde gerade im Gefängnis von Morganas Bruder, Denis Danyluk, getötet. Wer hat die neuesten Informationen über ihn?«

»Wir recherchieren noch«, antwortete Rachel. »Wir hatten nicht genug Zeit, um viel zusammenzutragen.«

»Gar nichts?«

»Nun, er kommt aus der Ukraine, genau wie Morgana. Er wurde wegen des Mordes an einem fünfundzwanzigjährigen Mann inhaftiert. Er hat ihn erstochen. Es gab Bedenken, dass es stammes-, drogen-, banden- oder sogar revierbedingt gewesen sein könnte, aber es gab keine Beweise dafür. Eines Tages geriet Denis in eine Auseinandersetzung, verlor die Beherrschung und erstach einen Mann. Wir werden nicht wissen, ob er mit Morgana verwandt ist, bis die DNA-Ergebnisse zurückkommen.«

»Es gibt keinen Hinweis auf sie in irgendeinen seiner Akten? Hat er sie nie als nächste Angehörige angegeben? Oder umgekehrt?«

Rachel schüttelte den Kopf. Dann ging Victoria zu einem unbeschriebenen Teil der Tafel und begann, eine kurze To-do-Liste zu kritzeln. Erste Aufgabe auf der Liste war, mit Morganas Ehemann und Bekannten zu sprechen, um die Gültigkeit von Denis Danyluks Behauptung herauszufinden. Diejenigen, die ihr am nächsten standen, würden wissen, ob sie einen Bruder hatte oder nicht. Besonders ihr Ehemann, Anton.

Dann ging das Gespräch kurz zu Gavin Barkers Beteiligung an Mariusz' Gefängnismord über und wie er den Häftling über Mariusz' bevorstehende Ankunft informiert hatte.

»Jemand hat Gavin gesagt, er solle Andreis Adresse durchsickern lassen«, erklärte Tomek. »Dann, nachdem Mariusz angeklagt worden war, sagten sie Gavin, er solle Denis Danyluk vor seiner Ankunft warnen. Jemand, wer auch immer hinter diesen Nachrichten steckt, wollte offensichtlich, dass Andrei und Mariusz tot sind. Jetzt versteht ihr, warum ich nicht glaube, dass Mariusz Morgana getötet hat? Jemand anderes hat es getan, sie haben Mariusz geschickt, um zu gestehen, und sie haben seitdem ihre Spuren verwischt.«

Niemand antwortete. Alle Augen vermieden einander, bis Martin mutig genug war, wieder zu sprechen. Er strich sich eine Haarsträhne aus den Augen und hinter sein Ohr. »Vielleicht stehen sie in keinem Zusammenhang. Vielleicht ist Mariusz' Mord ein separates Ereignis. Es gibt noch viel, was wir nicht über Mariusz wissen. Vielleicht hatte er Feinde.«

Tomek schnaubte. »Bitte. Er ist erst seit drei Monaten im Land. Denk das ruhig weiter, wenn du willst, aber ich glaube, unser Fokus sollte darauf liegen, herauszufinden, wer diese SMS geschickt hat. Und ich habe vor, das zu tun, während die digitale Forensik versucht, dasselbe zu tun.«

»Damit du ihnen zuvorkommen kannst?«, fragte Victoria mit einem Hauch von Entrüstung in ihrer Stimme.

»Nein, damit wir mit einem Haftbefehl bereit sein können, wenn es soweit ist.«

# KAPITEL
## EINUNDVIERZIG

»Teflon Tommy!«

Der Ruf kam von hinten, als er gerade den Einsatzraum verließ, und es dauerte eine Weile, bis ihm klar wurde, dass er gemeint war.

Diesen Spitznamen hatte er schon länger nicht mehr gehört. Teflon Tommy. So genannt, weil an ihm nichts hängenblieb. Und es hatte eine Zeit gegeben, in den Anfängen seiner Karriere, als er einige Leute verärgert, ein paar Federn gerupft und die Regeln mehrmals gebrochen hatte, und dennoch hatte nichts an ihm haften können. Nicht zuletzt dank Nick. Der Hauptkommissar hatte ihn immer verteidigt, und zwischen den beiden war der Spitzname entstanden. Das Ironische war, dass der Name anfangs haften geblieben war, aber mit der Zeit, als er reifer wurde und sich zu einem kompetenteren und regelkonformeren Ermittler entwickelte (diese Begriffe wurden nur im weitesten Sinne verwendet, um ihn zu beschreiben), hatte er sich seiner Bedeutung entsprechend verflüchtigt.

»T-Bone!«

Ein weiterer Ruf, ein weiterer Spitzname. Diesmal bezog er sich auf seine Vorliebe für T-Bone-Steaks. Tomek hatte sich diesen Spitznamen selbst verpasst, aber nicht jeder hatte ihn übernommen.

Verwirrt drehte sich Tomek zum Besitzer der Stimme um. Er hatte halb erwartet, einen ehemaligen Kollegen zu sehen, einen, der bei jeder Gelegenheit an ihm klebte, an seiner Hüfte hing und über jeden seiner Witze lachte. Er hatte in seiner Zeit einige solcher Blutsauger kennengelernt, die seinen Humor aussaugten. Stattdessen war es Sean. Er hielt die Tür mit seiner Hand offen, die Finger über die Oberfläche gespreizt wie ein Blutfleck.

»Alles klar, Kumpel?«

Tomek antwortete langsam. »Ja... Was soll das mit den Spitznamen? Flirtest du mit mir oder willst du was von mir?«

»Ein bisschen von beidem. Je nachdem, was funktioniert.«

»Geht's um das Zimmer?«

Sean wurde plötzlich schüchtern und senkte seine Stimme. »Ja. Ich habe mich nur gefragt, ob du schon mit den Mädels gesprochen hast, ob sie einverstanden sind?«

Tomek kratzte sich an der Wange. »Tut mir leid, Kumpel. Noch nicht. Es ist mir völlig entfallen – so wie mein Name, was?« Aber Sean fand das nicht witzig. Seine Augen senkten sich, und er nickte langsam. »Hör zu, lass mich heute Abend mit ihnen sprechen. Ich gebe dir morgen Bescheid, okay?«

»Ja. Super, danke.«

»Bis wann musst du ausziehen?«

»So schnell wie möglich eigentlich. Ich würde gerne so lange wie möglich bleiben, aus Trotz – ich meine, dieser Mistkerl schmeißt mich raus, oder? Aber es wird ziemlich toxisch dort zu bleiben, und ich denke, es macht mehr Sinn, früher als später rauszukommen, wenn du verstehst, was ich meine?«

Tomek verstand es genau. Er legte eine Hand auf Seans Schulter. »Überlass das mir, Kumpel. Wir finden schon was für dich.«

Seans Gesicht strahlte vor Wärme. »Danke, Kumpel. Ich weiß das wirklich zu schätzen. Du bist ein guter Freund. Das weißt du, oder?«

# KAPITEL
# ZWEIUNDVIERZIG

Seit Tomek zum ersten Mal Gavin Barkers Namen auf dem Bildschirm gesehen hatte, war ihm sofort ein Mann in den Sinn gekommen, der irgendwie damit zu tun haben könnte. Brendan Door, der Polizei-, Feuerwehr- und Kriminalitätskommissar von Essex. Brendan war ein böser Mensch, der kaum Reue für seine Taten gezeigt hatte, und es war für Tomek unmöglich, nicht an ihn zu denken.

Der Mann saß derzeit in Untersuchungshaft im HMP Bedford, während die Ermittlungen und der Prozess wegen Menschenhandels voranschritten. Tomek hatte versucht, ein Treffen zu vereinbaren, kurz nachdem Victoria das Notfall-Debriefing beendet hatte, aber es war zu spät gewesen. Die Besuchszeiten waren vorbei, und es gab keine Chance, an diesem Abend mit ihm zu sprechen. Also war Tomek gezwungen gewesen, es auf den nächsten Tag zu verschieben.

Er war noch vor Sonnenaufgang nach HMP Bedford aufgebrochen und hatte seinen Morgenlauf mit Warren verpasst. Die Reise war lang und anstrengend gewesen, da anscheinend die ganze Welt und ihr Hund beschlossen hatten, genau zur selben Zeit wie er das Haus zu verlassen, und er war die ganze Zeit im Stau gestanden. Das einzig Positive, das er aus der Erfahrung mitgenommen hatte, war, dass er ein paar Folgen eines neuen Podcasts hören konnte, den er ausprobierte. *Die Kriminaldetektive* hieß er, ein Ehepaar, das sich für Amateurdetektive hielt und die gesamte Folge damit verbrachte, reale ungelöste Fälle zu diskutieren. Jede Woche recherchierten sie, kamen mit weiteren Fakten zurück und brachten die Ermittlungen schrittweise voran. Tomek bewunderte ihre Einfallsreichtum und Hartnäckigkeit und beneidete sie nach den zwei Episoden, die er gehört hatte, um die Fortschritte, die sie gemacht hatten. Er wusste aus erster Hand, wie schwer es manchmal war, eine Untersuchung durchzuführen und den Mörder zu finden, und bewunderte sie dennoch sehr. Er war sich jedoch nicht sicher, ob er den Podcast weiterhin hören würde. Nicht, weil er nicht mochte, wie viel Fortschritt sie machten und es ihn überflüssig fühlen ließ, sondern weil er so in ihre Diskussionen und das Hören ihrer Stimmen vertieft gewesen war, dass er mehrmals fast einen Unfall gebaut hätte. Es schien, als sei er unfähig, gleichzeitig schwere Maschinen zu bedienen und einen Podcast zu hören. Er dachte, dass sie das eigentlich auf die Verpackung hätten schreiben sollen, genau wie bei Medikamenten.

Nach seiner Ankunft im Gefängnis und den verschiedenen Kontrollen wurde Tomek in einen separaten Besprechungsraum abseits der Allgemeinbevölkerung geleitet, wo er auf Brendans Ankunft wartete. Der Häftling musste dem Treffen zustimmen, bevor Tomek ihm gegenübersitzen konnte, und zu seiner Überraschung hatte Brendan zugestimmt. Schließlich, nach zehn Minuten Wartezeit, betrat der Mann den Raum, und Tomek bekam sofort einen Eindruck davon, was das Gefängnis mit ihm gemacht hatte. In so kurzer Zeit war sein Gesicht eingefallen, seine Wangen hingen aufgrund des plötzlichen und drastischen Gewichtsverlusts herab. Er ging langsam, seinen Rücken gebeugt, die Schultern gesenkt, den Kopf tief. Hier war ein Mann, der bei den wenigen Gelegenheiten, bei denen Tomek ihn getroffen hatte, stolz und arrogant dastand, mit der Macht der Anonymität und des Status hinter sich. Jetzt sah er gebrochen und verwelkt aus. Die Aura der Arroganz war ihm ausgeprügelt und gestohlen worden. Polizeibeamte, selbst die korrupten, gehörten immer noch zu den meist verhassten Häftlingen im Gefängnis, gleich nach Vergewaltigern und Pädophilen. Aber trotz alledem lag noch ein dünner Schleier von Macht hinter ihm, als ob sie ihm nicht völlig ausgeprügelt worden wäre.

Brendan zog den Stuhl unter dem Tisch hervor und setzte sich.

»Ich habe die ganze Nacht an heute gedacht«, sagte er mit seiner üblichen tiefen, rauen Stimme.

»Ich auch«, antwortete Tomek.

»Obwohl aus sehr unterschiedlichen Gründen, wie ich vermute. Sie haben mir nicht mitteilen wollen, worum es geht, also ist meine Fantasie durchgegangen.«

Tomek überlegte einen Moment.

»Hoffentlich werde ich Sie nicht enttäuschen.«

Gerade als er den Grund für seinen Besuch erklären wollte, unterbrach ihn Brendan.

»Wie geht's meinem Kumpel?«

»Welchem?«

»Nick. Meinem Kumpel Nick. Wie geht's ihm?«

»Suspendiert, dank Ihnen.«

»Wirklich?«

Tomek neigte seinen Kopf leicht. »Suspendiert, bis die vollständige Untersuchung über jede Verbindung zu Ihnen und was Sie und Ihre Freunde vorhatten, abgeschlossen ist.«

Ein Hauch eines Grinsens huschte über Brendans Gesicht. Etwas von der Macht kehrte zurück. »Ah, ja. Da war dieses eine Mal, als ich ihn eingeladen habe, Mitglied der Southend Seven zu werden.«

Das war neu für Tomek.

»Gut, dass er nein gesagt hat«, antwortete er und versuchte, die Überraschung in seiner Stimme zu verbergen.

Das Grinsen wuchs zu einem wissenden Lächeln. »Ist das, was er dir erzählt hat?«

Tomeks Augen verengten sich. »Was soll das heißen?«

»Nichts«, antwortete Brendan. »Ich bin sicher, dass dein heiliger Kriminalhauptkommissar nichts zu befürchten hat. Ich bin sicher, er wird bis zum Abendessen wieder zurück sein.«

Das verunsicherte Tomek ein wenig. Dass die Möglichkeit bestand, dass einer seiner engsten Freunde im Dienst zugestimmt haben könnte, Mitglied eines Clubs zu werden, der direkt in Menschenhandel verwickelt war. Und dass Nick ihn angelogen hatte. Er hatte hoch und heilig geschworen, dass es nichts anderes gäbe, was Tomek wissen müsste, nur dass er bei einigen Treffen dabei gewesen sei und absolut keine Beteiligung an dem Club gehabt habe.

Jetzt war Tomek sich nicht mehr so sicher.

»Jedenfalls«, sagte Brendan, »jetzt, wo dieser kleine Parasit in deinem Kopf schwimmt, möchtest du erklären, warum du hier bist?«

Tomek räusperte sich. »Sagt dir der Name Morgana Usyk etwas?«

»Du meinst die Frau, die neulich im Hafen gestorben ist? Ist das der Grund, warum du hier bist?«

Tomek sagte nichts.

»Was hat das mit mir zu tun? Ich war die ganze Zeit hier. Pfadfinderehrenwort.« Brendan hob drei Finger in die Luft.

»Also, du hast diesen Namen noch nie zuvor gehört?«

»Nur in den Nachrichten.«

»Und was ist mit Mariusz Stanciu?«

Brendan durchsuchte sein Gedächtnis für eine ganze Sekunde. »Nein. Tut mir leid.«

»Kein Problem. Dieser hier könnte dein Gedächtnis anregen«, fuhr Tomek fort. »Was kannst du mir über Gavin Barker erzählen?«

»Wer?«

»Gavin Barker, aus deinem Büro... der Leiter des Safer Policing-Teams.«

»Oh, du meinst Lahmarsch-Gavin! Warum? Was hat er getan? Hatte er nicht etwas mit diesen Leuten zu tun, die du erwähnt hast?«

Tomek presste die Lippen zusammen. Das lief nicht so, wie er es erwartet hatte. Gestern Abend hatte er einen Plan zusammengestellt – kurz, einfach –, um die Informationen zu bekommen, die er brauchte. Aber es funktionierte nicht. Der Mann wusste nichts. Vielleicht hatte Tomek so sehr gewollt, dass Brendan beteiligt war, dass er sich fast selbst davon überzeugt hatte, aber irgendetwas an der Reaktion des Mannes deutete darauf hin, dass er nichts mit Morgana, Mariusz oder dem Ganzen zu tun gehabt hatte.

»Was kannst du mir über Gavin erzählen?«, fragte Tomek und versuchte, seine Enttäuschung nicht zu zeigen.

»Was möchtest du wissen?«

»Seine Persönlichkeit. Wie ist er im Büro?«

»Ein Schwächling. Ein Feigling. Weiter, komm schon, ich kann an deinem Gesicht sehen, dass du etwas hast, was du mich wirklich fragen willst, aber etwas hält dich zurück. Komm schon, Tomek, was ist es? Es ist untypisch für dich, davor zurückzuschrecken, zu sagen, was wirklich in deinem Kopf vorgeht.«

Tomek dachte nicht, dass der Mann ihn gut genug kannte, um diese Art von Urteil zu fällen, aber alles in allem war es ziemlich zutreffend.

»Was ist mit einem Mann namens Andrei Pirlog?«, fragte Tomek, seine Stimme leicht schwankend.

»Nie von ihm gehört.«

Fast so schnell wie beim letzten Mal.

»Sicher?«

Brendan verschränkte die Arme vor der Brust. »Absolut. Nie von ihm gehört. Und das ist die Art von Name, den man sich merken würde, oder? Wie der Mittelfeldspieler. Wenn du nicht sagst, warum du hergekommen bist, dann können wir es auch gut sein lassen. Das Gefängnis kann manchmal ein geschäftiger Ort sein, und ich habe viel zu tun.«

»Wie zum Beispiel einen Mord planen?«

Tomek hatte ursprünglich vorgehabt, den Kommentar für sich zu behalten, aber er war ohne Zögern über seine Lippen gekommen, als hätte er einen eigenen Willen.

Auf Brendans Gesicht zeigte sich Aufregung, und er neigte sich in seinem Sitz nach vorne.

»Da haben wir es. Bingo. Du denkst, ich hätte etwas mit einem Mord zu tun? Lass mich raten, du denkst, dass ich, aus welchem Grund auch immer, diese Morgana-Frau töten ließ, und dass es etwas mit Gavin und den beiden anderen Kerlen zu tun hatte, die du genannt hast? Oh, Tomek. Du hast das nicht wirklich durchdacht, oder? Ich kenne keinen dieser Leute. Ich habe noch nie in meinem Leben von ihnen gehört. Und du weißt das, nicht wahr? Du hast keinen Beweis, der darauf hindeutet, dass ich es tue, und du weißt es. Du kamst hier herein und dachtest, ich würde umkippen und dir alles erzählen, was du hören wolltest. Aber es lief nicht so, wie du es wolltest. Lustig, wie das Leben manchmal spielt. Alle Karten, die du hattest, liegen jetzt offen auf dem Tisch, und du hast verloren. Es ist das beschissenste Blatt, das ich je gesehen habe. Du sollst schlau sein, immerhin ein Kriminalkommissar. Ich habe mehr von dir erwartet.«

Und er hatte mehr von sich selbst erwartet. Er hatte dieses gesamte Interview komplett versaut. Er war zusammengebrochen. Während es immer noch möglich war, dass Brendan log, dass er über Morgana, Andrei oder Mariusz Bescheid wusste, und dass er von den Nachrichten an Gavin wusste, wusste Tomek, wann er geschlagen war.

Er verließ den Besucherraum mit einem Kloß im Hals und einem schweren Gewicht auf der Brust. Sobald er ins Auto sprang, verband sich sein Bluetooth automatisch mit seinem Handy und begann, den Podcast abzuspielen. Er griff nach dem Gerät und schaltete es aus. Das Letzte, woran er erinnert werden wollte, war, dass ein Ehepaar ohne vorherige Erfahrung, ohne Training, ohne alles, einen besseren Job machte als er in dem Job, den er seit fast zwanzig Jahren ausübte.

Bevor er den Parkplatz verließ, änderte Tomek die Adresse in seinem Navi. Er musste einen Umweg machen.

# KAPITEL
## DREIUNDVIERZIG

Nick wohnte am Stadtrand von Rochford, einer kleinen Stadt, die nur eine kurze Fahrt vom CID-Hauptquartier entfernt war. Auf dem Weg dorthin war Tomek an mindestens einem halben Dutzend Pelotons vorbeigefahren. Etwa zwanzig Personen, die mitten am Tag, mitten in der Woche Rad fuhren. Was machten sie den Rest der Woche? Hatten sie keine Jobs? Oder waren sie vielleicht alle so gut bezahlt, dass sie es sich leisten konnten, vier Stunden am Tag freizunehmen, um durch die Landschaft zu radeln.

Tomek war noch nie ein großer Radfahrer gewesen. Laufen, Fußball, Rugby, ja. Kontaktsportarten, sei es mit den Füßen auf dem Asphalt oder mit der Schulter in den Bauch. Außerdem glaubte er nicht, dass er den richtigen Körper dafür hatte. Er war über 1,80 Meter groß, hatte Beine so dick wie Baumstämme, und nach der durchschnittlichen Größe derer zu urteilen, an denen er vorbeifuhr, war er so breit wie drei von ihnen zusammen. Er war kopflastig und würde beim ersten Anzeichen eines starken Windes umkippen.

Die Radfahrer waren jedoch nicht das Schlimmste an der Reise. Die Fahrt direkt von HMP Bedford hatte länger gedauert als erwartet, diesmal aufgrund eines Unfalls auf der M25. Er hatte überlegt, den Besuch zu verschieben und ihn für den nächsten Tag aufzuheben, aber er wollte nicht warten, seine Gedanken und Verdächtigungen nicht in seinem Kopf gären lassen.

Besser, es so zu machen.

Tomek bog von der Straße in Nicks Einfahrt ein. Dort, mitten auf der mit Kies bestreuten Auffahrt, standen Nicks jungenhafter Range Rover und Maggies leiser, dezenter Citroën Berlingo. Seit dem Unfall ihrer Tochter waren sie gezwungen gewesen, das Familienauto so umzubauen, dass Lucy und ihr Rollstuhl hineinpassten. Die gleichen Umbauten waren am Range Rover nicht vorgenommen worden, bemerkte er.

Der Vorgarten war voll mit Steinfiguren und Ornamenten. Einige Meter von der Haustür entfernt befand sich ein kleiner Teich. Eine Marmorstatue eines kleinen Jungen mit Flügeln, aus dessen Mund Wasser sprudelte, stand stolz in der Mitte. Das Geräusch des in den Teich plätschernden Wassers beruhigte ihn, und während er darauf wartete, dass die Tür geöffnet wurde, schloss er die Augen und konzentrierte sich auf seine Atmung.

Ein. Aus. Ein. Aus.

Das Gespräch in seinem Kopf verarbeitend.

»Tomek?«, kam eine aufgeregte Stimme, die ihn aus seinen Gedanken riss. »Was machst du hier? Das ist eine angenehme Überraschung!«

Tomek öffnete die Augen und sah Maggie, Nicks Frau, vor sich stehen. Sie wirkte kleiner als er sich erinnerte, älter, zerbrechlicher. In kurzer Zeit waren die Tränensäcke unter ihren Augen gewachsen und hingen nun in ihrem Gesicht. Ihre Augen waren blutunterlaufen, und ihre Wangen hatten ihre Farbe verloren. Die Pflege ihrer nun behinderten Tochter war nicht gnädig zu ihr gewesen, und Tomek spürte, wie ein Anflug von Mitgefühl in seinem Bauch anschwoll.

Er streckte seine Arme aus und umarmte sie.

»Ich dachte, ich schau mal vorbei, um hallo zu sagen«, log er. »Es ist eine Weile her.«

»Kein Kasia?«

Tomek schüttelte den Kopf und sah dann hinter sich, falls sie auf wundersame Weise ohne sein Wissen aufgetaucht war. »Ich komme von der Arbeit«, sagte er. »Aber ich kann sie ein andermal gerne mitbringen.«

»Oh, das wäre wunderbar. Das würde uns gefallen. Wir könnten alle zusammen ein schönes Abendessen haben. Sonntagsbraten. Das ist unser Familienfavorit.«

Tomek grinste. »Klingt perfekt. Sag mir, wann und an welchem Tag, und ich sorge dafür, dass wir Zeit haben.«

»Oh, darauf kannst du wetten!«

Die Begeisterung in Maggies Stimme war überwältigend. Als wäre es das erste Mal, dass sie ihn traf, nachdem sie so viel über ihn gehört hatte. Als wäre es das erste Mal, dass sie jemand anderen als ihren Mann und ihre Töchter seit über zehn Jahren gesehen oder getroffen hatte. Sie zog ihn eifrig ins Haus, sagte ihm unmissverständlich, dass er seine Schuhe anbehalten könne, wenn er wolle, dass es ihr oder sonst jemandem nichts ausmache, dass sie das danach aufwischen könne, und brachte ihn dann in die Küche. Der Raum war genau so, wie er ihn in Erinnerung hatte. Steinfliesenboden, Holzesstisch und Stühle, eine Kücheninsel in der Mitte, ein gusseiserner Aga-Herd an der Seite. Rustikaler, altmodischer, wie aus einer Folge von *Escape to the Country*.

Maggie eilte zu einem Schrank und griff nach einem Glas.

»Wasser? Wein? Whisky? Was immer du willst, wir haben es.«

»Die weniger bekannten wer, wo, was, warum, wann«, scherzte er. »Wasser ist in Ordnung. Will nicht unter Alkoholeinfluss nach Hause fahren. Denk mal, was für ein Beispiel das setzen würde!«

Maggie kicherte. »Ha! Natürlich. Wie dumm von mir.«

Als sie ihm das Glas reichte, massierte sie unauffällig seinen Arm. Möglicherweise das erste Stück menschlichen Kontakts, das sie seit einer Weile gehabt hatte.

»Wie geht es dir so?«, fragte sie.

»Oh, du weißt schon, beschäftigt mit der Arbeit. Beschäftigt mit Kasia.«

»Hält sie dich auf Trab?«

»Das kannst du laut sagen. Wer hätte gedacht, dass Teenager so verwirrend sein können?«

»Versuch's mal mit zweien.«

»Wie läuft's bei ihnen?«, fragte Tomek. »Kommt Daniela in der Schule gut zurecht?«

»Oh, sie fliegt nur so. Beste in allen Fächern. Sie liebt es. Wir sind so stolz auf sie.«

Ein Teil der Art und Weise, wie sie es sagte, ließ es klingen, als wären sie nicht stolz auf Lucy, diejenige, die derzeit irgendwo in einem der Räume des Hauses saß, auf den Fernseher starrte und die massive Kluft in Nicks und Maggies Ehe verursachte.

»Freut mich zu hören«, sagte Tomek. »Habt ihr in letzter Zeit von Robbie gehört?«

Bei der Erwähnung des Namens ihres Sohnes verschwand die Aufregung von Maggies Wangen. Nach mehreren Jahren voller Meinungsverschiedenheiten und Streitereien war Robbie zur Marine gegangen, als er sechzehn wurde. Er hatte die Familie im Stich gelassen und den Kontakt auf ein Minimum reduziert. Der Abschied war hart für sie als Einheit gewesen, und Tomek war da gewesen, um Nick zu helfen, die Scherben aufzusammeln, ihn in seinem Büro zu trösten und die wenigen Weisheiten anzubieten, auf die er zurückgreifen konnte. Zufälligerweise hatte Tomeks Erfahrung, sich wie ein Außenseiter in seiner eigenen Familie zu fühlen, Nick geholfen, die Dinge aus Robbies Blickwinkel zu betrachten, aus einem Blickwinkel, den er möglicherweise nicht in Betracht gezogen hatte, und einige Fortschritte bei der Verbesserung ihrer Beziehung zu erzielen.

Maggie senkte den Kopf und legte zur Unterstützung eine Hand auf die Küchenoberfläche. »Nein«, antwortete sie schwach. »Wir haben schon eine Weile nichts von ihm gehört. Obwohl wir wissen, dass er sicher ist und gut versorgt wird.«

»Ich habe neulich in den Nachrichten gehört, dass sie den Wehrdienst wieder einführen könnten, wenn die Scheiße jemals den Ventilator trifft. Glücklicherweise bin ich, wenn es passiert, knapp außerhalb der Altersgrenze.«

Tomek wusste nicht, warum er das gesagt hatte. Um die Leere zu füllen, die Stille zu übertönen, vielleicht.

»Ja, du solltest dich glücklich schätzen.«

Eine kurze Pause.

»Und...«, begann er. »Und wie geht's *dir* so? Kümmerst du dich um dich selbst?«

Maggie öffnete ihren Mund, wurde aber von der sich öffnenden Küchentür unterbrochen. Dort, im Türrahmen erstarrt, stand Nick.

»Tomek... Was machst du hier?« Er sah aus, als wäre er gerade mit heruntergelassenen Hosen erwischt worden.

»Tomek ist nur kurz vorbei gekommen, um hallo zu sagen.«

»Hallo?«, wiederholte Nick. »Niemand schaut mehr einfach so vorbei, um hallo zu sagen. Das sind nicht mehr die Achtziger. Und Tomek *besonders* nicht, er kommt nie einfach so vorbei, um hallo zu sagen. Er will etwas. Was willst du, Bowen?«

Nick ließ den Griff los und trat in den Raum.

»Sprich nicht so mit unserem Gast«, sagte Maggie und sprang zu Tomeks Verteidigung. »Siehst du, deshalb haben wir keine Leute zu Besuch.«

»Nein, wir haben keine Leute zu Besuch, weil wir keine Leute einladen.«

»Und wessen Schuld ist das?«, sagte sie. »Du bist derjenige, der die ganze Zeit unterwegs ist. Du bist derjenige, der mehr Leute kennt als ich.«

Maggie verschränkte die Arme vor der Brust und seufzte schwer. Musste in der Familie liegen.

Tomeks Kopf pendelte zwischen ihnen hin und her, als sie ihren Streit begannen. Er hatte nicht beabsichtigt, eine Meinungsverschiedenheit zu verursachen, aber jetzt verstand er, worüber Nick sich beschwert hatte. Die Streitereien, die kleinsten Dinge, die aus den Proportionen geblasen wurden, der saure Geschmack, den es in aller Munde hinterlassen hatte. Es gab vieles, was sie einander nicht sagten, und ein Teil davon kam vor ihm zum Vorschein.

»Das machen wir hier nicht«, sagte Nick und beendete den Streit schnell. »Nicht jetzt.« Er wandte sich zu Tomek. »Du bist hier, um mich zu sehen, nehme ich an?«

»Nun, ich-«

»Du musst nicht mehr lügen, Junge.«

Tomek drehte sich langsam zu Maggie um, die einen Ausdruck der

Niederlage auf ihrem Gesicht trug. »Könnte ich Lucy sehen, bevor wir nach oben gehen?«

»Du willst sie *sehen*?«, fragte Nick.

»Ja, wenn das in Ordnung ist?«

»Warum sagst du das, als wäre es eine schlechte Sache, Nick?«, fragte Maggie, die Verachtung in ihrer Stimme war greifbar.

Nick warf ihr sofort einen Blick zu, der sagte: 'Fang nicht an'. Dann sagte er: »Ich habe nur nicht erwartet, dass du den ganzen Weg hierher kommst, um auch sie zu sehen.«

Tomek zuckte mit den Schultern. »Das ist überhaupt kein Problem. Ich bin sicher, sie könnte die Gesellschaft gebrauchen, und Kasia fragt immer nach ihr.«

Eine Halbwahrheit. Kasia hatte Lucys Namen zweimal seit dem Vorfall erwähnt, aber das mussten sie nicht wissen.

Ein Lächeln, das Tomek lange nicht mehr gesehen hatte, breitete sich über das Gesicht seines Freundes aus. »In dem Fall, komm mit.«

Tomek folgte Nick durch den Flur und in ihr zweites Wohnzimmer am hinteren Teil des Hauses, wo Lucy auf der anderen Seite der Tür saß. Durch die Wände konnte Tomek den Ton des laut spielenden Fernsehers hören. Etwas mit Konservenlachen.

Als Tomek an die Tür trat, legte Nick eine Hand auf seine Brust.

»Ich muss dich warnen, sie ist nicht mehr dieselbe wie früher«, sagte er.

»Ich weiß«, antwortete Tomek. »Das hast du mir schon gesagt. Mehrmals. Aber ich habe keine Angst. Sie ist nicht ansteckend. Außerdem habe ich Schlimmeres gesehen. Viel Schlimmeres, erinnerst du dich?«

Nick grunzte, dann öffnete er die Tür. Es dauerte ein paar Momente, bis Lucy ihre Ankunft registrierte, und als sie es tat, drehte sie langsam ihren Kopf. Berechnungen spielten auf ihrem Gesicht, als sie versuchte, sich zu erinnern, wer Tomek war. Mit ein wenig Hilfe von Nick erinnerte sie sich.

»Wie geht's dir, Kleine?«, fragte Tomek, während er auf den Fernsehbildschirm schaute. Sie sah *Friends*.

»Abgesehen von einem riesigen Loch an der Seite meines Kopfes geht's mir okay«, antwortete Lucy gut gelaunt. »Obwohl Dad dir wahrscheinlich erzählen wird, dass ich die Pest oder so habe.«

Tomek gluckste. »Er macht sich nur Sorgen, weil er alt wird. Er denkt, beim nächsten Mal, wenn er die Grippe bekommt, könnte es das für ihn gewesen sein.«

Diesmal war Lucy an der Reihe zu lachen. Ihre Stimme übertönte den Ton des Fernsehers und hallte durch den Rest des Hauses. Tomek fragte sich, wie lange es her war, seit die Sechzehnjährige zuletzt so gelacht hatte. Seit sie zuletzt auch nur einen Hauch von Glück gefühlt hatte. Wenn Nicks Geschichten ein Hinweis waren, dann überhaupt nicht seit dem Unfall.

»Haben deine Lehrer dir Hausaufgaben und Unterrichtsmaterial geschickt?«, fragte Tomek.

Aber sie antwortete nicht. Zumindest nicht sofort. Ihr Gehirn hatte abgeschaltet und sich wieder auf die Sendung konzentriert, bevor sie schließlich zu ihm zurückkehrte.

»Hausaufgaben?«

»Ja. Kasia bekam tonnenweise Hausaufgaben und Unterrichtsnotizen, als sie eine Woche oder zwei weg war. Die Lehrer sagten, es sei, um sie beschäftigt zu halten, aber das war das Letzte, was sie tun wollte.«

»Oh... Nein... Ich glaube nicht.« Sie drehte sich zu Nick. »Hab ich... Papa?«

»Nein, Schatz, hast du nicht. Und selbst wenn, würde ich sie dir nicht geben. Schularbeiten sind das Letzte, worüber du dir Sorgen machen solltest.«

»Oh... Okay.«

»Du solltest dich glücklich schätzen«, sagte Tomek zu ihr. »Ich war nicht so nett zu meiner Tochter.«

»Ja...«

Und dann verlor er sie völlig. Ihre Augen wurden glasig, und ihre Aufmerksamkeit kehrte allmählich zum Fernseher zurück, wie eine Windanzeige an einem windstillen Tag. Nick nahm das als Zeichen zu gehen und zog Tomek aus dem Raum. Die Tür hinter sich schließend, sagte er: »Danke, dass du das gemacht hast. Du musstest das nicht tun.«

»Ich habe es nicht für dich getan. Ich habe es für sie getan. Ich würde gerne Kasia eines Nachmittags mitbringen. Es könnte sie ein bisschen aufheitern, ihren Verstand auf eine andere Art arbeiten lassen. Außerdem platzt Kasia wahrscheinlich vor Klatsch aus der Schule.«

»Aber sie sind in verschiedenen Jahrgangsstufen.«

»Kinder tratschen trotzdem, Nick. Du bist doch zur Schule gegangen, oder? Oder wurden sie gerade erst der Öffentlichkeit vorgestellt, als du in dem Alter warst?«

»Verpiss dich.«

Damit brachte Nick ihn nach oben in sein Büro. Der Raum war dunkel, aber nicht auf eine deprimierende Weise. Es gab wenig Licht darin, und was durch die Fenster kam, wurde von den dunklen Holzmöbeln der Bücherregale und dem großen Schreibtisch in der Mitte absorbiert. Es war mehr wie ein Arbeitszimmer aus einem Agatha-Christie-Roman als der Arbeitsplatz eines Detective Chief Inspector.

Nick machte sich gar nicht erst die Mühe, sich hinter seinen Schreibtisch zu setzen.

»Worum geht es hier, Tomek? Sollte ich mir Sorgen machen, dass du unangemeldet hierher kommst?«

»Das hängt davon ab, was du mir sagst.«

»Worüber?«

»Über Brendan.«

»Was hast du damit zu tun?«

»Ich habe gerade mit ihm gesprochen. Jemand aus seinem Büro hat Informationen durchsickern lassen.«

»Worüber?«

»Den Fall am Hafen. Er hat Andrei Pirlogs Mörder gesagt, wo Andrei wohnte, und jetzt ist sein Mörder getötet worden, dank jemandem aus dem PFCC-Büro, der diese Information auch weitergegeben hat. Es gibt viel, was ich dir erzählen muss.«

»Also hat jemand an Fäden gezogen und die richtigen Knöpfe gedrückt, um die notwendigen Leute töten zu lassen?«, fragte Nick, die Berechnungen in seinem Kopf spielten auf seinem Gesicht.

»Ich sehe, du wirst noch nicht den Staub zwischen den Ohren abstauben«, bemerkte Tomek.

»Und du denkst, Brendan hatte etwas damit zu tun?«

»Ich *dachte* es. Aber jetzt bin ich mir nicht mehr so sicher.«

»Wie passe ich also da rein?«

Tomek hielt den Atem an.

»Er sagte etwas, das Verdächtigungen aufkommen ließ. Über deine Verbindung mit den Southend Seven.«

Nick seufzte schwer, fuhr mit der Hand über seine Kopfhaut. »Und du hast ihm geglaubt?«

»Ich muss nur wissen, ob es wahr ist.«

»Was hat er gesagt?«

»Ist es wahr?«

»Vertraust du mir nicht?«

»Ist es wahr, Nick?«

Die offensichtliche Vermeidung des Inspektors beunruhigte ihn.

»Ich werde die Frage nicht beantworten, es sei denn, ich weiß, wessen ich beschuldigt werde.«

»Er war vage«, antwortete Tomek. »Er ließ mich an deiner Version der Ereignisse zweifeln. Er deutete an, dass du dem Club *beigetreten* warst und dass du bei einigen Veranstaltungen dort gewesen warst...«

Ein weiterer Seufzer, diesmal mit weniger Verzweiflung gefüllt.

»Und du hast ihm geglaubt?«

»Im Moment weiß ich nicht, was ich glauben soll. Du hast versprochen, dass die IOPC nichts finden würde.«

»Dann glaube, was ich dir jetzt erzähle.« Nick hörte auf, seine Hände über seinen Kopf zu fahren und stellte sich aufrecht hin. »Ja, er hat Recht, ich war bei den Southend Seven - *einmal!* - aber ich habe nie etwas gesehen und ich habe nie etwas getan. Es gab keine Drogen und es gab definitiv keine Prostitution, während ich dort war. Es war ein ruhiger Abend, könnte man sagen. Danach bin ich nie wieder hingegangen.«

»Was hat dich ferngehalten?«

Nick senkte seinen Kopf. »Es war zu... zu weit entfernt vom Leben - *meinem* Leben - von der Gesellschaft. All diese Leute dort hassen sich selbst, sie hassen ihr Leben, ihre Ehen, ihre Kinder. Sie leben in ihren eigenen kleinen Blasen, in denen sie die einzigen sind, die wichtig sind.

Sie sind alle nur da, um sich gegenseitig das Ego zu streicheln, und ich wollte kein Teil davon sein. Das bin nicht ich, das ist nicht das, wofür ich stehe. Also habe ich höflich abgelehnt. Und jetzt fühlt es sich an, als würde Brendan meinen Namen durch den Dreck ziehen, dieser kleine Scheißnugat-Wichser.«

»Hab keine Angst zu sagen, was du wirklich über ihn denkst, Chef«, antwortete Tomek mit einem schwachen Lächeln im Gesicht.

Die beiden lachten, aber es war mit einem leichten Hauch von Unbeholfenheit versehen. Tomek glaubte dem Inspektor, seinem *Freund*, natürlich tat er das, aber Brendans Saat des Zweifels war immer noch fest in seinem Kopf gepflanzt, und er wusste nicht, was es brauchen würde, um sie zu unterdrücken.

# KAPITEL
## VIERUNDVIERZIG

Tomek schob den Keim des Zweifels in den hintersten Winkel seines Verstandes, während er am Flughafen von Southend vorbei in Richtung Stadtzentrum fuhr. Der Wind hatte aufgefrischt, und leichter Regen klopfte auf das Metalldach. Er schaltete das Geräusch der sanften, dumpfen Scheibenwischer aus, die sein Sichtfeld durchkreuzten. Seine Gedanken waren völlig auf die nächste Aufgabe konzentriert.

Anton Usyk.

Morganas angeblich liebevoller Ehemann.

Rachel hatte Tomek angerufen, während er bei Nick war, und ihn gebeten, sie um vier Uhr am Haus der Familie Usyk zu treffen. Aber aufgrund Maggies fürsorglicher Art hatte sie darauf bestanden, dass er noch ein weiteres Glas Wasser und etwas mehr Unterhaltung haben sollte. Daraufhin hatte er Rachel auf fünf Uhr verschoben. Als er schließlich ankam, wartete sie in ihrem Ford Fiesta, der in einem merkwürdigen Winkel am Bordstein geparkt war.

Tomek stellte sein Auto einige Wagen hinter ihr ab und näherte sich langsam. Ihr Gesicht wurde im Außenspiegel in einem sanften Blauton beleuchtet. Abgelenkt durch ihr Handy. Ahnungslos bezüglich seiner Bewegungen. Dann öffnete er plötzlich ihre Autotür und trat einen Schritt zurück. Der Schrei, der aus ihrem Mund kam, hallte die Straße auf und ab und klapperte einige Sekunden lang in seinen Trommelfellen.

»Scheiße!«, rief sie, schnallte sich ab und schoss aus dem Auto. »Du hättest mir fast einen Herzinfarkt verpasst, verdammt nochmal, du alberner Chino-tragender Schwachkopf!«

Tomek kicherte, dann sah er auf seine Hose herab. »Hey, was ist falsch an meinen Chinos?«

»Nichts, ich hätte nur diese Farbe nicht für dich ausgesucht«, sagte sie ruhig. Dann erinnerte sie sich, dass sie eigentlich sauer auf ihn sein sollte, und schlug ihm auf die Brust. »Warum zum Teufel hast du *das* gemacht?«

»Lustig.«

»Du wirst nicht mehr lachen, wenn ich dir das zehnmal härter heimzahle.«

»Das klingt wie eine Drohung. Hat dir deine Mutter nie beigebracht, deine Älteren mit Respekt zu behandeln?«

»Nicht, wenn sie Arschlöcher sind.«

Als Rachel sich eine oder zwei Minuten später beruhigt hatte, machten sie sich auf den Weg zum Haus von Anton und Morgana. Unmittelbar nach ihrem Tod war ein Team von uniformierten Polizisten und Forensikern losgeschickt worden, um Proben und DNA-Beweise zu sammeln, also war Anton es nicht fremd, Polizeibeamte in seinem Haus zu haben. Als er jedoch die Tür öffnete, wirkte er besorgt, sie dort stehen zu sehen.

»Worum geht es?«, fragte er. »Lassen Sie mich raten, Sie haben noch ein paar Fragen?«

»Es sind wichtige Fragen«, antwortete Rachel. »Wir würden es sehr schätzen, wenn Sie uns hereinlassen könnten«, fügte sie höflich hinzu, obwohl ihre Intonation ihm keine Wahl ließ.

Das Innere des Hauses der Usyks stand in krassem Gegensatz zu Nicks. Es gab keine Identität, kein Anzeichen dafür, dass jemand dort die letzten dreizehn Jahre gelebt hatte. Die Wände waren kahl, die Küchenfliesen schlicht, die Möbel direkt aus einem IKEA-Katalog entnommen. Für ein Paar, das offensichtlich erfolgreich war – sowohl Morganas als auch Ilianas erwirtschafteten einen Gewinn (laut der Recherche, die Nadia bei Companies House durchgeführt hatte) –, war das Haus von Anton und Morgana bescheiden, unprätentiös und flog weit unter dem Radar. Es war nichts Extravagantes daran, nichts Protziges, nichts Übertriebenes. Sie lebten deutlich unter ihren Verhältnissen, und das zeigte sich. Vielleicht lag es daran, dass sie kaum zu Hause waren und dem Haus daher keinen Charakter verliehen hatten, oder vielleicht war es einfach ein Spiegelbild ihrer Persönlichkeiten. Stattdessen war deutlich zu erkennen, dass Anton all ihre Profite für Designerkleidung ausgab. Tomek war jedoch erleichtert, dass das Haus nicht zu den grellen Diamant-Spiegeln und der rosa Einrichtung ihrer jeweiligen Restaurants passte.

Anton führte sie in die Küche. Der Raum war komplett mit einem kleinen Esstisch und Stühlen ausgestattet und vom Rest des Hauses getrennt. Ein kleines Fenster bot Ausblick auf die Seite des Nachbargrundstücks.

»Ich würde Ihnen ein heißes Getränk anbieten, aber ich habe für heute genug davon gesehen«, sagte Anton und deutete bereits an, dass er wenig kooperativ sein würde.

»Ich vermute, Sie fühlen wahrscheinlich das Gleiche in Bezug auf Essen, wenn Sie nach Hause kommen?«, spottete Tomek, als er einen Stuhl vom Esstisch zog und ein Bein über das andere schlug.

»Ich kann mir vorstellen, dass Sie am Ende Ihres Tages keine *Menschen* ertragen können«, sagte Anton mit düsterer Stimme.

»Das sollte dann ja ein interessantes Gespräch werden.«

Da sie die Spannung in der Luft spürte, räusperte sich Rachel und trat zwischen sie. In solchen Situationen war sie die professionellere Vertreterin, und in diesem Fall war Tomek mehr als glücklich, sie übernehmen zu lassen. »Herr Usyk, vor ein paar Tagen wurde ein Mann im Gefängnis getötet. Er wurde im Zusammenhang mit dem Mord an Ihrer Frau verhaftet und angeklagt.«

»Gut.«

»Entschuldigung?«

»Es ist gut.«

Tomeks Intuition begann zu kribbeln. Genau wie Rachels, denn ihr Gesicht wurde angespannt.

»Was meinen Sie mit 'gut'?«

»Er hat bekommen, was er verdient hat.«

»Sie sagen das, als ob Sie etwas darüber wüssten, was mit ihm passiert ist?«

Anton, mit ausdruckslosem Gesicht und durchdringenden schwarzen Augen, die auf Rachel gerichtet waren, schüttelte den Kopf. »Denkt der Pinguin, dass es schlecht ist, wenn der Killerwal einen Seehund frisst?«

Tomek kicherte über das kryptische, an Eric Cantona erinnernde Zitat und fragte dann: »Welcher sind Sie? Der Pinguin, der Killerwal oder der Seehund?«

Es war für alle im Raum offensichtlich, dass Mariusz der Seehund gewesen war, was für Anton nur zwei Möglichkeiten ließ: der Killerwal oder der Pinguin. Und im Moment sagte Tomeks Intuition ihm, dass Anton Usyk der schwarz-weiße Orca war, der vier Tonnen schwere Raubtier. Aber das ließ die offensichtliche Frage offen: Wer war das dritte Mitglied? Wer war der Pinguin?

»*Ich* bin der Pinguin«, antwortete Anton. »Der Mann, der getötet wurde, ist der Seehund, und der Mann, der ihn getötet hat, ist der Killerwal.«

Rachel und Tomek tauschten einen beunruhigten Blick.

»Der Mann, der das Opfer getötet hat – der Mann, den Sie in dieser bizarren, verwirrenden Analogie als Killerwal bezeichnen – war jemand, von dem wir glauben, dass Sie ihn kennen. Jemand, von dem wir glauben, dass Sie ihn sehr gut kennen.«

»Wer?« Antons Stimme blieb flach, statisch.

»Ein Mann namens Denis Danyluk.«

»Wir sprechen seinen Namen in diesem Haus nicht aus.«

»Sie kennen ihn?«

»Ja.«

»Wer ist er?«

»Morganas Bruder.«

»Warum dürfen Sie ihn nicht erwähnen?«, fragte Tomek und lehnte sich auf seinem Sitz nach vorne.

»Weil Morgana es verboten hat. Er hat sie und ihren Familiennamen verraten, als er diesen Mann tötete.«

»Aber was ist mit jetzt? Hat er sich nicht rehabilitiert, jetzt, wo Sie wissen, dass er den Mann getötet hat, der im Zusammenhang mit dem Mord an Ihrer Frau verhaftet wurde?«

Anton antwortete nicht.

»Sicher muss er in Ihren Augen Wiedergutmachung gefunden haben? Er hat Gerechtigkeit für den Mann geschaffen, der Morgana getötet hat.«

Antons Gesicht bewegte sich nicht. Wie beim letzten Mal, als sie sich getroffen hatten, verriet sein Ausdruck nichts.

»Was er diesem Mann angetan hat, war inakzeptabel-«

»Welchem? Dem Typen, den er vor Jahren getötet hat, oder dem, den er erst vor ein paar Tagen getötet hat?«

»Beiden.«

»Also ist Töten im Allgemeinen schlecht in Ihren Augen?«

Anton verlagerte sein Gewicht von einem Fuß auf den anderen. Rachel trat einen Schritt zurück, um den Boden zwischen ihnen freizumachen. »Stimmen Sie nicht zu? Töten jeglicher Art ist nicht erlaubt.«

»Warum ist das so?«

»Weil es gegen Gott ist«, antwortete Anton.

Tomek schmunzelte. »Ich verstehe. Also, wo passt Gott in Ihre kleine Nahrungskettenhierarchie?«

Anton spannte seine Muskeln an. Es war nur eine kleine, winzige Bewegung, aber Tomek sah, wie der Mann sich anspannte. »Er passt nicht hinein«, antwortete Anton.

»Interessant.« Tomek lehnte sich in seinem Stuhl zurück.

»Wann haben Sie das letzte Mal mit Denis gesprochen?«, unterbrach Rachel, begierig darauf, das Gespräch von dem, was auch immer zwischen Tomek und Anton vorging, wegzulenken.

»Nicht seit vor seiner Verurteilung.«

»Und wann genau war das?«

»Ich... Ich erinnere mich nicht an das genaue Datum.«

»Was ist mit dem Monat?«

»Ich... Ich erinnere mich nicht. Es ist so lange her.«

»Könnten Sie uns wenigstens das Jahr nennen?«

Antons Gesicht verzog sich, tief in Gedanken versunken. »Vor acht

Jahren, glaube ich. Wie gesagt, wir reden nicht über ihn. Wir haben ihn nicht mehr erwähnt, seit er ins Gefängnis kam. Es hat Morgana zu sehr aufgewühlt. Sie weinte immer, wenn er im Gespräch erwähnt wurde.«

»Ich verstehe. Das kann ich nachvollziehen. Es muss sehr schwer für sie und ihre Familie gewesen sein.«

»Das war es. Sie hat monatelang geweint.«

Rachel bewegte sich zur anderen Seite der Küche und lehnte sich gegen die Arbeitsplatte. Sie glättete die Vorderseite ihrer Jacke und verschränkte die Arme. »Warum haben Sie uns nicht früher erzählt, dass sie einen Bruder hatte?«

»Was meinen Sie?«, fragte Anton, offensichtlich auf Zeit spielend.

»Wenn Sie wussten, dass sie einen Bruder im Gefängnis hatte, warum haben Sie nichts gesagt, als wir das erste Mal mit Ihnen über ihren Mord gesprochen haben?«

»Was hätte das für einen Unterschied gemacht? Er hatte nichts mit ihrem Tod zu tun. Es gab keinen Grund, ihn zu erwähnen. Soweit es uns betrifft, existiert er nicht. Deshalb habe ich Ihnen nichts gesagt.«

Rachel nickte und räusperte sich. Sie hatte keine Antwort. Tomek auch nicht. Es gab nichts mehr zu besprechen. Tomek dankte dem Mann für seine Zeit, entschuldigte sich für die Störung und ging. Als er die Küche verließ, fragte er, ob er die Toilette benutzen könne.

»Nein«, antwortete Anton. »Die Toilette spült im Moment nicht. Ich habe heute Nachmittag versucht, sie zu reparieren.«

»Was haben Sie in der Zwischenzeit benutzt?«

»Das Restaurant.«

»Das ist ein höllisch weiter Weg nur für einen Piss. Wetten, Sie wünschen, Sie wären wirklich ein Pinguin, nicht wahr? Dann könnten Sie einfach gehen, wann immer Sie wollen.«

Antons Mundwinkel bewegten sich in einem gezwungenen Grinsen, während er ihnen die Tür offen hielt.

»Schön, Sie zu sehen, Ermittler«, sagte er. »Passen Sie gut auf sich auf.«

Als sie aus dem Haus traten, wandte sich Tomek zu Rachel und flüsterte: »Irgendetwas sagt mir, dass er das nicht im Geringsten so meint.«

# KAPITEL
# FÜNFUNDVIERZIG

Etwas fehlte. Etwas, das Tomek nicht genau benennen konnte.
Die Atmosphäre. Der Geruch. Der Anblick. Der Standort.

Ilianas Restaurant unterschied sich in jeder Hinsicht komplett von Morganas, aber auf den Punkt gebracht waren sie genau gleich. Beide servierten das gleiche Essen. Beide waren ähnlich eingerichtet. Und beide hatten großartige Standorte in ihren jeweiligen Gegenden – wenn nichts anderes, hatte Ilianas den größeren Fußgängerverkehr entlang der Küstenpromenade. Tomek verstand nicht, warum Morganas finanziell dann das erfolgreichere Restaurant war. Er glaubte nicht, dass es nur daran lag, dass sie die Kunden mit einem warmen Lächeln begrüßte. Da musste etwas fehlen.

Obwohl er eine Idee hatte, eine Erklärung für die deutlichen Umsatzunterschiede.

Die Möglichkeit, dass Morgana und ihr Ehemann über ihre Restaurants Drogen verkauften, war ihm kurz in den Sinn gekommen, nachdem die Verbindung zwischen Gavin Barker und Brendan Door hergestellt worden war. Es war kein Geheimnis, dass Drogen, insbesondere Kokain, bei den Partys im Southend Seven Gentlemen's Club weit verbreitet waren. Es war nach der Untersuchung ausführlich in den Zeitungen dokumentiert worden, und Tomek hatte es auf einem Foto, das an einer der Wände des Gebäudes hing, selbst gesehen. Aber die

Drogen mussten irgendwie dorthin gelangt sein, was bedeutete, dass sie einen Lieferanten brauchten. Die Theorie war, dass Richard Stafford, der jahrelang von der Drogenfahndung gesucht und untersucht wurde, sie geliefert hatte, aber nichts war dabei herausgekommen.

Tomek hatte begonnen zu denken, dass es dort irgendwie eine Verbindung geben könnte. Eine dünne, aber dennoch eine Verbindung.

Vielleicht waren Morgana und ihr Mann von Richard Stafford angesprochen worden. Vielleicht hatten sie zugestimmt, die Drogen über das Restaurant zu verkaufen, das Geld zu waschen und dann einen Teil der Ware an den Herrenclub abzugeben. Im Gegenzug würden sie durch Brendan Door von der Polizei geschützt werden. Vielleicht hatte es nach Brendans Verhaftung eine Meinungsverschiedenheit gegeben. Vielleicht hatten die Usyks befürchtet, dass ihre Namen im Nachhinein auftauchen würden. Vielleicht hatten Brendan und Richard Stafford befohlen, Morgana zu töten, dass Mariusz ein Auftragskiller gewesen war und dass er sich auf Gavin gestützt hatte, um die losen Enden zu beseitigen. Vielleicht war Morganas Tötung eine Botschaft an Anton gewesen: Verkaufe weiterhin die Drogen, befolge weiterhin unsere Befehle und schicke das Geld in unsere Richtung, sonst werden wir dich töten.

Tomek dachte, es war ein bisschen weit hergeholt, aber er hatte schon weit seltsamere Situationen erlebt. Und zumindest würde es teilweise erklären, warum Anton so ein elender Mistkerl war, abgesehen von der offensichtlichen Tatsache, dass es daran lag, dass seine Frau tot war.

Tomek wälzte diese Gedanken, jonglierte mit ihnen, als die Kellnerin sich seinem Tisch näherte. Es war dasselbe Mädchen wie zuvor. Gina. Sie trug dieselbe Kleidung, die sie bei Tomeks letztem Besuch getragen hatte, nur dass sie diesmal etwas enger war, in der Mitte gekürzt, und sie trug deutlich mehr Make-up, in dem Bemühen, vermutete er, mehr Kundschaft anzulocken.

»Sie sind zurück«, sagte sie.

»Ich habe mich beim letzten Mal so gut amüsiert, ich konnte es kaum erwarten, wiederzukommen.«

Sie durchschaute die Lüge, bot ihm aber trotzdem ein gedämpftes, steifes Kichern an. Als sie ihm die Speisekarte reichte, warf sie einen schnellen Blick zurück zur Küche.

»Arbeitet der Chef heute Morgen?«, fragte Tomek.

»Ja. Er ist hinten.«

»Hat er es geschafft, seine Toilette reparieren zu lassen?«

Verwirrung überkam sie. »Die Toilette? Da unten links ist eine.«

»Nein, ich meinte, bei Antons Toilette ist-« Tomek sah zu ihr auf und lächelte. »Wissen Sie was? Vergessen Sie es.« Er legte die Speisekarte beiseite. Er kannte seine Bestellung bereits. »Wie lange arbeiten Sie schon für Anton?«

Gina blickte wieder zurück. Tomek fühlte sich geneigt, dasselbe zu tun, aber er behielt seinen Blick auf sie gerichtet.

»Ein paar Wochen jetzt«, antwortete sie, ihre Stimme so leise wie ein Flüstern.

»Gefällt es Ihnen?«

»Es ist okay, denke ich.«

»Was haben Sie gemacht, bevor Sie hier gearbeitet haben?«

»Ich war in einem anderen Café.«

»Morganas?«

Bei der Erwähnung ihres Namens weiteten sich Ginas Augen leicht, und ihre Pupillen erweiterten sich.

»Es ist in Ordnung«, sagte er. »Sie können ihren Namen aussprechen.«

»Ja. Natürlich. Ich weiß. Es ist nur...«

Tomek nahm sich einen Moment Zeit, bevor er antwortete. Sie wippte von einem Fuß auf den anderen, kratzte sich am Oberschenkel mit Fingernägeln, die bis auf fast nichts abgekaut waren.

»Würden Sie lieber auf Polnisch sprechen?«, fragte er in der Sprache.

Zögern. »Bitte«, antwortete sie ebenso.

»Kannten Sie sie? Morgana?«

»Ich habe sie nur einmal, vielleicht zweimal getroffen. Sie...« Ein weiterer Blick nach hinten. »Sie kam eines Tages herein, wütend, aber-«

Und dann hörte sie auf, zog sich in sich selbst zurück und kritzelte weiter auf dem Stück Papier zwischen ihren Fingern.

Einen Moment später kam Anton, legte eine Hand auf ihre Schulter.

Sie begann zu zittern, das Papier und der Stift hüpften von einer Seite zur anderen, als sie plötzlich von Nervosität gepackt wurde.

»Also eine Tasse Kaffee und Eier auf Toast?«, sagte sie.

Tomek war für einen Moment verwirrt, dann erkannte er, was sie tat.

»Ja, bitte, das wäre großartig.«

Sie ging. Anton beobachtete, wie sie ging, und sobald sie außer Sichtweite war, setzte er sich ihm gegenüber.

»Morgen, Anton«, sagte Tomek, als er sich ein Glas Leitungswasser aus dem bereitgestellten Krug einschenkte. »Alles klar, Kumpel? Wie läuft's mit der Klempnerarbeit? Alles repariert?«

»Noch nicht ganz«, antwortete Anton trocken. »Ich erwarte heute Nachmittag jemanden.«

»Großartig. Nun, wie ich gestern Abend sagte, ist es gut, dass Sie diesen Ort haben, sonst hätten Sie wie ein wilder Fuchs draußen scheißen müssen, oder in Ihrem Fall, wie ein wilder Pinguin. Oder war es ein Killerwal?«

Anton sagte nichts und starrte ihn weiterhin an. Er saß mit verschränkten Fingern da, die Hände ruhten gelassen auf der Oberfläche. Heute hatte er sich für ein Prada-Oberteil und eine passende Hose entschieden.

»Warum sind Sie hier, Detektiv?«

Tomek rutschte mit seinem Körper zur Seite, sodass seine Beine aus der Kabine herausragten, und legte dann ein Bein über das andere.

»Ich bin natürlich hier, um mehr von Ihrem feinen Essen zu probieren. Nachdem ich die neuesten Konten im Handelsregister gesehen habe, dachte ich, dieser Ort könnte das Geschäft gebrauchen.«

»Danke«, sagte er, »aber wir wollen Ihr Geschäft hier nicht.«

»Jetzt verstehe ich, warum es diesem Ort nicht so gut geht. Ich kenne mich zwar nicht mit dem Gastgewerbe aus, aber ich würde nicht empfehlen, alle Ihre Kunden zu beleidigen. Denken Sie an die Tripadvisor-Bewertungen!«

Das unscheinbare, unnachgiebige Gesicht sagte nichts.

Bevor Tomek ihn weiter provozieren konnte, kehrte Gina zurück, zwei Tassen und Untertassen in der Hand. Sie stellte behutsam die Tasse vor Tomek ab, lächelte dabei zu ihm herunter, und dann die andere vor Anton.

»Danke.«

»*Nie ma za co.*«

»Ja, danke. Du kannst jetzt gehen«, wies Anton sie mit einer abweisenden Handbewegung an.

Ohne etwas zu sagen, ging die Frau und eilte zurück in die Küche. Sobald sie außer Hörweite war, griff Tomek nach einem Zuckertütchen aus dem kleinen Behälter auf dem Tisch, schlug es zwischen seinen Fingern hin und her und gab es dann in sein Getränk. Während er den Inhalt umrührte, spürte er Antons unnachgiebigen Blick, der sich in ihn brannte. Der Mann hatte sich in den letzten fünf Minuten nicht bewegt, und der einzige Hinweis darauf, dass er nicht tot war, war das stetige Heben und Senken seiner Brust.

»Ich freue mich immer auf unsere Gespräche, Anton«, sagte Tomek. »Apropos, ich bin eigentlich froh, dass Sie vorbeigekommen sind. Sie... Sie würden nicht zufällig den Namen Brendan Door kennen, oder?«

Antons Gesicht verriet nichts.

»Nein? Sie wüssten nicht zufällig etwas über die Gerüchte, die umgehen, oder?«

Tomek konnte dem Mann ansehen, dass er an dem Kommentar knabbern wollte. Alles, was Tomek tun musste, war, ihm genug Zeit zu geben, sich selbst davon zu überzeugen, dass es das Richtige war.

»Welche... welche Gerüchte?«

Köder. Schnur. Sinker.

»Manche Leute sagen, ihr Jungs verschiebt Drogen durch die Restaurants - beide. Sie würden das nicht tun, oder, Anton?«

»Natürlich nicht. Sie können gerne nachsehen. Wir haben nichts zu verbergen.«

Tomek dachte, er könnte genau das tun, als Anton ihm für seinen Besuch dankte, sagte, dass er nicht wieder willkommen sei, und dann aufstand, um zu gehen.

»So bald schon?«, fragte Tomek. »Ich hatte gehofft, mehr über Sie zu erfahren.«

Aber dann kam das Essen, und der Wunsch, Anton zu provozieren und zu verhören, verschwand schnell. Die nächsten zehn Minuten nahm er sich Zeit mit dem Essen, schnitt seinen Toast sorgfältig in kleine Quadrate, kaute langsam, pausierte nach jedem Bissen und starrte auf die Küstenpromenade unter ihm. Nahm die Aussicht in sich auf. Es war das erste Mal, dass er das Wasser am Horizont bemerkte, das unter dem schwachen Sonnenlicht schimmerte, während die Wellen ihren zufälligen und gedankenlosen Weg in Richtung London fortsetzten. In der Ferne glaubte Tomek, den kleinen Fleck des Mulberry Harbour zu sehen. Dann wanderten seine Gedanken zum Morgen von Morganas Tod. War sie auf dem Weg zur Slipanlage an Ilianas vorbeigefahren? Hatte sie auf den Hafen gestarrt, als sie an der Küstenpromenade entlangfuhr? Hatte sie gewusst, dass sie ihrem Tod entgegenfuhr?

Tomeks Gedanken wurden durch einen Kunden gestört, der das Café betrat. Er wandte seine Aufmerksamkeit schnell wieder seinem Essen zu. Nachdem er die letzten paar Bissen beendet hatte, schob er den Teller beiseite und trank den letzten Schluck seines Getränks. Viel zu süß für seinen Geschmack, aber erträglich. Als er es vor sich hinstellte, bemerkte er ein kleines, weißes Stück Papier mit einem Hauch von Braun, das darunter eingeklemmt war. Er sah sich um, vergewisserte sich, dass Anton außer Sichtweite war, kniff die Finger zusammen und entfernte es vorsichtig.

Es war ein Zettel. Handgeschrieben.

Von Gina.

Auf Polnisch.

*Draußen. Heute Abend. 22 Uhr. Es gibt etwas, das Sie wissen müssen.*

# KAPITEL
## SECHSUNDVIERZIG

Kaum hatte Tomek den Eingang durchschritten, wurde er von einer sanften, leisen Stimme aufgehalten.

»Guten Abend, Tomek.«

Seine Nachbarin. Edith. Die Rentnerin, die unter ihnen wohnte.

»Hallo«, sagte er. »Ist alles in Ordnung? Ist es schon wieder Zeit für eine Wasserstandsablesung?«

»Nein. Nichts dergleichen.« Sie schloss die Tür hinter sich. Sie trug einen dicken Mantel und eine dunkelgrüne Wollmütze. Sie wohnten in einem umgebauten Haus, und der einzige Raum, den sie gemeinsam nutzten, war der kleine Flur, der ihre beiden Wohnungen trennte. Es war eng, und durch eine Ritze in der Backsteinwand kroch ein kühler Luftzug. »Ich gehe eigentlich zum Abendessen mit einer alten Freundin«, fuhr sie fort.

»Das ist schön.«

Der Countdown in seinem Kopf bis zehn Uhr tickte.

Tickte.

Tickte.

Er zwang sich, nicht auf seine Uhr zu schauen.

»Ja, es sollte schön werden. Sie ist eine alte Arbeitskollegin. Es ist ein paar Jahre her, seit wir uns zuletzt gesehen haben. Zu lange, eigentlich. Viel zu lange. Das hätten wir schon vor Monaten tun sollen, wenn nicht sogar vor Jahren. Aber... du weißt ja, wie das ist. Das Leben kommt dazwischen. Wir sind alle so beschäftigt mit unserem eigenen Leben, dass wir manchmal vergessen, andere Menschen darin einzubeziehen.«

»Ja«, sagte Tomek, während seine Gedanken sanft zu Sean und Warren wanderten.

»Und am Ende verbringt man seine letzten Jahre allein und versucht, den Boden gutzumachen, den man verloren hat.«

Tomek legte ihr eine Hand auf die Schulter. »Du bist nicht allein«, sagte er zu ihr. »Du hast immer Kasia und mich. Wann immer du dich einsam fühlst, kannst du jederzeit klopfen und nachsehen, was sie so treibt.«

»Oh, du bist zu nett, Gott segne dich, aber ich stelle mir vor, dass sie in ihrem Alter so viele Freunde hat, die sie von einem Tag auf den nächsten beschäftigen.«

Tomek war sich nicht sicher über das »so viele«. Eine oder zwei, ja, aber was würde eine mehr schaden? Vielleicht würde es Kasia sogar guttun, mit jemandem außerhalb ihrer Altersgruppe zu sprechen. Vielleicht könnte sie sich Edith anvertrauen. Vielleicht könnte die Rentnerin das ruhige, gelassene, erfahrene Ohr sein, das Kasia brauchte. Die Mutterfigur, die Kasia nicht hatte.

»Unsinn«, sagte er. »Ich schicke sie am Wochenende runter. Ich gebe ihr eines unserer Brettspiele mit, das ihr beide spielen könnt, und wenn ich frei habe, komme ich auch dazu, wenn das in Ordnung ist?«

Ediths Gesicht erhellte sich. »Das würde mir gefallen. Danke.«

Sobald sie weg war, steckte Tomek seinen Schlüssel ins Schloss und sprintete die Treppe zwei Stufen auf einmal hoch. Er stürmte durch die Tür am oberen Ende der Treppe und fand Kasia wieder auf dem Sofa sitzend, scrollend, in ihr Handy starrend.

»Da bist du ja«, sagte er. »Genau die Person, die ich suche.«

»Hey.«

»Habe ich Post bekommen?«

Ohne zu antworten, ihre Aufmerksamkeit völlig auf ihren Bildschirm gerichtet, zeigte sie auf den Tisch. Eine große braune Schachtel lag schief auf der Oberfläche.

»Wirst du sie nicht öffnen?«

»Warum sollte ich?«, fragte sie. »Sie ist an dich adressiert.«

»Ja. Aber sie ist *für* dich.«

Neugierig geworden rollte Kasia ihre Beine von der Seite des Sofas und begann, wie ein vorsichtiges Tier, das sich der Beute eines anderen Raubtiers nähert, zaghaft danach zu greifen und sie zu öffnen. Sie hackte mit ihren Fingernägeln am Klebeband und an den Ecken herum, bevor sie schließlich aufgab und nach einer Schere fragte. Tomek reichte sie ihr, und sie schnitt sich mit Leichtigkeit durch.

Als sie sie endlich öffnete, strahlte ihr Gesicht. Unter dem Karton und der Papierverpackung befand sich das lachsrosa der Flasche, um die sie vor ein paar Tagen gebeten hatte. Ein Winston-Becher. Fast einen Fuß hoch und ein paar Zentimeter breit, groß genug, um jemanden bewusstlos zu schlagen.

»Meine Fresse«, sagte er. »Schau dir die Größe an. Da bekommst du wenigstens was fürs Geld.«

»Und wenn es brennt, wird dieses Ding immer noch stehen – *das* nenne ich Preis-Leistungs-Verhältnis.«

Tomek nahm ihn ihr ab, um ihn selbst zu inspizieren. »Nun, hoffen wir, dass es in nächster Zeit keinen Brand gibt. Zumindest nicht hier in der Gegend.«

Der Becher war schwer wie ein Betonklotz und hatte eine matte Oberfläche. Er schraubte den Deckel ab (nach ein paar erfolglosen Versuchen) und spähte hinein. Der Inhalt des Behälters war aus Stahl, und am Boden sah er sein Spiegelbild, an allen falschen Stellen vergrößert dank des konkaven Designs. Tomek packte den Griff fest und begann, ihn herumzuschwingen, mit einer Abwärtsbewegung zu schlagen. »Wenn man's sich überlegt, kannst du dieses Ding auch immer zur Selbstverteidigung benutzen.«

Als Tomek ihn über seinen Kopf hob, um den letzten Schlag gegen seinen imaginären Gegner auszuführen, griff Kasia ein und nahm ihn ihm ab. »Nun, hoffen wir, dass so etwas *auch* nicht passiert.«

»Ja«, sagte er. »Du hast Recht.«

Ein paar Augenblicke vergingen, und er beobachtete, wie Kasia mit dem Becher interagierte. Inzwischen war die Aufregung verflogen, und es war nur noch ein weiterer lebloser Gegenstand. Obwohl er nicht dachte, dass es bei einem Becher viel gab, worüber man sich aufregen könnte – es war ja kaum ein iPhone –, hätte er gedacht, dass sie ein bisschen glücklicher sein würde.

»Was ist los?«, fragte er. »Ist es nicht der richtige?«

»Nein. Ja! Ja, ist er. Ich liebe ihn. Danke.«

Sie rutschte zu ihm hin und umarmte ihn.

»Warum siehst du dann so aus, als wärst du nicht glücklich?«

»Bin ich. Ehrlich. Danke, aber du hättest das nicht tun müssen. Jetzt fühle ich mich schuldig, schlecht, dass ich überhaupt nach einem gefragt habe. Du hattest Recht, es ist dumm.«

»Nicht, wenn es dich glücklich macht. Denk daran.«

Die Lebenslektion ging an Kasia vorbei, als sie ihm ein gezwungenes Lächeln schenkte, sich noch einmal bedankte und dann auf ihren Platz auf dem Sofa zurückkehrte.

Tomek schaute auf seine Uhr. 20:30 Uhr. Er hatte noch knapp zwei Stunden bis zum Treffen, aber er war nervös, ängstlich, rechtzeitig dort zu sein, um sicherzustellen, dass er es nicht verpasste. Er wusste nicht, was Gina ihm zu sagen hatte, aber wenn es etwas war, das sie ihm nicht persönlich zu sagen wagte – unter den allhörenden Ohren von Anton – dann musste es wichtig sein.

Tomek verbrachte die nächste Stunde angespannt, kontrollierte ständig seine Uhr und schaute auf sein Handy nach der Uhrzeit. Er steckte in dieser ärgerlichen Wartephase fest. Wie am Flughafen, wenn man auf das Flugzeug wartet. Oder bei einem Arzttermin. Wenn man nichts anderes tun kann als warten, und nichts, was man zur Ablenkung versucht, funktioniert. Schließlich beschäftigte er sich damit, sich um Kasia zu kümmern. Er gab ihr zu essen, schaute mit ihr fern und tat so, als ob er sich für ihre geistbetäubenden Sendungen interessierte.

Er versuchte abzuschalten, aber ohne Erfolg.

Als es endlich Zeit für ihn war zu gehen, fiel ihm auf, dass er ihr nichts von seinem Tag erzählt hatte; er war so auf das Treffen fokussiert gewesen, dass es ihm völlig entgangen war.

»Ich war heute bei Lucy.«

»Lucy wer?«

Tomek schaute sie ausdruckslos an. Er hoffte, dass die Enttäuschung in seinem Gesicht offensichtlich war. »Deine Freundin, Lucy. Lucy Cleaves.«

»Ach so. Entschuldigung, ich dachte, du meinst jemand anderen.«

»Hmmm. Jedenfalls habe ich gesagt, dass wir einmal als Familie zu ihr gehen werden, um sie zu besuchen.«

»Warum?«

Tomek konnte nicht glauben, was er da hörte. »Weil sie deine Freundin ist und deine Unterstützung braucht. Sie ist einsam seit ihrem Vorfall.«

»Aber ich wollte mich dieses Wochenende mit jemand anderem treffen.«

»Mit wem?«

»Yasmin.«

»Yasmin, die auch in derselben Nacht am Strand war?«

»Ja.«

»Nicht mehr. Du kommst mit, und damit basta. Keine weitere Diskussion. Wenn du in ihrer Lage wärst, würdest du die Gesellschaft zu schätzen wissen. Sei nicht so egoistisch.«

Kasia senkte ihr Handy auf ihre Brust. »Wird Abigail auch kommen?«

Tomek zögerte, bevor er antwortete. »Ich habe sie nicht eingeladen. Und wenn du es unbedingt wissen musst, hatte ich das auch nicht vor.«

Er legte seine Hand auf die Tür. Ein letzter Blick auf die Zeit.

»Bevor ich gehe«, sagte er, »erinnerst du dich an Sean, meinen Kollegen?«

»Den großen Kerl?«

»Ja.«

»Ja, ich erinnere mich an ihn.«

»Nun, er wird aus seinem Haus geworfen und braucht einen Platz zum Übernachten. Er hat gefragt, ob er für ein paar Nächte auf der Couch schlafen kann, bis er sich eine dauerhaftere Bleibe besorgt hat, aber ich habe gesagt, dass ich dich zuerst fragen würde.«

»Und wie stehst du zu der Situation?«

»Ich mag die Idee nicht besonders, aber ich werde nur zustimmen, wenn du dich wohl dabei fühlst, ihn hier zu haben.«

»Also *jetzt* fragst du mich. Wenn es um deine Freunde geht. Aber wenn es darum geht, meine Freunde zu sehen und meine Pläne zu machen, hast du bereits für mich entschieden.«

»Das tue ich nicht.« Tomek atmete tief ein. »Das ist nicht dasselbe, und das weißt du auch.«

Es war nicht dasselbe, oder?

# KAPITEL
## SIEBENUNDVIERZIG

Als er aus dem Auto stieg, hatte ein leichter Regen eingesetzt. Nach fünf Minuten Wartezeit wurde er stärker und stärker, bis er schließlich gezwungen war, in die Sicherheit und den Schutz seines Fahrersitzes zurückzukehren, wo er Gina vom Komfort seiner Lederpolsterung aus beobachten und auf sie warten musste.

Aber sie war nicht da.

Nach zehn Minuten gab es immer noch keine Spur von ihr.

Dann wurden aus zehn Minuten zwanzig.

Aus zwanzig wurden dreißig.

In der einunddreißigsten Minute war der Regen horizontal geworden und peitschte von allen Seiten gegen das Auto. Die Scheibenwischer kämpften trotz ihres besten Einsatzes einen aussichtslosen Kampf. Und Tomek fühlte sich schnell genauso.

Was ihn am meisten wütend machte, war, dass er keine Telefonnummer von ihr hatte, keine Möglichkeit, diskret Kontakt aufzunehmen und mit ihr zu sprechen.

All das Warten. Für nichts.

Er versuchte, nicht zu denken, dass ihr etwas Schlimmes zugestoßen war. Vielmehr hoffte er, dass sie kalte Füße bekommen hatte oder es sich anders überlegt hatte. Oder vielleicht sogar nur durch etwas zu Hause abgelenkt wurde. Ein Notfall in der Familie, ein Familienereignis, das sie doppelt im Kalender eingetragen hatte. Aber wie Anton sich in ihrer Nähe verhalten hatte, wie er mit ihr gesprochen, sie berührt hatte, wie er sie heimlich eingeschüchtert hatte... und diese schnellen, nervösen Blicke zurück zur Küche – das hatte Tomek nicht gefallen.

Das Gefühl, dass Anton jeden Moment auftauchen könnte, schlich sich in das Auto ein, und seine Fantasie ging mit ihm durch; als er in den Rückspiegel blickte, glaubte er, den Mann auf dem Rücksitz sitzen zu sehen, seinen unbeeindruckten Blick, der ihn verfolgte.

»Himmel, Arsch und Zwirn!« schrie er, während sein Puls in die Höhe schnellte.

Es war nur ein Lichtreflex, der seltsam von einem Sicherheitsgurt abprallte. Aber als er sich umdrehte, um Luft zu holen, fiel ihm etwas anderes auf. Eine Gestalt. Schlank, klein, mit dem gleichen Körperbau wie Gina, die einen leichten Mantel mit einer über den Kopf gezogenen Kapuze trug. Es sah aus, als wäre sie schlecht ausgerüstet, um mit dem Regen fertig zu werden.

Unsicher, ob sie es war, öffnete Tomek vorsichtig die Tür und ging auf die Gestalt zu.

»Hallo...«, sagte er vorsichtig.

Bei dem Klang seiner Stimme drehte sich die Frau um. Das schwache Licht der Straßenlaterne, die nicht weit vom Eingang des Cafés entfernt war, enthüllte, dass es jemand anderes war, eine Fremde.

Sie stieß einen kleinen Schrei aus. »Was willst du?«, zischte sie mit einem starken Essex-Akzent. »Wer bist du?«

»Niemand. Schon gut.« Tomek drehte sich zum Gehen. »Tut mir leid, dass ich Sie gestört habe. Einen schönen-«

»Hilfe! Jemand helfe mir!«

Ihre Stimme trug der Wind davon. Sobald Tomek sie hörte, geriet er in Panik, vergaß, dass er Polizist war, und eilte zu seinem Auto. Als er es erreichte, war sie bereits verschwunden; sie war in die Dunkelheit der Strandpromenade einige hundert Meter entfernt gesprintet. Tomek beschloss, nicht länger zu bleiben, dass es den Kampf nicht wert war, und fuhr nach Hause.

Morgen, sagte er sich, während er angespannt durch die Straßen von Southend raste. Morgen. Er würde morgen zurückkommen und dann mit ihr sprechen.

# KAPITEL
# ACHTUNDVIERZIG

Tomek saß auf demselben Parkplatz. Es war kurz vor acht Uhr, und vor Ilianas gab es kein Lebenszeichen. Die Bürgersteige waren jedoch voller Pendler, die zur Bahnstation eilten und durch verschiedene Gassen und Abkürzungen liefen, aber von Gina war noch immer nichts zu sehen.

Tatsächlich erkannte er überhaupt niemanden.

Kurz nach acht näherte sich eine Frau, die Tomek nicht kannte, dem Restaurant. Sie ging mit der Selbstsicherheit einer Person, die wusste, was sie tat, nicht wie ein Kunde, der vorsichtig auf das Restaurant zuschlich, um zu sehen, ob es schon geöffnet hatte.

Als Tomek ihre Schlüssel sah, sprang er aus dem Auto und eilte hinüber.

»Entschuldigung, wir haben noch nicht geöffnet«, sagte sie, ohne ihn anzusehen. »Bitte warten Sie.«

Tomek öffnete seinen Mund, aber es kam nichts heraus. Etwas hatte ihn überwältigt, seinen Verstand ausgeschaltet, und er konnte nicht mehr denken, was er sagen sollte. Schließlich brachte er hervor: »Natürlich. Ich warte gerne.«

Dann stand er die nächsten zehn Minuten draußen wie ein wütender Kunde, der etwas zurückgeben wollte, was er am Vortag gekauft hatte, außer dass er, als er eintrat, nicht zur Kasse stürmte und den Artikel hinwarf, als wäre es die Schuld des Angestellten, dass das Ding nicht passte. Stattdessen ging Tomek direkt zu seiner Nische an der Seite des Raumes. Diesmal saß er in die andere Richtung und beobachtete die Küche. Er scannte die Gesichter. Er erkannte keinen von ihnen. Es war eine völlig neue Belegschaft: alles Männer, alle mit der gleichen weißen Schürze. Tomek war sich sicher, dass er keinen von ihnen je zuvor gesehen hatte.

Dieser Gedanke erinnerte ihn.

Während er dort saß und darauf wartete, dass ein Mitarbeiter zu ihm kam, holte er sein Handy heraus und lud Ilianas Webseite. Am oberen Rand war ein weißes Banner mit dem Tripadvisor-Logo. Tomek klickte auf das Banner und wurde zu Ilianas Seite auf der Bewertungswebsite weitergeleitet.

Direkt unter dem Logo des Cafés stand ihre Sternebewertung: 2,4/5.

Weniger als attraktiv für potenzielle Kunden oder Touristen, die einen netten Ort zum Besuchen suchen. Morganas hingegen prangte stolz mit gesunden 4,3/5. Keineswegs perfekt, aber weitaus besser als Ilianas. Anton führte das Café in den Ruin, und als er einige der Kundenrezensionen las, beginnend mit den schlechtesten, fand er heraus, warum. Eine Litanei von Nachrichten, die besagten, dass der Kundenservice miserabel war, dass das Personal unfreundlich war und dass sie nie zweimal denselben Mitarbeiter sahen. Einige seiner Lieblingsantworten waren: »Wahrscheinlich bekommt man in einem russischen Gefängnis einen besseren Service«, »Ich glaube, ich würde lieber in eine Tasse scheißen und sie essen, als hierher zurückzukommen – es wird wahrscheinlich besser schmecken«, »Dort gibt es alle fünf Minuten jemand Neues, sie müssen eine höhere Fluktuation haben als das Schlafzimmer einer Prostituierten«. Und sein persönlicher Favorit: »Würde nicht einmal meinen schlimmsten Feind hierher bringen. Dieser Ort ist schlimmer als die Hölle.« Tomek dachte, es könnte ein bisschen zu viel gewesen sein, aber die Leute hatten Anrecht auf ihre Meinung, und er würde nicht anfangen, online mit ihnen zu streiten. Dort begann der Wahnsinn.

Glücklicherweise wurde er von den vernichtenden Rezensionen abgelenkt durch die Frau, die er draußen getroffen hatte. Ihr Gesicht war ausdruckslos, und ihre Einstellung passte dazu. Sie hatten erst seit fünf Minuten geöffnet, und sie sah bereits aus, als hätte sie genug.

»Was wollen Sie?«, fragte sie. Osteuropäisch, obwohl sie mit amerikanischem Akzent sprach.

»Wo ist die Frau, die gestern hier war?«, fragte er.

»Welche Frau?«

»Gina.«

»Ich... ich weiß nicht. Dies ist mein erster Tag.«

»Okay«, sagte er verwirrt. »Ich möchte nichts trinken oder so. Mir geht's gut für jetzt. Ich warte.«

»Sie wollen warten?«

»Ja.«

»Sie werden einfach da sitzen?«

»Ja.«

»Sie wollen nichts trinken oder so?«

»Jetzt nicht, danke.«

»Okay...«

Damit wandte sie sich von ihm ab und ging in Richtung der Küche. Für lange Zeit war er die einzige Person dort, und da er nichts bestellt hatte, gab es nicht viel für das Küchenpersonal zu tun, also standen sie in Gruppen zusammen und diskutierten untereinander, wobei sie ihn ständig anschauten. Tomek versuchte, nicht paranoid zu werden und es persönlich zu nehmen – dass sie sich über seine Haare lustig machten oder ihn wegen der Art und Weise verspotteten, wie sein Bart sich nicht ganz auf seiner Wange vereinte – stattdessen versuchte er zu lauschen, zu beobachten. Im Laufe der Jahre hatte er die Kunst des Zuhörens ohne Zuhören entwickelt und glaubte, dass er Dinge aus der Ferne aufschnappen konnte (obwohl Abigail etwas anderes behauptet hätte). Aus dem, was er entziffern konnte, sprachen sie Rumänisch. Aber obwohl die Sprachen sehr ähnlich waren, konnte er keine Bedeutung entschlüsseln.

Erst als ein zweiter Kunde hereinkam, winkte er die Kellnerin wieder heran.

»Wo ist Anton?«, fragte er sie.

»Anton?«

»Der Typ, der Sie eingestellt hat.«

»Ja…« Sie wurde plötzlich angespannt, verängstigt. »Ich kenne Anton. Ich… ich weiß nicht, wo Anton ist. Niemand hat ihn seit gestern gesehen.«

»Wer?«

»Wie bitte?«

Tomek erkannte, dass er in vollständigen Sätzen sprechen musste, wenn er eine Antwort von ihr bekommen wollte.

»Wer von dem Küchenpersonal, das heute arbeitet, hat ihn seit gestern nicht gesehen?«

Die Zahnräder drehten sich langsam in ihrem Kopf, während sie Mühe hatte, die Frage zu verarbeiten. *Scheiß drauf*, dachte er. Er hatte keine Zeit zum Warten. Nicht, wenn es immer noch kein Anzeichen von Gina gab. Er schob sich aus der Nische, pellte seinen Hintern und seine Beine vom Kunstleder und stürmte in Richtung der Küche. Er schlug mit der Faust, um die Aufmerksamkeit der Köche zu erregen, und als er sie hatte, sagte er: »Weiß jemand, wo Anton ist?«

Fünf verwirrte und perplexe Gesichter starrten zurück, als ob er eine Fremdsprache spräche. Ihm war klar, dass viele von ihnen ihn wahrscheinlich nicht verstanden.

»Anton. Euer Chef«, wiederholte er. »Weiß jemand, wo er ist?«

Immer noch nichts. Dann trat einer von ihnen vor. Er sah müde aus, geschlagen, mit einer kaputten Brille, die lose am Ende seiner Hakennase hing.

»Anton arbeitet heute nicht«, sagte der Mann in fast perfektem Englisch.

»Wissen Sie, wo er ist?«, fragte Tomek.

»Nein. Er hat nichts gesagt.«

»Und *Sie* haben mit ihm gesprochen, ja?«

»Ja.«

»Wann?«

»Heute Morgen. Auf seinem Handy. Er hat angerufen, um Bescheid zu sagen.«

»Richtig.« Tomek drehte sich weg, um die Information zu verarbeiten. Weder Anton noch Gina waren aufgetaucht. Es war kurz nach neun Uhr morgens, und es gab immer noch kein Anzeichen von ihr, und Tomek begann zu denken, dass sie nicht auftauchen würde. Hatte Anton von ihrem geheimen Treffen erfahren? Hatte er ihr etwas Schreckliches angetan?

Tomek begann, das Schlimmste zu befürchten. Bevor er handeln konnte, vibrierte sein Handy in seiner Tasche. Er steckte seine Hand hinein und holte das Gerät heraus. In seiner Eile beantwortete er den Anruf, ohne auf die Anrufer-ID zu schauen.

»DS Bowen«, sagte er.

»Tomek? Hier ist Rachel.«

Tomek bewegte sich von der Küche weg und kehrte zu seinem Platz zurück. Inzwischen hatte sich die Kellnerin einem anderen Kunden zugewandt.

»Ah, Frau Hamilton. Wenn Sie im Namen einer bestimmten Inspektorin fragen, warum ich noch nicht ins Büro gekommen bin, dann können Sie ihr sagen, dass ich wichtige Arbeit erledige.«

»Was? Halt die Klappe. Es hat nichts damit zu tun. Es geht um Mariusz' Handy.«

Tomek begann, mit dem Messer in die Serviette zu stechen und durch den Stoff zu reißen. »Ich höre«, sagte er.

»Die digitale Forensik hat gerade die Durchsicht beendet. Ich habe ihren Bericht direkt vor mir.«

»Und?«

»Und sie haben ein Foto auf Mariusz' Handy gefunden, das er an eine unterdrückte Nummer am Morgen von Andreis Tod geschickt hatte.«

Tomek wusste bereits, was kommen würde.

»Das Foto war von Andrei Pirlog, tot in seinem Badezimmer. Es gab keinen Text, keinen Kontext hinter dem Bild. Es war fast so, als wäre es-«

»Ein Beweis«, beendete Tomek für sie. »Ein Nachweis, dass Andrei tot war.« Er schwang seine Beine aus der Nische und begann, seinen Körper wieder herauszuschieben. »Ich bin auf dem Weg. Ich bin in fünf Minuten da.«

Er eilte aus dem Restaurant und sprintete zu seinem Auto. Als er die

Tür hinter sich schloss, begann sein Telefon erneut zu vibrieren. Wieder antwortete er in seiner Eile, ohne nachzusehen.

»Sag nicht, dass ihr noch ein Foto gefunden habt«, sagte er.

»Ähm...«, kam die verwirrte Antwort. Tomek schaute auf sein Telefon, sah die Anrufer-ID und fluchte leise. »Ist das Detective Bowen? Hier ist Kirsty Redgrave. Wo sind Sie? Können wir uns treffen? Wir haben etwas, das Sie vielleicht hören möchten...«

# KAPITEL
# NEUNUNDVIERZIG

Tomek hatte Morgana's ausgewählt.

Als er zwanzig Minuten später ankam, warteten die Redgraves bereits auf ihn. Kirsty sprang von ihrem Sitz auf und schüttelte ihm die Hand, sobald sie ihn entdeckte.

»Vielen Dank, dass du gekommen bist«, sagte sie, jede ihrer Silben triefte vor Dankbarkeit.

»Überhaupt kein Problem«, antwortete Tomek. »Entschuldigen Sie meine Verspätung. Der verdammte Verkehr war ein Albtraum.«

»Oh, ja. Wir wissen Bescheid. Hier gibt es viele Ampeln. Aber das ist etwas, was wir Amerikaner wirklich gut können. Sie hätten uns sehen sollen, als wir zum ersten Mal an einen Kreisverkehr kamen.«

Tomek grinste höflich, obwohl er begierig darauf war, die Sache so schnell wie möglich hinter sich zu bringen. Die Nachricht von dem Foto hatte ihn auf der Fahrt hierher beschäftigt.

Kirsty stellte ihm ihre Familie vor.

»Das ist Jimmy, mein Mann. Patricia, meine Tochter. Annabel, meine Schwiegermutter, und Nelson, mein Sohn.«

Tomek dachte sofort an den Schläger aus *Die Simpsons* - ha-ha! - und er musste zugeben, die Ähnlichkeit war fast unheimlich. Sein Haar war zu einer Tolle zurückgekämmt, an beiden Seiten seiner Stirn gescheitelt, seine Schultern waren eine Kombination aus Fett und den frühen

Anzeichen von Muskeln, und seine pummelige Nase passte einfach zu gut.

Tomek setzte sich dem jungen Mann gegenüber und zwängte sich zwischen Kirsty und ihren Mann. Annabel, die Schwiegermutter, legte einen Arm um Nelson.

»Möchtest du etwas trinken?«, fragte Kirsty Tomek.

Er wollte gerade nein sagen, als ihm klar wurde, dass sie es sowieso auf die Spesenabrechnung setzen würden, bevor sie zurück nach Amerika flogen. Wenn er also einen auf Victorias Kosten haben könnte, wäre er ein Narr, nein zu sagen.

»Ich könnte tatsächlich einen vertragen, danke.«

Nachdem er bestellt hatte, fragte er: »Wie gefällt Ihnen Ihr verlängerter Aufenthalt? Ich nehme an, mit der Unterkunft und dem Mietwagen ist alles geregelt worden?«

»Ja«, sagte sie, während sie eine Hand auf seine Schulter legte. »Alles war großartig. Alle waren so hilfsbereit. Und Anna - oh mein Gott, wir *lieben* Anna.«

»Ja, sie ist ein gutes Ei.«

»Nicht nur das, sie ist auch so freundlich und mitfühlend. Wir könnten jemanden wie sie an der Universität gebrauchen.«

»Nun, sie gehört uns«, sagte Tomek, »und Sie dürfen sie nicht haben.«

Die Familie Redgrave kicherte und flüsterte miteinander, als ob er außerhalb eines Insiderwitzes stünde, den nur Anna verstehen würde. Ein Teil von ihm fragte sich, ob sie Mitglieder einer Sekte waren und dies Teil ihres Initiationsprozesses war, um ihn zum Beitritt zu bewegen. Zuerst hatten sie Anna bekommen, jetzt waren sie hinter ihm her.

Er schob den Gedanken beiseite.

»Was ist mit der Gestalt, die Sie gesehen haben?«, fragte er und lenkte das Gespräch weiter. »Seitdem noch weitere Sichtungen?«

Kirsty legte eine Hand auf seine. »Glücklicherweise nichts. Wir haben weder etwas gesehen noch von anderen Nachbarn gehört, keine Geräusche aus dem Garten oder irgendjemanden auf der anderen Straßenseite bemerkt. Irgendetwas scheint sie vertrieben zu haben.«

Ja, ein Typ namens Denis Danyluk könnte damit zu tun gehabt haben, dachte Tomek.

»Freut mich zu hören. Aber wenn das nicht der Grund ist, warum Sie mich hergerufen haben, was ist es dann?«

Kirsty antwortete nicht. Stattdessen deutete sie auf ihren Sohn.

Zunächst konnte der junge Bursche Tomeks Blick nicht begegnen. Er schaute auf seine Finger und spielte mit ihnen. Dann, nachdem Nelson bei seiner Mutter Unterstützung suchte und sie ihm diese mit einem sanften Nicken gab, fasste er genug Mut, um zu sprechen.

»Also, neulich - ich meine, gestern Abend...«

*Ha-ha!* Tomek hörte diesen ikonischen Klang in seinem Kopf, sobald der Teenager sprach.

Nelson zögerte. Er war an einem Hindernis angelangt und wusste nicht, wie er fortfahren sollte.

»Ist schon gut, Nels. Du kannst es ihm sagen. Du bist nicht in Schwierigkeiten«, sagte Kirsty und kam ihm zu Hilfe.

Das schien den Jungen zu beruhigen. »Also, es war gestern Abend. Wir gingen an der Strandpromenade entlang. Wir hatten gerade in der Hauptstraße gegessen und ich wollte mir die Spielhallen ansehen. Zuerst waren wir in der beim Kursaal, dann machten wir uns auf den Weg nach unten. Als wir dann aus einem der Orte an der Promenade herauskamen, fiel mir etwas auf.«

Promenade, als wäre Southend-on-Sea die schäbigere, ärmere Variante von Vegas.

»Es war ein Mann, ganz in Schwarz gekleidet«, fuhr Nelson fort.

»Richtig.«

»Die gleiche Kleidung wie der Mann, der vom Tatort am Strand geflohen ist.«

»Richtig.«

»Es erinnerte mich an ihn.«

»An wen?«

»An die Person, die weggelaufen ist!«

»Okay... Denkst du, dass er es war?«

»Ich weiß es nicht.«

»Verstehe.«

Tomek wusste nicht, worauf das hinauslief. Alles, was sie gesehen hatten, war ein Mann, der aussah wie die Gestalt, die vom Tatort geflohen war - Mariusz, der tot war.

»Erzähl ihm den Rest«, bestand Kirsty darauf und streckte den Arm über den Tisch, um nach dem Arm ihres Sohnes zu greifen. »Es gibt etwas, was er dir nicht erzählt«, sagte sie zu Tomek.

Nelson wurde wieder schüchtern und senkte den Kopf. »Ich... ich dachte damals nicht, dass es wichtig war, und weil niemand sonst sie bemerkt hatte, dachte ich, dass ich sie mir vielleicht am Strand nur eingebildet hatte.«

»Was bemerkt, Nelson?«

»Gestern Abend trug der Mann von der Strandpromenade die gleichen Schuhe. Das ist, was mich daran erinnert hat...«

»Welche Schuhe?«

»Er trug ein Paar rote Christian Louboutins.«

Tomek sah den Jungen ausdruckslos an.

»Designerschuhe«, sagte Patricia, Kirstys Tochter, während sie ihm ihr Handy vors Gesicht hielt. Auf dem Bildschirm war ein Paar roter High-Top-Sneaker zu sehen, mit Nieten auf den Kappen, die aussahen, als wären sie einem BDSM-Sextoy entsprungen.

Tomek erkannte sie sofort wieder.

# KAPITEL
# FÜNFZIG

Sie hatte das nie erwartet. So sollte ihr Leben nicht sein. Das war nicht das, was sie geplant hatte. Sie hatte auf ein erfüllteres, fruchtbareres Dasein gehofft, sowohl für sich selbst als auch für ihre Familie in Rumänien. Aber alles hatte sich so schnell verändert, so erschreckend schnell, dass sie kaum Zeit gehabt hatte, es zu begreifen und zu verarbeiten.

Sie befand sich in einem kleinen Raum. Das wusste sie. Es war stockfinster, das konnte sie ebenfalls erkennen. Aber sie hatte keine Ahnung, wie lange sie schon hier war. Die Zeit war fern, außer Reichweite, aber sie wusste, dass sie lange genug hier war, um den Kasten zu kennen. Seine Ecken und Kanten. Seine glatten, festen Oberflächen. So sehr, dass er fast zu einem Freund geworden war.

Anfangs hatte sie geschrien, geweint. Mit den Fäusten gegen die Betonwände gehämmert und mit den Füßen dagegen getreten. Bis der Schmerz zu unerträglich wurde, um weiterzumachen.

Sie wusste nicht, was sie getan hatte, um das zu verdienen, welche Reihe unglücklicher Ereignisse sie hierher geführt hatte. Sie wusste auch nicht, wie sie hier herauskommen sollte.

Es schien gewiss, dass sie sterben würde. Kein Wasser, keine Nahrung. Bald würde es auch keine Luft mehr geben.

Sie würde entweder verhungern, verdursten oder ersticken. Je nachdem, was zuerst kam.

Obwohl sie nicht gerne darüber nachdachte. Stattdessen beschäftigte sie ihre Gedanken mit ihrer Heimat, ihrem Ehemann, ihrer Mutter und ihrem Vater. Wie sie sich um sie gekümmert hatten, als sie aufwuchs, wie dankbar sie für alles war, was sie getan hatten, für die Opfer, die sie gebracht hatten. Sie alle fragten sich wahrscheinlich, wo sie war, wie beim letzten Mal, als so etwas passiert war. Als sie jünger war. Ein Kleinkind. Sie hatte mit ihrer Schwester am Strand im Urlaub gespielt. Die beiden waren auf die Suche nach einer Toilette gegangen. Nachdem sie die Aufforderung ihres Vaters, das Meer als Toilette zu benutzen, mehrmals ignoriert hatten – »Papa! Das ist eklig!« – machten sie sich schließlich auf den Weg, Hand in Hand, der Sand bewegte sich unter ihren Zehen. Kurz darauf hatten sie ein paar hundert Meter landeinwärts eine passende Kabine gefunden, aber sie war schmutzig, verschwitzt, mit Urin bedeckt und benutztem Toilettenpapier auf dem Boden. Der Griff war rostig und erforderte große Anstrengung, um ihn zu öffnen, und Graffiti bedeckten die Wände wie in einer Irrenanstalt. Alles in einer fremden Sprache. Nichts davon ergab einen Sinn. Aber vielleicht war das auch gut so; sie hatte einige der Sachen gesehen, die Vandalen und Kinder heutzutage an die Wände schrieben, und es ekelte sie an.

Die Kabine war kaum groß genug für eine von ihnen, geschweige denn für zwei, und als die Jüngste hatte ihre egoistische ältere Schwester sie zuerst hineingeschickt. Sie hatte so dringend Pipi gemusst, dass sie den Schmutz ignorieren konnte und sogar vergessen hatte, Toilettenpapier auf den Rand zu legen, damit weniger Keime mit ihrer Haut in Kontakt kämen. Nachdem sie fertig war, wurde ihr die Verkommenheit des Ortes bewusst, und sie versuchte, so schnell wie möglich zu entkommen. In ihrer Eile hatte sie jedoch den Griff von der Tür abgebrochen und sich eingeschlossen. Sie hatte wiederholt gegen die Tür geschlagen und geschrien, bis ihre Lungen platzten und ihr die Luft ausging. Ihre Schwester hatte auch geschrien, ihre Schreie waren nur durch ein dünnes Stück Metall getrennt.

Dann hatte ihre Schwester ihr gesagt, sie würde Hilfe holen, dass sie versprach zurückzukommen. Wenige Sekunden später war sie weg und ließ sie allein in der stinkenden Kabine zurück.

Die ersten zehn Minuten waren von Optimismus erfüllt und der Hoffnung, dass ihre Schwester Unterstützung finden und schnell zurückkehren würde. Aber mit der Zeit schwand dieses Gefühl, und die Panik begann sich einzuschleichen. Was, wenn sie nicht zurückkämen? Was, wenn ihre Schwester sie vergessen hatte oder ihr einen ausgeklügelten Streich spielte? Was, wenn ihrer Schwester etwas zugestoßen war?

Schreien. Gegen die Tür schlagen.

Genau wie jetzt.

Obwohl inzwischen die Hoffnung fast verschwunden war.

Nach einer gefühlten Ewigkeit von zwei Stunden in der Kabine, die in Wirklichkeit nur dreißig Minuten waren, kehrte ihre Schwester mit Hilfe zurück. Und ein paar Minuten später wurde sie gerettet. Nie hatte sie ihre Familie so fest umarmt.

Aber jetzt gab es niemanden zum Umarmen. Niemanden, der sie retten würde. Niemanden, der sie aus der Dunkelheit befreien würde.

Sie suchte nach der Ecke des Raumes, ihre Finger glitten über die glatte Oberfläche. Als sie sie fand, rutschte sie auf den Boden, kauerte sich zu einer Kugel zusammen und zog ihre Knie an die Brust. Dann begann sie zu schluchzen, dicke Tränen liefen über ihr Gesicht. Sie hielten nicht lange an. Ihr Körper war so dehydriert, dass sie nichts mehr hatte, nichts mehr zu geben. Stattdessen senkte sie ihren Kopf auf die Knie und zwang ihre Augen zu. Ihre delirische und dehydrierte Fantasie begann, wilde Szenarien und Bilder in ihrem Kopf zu erschaffen – Cowboys, Berge, Fische, die sie nur auf einem Fernsehbildschirm gesehen hatte, ihr Lieblingsgeschäft, das sie besuchen durfte.

Und dann hörte sie ein Geräusch.

Zuerst dachte sie, es wäre die Kasse, die sich in ihrem Kopf öffnete. Aber dann hörte sie es wieder und erkannte, dass es das überhaupt nicht war. Es war *etwas*.

Etwas in der realen Welt.

Etwas in der Nähe, außerhalb der Grenzen der kleinen Kiste.

Einen Moment später hörte sie das Geräusch von Metall, das gegen Metall klapperte.

Dann kam das Licht hereingeströmt. Blendete sie.

Es dauerte lange, bis sie sie wieder öffnen konnte. Als sie es tat, sah sie eine Gestalt vor sich stehen, ein solider schwarzer Dämon vor einem Hintergrund aus reinem Weiß.

»Steh auf«, sagte er. »Komm mit mir.«

# KAPITEL
# EINUNDFÜNFZIG

Tomek hatte den Mann, nach dem er suchte, in Morganas Café gefunden, wo er im Hinterzimmer saß und so tat, als wäre er beschäftigt. Mit Hilfe von zwei uniformierten Polizisten hatte Tomek ihn wegen des Verdachts auf Mord an Morgana Usyk festgenommen.

Der Mann saß ihm jetzt im Verhörraum eins gegenüber. Neben ihm saß seine Anwältin und neben Tomek war Rachel. Sie hatten ihn an seine Rechte erinnert und waren nun bereit fortzufahren.

Tomek räusperte sich, bevor er begann.

»Vlad, es gibt nur noch ein paar Dinge, die wir gerne über Ihren Aufenthaltsort am Morgen von Morganas Tod wissen möchten.«

Der Mann sagte nichts.

»In einer ersten Aussage haben Sie uns mitgeteilt, dass Sie verschlafen haben und noch im Bett waren. Erinnern Sie sich daran, das gesagt zu haben?«

»Kein Kommentar.«

»Später sagten Sie, dass Sie kurz nach elf aufgewacht sind. Stimmt das?«

»Kein Kommentar.«

»Bleiben Sie dabei?«

»Kein Kommentar.«

»Können Sie sich erinnern, wann Sie an diesem Morgen im Café angekommen sind?«

Vlads Gesichtsausdruck blieb ausdruckslos. »Kein Kommentar.«

»Dann lassen Sie mich Ihnen auf die Sprünge helfen.« Tomek öffnete einen kleinen Ordner und legte ein Blatt darauf. »Unser Team kam um 12:45 Uhr dort an, und Sie waren immer noch nirgends zu sehen. Laut den Berichten unseres Teams sind Sie erst kurz nach eins aufgetaucht. Sehen Sie, worauf ich hinaus will?«

»Kein Kommentar.«

Tomek stieß einen leisen Seufzer aus.

»Gibt es jemanden, der Ihren Aufenthaltsort für diesen Morgen bestätigen kann?«, fragte Rachel. »Denn im Moment haben wir nur Ihr Wort dafür. Und so wie die Dinge stehen, rückt Sie das in den Fokus unserer Mordermittlungen.«

Vlads Augen verengten sich, als er seinen Kopf langsam zu Rachel drehte. »Kein. Kommentar.«

»Wie Sie wollen«, antwortete sie.

Tomek öffnete den Ordner erneut und holte zwei neue Blätter heraus. Darauf waren vier Standbilder von verschiedenen CCTV-Winkeln entlang der Strandpromenade von Southend zu sehen. Nach der Entdeckung der Redgraves bezüglich der Schuhe hatte Chey sich die Aufnahmen der Überwachungskameras an der Strandpromenade noch einmal angesehen, diesmal auf der Suche nach einem Paar roter Christian Louboutins, und hatte dabei die Person gefunden, die sie für ihren Hauptverdächtigen hielten, wie sie aus dem Wasser beim Pier auftauchte. Das Gesicht der Gestalt war jedoch immer noch verzerrt und durch Kapuze und Schal verdeckt. Aber es war deutlich zu erkennen, für wen sie die Person hielten.

Auf den Fotos vor Vlad hatte Tomek die Entscheidung getroffen, die Schuhe abzuschneiden.

Vorerst.

»Erkennen Sie den Mann auf diesen Fotos?«, fragte Rachel, während sie sie zu ihm hinüberschob.

Vlad ignorierte sie völlig.

»Kein Kommentar.«

»Das ist die Person, die wir verdächtigen, Ihre Chefin, Ihre engste Freundin, getötet zu haben. Erkennen Sie diese Person?«

Rachel tippte wiederholt mit ihren Fingern darauf, was einen schnellen Blick des Mannes provozierte. Ein Flackern der Augen.

»Kein Kommentar«, sagte er, dann sah er sich die Bilder noch einmal genauer an und lehnte sich in seinem Stuhl zurück. Ein kleiner Hauch von Erkenntnis blitzte in seinen Augen auf.

Ein weiteres Blatt. Ein weiteres Foto. Diesmal war es das Bild, das Mariusz von Andrei in der Badewanne gemacht hatte.

»Was ist mit diesem Bild? Erkennen Sie die Person darauf?«

Jetzt konnte Vlad seinen Blick nicht mehr davon losreißen. Er nahm das Blatt auf und betrachtete das Foto des toten Mannes.

»Kein Kommentar.«

Tomek seufzte erneut. Es würde ein langer Nachmittag werden.

»Haben Sie dieses Foto schon einmal gesehen?«, wiederholte Tomek.

»Kein Kommentar.«

»Kennen Sie jemanden, der es gesehen hat?«

Vlads Augen wanderten zur Wand.

»Kein Kommentar.«

»Wo waren Sie letzten Donnerstag?«, fragte er, am Tag von Andreis Tod. »Erzählen Sie uns, was Sie gemacht haben.«

»Kein Kommentar.«

Sackgasse. Er gab nichts preis. Sie mussten sich mehr anstrengen. Tomek griff erneut in den Ordner und zog sein Ass aus dem Ärmel: die gleichen Bilder des Mannes an der Strandpromenade, nur mit einem feinen Unterschied. Die roten Schuhe, verstärkt und gesättigt, um sie auf der Seite noch offensichtlicher zu machen.

»Was ist mit dem Mann auf *diesen* Fotos?«, fragte Tomek. »Erkennen Sie jetzt etwas an ihm?«

Tomek schob das Papier mit den Bildern von der Strandpromenade zu Vlad hinüber. Endlich gab der Mann nach und warf einen Blick auf die Bilder. Er nahm sie in die Hand und hielt sie direkt vor sein Gesicht, sodass weder Tomek noch Rachel seine Reaktion sehen konnten. Dann, einige Augenblicke später, legte er das Papier hin und flüsterte seiner Anwältin etwas ins Ohr.

»Mein Mandant möchte um eine Pause bitten, wenn das möglich ist? Er muss auf die Toilette, und wir haben einige Dinge zu besprechen, bevor wir weitermachen.«

Tomek gab ihnen fünfzehn Minuten. Während sie warteten, gingen er und Rachel zurück in den Einsatzraum. Der Raum war gedämpft, still als sie zurückkehrten, alle Aufmerksamkeit auf sie gerichtet, in Erwartung einer Neuigkeit.

»Wir machen eine kleine Siesta«, erklärte Tomek. »Die Pause ist in fünfzehn Minuten vorbei.«

Als Tomek an seinen Schreibtisch zurückkehrte, rief ihm jemand zu.

»Chef!«

Es kam von Cheys Schreibtisch. Der junge Polizist erhob sich aus seinem Stuhl und humpelte herüber.

»Was ist denn mit dir los?«, fragte er.

»Bin draußen gestolpert. Völlig unabsichtlich.«

»Nein... weil es absichtlich zu tun seltsam wäre. Es sei denn, du wolltest uns verklagen, in diesem Fall: Nur zu.«

»Danke für die Idee«, sagte Chey. »Hast du einen Moment?«

»Für meinen Freund? Natürlich.«

Chey grinste und zog Tomek zu seinem Schreibtisch.

»Du machst Pause zum richtigen Zeitpunkt«, sagte er. »Ich wollte nicht unterbrechen, aber die Materialanalyse der Schuhe aus Vlads Wohnung ist da.«

»Und?«

»Es gibt eine Übereinstimmung zwischen Vlads Schuhen und den Schlamm- und Sandproben, die auf Morganas Kleidung gefunden wurden.«

»Was bedeutet?«

»Dass diese Schuhe am Tatort im Schlick waren.«

»Das heißt, Vlad war derjenige, den Andrei gesehen hat, wie er Morganas Kopf hielt.«

»Das bedeutet, dass Vlad vielleicht weiß, was mit ihr passiert ist«, fügte Chey hinzu.

»Oder es selbst getan hat.«

Tomek wurde plötzlich von Euphorie durchflutet. Die Schuhe. Diese verdammten, grellen, scheußlichen Schuhe. Er hatte Recht gehabt, sie zu verdächtigen. Er konnte nicht anders, als ein wenig Stolz zu empfinden.

Nach Ablauf der fünfzehn Minuten verließen Tomek und Rachel den Einsatzraum. Bevor Tomek den Aufzug erreichen konnte, sprach Sean ihn an.

»Kann das warten, Kumpel?«, fragte er. »Wir sind gerade auf dem Weg nach unten.«

»Ja. Es geht nur kurz um das Zimmer.«

»Was ist damit?«

»Brauche es sowieso nicht mehr«, sagte er. »Ich werde bei Victoria einziehen.«

»Das ist gut. Erspart uns ein unangenehmes Gespräch.«

»Oh?«

»Ja. Kasia war nicht sehr begeistert von der Idee, einen fremden Mann in unserem Haus wohnen zu haben«, log er. Kasia hatte kein Problem damit. Nachdem er sie nach einer Ja- oder Nein-Antwort gedrängt hatte, hatte sie gesagt, dass es in Ordnung sei, solange sie morgens zuerst duschen könne. Aber das musste Sean nicht wissen.

Tomek betrat als Letzter den Verhörraum.

»Entschuldigung«, sagte er, als er eilig auf seinen Stuhl zurückkehrte. »Ich hoffe, ich habe nichts verpasst.«

»Noch nicht«, antwortete Rachel. »Wir haben auf dich gewartet. Ich verstehe, dass Vlad etwas mitteilen möchte?«

»Ja«, antwortete die Anwältin und wandte sich Vlad zu.

Tomek machte sich bereit. Würde er gestehen? Oder würde er versuchen, sich irgendwie aus der Situation herauszuwinden?

Tomek saß fast auf der Kante seines Stuhls.

Vlad lehnte sich vor, stützte seine Ellbogen auf den Tisch und sagte:

»Ich weiß, was Sie sagen werden. Die Schuhe. Die, die Sie neulich zur Untersuchung geschickt haben. Ich weiß, dass sie eine Übereinstimmung ergeben werden. Ich weiß, dass Sie denselben Schlamm und Sand finden werden, der auf Morganas Körper war.«

Tomek nahm sich einen Moment, um sich zu sammeln. »Woher wissen Sie das, Vlad?«

»Nun, es gibt nur eine mögliche Erklärung, nicht wahr? Weil es so aussieht, als hätte ich sie getötet.«

»Klingt etwa richtig«, erwiderte Tomek und versuchte, sich nicht in die Karten schauen zu lassen.

»Aber ich möchte etwas ganz klar stellen. Fürs Protokoll.«

Tomek sagte nichts. Wartete darauf, dass der Mann fortfuhr.

»Fahren Sie fort...«, antwortete Rachel.

»Ich hatte nichts mit ihrem Mord zu tun. An dem Morgen, an dem sie starb, habe ich verschlafen, wie ich Ihnen bereits gesagt habe. Aber ich habe sie nicht getötet.«

»Bitte erläutern Sie das.«

»Ich weiß nichts darüber, was an diesem Morgen am Strand passiert ist. Das ist eine Tatsache. Aber ich weiß, was mit diesen Schuhen passiert ist.«

Tomek hatte Mühe, mitzukommen. »Ich würde Sie bitten, das für mich genauer zu erklären.«

Vlad seufzte. »Die Schuhe. Sie gehören nicht mir. Ich habe sie bekommen, sollte auf sie aufpassen.«

»Von wem?«

Vlad hielt inne und starrte Tomek und Rachel einige Momente lang an, bevor er antwortete.

»Sie gehören Anton Usyk. Und ich kann es beweisen.«

# KAPITEL
# ZWEIUNDFÜNFZIG

Laut Vlads „Beweis" hatte Anton die Schuhe eines Morgens abgegeben, und er hatte alles mit seiner Türklingel-Überwachungskamera dokumentiert. Nach dem Verhör griffen Tomek und Chey aus der Ferne auf die Videoaufnahmen von Vlads Handy zu und suchten nach den Beweisen. Eine Stunde später fanden sie sie: Anton stand an der Haustür, trug einen dicken schwarzen Mantel mit einem Schal, der eng um seinen Hals gewickelt war, hielt die roten Schuhe in seinen Händen und übergab sie Vlad. Dann betrat er das Haus, nahm die Schuhe mit und verließ es zwanzig Minuten später eilig in Richtung seines Autos.

Das Video bestätigte so gut wie, dass Anton am Tatort gewesen war, dass er derjenige war, den Andrei gesehen hatte, dass er aus dem Hafen geflohen war. Folglich brachte es ihn in Verbindung mit dem Mord an seiner Frau. Das einzige Problem bestand jetzt darin, ihn zu finden. Laut Berichten war er an diesem Morgen immer noch nicht zur Arbeit erschienen, und niemand hatte ihn seit gestern Abend gesehen.

»Das ist es also«, sagte Anna, nachdem Tomek ein Meeting einberufen und Chey gebeten hatte, dem Team das Videomaterial zu erklären. »Anton hat Morgana getötet. Er ist derjenige, der es getan hat?«

»Möglicherweise, ja«, sagte Tomek. Er hob die Hände, um die

wütenden Blicke zu besänftigen. »Aber wir sind noch nicht fertig. Es gibt immer noch vieles, das keinen Sinn ergibt.«

»Wie was?«, zischte Victoria, als wäre es seine Schuld, dass die Ermittlung so komplex war.

»Wie die Tatsache, dass Morgana *allein* zum Hafen gefahren ist. Sie war dorthin gegangen, um jemanden zu treffen, oder vielleicht nur für einen Spaziergang – wir wissen es nicht. Aber als sie dort ankam, traf sie auf ihren Ehemann, der sie dann umbrachte. Er wird dann auf frischer Tat ertappt, flieht vom Tatort, gibt seine sandigen Schuhe an den stellvertretenden Manager eines seiner Restaurants zur 'sicheren Aufbewahrung' und schickt dann Mariusz als Sündenbock vor, um die Schuld auf sich zu nehmen. Was ich wissen möchte, ist, was ist die Verbindung zwischen den beiden? Was ist auch die Verbindung zu Gavin? War es Anton, der ihm sagte, die Informationen weiterzugeben, oder war Vlad irgendwie involviert?«

»Sie glauben, Anton hat die ganze Zeit dieses Ding orchestriert?«, fragte Victoria. Sie hätte nicht unintelligenter klingen können, wenn sie es versucht hätte, als würde man einen Gen-Z nach den ersten Primzahlen fragen und er denkt, es hätte etwas mit den Kundendienst-kontaktdaten für den Streaming-Dienst zu tun.

»Das ist meine Hypothese«, antwortete Tomek. »Anton tötete seine Frau, floh vom Tatort und übergab die Beweise an Vlad. Dann erkannte er, dass sich das Netz bald um ihn schließen würde, da er der Ehemann und die offensichtliche Wahl ist, und so brachte er Mariusz dazu, Andrei in seiner Wohnung zu töten und sich dann zu stellen, um zu gestehen, dass er am Hafen war. Er hat wahrscheinlich nicht damit gerechnet, dass wir so schnell die Wahrheit über den vorgetäuschten Selbstmord herausfinden würden.«

»Also wurden die Fotos auf Mariusz' Handy an Anton geschickt?«

»Das wäre meine Vermutung«, erwiderte Tomek mit einem Nicken.

»Und die Nachrichten an Gavin, unseren Whistleblower?« Victoria begann, sich zwischen den Whiteboards zu bewegen und tippte mit ihrem Marker auf die Namen und Gesichter aller, während sie sprach. »Sie denken, Anton hat Druck auf Gavin ausgeübt, damit er die Informationen an Denis Danyluk im Gefängnis weitergibt?«

»So sehe ich es.«

»Aber wenn Denis Morganas Bruder ist, warum ist er nicht direkt zu Denis gegangen für den Mord an Mariusz im Gefängnis?«

Tomek dachte einen Moment nach. »Vielleicht wusste er, dass das der offensichtliche Weg wäre, den wir verfolgen würden. Er hat Gavin involviert, um seine Spuren zu verwischen und uns auf eine falsche Fährte zu locken. Er ist clever. Er hat nichts davon selbst gemacht. In allen Fällen, außer beim Mord an seiner Frau, hat er jemand anderen dazu gebracht, es für ihn zu tun: Mariusz, um Andrei zu töten; Denis, um Mariusz zu töten; und ich stelle mir vor, wenn wir Vlad und Gavin ins Gefängnis schicken, wird er sie auch irgendwie töten lassen.«

Der düstere Gedanke brachte dem Team einen Moment des Nachdenkens.

»Ich werde dafür sorgen, dass Gavin unter besonderen Schutz gestellt wird, ebenso wie Vlad, wenn wir genügend Beweise finden, um ihn anzuklagen.«

»Genügend Beweise?«, wiederholte Tomek. »Wir haben Beweise dafür, dass er geholfen hat, einen Mord zu vertuschen. Er hat die Polizei über die Ereignisse dieses Tages belogen. Er wusste viel mehr, als er uns erzählt hat, und ich denke, er weiß noch viel mehr, das er uns noch nicht erzählt hat. Es gibt kein 'wenn' dabei. Wir haben vierundzwanzig Stunden, um konkretere Beweise gegen ihn zu finden, und ich sage, wir nutzen jede letzte Sekunde davon.«

Tomek stieß sich aus seinem Stuhl, schob sich an seinen Kollegen um den übergroßen Tisch vorbei und nahm den Whiteboard-Marker von Victoria. Er griff zum Radiergummi, wischte einige unnötige Kritzeleien weg und zeichnete einen riesigen Kreis in die Mitte. Darin schrieb er Antons Namen und fügte dem Spinnennetz fünf separate Stränge mit jeweils einem Namen hinzu.

Mariusz Stanciu.

Gavin Barker.

Vlad Boyko.

Brendan Door.

Denis Danyluk.

Als er die Kappe wieder auf den Stift steckte, tippte er im Uhrzeigersinn auf die Namen.

»Wir müssen Verbindungen zwischen Anton und all diesen Männern finden. Wie passen sie zusammen, warum hat Anton sie ausgewählt? Abgesehen von den offensichtlichen – Vlad, der stellvertretende Manager, und Denis, sein angeblicher Schwager – müssen wir uns fragen, was sie verbindet.«

Tomek hielt inne und blickte durch den Raum. Er sah auf eine Gruppe von engagierten, eifrigen und bereiten Gesichtern hinab. Er konnte sich nicht erinnern, wann er das zuletzt gesehen hatte. In diesem kurzen Moment, in dieser kurzen Pause, fühlte es sich an, als gehörte die Ermittlung ihm und er würde das Team von nun an leiten.

Leider würde die Realität etwas anders aussehen.

Gerade als Tomek zu seinem Platz zurückkehren wollte, hob Chey zögernd seine Hand. »Ich kann noch einen Schritt weiter gehen und einige davon beantworten.«

Tomek trat einen Schritt zurück und behielt seine wahrgenommene Autoritätsposition bei.

»Bitte, Herr Pepper, Sie haben das Wort.«

Chey räusperte sich. »Erstens hat Denis Danyluk gelogen, als er sagte, er sei mit Morgana verwandt.«

»Wie bitte?«

»Ich habe ihre Social-Media-Konten überprüft und Dokumente aus ihrer Heimat in der Ukraine angefordert, und es gibt keine Erwähnung von Denis Danyluk in irgendeinem davon. Sie teilen nicht einmal denselben Namen. Nichts auf sozialen Medien. Nichts über nächste Angehörige. Nichts auf Geburtsurkunden oder Stammbäumen oder medizinischen Dokumenten. Nichts, was darauf hindeutet, dass sie irgendwie verwandt sind.«

Tomek drehte sich zum Board und unterstrich Denis' Namen. »Dann sind es vier Verbindungen, die wir finden müssen«, sagte er und wandte sich dann wieder dem jungen Polizisten zu. »Gute Arbeit, Kumpel. Noch etwas anderes?«

Der Mann richtete sich auf, ermutigt durch das positive Feedback. »Nun, während wir beim Thema Social Media sind, habe ich mögliche

Verbindungen zwischen den Usyks und Gavin und Mariusz untersucht und dabei die Konten des Restaurants als Grundlage verwendet. Es sieht so aus, als wären sie von Morgana eingerichtet worden, da sie auf Plattformen wie Instagram und TikTok viel präsenter war als ihr Mann. In ein paar Posts habe ich gesehen, dass Gavin mehrmals bei Iliana's war. Er wurde auf deren Seiten ziemlich oft gezeigt und hat sogar eine der positiveren Tripadvisor-Bewertungen dort hinterlassen.«

Tomek deutete auf Oscar und sagte dem Mann, er solle notieren, Gavin irgendwann dazu zu befragen.

»Noch etwas anderes?«

»Ich habe auch kurz Vlads Handy durchgesehen, bevor wir es zur digitalen Forensik geschickt haben, und ich glaube nicht, dass er derjenige war, der die Nachrichten an Gavin geschickt hat, noch glaube ich, dass er die Fotos von Andrei in der Badewanne erhalten hat.«

»Also ist Vlad aus dem Schneider?«, erwähnte Anna.

»Nicht ganz«, korrigierte Tomek. »Wie ich bereits sagte, ist er in dieser ganzen Sache nicht blütenrein, und ich garantiere, dass er immer noch einige Dinge für sich behält. Warum bringen wir also nicht alles, was wir brauchen, zusammen, alle Vorbereitungen und so, und konfrontieren ihn dann im letzten Moment damit.« Er wandte sich an Victoria. »Könnten wir eine Verlängerung der Untersuchungshaft beantragen?«

Victoria überlegte einen Moment. »Ich kann mich darum kümmern.«

»Großartig, danke.«

Tomek konnte spüren, wie sich die Gezeiten der Ermittlung rasch zu seinen Gunsten wendeten. Wenn Victoria nicht aufpasste, könnte sie am Hafen stranden und ertrinken.

Dann kam ihm ein Gedanke. »Was ist mit einer Verbindung zwischen Anton Usyk und Mariusz Stanciu?«, fragte er Chey, aber die Frage war an den Rest des Raumes gerichtet.

Martin ergriff die Gelegenheit mit beiden Händen. »Könnte etwas für Sie haben, Chef«, sagte er. »Es stellt sich heraus, dass das Speditionsunternehmen, für das Mariusz arbeitet, DWG Logistics, die Lebensmittel und Vorräte an die Cafés liefert.«

»Ist das wahr?«

»Ja, Chef.«

Die Zahnräder begannen sich in Tomeks Gehirn zu drehen.

»Darauf konzentrieren wir uns.« Er zeichnete einen großen Kreis zwischen Antons und Mariusz' Namen auf das Board. »Wir müssen herausfinden, wie eng sich diese beiden kennen. Bedenkt, dass Mariusz erst seit drei Monaten im Land ist... Und noch etwas, das wir untersuchen sollten: Weiß irgendjemand, wo zum Teufel Anton ist?«

# KAPITEL
## DREIUNDFÜNFZIG

Da Mariusz im Gefängnis tot war und Anton von der Bildfläche verschwunden war, blieb Tomek nur noch eine Person, mit der er sprechen konnte, die beide kannte.

Die Red Birch Farm war noch geöffnet und zu seiner Überraschung immer noch gut besucht. Es näherte sich das Ende der Öffnungszeiten, und es standen mindestens zehn Autos auf dem Parkplatz. Nachdem er mehreren Schlaglöchern nur knapp ausgewichen war, parkte Tomek, stieg aus dem Wagen und machte sich auf den Weg zu Stanleys Büro.

Tomek klopfte ans Fenster, aber es kam keine Antwort. Er formte mit den Händen Scheuklappen an den Seiten seines Gesichts und drückte seine Nase gegen das Glas. Leer. Dann verbrachte er einige Momente damit, nach jemandem zu suchen, nach Hilfe. Als niemand erschien, machte er sich auf die Suche.

»Entschuldigung, Kumpel«, rief Tomek einem Mann mit Besen zu, der gerade aus dem Pferdegehege kam. Er trug einen Overall, der in Gummistiefeln steckte. Sein Haar war feuerrot und er hatte einen dicken Ingwerbart, der dazu passte.

»Hallo...«, sagte er vorsichtig.

»Weißt du, wo ich Stanley finden könnte?«

Der Mann zeigte, ohne hinzusehen. »Bei den Schweinen«, sagte er und ging dann weiter seiner Aufgabe nach.

»Bringt den Speck nach Hause, was?«, sagte Tomek zu dem Mann, aber es stieß auf taube Ohren.

Auf dem Weg zum Schweinepferch kam er an einer jungen vierköpfigen Familie vorbei, die ihre beiden Kinder von den Schafen wegzerrte. Sie schrien und bettelten, bleiben zu dürfen, aber die Eltern mussten zum Abendessen zurück, sagten sie.

Schließlich erreichte er den Schweinestall und fand den Mann, den er suchte.

»Detektiv...«, sagte Stanley streng, mit einem Hauch von Vorsicht in seiner Stimme. »Sie sind doch nicht gekommen, um mir zu sagen, dass noch jemand gestorben ist, oder?«

Heute trug er eine Weste in einer anderen Farbe. Seine Hose und Stiefel waren khakifarben, aber mit Schlamm beschmutzt. In seinen Händen hielt er einen grünen Eimer mit einem Paar Handschuhen.

»Millionen von Menschen sind gestorben, seit wir das letzte Mal gesprochen haben«, sagte Tomek.

»Nun, das ist... Ich schätze... Ich schätze, Sie haben recht.«

Tomek zeigte auf den Eimer.

»Was machen Sie da?«

»Fütterungszeit.«

Tomek wandte sich den Schweinen zu. Insgesamt sieben. Eines weniger als beim letzten Mal, obwohl man kein Genie sein musste, um herauszufinden, warum. Sie waren hässliche, widerliche Kreaturen. Haarig, schmutzig, von ihrem eigenen Mist bedeckt. Tomek hatte sie nie gemocht. Aber er aß sie gerne. Er dachte gerne, dass sie der Inbegriff dafür waren, dass innere Werte zählen.

»Wollen Sie es mal versuchen?«, fragte Stanley und hielt Tomek den Eimer hin. »Sie sind ziemlich satt, aber ich denke, sie können noch ein paar Bissen vertragen.«

Tomek hob seine Hände und trat ein paar Schritte zurück, den Kopf schüttelnd. »Ich könnte nicht. Nein, danke. Nichts für mich.«

»Sind Sie sicher?«

»Ja. Dieser Anzug... er ist wirklich schön. Designer. Muss alle paar Wochen chemisch gereinigt werden. Ich würde ihn nicht schmutzig machen wollen. Außerdem möchte ich sie nicht überfüttern.«

Stanley schnaubte. »Es sind Schweine. Sie fressen alles, was man ihnen gibt, solange sie hungrig genug sind. So schmecken sie besser.«

Tomek drehte sich wieder zu ihnen um. Eines der Biester war gerade zu ihm gekommen und grunzte und schnüffelte wie ein Zombie in einem Katastrophenfilm.

»Es mag etwas an Ihrer Hose«, sagte Stanley.

»Ja. Das nennt man Geld«, erwiderte Tomek und zog sein Bein weg. Als er das tat, fiel ihm etwas auf, das zwischen dem Schmutz aufblitzte. Ein grüner Juwelenohring, der im Licht glitzerte. Tomek hatte zu viel Angst, ihn aufzuheben, also zeigte er darauf. »Ich glaube, jemand hat etwas verloren.«

Verwirrt ging Stanley in die Hocke, um es zu untersuchen. Er steckte seine Hand mit Leichtigkeit in den Stall und wehrte die Neugier der Schweine mit einem kräftigen Stoß ab.

»Da ist er!«, rief er aus. »Da ist der kleine Mistkerl. Eine unserer Kundinnen hat den heute früher verloren. Wir haben überall danach gesucht. Sie hätten uns sehen sollen. Ich habe Schlamm an Stellen bekommen, von denen ich nicht einmal wusste, dass es möglich ist.«

Tomek dachte an einen Witz, beschloss aber, ihn für sich zu behalten. Weder die Zeit, noch der Ort, noch die Gesellschaft passten.

Stanley steckte den Ohring ein und stand auf. »Ich werde sie später anrufen. In der Zwischenzeit, wie kann ich helfen?«

»Könnten wir in Ihrem Büro sprechen?«

»Irgendwo privater? Natürlich.«

Auf dem Weg zum Büro sah Tomek wieder den rothaarigen Mann mit dem Besen. Er nickte ihm zu, erhielt aber keine Erwiderung.

»Machen Sie sich keine Sorgen wegen ihm, er ist nur mürrisch, weil ich ihm gesagt habe, dass er den Rest der Woche außer Haus arbeitet«, sagte Stanley, während er die Tür für Tomek aufhielt. »Etwas zu trinken? Tee? Kaffee?«

»Irish?«

Stanley sah schockiert aus. »Nur wenn Sie wollen!«

Tomek schüttelte den Kopf und bestellte eine Tasse Tee. Die heiße Flüssigkeit wärmte seinen Körper und linderte den Schmerz, der an diesem Morgen in seinem Hals begonnen hatte.

»Also…«, begann Stanley, als er sich in den Ledersessel gegenüber fallen ließ. »Haben Sie eine Neuigkeit darüber, was mit Morgana passiert ist?«

»Ja. Das ist teilweise der Grund, warum ich hier bin.«

»Okay.«

»Eigentlich aus zwei Gründen. Erstens, ob Sie in letzter Zeit von Anton gehört haben. Hat er versucht, mit Ihnen in Kontakt zu treten?«

Die Augen des Mannes weiteten sich. »Anton? Anton hat das getan?«

»Wir untersuchen es«, antwortete Tomek und wich der Frage aus. »Aber im Moment können wir ihn nicht finden. Wissen Sie, wo er sein könnte?«

Stanley schüttelte langsam den Kopf und starrte tief in Gedanken versunken auf die Landwirtschaftszeitschrift auf dem Couchtisch. »Nein, ich habe seit dem Morgen ihres Todes nichts von ihm gehört.«

»Und wären Sie bereit, Beweise dafür zu liefern?«

»Natürlich. Hier.«

Stanley griff in seine Brusttasche, nahm sein Telefon heraus und reichte es Tomek - entsperrt und einsatzbereit. Tomek nahm es ihm ab und begann, die neuesten Textnachrichten des Mannes, E-Mails, WhatsApp, sogar seine Social-Media-Konten zu durchsuchen. Es fühlte sich an wie ein Eingriff in die Privatsphäre, was es im Wesentlichen auch war, aber der Mann hatte zugestimmt. Und es gab nichts. Nichts, was Tomek sofort ins Auge sprang. Keine Nachrichten mit einer unbekannten Nummer, sehr wenige aktuelle Chats, die in den Zeitraum seit Morganas Tod passten, und es gab keine Fotos in seinem gelöschten Album oder im kürzlich gelöschten Ordner. Tomek hatte sich die Fotos vorsichtig angesehen, falls er mehr finden würde als erwartet. Stattdessen fand er Nahaufnahmen einiger der Nutztiere. Einige niedlich, andere weniger. Als er das Telefon zurückgab, dankte er dem Mann.

»Kein Problem. Darf ich fragen, warum Sie nach Anton suchen? Nur aus Neugier. Sie müssen nichts sagen, wenn Sie nicht können.«

Tomek hielt inne. »Sagen wir einfach, wir denken, dass er uns einiges verschweigt.«

»Hoffentlich ist er nicht zu weit gegangen.«

»Sie haben ihn nicht zufällig in einem der Tiergehege versteckt gesehen, oder? Ich würde sagen, er passt wahrscheinlich ganz gut zu den Eseln.«

Stanley brach in schallendes Gelächter aus. »Wir haben ein bestimmtes Lama, das ihn nie mochte, wenn er zu Besuch kam. Hat ihn immer angespuckt.«

»Er ist wahrscheinlich nicht der Einzige. Einige der Tripadvisor-Bewertungen vermittelten den Eindruck, dass sie ihn anspucken würden, wenn sie könnten.« Tomek nippte an seinem Getränk und stellte es ab.

»Wenn ich etwas sehe, werde ich Sie sofort kontaktieren. Das Gleiche gilt für mein Team. Wir möchten Ihre Ermittlungen auf jede erdenkliche Weise unterstützen.«

»Das ist großartig. Wir wissen das wirklich zu schätzen. Haben Sie Zeit für einige weitere Fragen?«

»Natürlich. Alles.«

Tomek zog sein Notizbuch heraus und setzte den Stift auf das Papier. »Sagt Ihnen der Name Mariusz Stanciu etwas?«

»Kleiner Mario?« Stanleys Stimme füllte sich mit Freude. »Er ist unser Kurier. Er sammelt unsere Produkte und liefert sie an alle unsere Lieferanten. Er liefert auch andere Sachen für uns.«

»Wie was?«

»Langweilige Dinge. Heu. Samen. Dünger. Alles, was wir brauchen, um den Bauernhof zu betreiben.«

Tomek wusste nichts über Landwirtschaft und konnte daher den Umfang des Benötigten nicht erfassen, aber er stellte sich vor, dass es viel war.

»Ich glaube, wir haben vor etwa fünf Jahren angefangen, DWG Logistics zu nutzen«, fuhr Stanley fort.

»Und wie lange macht Mariusz schon Lieferungen?«

Stanley blies heiße Luft durch seine Zähne. »Ein paar Monate? Vielleicht drei? Aber er ist bereits ein klarer Favorit hier. Hat einen anständigen Sinn für Humor.«

Schade, dachte Tomek, dass er diese Seite von Mariusz nicht erleben durfte. Stattdessen hatte er es mit einem verängstigten und panischen kleinen Mann zu tun. Einem verängstigten und panischen kleinen

Mann, der angewiesen worden war, Andrei Pirlog zu töten und dann zu dokumentieren.

»Wissen Sie zufällig etwas über seine Beziehung zu Anton?«

»Arbeitsbeziehung oder persönlich?«

»Irgendeine«, sagte Tomek mit einem Achselzucken.

»Ich weiß, dass Mario viele Lieferungen für mich zu Anton gemacht hat. Ich weiß, dass er anscheinend immer mit ihm telefonierte, wahrscheinlich über Arbeitsdinge und manchmal über Fußball, aber abgesehen davon könnte ich es Ihnen nicht sagen. Tut mir leid.«

»Kein Problem«, sagte er, während er sich aufs Knie schlug und Anstalten machte zu gehen. »Ich hatte nicht viel erwartet.«

# KAPITEL
## VIERUNDFÜNFZIG

Zwei Tage waren vergangen, und noch immer gab es keine Spur von Anton Usyk. Ein Haftbefehl war gegen ihn erlassen worden, und Abigail und das Team des *Southend Echo* hatten ein Foto von ihm online veröffentlicht. Die Berichterstattung hatte sogar nationale Schlagzeilen erreicht, und so waren Horden von Journalisten und Reportern zum Hauptquartier geströmt wie die Groupies einer Rockband. Jedes Mal, wenn Tomek versuchte, sich durch die Menge zu kämpfen, war es wie ein Kampf mit den Schweinen auf dem Bauernhof. Und bisher war alles vergeblich gewesen.

Sie hatten jede verfügbare Möglichkeit ausgeschöpft. Kontakte in seinen Adressbüchern, Freunde in sozialen Medien, sogar andere Geschäftspartner und Kunden, die sie in den Büchern gefunden hatten. Zwei arme Seelen im Team, Chey und Anna, hatten sogar die undankbare Aufgabe, bei all ihren ehemaligen Mitarbeitern anzurufen und sich mit denen zu treffen, die noch im Land lebten. Viele waren entweder in ihr Heimatland zurückgekehrt oder nicht erreichbar.

Unterdessen saß Vlad noch immer in einer Zelle. In Nicks Abwesenheit hatte Victoria die Genehmigung eingeholt, die Uhr auf sechsunddreißig Stunden zu verlängern. Nach Tomeks Schätzungen hatten sie noch knapp zwei Stunden übrig. Das Team sammelte noch so viele Informationen wie möglich, und das Gefühl war, dass sie genug hatten, um ihn wegen Behinderung der Justiz anzuklagen. Es waren mehrere Versuche unternommen worden, ihn zum Reden zu bringen und einen Riss in seiner Fassade zu verursachen, aber er hatte nicht nachgegeben. Er behauptete noch immer, keine Ahnung zu haben, wo Anton sei.

Das Telefon des Mannes war ausgeschaltet. Er hatte sich seit drei Tagen, seit der Nacht vor Tomeks geplantem Treffen mit der Kellnerin Gina, nicht mehr in seinen Social-Media-Konten oder seiner E-Mail angemeldet, und niemand schien zu wissen, wo er war. Eine Warnung an alle Häfen war mit seinem Namen und Gesicht ausgegeben worden, sodass er nicht fliehen konnte, wenn er versuchte, das Land zu verlassen. Einige, nicht Tomek, hatten vermutet, dass er vielleicht auf der Ladefläche eines Lastwagens zurück in die Ukraine geflohen war. Aber wenn das der Fall war, konnten Tomek und das Team wenig bis gar nichts tun, außer mit den ukrainischen Behörden zu sprechen und sie vor seiner Rückkehr zu warnen.

Er musste *irgendwo* sein. Er musste sich verstecken, abwarten und hoffen, dass sich die Sache von selbst erledigen würde. Tomek war sich da sicher.

Was Gina betraf, so schien auch sie vom Erdboden verschwunden zu sein. Tomek hatte mit so vielen von Ilianas Angestellten wie möglich gesprochen, aber niemand hatte sie gesehen, von ihr gehört oder sich überhaupt an sie erinnert. Es war, als hätte sie nie existiert.

Tomek fuhr auf den Parkplatz und stieg aus dem Auto. Vor ihm lag Ilianas. Durch die bodentiefen Fenster, an denen sich langsam Kondenswasser bildete, sah er, dass es leer war. Es gab keinen Manager, keinen Assistenzmanager. Tomek war neugierig, wie der Laden funktionierte. Es musste irgendwo einen Leiter geben, einen Stellvertreter, der wusste, was er tat, aber vielleicht unter dem Radar geflogen war, sich die ganze Zeit versteckt gehalten hatte. Tomek wäre bereit zu wetten, dass dieser wissen würde, wo Anton sich versteckte.

Er schlug die Autotür zu und ging zum Restaurant. Die Atmosphäre im Inneren war wie immer. Das Geräusch von Fett und Schmalz, das hinten in der Küche brutzelte, die Musik, die im Hintergrund spielte, die Kaffeemaschine, die beim Mahlen der Kaffeebohnen surrte, das

Geplauder auf Osteuropäisch, alle sprachen durcheinander. Der einzige Unterschied waren die Mitarbeiter. Tomek erkannte keines der Gesichter vom anderen Tag wieder. Selbst die Kellnerin, die auf ihn zukam, war eine andere als die Dame, die Gina ersetzt hatte.

Woher zum Teufel kommen die alle? fragte er sich. Es war, als würden sie sie in einem Labor im Hinterzimmer züchten.

»Guten Morgen, mein Herr«, sagte sie, fröhlicher und enthusiastischer als ihre Vorgängerinnen. »Tisch für eine Person?«

»Bitte«, sagte Tomek, seine Aufmerksamkeit ausschließlich auf den Küchenbereich gerichtet.

Etwas hatte seine Aufmerksamkeit erregt und ihn abgelenkt. Ein Schock roten Haares, mit einem passenden Bart. Mit einer Schürze bekleidet. Als die Frau ihn zu seinem Platz führte, ignorierte er sie und ging weiter in Richtung Küche. Dort umrundete er den Tresen und bahnte sich seinen Weg durch die Körper. Der Mann, den er suchte, hatte ihm den Rücken zugedreht und war damit beschäftigt, zwei Eier gleichzeitig zu wenden, mit einer Technik und einem Spatel, die Tomek noch nie gesehen hatte.

Er tippte dem Mann auf die Schulter.

Der Mann zuckte zusammen, drehte sich um und ließ eines der Eier auf den Boden fallen. Fett und Eigelb spritzten auf Tomeks Schuhe und die Bündchen seiner Hosen. Es würde zweifellos einen Fleck hinterlassen, aber das war Tomek egal. Er war mehr von dem Mann vor ihm fasziniert. Mit dem roten Haar und Bart. Den Wangenknochen und dem leeren Blick. Der Mann, der nur achtundvierzig Stunden zuvor einen Besen statt eines Spatels in der Hand gehalten hatte. Ein Mann, der Scheiße geschaufelt hatte, anstatt Eier zu wenden.

»Sie sollten nicht hier hinten sein, mein Herr«, sagte er mit leerem, verlorenen Gesichtsausdruck. »Das ist nur für Mitarbeiter.«

Dann kamen die restlichen Rufe. Die Hände, die ihn zurückzogen. Die verärgerten Gesichter, die sich vor ihm aufbauten. Tomek, sprachlos und erstaunt, spürte, wie er aus der Küche gedrängt und manövriert wurde.

Lange Zeit stand er wie erstarrt auf der anderen Seite des Küchentresens und starrte dem Koch intensiv ins Gesicht. Es dauerte eine Weile, bis er schließlich zu sich kam und erkannte, was er tun musste.

Tomek griff in seine Tasche und zog seinen Dienstausweis heraus. Dann zeigte er auf den Mann mit dem roten Haar.

»Kann ich mit Ihnen sprechen bezüglich-«

Der Mann flüchtete. Er warf den Spatel in Tomeks Richtung, verfehlte ihn um Meilen, dann griff er eine Bratpfanne von der Oberfläche und warf sie ihm hinterher. Tomek nahm die Verfolgung auf, stürmte auf den Kücheneingang zu und drängte sich durch die unbeweglichen Körper in seinem Weg. Der Mann war klein, flink und viel schneller als Tomek, der trotz der beiden Läufe, die er kürzlich absolviert hatte, Mühe hatte mitzuhalten.

Er verfolgte ihn durch die Rückseite des Gebäudes und in den kleinen Mitarbeiterparkplatz, der nur Platz für zwei Autos bot. Der Rest des Platzes war mit Recyclingtonnen auf Rädern besetzt. Sobald er ins Tageslicht trat, packte der Koch eine der Tonnen und rollte sie vor Tomek, um ihn aufzuhalten. Es hatte wenig Wirkung, da Tomek in der Lage war, daran vorbeizuhüpfen - ein Rückgriff auf seine Rugby-Tage. Dann bog der Mann um die Ecke des Gebäudes und steuerte auf die Strandpromenade zu. Tomek setzte die Verfolgung fort, seine Beine stampften, seine Füße trommelten auf den Asphalt. Er hielt seine Atmung gleichmäßig und rhythmisch, ein durch die Nase, aus durch den Mund. Er wünschte und betete, dass der Mann es nicht auf die Strandpromenade schaffte. Sie war voll, gefüllt mit Hindernissen - Menschen -, die nicht immer aus dem Weg gingen.

Der einzige Vorteil, den Tomek hatte, war, dass er die Strandpromenade gut kannte, war hunderte Male an ihr entlanggelaufen und wusste daher, wie er sich einteilen musste, um im Rennen zu bleiben. Dieser Schwung, dieser Vorteil, würde verloren gehen, wenn der Angreifer auf den Sand ausweichen würde. Was er natürlich prompt tat.

»Halt!« schrie Tomek. »Sofort stehen bleiben!«

Eine Gruppe männlicher Läufer in grellbunter Kleidung und knappen Shorts, die für Tomeks Geschmack zu viel zeigten, kam ihnen entgegen. Dummerweise hörten sie auf sein Kommando und hörten auf zu laufen, ließen den Koch um sie herumschlüpfen und den Strand betreten.

Tomek verfluchte sie, als er vorbeilief, und hoffte insgeheim, dass sich jeder von ihnen den Knöchel verstauchte oder sich das Knie ruinierte.

Der Untergrund unter seinen Füßen wechselte von festem, stabilem Asphalt zu mühsamem, unebenem und unberechenbarem Sand. Steinchen und Muschelstücke flogen hinter dem Koch auf und wurden vom Wind in Tomeks Gesicht getragen. Er spuckte und schloss die Augen, um sie davon abzuhalten, einzudringen, aber es war zwecklos.

Er holte jedoch, mehr zu seiner eigenen Überraschung als zu der anderer, auf. Entweder hatte der Lauf mit Warren zum Hafen eine Wirkung gezeigt, oder der Koch hatte den Aufwand, der zum Laufen im Sand nötig war, völlig unterschätzt. Sie näherten sich dem Pier und bewegten sich näher an die Wasserlinie. Tomek wusste nicht, was die Strategie des Mannes war, aber sie war nicht gut durchdacht. Und innerhalb weniger hundert Meter, sein Körper schrie danach aufzuhören, holte er den Mann ein und sprang ihm auf den Rücken.

Die Landung war größtenteils weich; beim Fallen spürte Tomek, wie ein Knie gegen seine Leistengegend knallte. Schmerz blitzte in diesem Bereich auf und schwoll schnell zu seinem Magen an. Er schrie vor Qual auf, aber jetzt war nicht die Zeit dafür. Er konnte es sich nicht leisten, den Mann gehen zu lassen, und so setzte er sich in seiner Qual rittlings auf den Mann, drückte ihn zu Boden, eine Hand hielt seinen Schritt, die andere drückte auf den Hinterkopf des Mannes.

»Ich habe nichts getan!« schrie der Mann und spuckte Sand und Seetang aus.

»Unschuldige Menschen rennen nicht weg, Kumpel.«

# KAPITEL
# FÜNFUNDFÜNFZIG

Tomek saß bereits seit zwanzig Minuten im Besprechungsraum, atmete gleichmäßig und versuchte, den Schmerz in seinem Bauch zu überwinden, als Chey und Rachel eintraten.

»Geht's dir schon besser, Sarge?«

»Nein. Es ist jetzt bis zu meiner Brust hochgezogen. Ich spüre es in meinem Hals.«

Rachel schnaubte. »*Männer*. Ihr liebt es, alles zu übertreiben. Männergrippe-«

»Das ist übrigens eine echte Sache!«

Sie fuhr fort: »Bei jeder kleinen Pein erwartet ihr, dass wir auf Abruf bereitstehen.«

»Ist das der Grund, warum du Frauen Männern vorziehst?«

»Natürlich. Das ist der einzige Grund, warum ich lesbisch bin.«

Cheys Augen weiteten sich, und er drehte sich zu Rachel um wie eine Zeichentrickfigur. »Du bist-?«

»Ja, Chey. Bin ich. Ich mag Frauen, und ich hätte nicht gedacht, dass es so rauskommt, aber nun ist es eben so. Aber wir reden jetzt nicht über mich, sondern über Tomek und den kleinen Schlag, den er in seine Genitalien bekommen hat. Dazu sage ich: Willkommen in unserer Welt. Versuch das mal eine Woche jeden Monat, aber statt eines einmaligen

Schmerzes stell dir vor, du wirst immer wieder in die Eier getreten. Wieder und wieder.« Sie ahmte Boxschläge nach.

»Ich bewundere euch dafür«, sagte er. »Wirklich. Kasia erzählt mir alles darüber. Manchmal zu viel. Aber ich glaube, du musst an deinem rechten Haken arbeiten.«

»Selbst wenn du Schmerzen hast, bist du immer noch ein Arschloch.«

Er zeigte mit einer Fingerpistole aus Daumen und Zeigefinger auf sie. »Nichts wird mich ändern, Baby. Was sagt unser Usain-Bolt-Möchtegern?«

Die Polizisten sahen einander an. »Eigentlich, Sir, ist das, was Vlad sagt, momentan die Priorität.«

»Inwiefern?«

»Nun, er weiß, dass seine Zeit abgelaufen ist, und er glaubt, es sei Zeit zu verhandeln.«

»Er will einen Ausweg?«

»Naja, davon kann keine Rede sein«, antwortete Rachel. »Vielmehr will er den Kuchen haben und ihn auch essen. Er meint, er hätte etwas, das wir vielleicht wissen wollen.«

»Wenn es das ist, was ich denke, brauchen wir ihn nicht«, sagte Tomek, während er sich vorsichtig auf die Füße hievte. Seine Knie knackten, als er die Beine streckte.

»Dann solltest du vielleicht mit Victoria reden«, sagte Chey. »Das Verhör hat bereits begonnen.«

*Verdammte Scheiße.*

Tomek schob sich an ihnen vorbei und quetschte sich durch die Tür, humpelte in Richtung des Haupteinsatzraums. Dort, in der Mitte des Raums, standen Victoria und der Rest des Teams und verfolgten auf dem Fernsehbildschirm, wie Martin das Interview führte, als wären sie im Kino.

»Stimmt nichts zu«, sagte er.

Victoria drehte sich zu ihm um, Verachtung in ihren Augen. »Wie bitte?«

»Stimmen Sie nichts zu, was er will. Noch nicht.«

»Warum sollten wir warten? Das ist fast vorbei.«

»Der Typ, den ich verhaftet habe«, sagte Tomek zwischen Atemzügen. Der Weg zum Verhör hatte ihm wirklich zugesetzt. »Ich habe ihn vom Bauernhof wiedererkannt. Ich glaube, dort geht etwas vor sich, und ich glaube, er könnte uns sagen, was genau.«

»Was schlägst du also vor?«

»Dass wir Vlads Bluff aufdecken. Sagen Sie ihm, dass wir jemanden vom Bauernhof verhaftet haben - es ist wichtig, dass Sie genau diesen Punkt erwähnen - und dass wir einfach alles, was wir brauchen, von ihm bekommen werden. Vlad wird ohnehin für sehr lange Zeit ins Gefängnis gehen, es gibt nichts, was er tun könnte, um das zu verhindern. Dann, wenn wir die Informationen von diesem rothaarigen Kumpel unten in der Zelle haben, werden wir sie Vlad vorlegen und ihn möglicherweise bitten, einige der Lücken zu füllen, falls nötig.«

Victoria überlegte einen Moment. Er konnte an ihrem Gesicht ablesen, dass sie nicht bereit war, mit Vlad irgendeine Art von Deal für Informationen einzugehen, die er möglicherweise besitzt oder auch nicht. Aber er konnte auch sehen, dass sie nicht wollte, dass Tomek Recht behält.

Sie hatte eine schwierige Entscheidung zu treffen. Ego oder das Leben unschuldiger Menschen.

Am Ende gewann das Leben unschuldiger Menschen.

»Was wirst du tun, wenn du falsch liegst?«

Tomek zuckte mit den Schultern. »Dann muss jemand das unangenehme Gespräch mit Vlad führen, in dem wir zugeben, dass wir unsere Karten vielleicht zu früh aufgedeckt haben.«

Ein paar Momente vergingen. Victoria rang mit der Entscheidung.

Dann wandte sie sich an Sean und sagte: »Geh sofort runter. Sag Martin, er soll warten. Lass uns sehen, was Tomek aus seinem Verdächtigen herausholen kann.«

# KAPITEL SECHSUNDFÜNFZIG

Tomek dachte gerne, dass er keinen Druck spürte, dass er irgendwie immun dagegen war. Dass er im Laufe der Jahre gelernt hatte, damit umzugehen, es zu verarbeiten und zu seinem eigenen Vorteil zu nutzen. Schließlich hatte er den Tod seines Bruders allein bewältigt. Er hatte gelernt, erwachsen zu werden und mit den Schwierigkeiten und Rückschlägen des Lebens ohne Rat oder führende Hand seiner Eltern umzugehen. Und doch, als er den Vernehmungsraum betrat, spürte er ein leichtes Zittern in seinen Knien, einen kleinen Knoten, der sich in seinem Magen zusammenzog.

Entweder waren es die Nerven oder das Gefühl, in die Genitalien getreten worden zu sein, machte ihm immer noch zu schaffen.

Er schob es auf Letzteres.

In seiner Hand hielt er ein kleines Dokument, das ihm vom Haftbeamten ausgehändigt worden war. Darauf standen der Name des Mannes, sein Geburtsdatum und andere Informationen, die man ihm abgenommen hatte, als er auf der Wache registriert wurde.

»Also... Alfie«, begann Tomek, als er sich dem Mann gegenübersetzte. »Wie geht es Ihnen heute?«

»Ich hab nichts falsch gemacht.«

»Das bleibt abzuwarten. Wie ich schon am Strand sagte, unschuldige Menschen-«

»Ja, die laufen nicht weg. Hab ich schon gehört.«

»Großartig. Also haben wir bereits festgestellt, dass Ihre Zuhörfähigkeiten dem Standard entsprechen. Wie sieht es mit Ihrer Fähigkeit aus, Fragen zu verstehen und zu beantworten?«

»Was?«

Tomek neigte den Kopf. »Holpriger Start. Versuchen wir es noch einmal, ja? Könnten Sie bitte Ihren Namen, Ihr Alter und Ihr Geburtsdatum bestätigen?«

»Das ist doch das Gleiche, Idiot.«

Tomek zeigte mit dem Stift auf ihn. »Das ist ein Haken beim Logikteil, Glückwunsch.«

»Wovon zum Teufel reden Sie überhaupt, Kumpel? Warum zum Teufel bin ich hier? Ich hab nichts falsch gemacht.«

Alfie war ein kleiner Mann, knapp unter eins siebzig, mit schmalen Schultern, aber in seiner Erscheinung steckte eine Herkunft, die vermuten ließ, dass er im Boxring nicht fehl am Platz wäre. Seine Bewegungen waren nervös, als hätte er vor seiner Schicht in der Küche etwas geschnupft, und er knackte immer wieder mit den Knöcheln. Tomek glaubte, den Mann überwältigen zu können, aber er war nicht bereit, sich auf eine Schlägerei einzulassen, nicht wenn die untere Hälfte seines Körpers sich noch von seinem früheren Kampf im Ring erholte.

»Ich wollte fragen, ob Sie einige Fragen beantworten könnten«, sagte Tomek. »Sind Sie dazu in der Lage?«

»Nicht, wenn ich nichts falsch gemacht habe.«

»Ausgezeichnet. Ich würde gerne damit beginnen zu erfahren, wie lange Sie schon bei Ilianas arbeiten.«

»Ich arbeite dort nicht.«

»Was haben Sie dann in der Küche gemacht? Ein bisschen Freiwilligenarbeit?«

»Tatsächlich ja.«

Tomek war verdutzt. Mit dieser Antwort hatte er nicht gerechnet.

»Erläutern Sie das.«

»Ich habe ausgeholfen«, sagte er. »Stanley hat mich gebeten, hinzugehen und ihnen zu helfen. Sagte, dass sie mich bräuchten, um eine Schicht abzudecken.«

Tomek erinnerte sich an Stanleys Worte: *Mach dir keine Sorgen um ihn, er ist nur schlecht gelaunt, weil ich ihm gesagt habe, dass er den Rest der Woche außerhalb arbeiten wird.*

»Warum?«

»Weil sie dort niemanden haben, der das Sagen hat. Stanley meinte, sie müssten den Betrieb irgendwie am Laufen halten. Sie sind einer unserer größten Kunden.«

»Wissen Sie, dass eine Besitzerin tot ist und der andere im Zusammenhang mit ihrem Mord gesucht wird?«

Alfie zuckte mit den Schultern. »Das wusste ich nicht, aber jetzt weiß ich es.«

»Und Stanley weiß das auch. Warum schickt er Sie also zum Aushelfen?«

Alfie lehnte sich in seinen Stuhl zurück und verschränkte die Arme vor der Brust. »Verdammt noch mal, ein Mann versucht philanthropische Arbeit zu leisten und seiner Gemeinschaft zu helfen.«

Tomek wurde an die Auszeichnungen und Ehrungen in Stanleys Büro erinnert.

»Ja... darin ist er gut, nicht wahr?«

»Ich glaube, er könnte versuchen, den Laden zu kaufen, falls etwas damit passiert.«

Interessant, dachte Tomek. Sehr interessant.

»Wie oft wurden Sie gebeten, im Restaurant auszuhelfen?«

»In welchem?«

»In beiden.«

»Nur einmal«, antwortete Alfie.

»Und wie lange arbeiten Sie schon für Stanley?«

»Etwa sechs Jahre jetzt.«

»Lange Zeit.«

Alfie zuckte mit den Schultern. »Mir gefällt es. Er ist ein guter Arbeitgeber. Zahlt fair. Nimmt nicht extra Geld für sich selbst. Außerdem mag ich die Arbeit. Ich sehe das Problem nicht?«

Tomek entschied sich, die Frage nicht zu beantworten. Zumindest nicht sofort. Entweder war Alfie ein außergewöhnlich guter Pokerspieler und ließ sich nichts anmerken, oder er hatte wirklich keine Ahnung, was falsch war. Es gab nur einen Weg, das herauszufinden.

»Warum sind Sie weggelaufen?«, fragte Tomek.

»Reflex.«

»Von früher?«

Sobald Alfies Name in das System eingegeben worden war, waren eine Handvoll früherer Verhaftungen aufgetaucht. Vandalismus, Schulschwänzen, Ladendiebstahl. Während seiner Teenagerjahre hatte er seine Zeit damit verbracht, die Wände von Basildon zu besprühen und Süßigkeiten aus Läden zu stehlen, wenn er eigentlich in der Schule hätte sein sollen.

»Sobald ich Ihren Ausweis sah, überkam es mich.«

»Schuld? Paranoia?«

»Instinkt.«

»Schade, dass Ihre Füße nicht so schnell arbeiten wie Ihre Instinkte«, sagte Tomek, während er auf das Blatt blickte. »Vier Verhaftungen. Jetzt fünf. Glück, dass keiner jemals Anzeige erstattet hat.«

Alfie steckte seine Hände tiefer unter die Achseln. Das Geräusch von knackenden Knöcheln hallte unter seiner Haut wider. »Es ist kein Verbrechen, Leuten zu helfen. Sie haben nichts, um mich anzuklagen. Genau wie bei all den vorherigen. Wenn das alles ist, würde ich jetzt gerne gehen.«

# KAPITEL
# SIEBENUNDFÜNFZIG

Tomek hatte keine andere Wahl, als Alfie gehen zu lassen. Es war kein Verbrechen begangen worden, und er konnte ihn nicht in einer Zelle festhalten, während sie auf Beweise warteten. Stattdessen musste es andersherum laufen. Erst die Beweise finden, dann ihn verhaften. Aber solange Tomek ihn nicht am Tatort von Morganas Mord platzieren konnte, war er nicht sehr hoffnungsvoll.

Er kehrte mit einem aufgesetzten, gekünstelten Lächeln in den Haupteinsatzraum zurück.

»Sie haben es vermasselt, nicht wahr?« war das Erste, was Victoria zu ihm sagte.

»Nun, so würde ich es nicht ausdrücken.«

»Wie würden Sie es dann ausdrücken?«

»Es war aussichtslos. Er hat nur im Restaurant ausgeholfen.«

»Richtig. Und Sie haben ihn gehen lassen?«

»Ja, Ma'am. Wir wollen unsere ohnehin begrenzten Ressourcen nicht noch mehr belasten.«

Victoria legte die Hände auf ihren Kopf, ein bisschen zu theatralisch für seinen Geschmack. »Das glaube ich einfach nicht. Sie haben mir versichert, dass das ein todsicherer Deal wäre.«

Tomek zuckte mit den Schultern. »Manchmal gewinnt man, manchmal verliert man.«

»Wie können Sie so gleichgültig sein? Jetzt müssen wir wieder zu Vlad gehen, mit eingezogenem Schwanz und heruntergelassenen Hosen. Er wird uns nichts verraten, es sei denn, er bekommt genau das, was er will.«

»Doch, wird er«, antwortete Tomek.

Er wurde mit einem ausdruckslosen Gesicht konfrontiert. Seine Pointe war Victoria völlig entgangen.

»Wie meinen Sie das?«

»Er weiß nicht, dass wir es vermasselt haben—«

»Dass *Sie* es vermasselt haben«, zischte Victoria, als sie darauf bestand, ihn zu korrigieren.

»Tomaten, *Tomahten*. Im Moment sitzt er in der Arrestzelle und hat Panik, dass er die nächsten Jahre im Gefängnis verbringen wird, mit dem Bedauern, seine Informationen nicht früher mit uns geteilt zu haben. Er wird alles tun wollen, um uns zu erzählen, was er weiß, um mit uns zu verhandeln, so viel wie möglich, weil wir ihm sagen werden, dass wir bereits alles wissen. Wir haben immer noch die Macht.«

Jetzt begann es für sie Sinn zu ergeben. Ihr Blick fiel zu Boden und sie senkte ihre Hände auf ihre Hüften.

»Aber das wird nur funktionieren«, fuhr Tomek fort, »wenn wir den Eindruck erwecken, dass wir alles wissen. Wenn er unsere Fassade durchschaut, *dann* sind wir am Arsch.«

»Oh, also erst dann sollten wir uns Sorgen machen? Brillant.«

Das Lächeln kehrte auf Tomeks Gesicht zurück, diesmal mit etwas mehr Aufrichtigkeit dahinter. »Genau. Deshalb mache ich mir keine Sorgen.«

»Das liegt daran, dass nicht Ihr Arsch auf dem Spiel steht.« Victoria wandte sich dem Team zu, das um den Tisch herum saß. »Welche anderen Ermittlungsansätze verfolgen wir derzeit?«

Stille, abgesehen vom Geräusch raschelnder Papiere, während seine Kollegen vorgaben, eine Antwort auf die nicht existierende Frage zu finden.

»Nichts? Scheiße!« Sie wandte sich wieder Tomek zu. »Also ist dies die einzige solide Quelle, die uns zur Verfügung steht.«

Tomek zuckte mit den Schultern. »Scheint so, Ma'am. Es ist Ihre Entscheidung. Deshalb bekommen Sie das große Geld.«

Sie warf ihm einen verächtlichen Blick zu.

»Sie haben Recht, Tomek. Deshalb bekomme ich das große Geld, weshalb ich es jemandem gebe, dem ich vertraue, jemandem, von dem ich glaube, dass er die Sache zu Ende bringt.« Sie deutete auf den Mann, der ihr am nächsten stand. »Sean, ich möchte, dass Sie sich bitte darum kümmern.«

*Quelle surprise.*

Die verdorbene Chefin und ihr treuer Wachhund, die wieder einmal aufeinander aufpassen.

»Perfekter Kandidat«, sagte Tomek durch zusammengebissene Zähne und kehrte dann zu seinem Platz zurück, als das Team begann, eine Strategie für den zweiten Teil des Interviews mit Vlad zu entwickeln. Ehrlich gesagt war Tomek ein wenig erleichtert, seinen Namen nicht zu hören. Er hatte erwartet, dass Victoria ihn auswählen würde, als eine Art Chance, sich für den ursprünglichen Fehler zu rehabilitieren, aber jetzt, da diese Verantwortung auf jemand anderen gefallen war, konnte er sich entspannen, wissend, dass es nicht auf seinen Schultern lasten würde, falls alles schief ginge. Und sie sagten, er sei kein Teamplayer...

Dreißig Minuten später hatte das Team die Strategie fertiggestellt, und damit ausgerüstet machte sich Sean auf den Weg zum Verhörraum. Als Martin und Oscar die Live-Videoübertragung eingerichtet hatten, hatte das Interview bereits begonnen.

Es war das erste Mal, dass Tomek den Mann seit seiner ersten Verhaftung gesehen hatte. Er sah geschlagen aus, zurückgezogen, dünner – viel dünner, als hätte er einen Hungerstreik begonnen und niemand hätte es bemerkt. Neben ihm saß sein Anwalt, der sich auf dem Tisch nach vorne lehnte, mit einem Rücken so gebogen wie die goldenen Bögen des McDonald's-Zeichens. Auf dem Bildschirm drehte Sean ihnen den Rücken zu, aber Tomek wusste, dass sein Freund sein Pokerface aufgesetzt hatte – einen strengen, unbeweglichen Ausdruck, der nichts preisgeben würde.

»Danke, dass Sie zurückgekommen sind«, begann Sean.

»Wie lief es? Hat Ihr anderer Verdächtiger Ihnen alles erzählt?«

»Das bleibt abzuwarten«, sagte Sean. »Wir hoffen nur, dass Sie einige der Lücken für uns füllen können.«

Eine kurze Pause trat im Raum ein, und für einige Momente bewegte sich niemand. Zunächst hatte Tomek gedacht, die Übertragung wäre eingefroren, aber als er sah, wie Vlad sich die Unterseite seiner Nase abwischte, wurde ihm klar, dass er sich irrte. Er erkannte auch, dass Sean es verraten hatte.

»Die Lücken füllen?« wiederholte Vlad. »Sie wissen einen Scheißdreck, oder? Sie wollen, dass *ich* die Lücken fülle? Das bedeutet im Grunde, dass ich Ihnen alles, was ich weiß, umsonst geben soll.«

*Scheiße.*

Vlad verschränkte die Arme vor der Brust und lehnte sich in seinem Sitz zurück. »Solche Informationen gibt es leider nicht umsonst, und sie kommen auch nicht billig, fürchte ich. Mein ursprüngliches Angebot gilt noch.«

*Doppelte Scheiße.*

Sean hatte es verraten. Er hatte es schneller vermasselt als ein Jungfrau, der seine Unschuld verliert. Sicher, sie hatten während ihres Ad-hoc-Strategietreffens einen Notfallplan ausgearbeitet, aber sie hatten nicht erwartet, ihn so bald zu brauchen.

Tomek schaute sich die stummen, überraschten Gesichter seiner Kollegen an. Victorias Gesicht jedoch war ein Meisterwerk. Sie saß nach vorne gebeugt, die Ellbogen auf den Knien, das Gesicht in den Händen, und blinzelte durch die Lücken zwischen ihren Fingern.

»Das glaube ich einfach nicht«, sagte sie. »Christus auf einem verdammten Fahrrad. Kann jemand runter gehen und ihm helfen?«

»Ich glaube, das ist jetzt nicht mehr zu retten«, sagte jemand aus dem Team.

Tomek achtete zu sehr auf den Bildschirm, um zu bemerken, wer es gesagt hatte. Auf der Übertragung rutschte Sean unbehaglich auf seinem Sitz hin und her und begann wieder, mit den Dokumenten in seiner Hand zu spielen.

»Wir können Ihnen keine Immunität gewähren«, sagte er.

»Warum nicht?« antwortete Vlad.

»Weil das so nicht funktioniert. Wenn ein Verbrechen begangen wurde, werden Sie dafür bestraft.«

»Also wissen Sie definitiv nichts«, sagte Vlad. Er verschränkte seine Finger wie Mr. Burns aus *Die Simpsons*. »Ich denke, das bedeutet, Sie werden meinen Bedingungen zustimmen wollen.«

»Das können wir nicht. Woher wissen wir überhaupt, dass Sie Beweise und Informationen haben, die für den Fall relevant sind?«

Vlad beugte sich in seinem Sitz nach vorne. »Wie wäre es, wenn wir einen Deal machen? Erst gewähren Sie mir entweder Immunität oder Zeugenschutz. Dann werde ich es Ihnen sagen. Wenn Sie nicht glauben, dass die Beweise, die ich Ihnen gebe, es wert sind, dann ist der Deal hinfällig.«

»Sie wären also bereit, uns entscheiden zu lassen, ob wir die Informationen für wertvoll genug halten, um Ihnen Immunität zu gewähren?«

Tomek schrie innerlich. *Nein! Sag das nicht, du verdammter Trottel!*

»Eigentlich haben Sie Recht«, fuhr Vlad fort, »das ergibt keinen Sinn. Vergessen Sie das. Entweder Sie nehmen es an oder Sie lassen es.«

Tomek konnte nicht glauben, was er da hörte. Sean hatte nicht nur ihre Tarnung auffliegen lassen, sondern es auch noch geschafft, Vlad davon abzubringen, ihnen den besten Deal anzubieten. Wenn Vlad ihnen Informationen gegeben hätte, die zu einer Verhaftung geführt hätten, waren sie – abgesehen von Seans Wort – in keiner Weise verpflichtet, irgendwelche Papiere zu bearbeiten, die zu einer Art von Immunität oder seiner Aufnahme in das Zeugenschutzprogramm hätten führen können. Es war ihre beste Chance gewesen, die Informationen aus Vlads Kopf zu bekommen, und er hatte sie verschwendet.

Tomek hatte noch nie einen Autounfall direkt vor sich geschehen sehen. Aber jetzt hatte er einen erlebt. Und es war spektakulär.

# KAPITEL
## ACHTUNDFÜNFZIG

Sean hatte kein Lächeln auf dem Gesicht gehabt, als er in den Einsatzraum zurückgekehrt war. Er hatte keinen Reserveplan wie Tomek, und er war nicht in der Lage gewesen, seinen Kollegen in die Augen zu sehen. Das Erste, was er und Victoria taten, war, in ihr Büro zu gehen, wo Tomek sich vorstellte, dass sie ihn an ihrer Brust tröstete. Das ließ das Team ratlos zurück. Nach Victorias plötzlichem Verschwinden fehlte es an Führung, also nahm Tomek es auf sich, die Leitung zu übernehmen, ein wenig Führungsstärke zu zeigen und in die Rolle hineinzuwachsen – eine Fähigkeit, die er bei vielen vor ihm gesehen hatte. Wie schwer konnte das schon sein?

Tomek wandte sich der Wand voller Whiteboards vor ihm zu und verbrachte einige Momente damit, die Informationen zu scannen, die Verbindungen zu betrachten, die Linien, die ihre Verdächtigen miteinander verbanden.

»Meine Damen und Herren«, sagte er, »unser Hauptziel ist jetzt, Anton Usyk zu finden. Wenn wir ihn finden können, könnten wir ihn dazu bringen, wie ein Kanarienvogel zu singen oder wie ein Achtzigjähriger zu pinkeln, wie Chey es in der Vergangenheit so treffend ausgedrückt hat.«

»Ganz richtig, Wachtmeister«, kam die Bemerkung vom Polizisten.

»Bevor ich in eine Richtung losziehe, hat jemand ein Update zu seinen Bewegungen? Irgendwelche möglichen Sichtungen?«

Martin sprach als Erster. Er senkte langsam die Hände. »Ich habe viele Anrufe von Leuten entgegengenommen, die auf die Pressemitteilungen reagieren, und bisher berichten alle, dass sie denselben Mann gesehen haben, der auf Antons Beschreibung passt. Aber niemand hat etwas von Bedeutung geliefert. Es ist überraschend, wie viele Leute, besonders ältere, anrufen, um uns viel Glück zu wünschen.«

»Das bringt uns nicht viel.«

»Ich weiß, aber es stellt ein bisschen den Glauben an die Menschheit wieder her.«

»Hmm. Es ist wie wenn Prominente auf Twitter ihre Gedanken und Gebete mit den Familien von Krieg oder der neuesten Schießerei teilen. Leere, bedeutungslose Worte.«

»Es heißt jetzt X, Wachtmeister«, fügte Chey hinzu.

Ein Telefon begann im Hauptbüro zu klingeln. Martin sprang von seinem Sitz auf und eilte, um es zu beantworten.

»Niemand nennt es so«, fuhr Tomek fort. »Sie sagen immer 'X, früher bekannt als Twitter'. Aber das tut nichts zur Sache. Ich denke, wir haben Wichtigeres zu tun, als uns um den Namen eines Social-Media-Unternehmens zu kümmern.«

Tomek schaute sich im Raum um und wartete darauf, dass jemand anderes sprach. Gerade als er den Mund öffnen wollte, erschien Martin wieder an der Tür.

»Wachtmeister«, sagte er keuchend, »nicht sicher, ob es sich lohnt nachzusehen, aber auf Two Tree Island wurde gerade eine Leiche gefunden. Der Radfahrer, der sie gefunden hat, meint, es könnte Anton sein.«

# KAPITEL
# NEUNUNDFÜNFZIG

Two Tree Island war ein fast dreihundert Hektar großes Salzmarschland. Als Naturschutzgebiet des Wildlife Trust beherbergte es Tausende von Wasservögeln und Watvögeln. Das Land war im achtzehnten Jahrhundert dem Meer abgerungen worden, nachdem ein Seedeich um das Gebiet errichtet worden war, und wurde früher landwirtschaftlich genutzt. Heute ist es ein beliebter Ort für Spaziergänger, Radfahrer, Naturliebhaber und Vogelbeobachter, mit mehreren Beobachtungshütten, die in dem Gebiet verteilt sind.

Tomek und Rachel kamen dreißig Minuten nach dem Anruf an. Der Zugang zur Insel war nur über einen der verschiedenen Fußwege möglich, und sie hatten zwanzig Minuten damit verbracht, sich durch die Wege zu navigieren. Erst als sie einen uniformierten Polizisten sahen, der vom Tatort zurückkam, fanden sie ihn.

»Weißt du was«, sagte Tomek. »In all meinen fünfunddreißig Jahren in diesem Land glaube ich nicht, dass ich jemals hier war.«

Tomek schaute hinter sich. In der Ferne war die Küste von South Essex zu sehen. Hadleigh auf der linken Seite, mit dem Schloss, das auf dem Hügel aus der Skyline herausragte, dann weiter nach Leigh-on-Sea, Chalkwell und dahinter Southend. An einem guten Tag hätte Tomek den Pier sehen können, aber das Wetter hatte sich verschlechtert. In den letzten Stunden hatten sich Wolken über ihnen gebildet, die Regen ankündigten und einen dunklen Schleier mit sich brachten.

Einige hundert Meter entfernt war ein weißes Forensik-Zelt über der Leiche errichtet worden, der Pfad war mit blau-weißem Polizeiband abgesperrt, und eine kleine Gruppe uniformierter Beamter kümmerte sich um den Tatort. Direkt vor dem Polizeiband stand ein Mann in Lycra-Kleidung, der mit einer Hand sein Rennrad festhielt und mit einem Polizeibeamten sprach.

Neben ihnen stand ein weiterer Beamter mit Klemmbrett und Stift.

»Guten Tag«, sagte Tomek, während er seinen Dienstausweis zeigte und sich eintrug.

»Guten Tag«, antwortete der Mann.

Tomek und Rachel trugen bereits weiße Forensik-Anzüge. Er hatte immer ein paar davon im Kofferraum seines Autos für solche Eventualitäten. Nachdem sie sich beide eingetragen hatten, duckten sie sich unter dem Band hindurch und schlenderten zum Tatort. Dort trafen sie auf einen Mann, der sich als Leon Ridpath vorstellte, den Leiter der Spurensicherung.

»Das Opfer ist ein Mann in den Dreißigern«, sagte er und begann, ihnen den Tatort effizient zu beschreiben. »Nach dem Aussehen zu urteilen, wurde er mit einem stumpfen Gegenstand erschlagen. Trauma am Hinterkopf, möglicherweise im Hinrichtungsstil. Etwas Blut am Hals, aber ein Teil davon muss vom Regen weggespült worden sein.«

»Wie lange liegt er schon hier?«

»Das steht mir nicht zu, das zu sagen. Aber nicht lange. Ich meine... sehen Sie selbst.«

Tomek betrat als Erster das Zelt. Er schob die Klappe beiseite und hielt sie dann für Rachel. Die Gestalt lag mit dem Gesicht nach unten auf dem Gras, ihre Gesichtszüge waren verborgen. Er trug eine dunkelblaue Jeans, Laufschuhe und eine hellgrüne wasserdichte Jacke. Nichts an der Kleidung des Mannes deutete darauf hin, dass das Opfer die gleichen Designer- und Luxusmarken bevorzugte wie Anton, aber vielleicht war das die perfekte Tarnung für einen Mann, der auf der Flucht war, weil er seine Frau getötet hatte.

»Wurde ein Ausweis in seinen Taschen gefunden?«, fragte Rachel, als Tomek eine Hand auf die Schulter des Mannes legte.

Leon rief einem der Kriminaltechniker zu. Einen Moment später antwortete eine Gestalt: »Ja. Sein Führerschein.«

»Wie heißt er?«, fragte Tomek, während er den Mann auf die Seite drehte.

Aber er kannte die Antwort, bevor er sie hörte.

»Er ist es nicht«, sagte Tomek.

»Wer ist es?«, fragte Rachel.

»Reece Cartwright«, antwortete der Spurensicherer.

Der Seufzer aus Rachels Mund war trotz ihrer Gesichtsmaske und dem Wind, der begonnen hatte, den Stoff des Zeltes zu kräuseln, hörbar.

»Scheiße«, flüsterte Tomek.

»Gibt es ein Problem?«, fragte Leon.

»Nein. Es ist nur... wir dachten, es könnte jemand sein, nach dem wir suchen.«

▬

Es war dunkel, als Tomek und Rachel am Tatort fertig waren. Sie hatten ein neues Opfer. Jemandes Verwandter, jemandes Freund, jemandes Geliebter. Sie konnten ihn nicht einfach dort liegen lassen, weil er nicht Anton Usyk war. Das wäre unmoralisch und unethisch gewesen. Jemand hatte Reece Cartwright getötet, also musste eine weitere Mordermittlung eingeleitet werden. Aber im Moment war das nicht Tomeks Priorität. Sie hatten alles, was sie zum Anfangen brauchten – eine Zeugenaussage des Radfahrers, der ihn gefunden hatte, einen Bericht des Leiters der Spurensicherung und einen Bericht des Pathologen, der in den nächsten Tagen eintreffen würde. Tomek und das Team müssten beginnen, die Familie des Mannes und seine Freunde zu befragen. Aber zuerst wollte Tomek Morganas Mord zu Ende bringen. Er brauchte den Abschluss, ihren Tod aufzuklären. Und dieses Gefühl, dieses befriedigende Verlangen, würde nicht enden, bis sie Anton gefunden hätten.

Aber das Leben funktionierte nicht immer so. Es war nicht immer so freundlich.

Wie er auf die harte Tour gelernt hatte.

Gedanken an Nathan Burrows und den Brief kehrten zurück, als er aus seinem Forensik-Anzug stieg und in sein Auto kletterte. Es war mehrere Tage her, seit er den Brief erhalten hatte, und er hatte gehofft, dass es ein einmaliges Ereignis war. Aber der Gedanke, dass der Mann jetzt seine Adresse hatte, lastete weiter auf ihm, und er hatte begonnen, diejenigen zu verdächtigen und zu hinterfragen, die Zugang zu dieser Information hatten. Jemand musste sie an Nathan weitergegeben haben. Für einen kurzen Moment tauchte Gavin Barkers Name in seinem Kopf auf. Dass der Mann von Brendan Door irgendwie dazu gebracht worden war – um Rache dafür zu nehmen, dass er im Zusammenhang mit den Southend Seven verhaftet worden war – aber er verwarf es schnell wieder. Es war eine lächerliche Vorstellung.

Als Tomek den Schlüssel ins Zündschloss steckte, glitt Rachel auf den Beifahrersitz. Das Geräusch von Regen, der auf das Dach prasselte, erfüllte die Kabine. Sie war gerade dabei, ihre Haare zu einem Pferdeschwanz zusammenzubinden, als sie sagte: »Wir werden ihn finden. Ich habe ein Gefühl im Bauch.«

»Bist du sicher, dass es nicht nur der Kaffee von heute Morgen ist?«

»Könnte von beidem etwas sein.«

Tomek wollte gerade antworten, als sein Telefon klingelte. Chey rief an. »Moment mal«, sagte er und nahm ab. »Mr. Pepper... Du solltest besser etwas Aufregendes für uns haben.«

»Nur wenn du versprichst, mich deinen besten Kumpel sein zu lassen.«

Tomek verdrehte die Augen.

»Wenn du mit der Erpressung weitermachst, wirst du auf der Liste immer weiter nach unten rutschen.«

Ein Moment des Nachdenkens.

»In Ordnung. Aber du wirst es bereuen.«

»Komm schon. Sag es mir einfach. *Bitte*.«

»Die digitale Forensik konnte endlich die Quelle der Erpressungs-SMS ermitteln, die an Gavin Barker geschickt wurden.«

»Gut.«

»Sie kamen von einem Wegwerfhandy.«

»Gut.«

»Sie haben auch ein Signal von Anton Usyks Handy.«

»Der Mistkerl lebt?«

»Und er ist offenbar dumm.«

»Wo? Sag mir wo!«

Tomek startete den Wagen und fuhr bereits rückwärts aus seinem Parkplatz, als Chey antwortete.

»Beide kommen von der Red Birch Farm, Sarge.«

# KAPITEL
## SECHZIG

Tomek war enttäuscht, Anton nicht auf Two Tree Island zu finden. Er hatte sich Hoffnungen gemacht, nur um dann wieder auf den Boden der Tatsachen zurückgeholt zu werden. Er versuchte, dasselbe jetzt zu vermeiden, aber es war ein Ding der Unmöglichkeit. Dies war eine Spur. Eine richtige, handfeste Spur. Bei Telefonaufzeichnungen, Technologie und Daten gab es keine Zweideutigkeit oder Zweifel.

Antons Handy war eingeschaltet worden. Aus welchem Grund, wussten sie nicht. Aber sie würden es herausfinden.

Das Einzige, was unklar blieb, war, wer es eingeschaltet hatte. Anton? Oder jemand anderes auf dem Bauernhof?

Was bedeutete, dass es nur eine andere Person gewesen sein konnte.

Stanley Hutchinson.

Tomek fuhr an der Spitze des Konvois und zeigte den Weg. Hinter ihm folgte das gesamte Team, jeweils zu zweit in einem Wagen. Am Ende des Trosses fuhren zwei markierte Polizeifahrzeuge, und weitere von nahegelegenen Polizeistationen waren unterwegs. Es war wichtig, dass sie alle gleichzeitig ankamen, dass sie den Angriff überraschend starteten. Das andere Problem, mit dem sie konfrontiert waren, war die schiere Größe des Hofes. Mit über 120 Hektar brauchten sie schätzungsweise mindestens hundert Beamte rund um das gesamte Grundstück, um eine Flucht zu verhindern. Ein massives Unterfangen, das Planung und Zeit erforderte – Zeit, die sie nicht hatten. Anton oder zumindest sein Handy könnte jederzeit ausgeschaltet werden und sich wegbewegen. Sie mussten Effizienz mit klugerem Arbeiten in Einklang bringen. Und diese Aufgabe war Tomek und Victoria zugefallen.

Es war dunkel draußen, schon seit gut zwei Stunden, und die Straßen waren ruhig. Inzwischen hatte der Regen sich verschlimmert, und alle trugen ihre Anoraks und Wanderstiefel – bereit und vorbereitet, falls nötig über die Felder zu jagen.

Tomek bog mit dem Wagen von der Straße ab, fuhr auf den Parkplatz, beschleunigte so schnell wie möglich zum Büro des Bauern und kam dann mit quietschenden Reifen zum Stehen, wobei er Steine und Kies aufwirbelte. Noch bevor der Motor ausgeschaltet war, stieg er aus und rannte zum Büro. Blau-weiße Lichter tanzten auf den Oberflächen der umliegenden Gebäude, und die stille Luft wurde durchbrochen vom Geräusch anhaltender Autos, Schritten auf Kies und zuschlagenden Autotüren.

Tomek war als Erster am Büro.

Verschlossen.

Er legte die Hände an sein Gesicht und spähte durch das Glas. Die Lichter waren aus, und niemand war drinnen.

»Verdammt.«

Dann machte er sich auf den Weg zum nächsten Gebäude. Mittlerweile hatte das Team begonnen, sich auf dem Gelände zu verteilen, bewegte sich so leise und unauffällig wie möglich und näherte sich jedem Gebäude mit Vorsicht, auf der Suche nach Lebenszeichen.

Dann begann das Schreien. Tief, verängstigt, in Agonie.

Zuerst dachte Tomek, es käme von einem Teammitglied. Dass jemand vielleicht gestürzt oder sich an einer schweren Maschine verletzt hätte. Aber sobald er hörte, wie die Tonlage sich in ein schrilles Schreien änderte, rannte er darauf zu. Der Lärm kam vom Schweinestall auf der anderen Seite des Hofes. Von allen Gebäuden war es das einzige mit eingeschaltetem Licht.

Wenige Augenblicke später stürmte er durch die schwere Holztür, ohne Rücksicht darauf, worein er lief. Er spürte einen stechenden Schmerz, der durch seine Schulter schoss, aber er ignorierte ihn, denn der Schmerz beim Öffnen einer Tür war nichts im Vergleich zu dem Schmerz dessen, was genau vor ihm geschah.

Vor dem Schweinepferch standen Stanley Hutchinson, Alfie und mehrere andere Gesichter, die Tomek von seinen verschiedenen kürzlichen Besuchen bei Iliana wiedererkannte. In der Mitte des Pferches jedoch befand sich Anton. Umgeben von sieben gefräßigen Bestien. Am Boden, zappelnd, sich windend, versuchend, einen Weg hinaus zu finden. Er war nackt und mit Blut bedeckt.

So viel Blut.

So viel Geschrei.

Tomek dachte nicht nach. Er handelte einfach.

Er sprang über die Barriere und landete in der Umzäunung. Er war dankbar für die Wanderschuhe, als er durch den Dreck watete. Hinter ihm rief jemand: »Polizei! Halt!« Aber es war bereits zu spät. Stanley und seine Komplizen waren geflohen. Während einige Beamte die Verfolgung aufnahmen, blieben andere zurück.

»Tomek!«

Er schaute hinter sich und sah Sean, der über den Zaun kletterte. Tomek richtete seine Aufmerksamkeit wieder auf den Mann in der Mitte der Umzäunung. Während die Schreie weitergingen, schlang Tomek seine Arme um den Hals eines der Schweine und begann, es von Anton wegzuzerren, aber es war vergeblich. Das Biest wog zwanzigmal so viel wie er. Sean erkannte seinen Kampf und gesellte sich dazu, und gemeinsam konnten sie das Biest ein paar Fuß zurückdrängen. Aber sie waren in der Unterzahl und unterlegen. Als Tomek seine Aufmerksamkeit auf ein anderes Schwein richtete, spürte er etwas Scharfes in seinem Rücken. Eine Kugel? Ein Messer? Keins von beiden. Der steinerne Kopf des Schweins, das er gerade weggeschoben hatte, riss ihn nieder. Tomek wurde zu Boden geworfen. Er fiel mit dem Gesicht voran in den Schlamm. Und als er aufblickte, sah er Anton inmitten von allem. Inmitten des Heus, des Drecks, des Blutes, der Schweine. Seine Haut war von seinem Körper gerissen worden, seine Gliedmaßen hingen nur noch an ihren letzten Fetzen, an Klumpen von Fleisch und Muskeln. Sein Gesicht war in zwei Hälften gerissen, und als Tomek die Hand ausstreckte, um zu greifen, was von ihm übrig war, schlang eines der

Schweine sein Maul um Antons Kehle und riss sie weg. Blut spritzte in Tomeks Gesicht wie ein Jackson-Pollock-Gemälde. Er schrie.

Dann wurde ihm klar: wenn er sich nicht bewegte – *jetzt!* – würde er der Nächste sein. Die Schweine würden ihn zum Nachtisch nehmen.

Er bohrte seine Finger in den Dreck, suchte Halt im Schlamm und stemmte sich auf die Knie. Aber ein Schwein war auf ihm, belagerte ihn. Er konnte den heißen, dampfenden Atem des Tieres auf seinem Nacken und Kopf spüren, die nasse Schnauze, die schnüffelte und in seinen Haaren wühlte.

»Tomek!«, rief jemand, aber er konnte sie nicht hören. Das Geräusch wurde übertönt vom Grunzen, von den zwei Tonnen Fleisch und Muskel, die über ihm standen.

Das Einzige, was er tun konnte, war, seine Hand über seinen Kopf zu legen und still zu liegen, den Toten zu spielen. Damit sie vielleicht das Interesse an ihm verlieren, dass ihre Mägen vielleicht voll genug sein könnten, um ihn zu ignorieren.

Es funktionierte nicht. Während er dort lag, spürte er etwas an seinem Fuß, dann-

Sein Körper rutschte über den Schlamm, flog unter dem Schwein hindurch. Hände begannen, ihn zu packen, hakten sich unter seinen Armen ein und zogen ihn auf die Füße. Durch den Schlamm in und um seine Augen sah er Sean vor sich. Sein Freund hatte ihn unter dem Bauch der Bestie hervorgezogen und in Sicherheit gebracht.

»Sean...«, sagte er.

»Keine Zeit dafür, Kumpel«, sagte sein Freund, als er Tomeks Arm über seine Schulter legte und sich hinhockte, um seinen Arm zwischen Tomeks Beine zu schieben. Es war das erste Mal, dass er je im Feuerwehrgriff getragen wurde. In seinem delirischen und verwirrten Zustand stolperte er, als seine Füße mit festem Boden in Berührung kamen, und er brach auf dem Beton zusammen.

»Du bist jetzt sicher, Alter«, sagte Sean und tätschelte ihm spielerisch die Wangen.

»Anton...«, flüsterte er schwach.

Sean drehte sich zu den Schweinen um. »Weg. Du hast dein Bestes getan, aber wir waren zu spät.«

»Und Stanley?«

»Wir haben ihn!«, rief jemand von der anderen Seite des Pferches. »Wir bringen ihn jetzt ins Auto.«

Sean rutschte an Tomeks Seite und legte eine Hand auf seinen Rücken. »Hörst du das, Kumpel? Wir haben ihn. Es ist alles erledigt. Komm, lass uns dich sauber machen. Du siehst scheiße aus.«

# KAPITEL
# EINUNDSECHZIG

Stunden später war Tomek gewaschen, hatte seine Aussage gemacht und war bereit, seine Arbeit fortzusetzen – gegen Victorias Wunsch. Sie hatte ihn bedrängt, sich auszuruhen, zu schlafen, das Geschehene zu verarbeiten, aber er konnte nicht, wollte nicht.

Stattdessen wollte er hören, was Stanley Hutchinson zu sagen hatte, wie er in das alles passte und was er mit Morganas Tod zu tun hatte.

Aber sein Verhör war enttäuschend gewesen. Wenig überraschend hatte der Mann auf alles mit »keine Aussage« geantwortet. Dasselbe galt für seine Komplizen und den Rest des Farmpersonals, die vor Ort festgenommen worden waren. Alle hielten dicht, vereint in ihrem Wunsch, die Wahrheit zurückzuhalten.

Am Ende, nach einer letztendlich erfolglosen Nacht, hatte Tomek Victorias Rat befolgt und war nach Hause gegangen. Er kam nach Mitternacht an. Kasia hatte geschlafen, also war er direkt ins Bett gegangen, wo der Schlaf ihn mied. Gedanken und Bilder des Geschehenen spielten sich in seinem Kopf ab, erschienen in seinem Geist, vergrößert, herangezoomt, als wären sie unter einem Mikroskop. Zum ersten Mal seit Jahren hatte er einen anderen Albtraum. Einen neuen Albtraum. Einen, in dem er träumte, dass er von Schweinefleisch gefressen wurde.

Am Morgen war er wach, bevor es hell wurde. Anstatt aufzustehen, blieb er unter der Decke liegen und starrte zur Decke, vermisste den Trost, den Abigail neben ihm bot. Es waren ein paar Nächte vergangen, seit sie zuletzt geblieben war, und er begann sie zu vermissen.

Als es Zeit war, dass Kasia aufwachte, schwang er die Beine über die Bettkante und ging in ihr Schlafzimmer.

»Morgen«, sagte er und weckte sie auf. »Zeit für die Schule.«

Sie öffnete ihre verschlafenen Augen und wischte den Schlaf weg. »Wann bist du nach Hause gekommen?«

»Nach Mitternacht. Wie war gestern Abend?«

»Gut. Habe etwas Arbeit erledigt.«

»Super. Also, da ist etwas, das ich dir sagen muss, wenn du fertig für die Schule bist. Ich mache in der Zwischenzeit die Eier.«

Das Toast- und Rührei-Frühstück, das er ihr gemacht hatte, stand bereits seit fünf Minuten auf der Theke, als sie endlich auftauchte. Als er sie ansah, bemerkte er etwas Anderes an ihr.

Ihr Haar war gebürstet und gelockt, und sie hatte mehr Make-up als üblich aufgetragen.

»Du siehst hübsch aus«, sagte er. »Für wen ist das?«

»Warum muss es *für* jemanden sein? Warum könnte ich es nicht einfach für mich selbst getan haben, um mich gut zu fühlen?«

Tomek hob kapitulierend die Hände. »Ja. Guter Punkt. Da hast du mich erwischt.« Er stellte den Teller vor sie hin. »Iss schnell, gleich sind sie von kalt zu gefroren.«

»Ha ha...«, sagte sie sarkastisch, während sie auf den Stuhl hüpfte. »Also gut, was musst du mir sagen? Hast du Abigail endlich losgeworden?«

Tomek schloss die Küchenschranktür. »Nein, aber guter Versuch. Schön zu sehen, wo dein Kopf mittlerweile steht. Nein, es geht um letzte Nacht. Warum ich spät dran war...«

Und dann erzählte er ihr. Bis ins letzte Detail, abgesehen von einigen der grafischen Informationen, die sie nicht wissen musste. Wie Antons Hals in sein Gesicht explodiert war. Wie er mit dem Blut eines anderen Mannes bedeckt gewesen war und dreißig Minuten in den Duschen der Polizeiwache verbracht hatte, schrubbend, sich reinigend von dem unauslöschlichen Fleck, bis seine Haut rot geworden war.

»Oh mein Gott, du wärst fast gestorben!«, rief sie, nachdem er fertig war.

»*Fast* ist das wichtige Wort. Wenn Sean nicht gewesen wäre, wäre ich es möglicherweise.«

»Wette, du fühlst dich schuldig, dass er nicht mehr dein Freund ist...«

Tomek warf ihr einen spöttischen Blick zu. »Jetzt ist nicht der Zeitpunkt für eine Moral von der Geschicht, Kash. Ich dachte nur, du solltest es wissen. Im Namen der Ehrlichkeit und Transparenz zwischen uns. Jetzt mach dich fertig. Ich werde dich absetzen.«

Während er wach dagelegen und die Gedanken in seinem Kopf gedreht hatte – vor allem, wie nahe er dem Tod gekommen war – hatte er beschlossen, mehr Zeit mit ihr zu verbringen, die kleinen Dinge öfter zu tun, wie sie zur Schule zu bringen, ihr morgens ein frisches Frühstück zu machen. Es war nur eine Kleinigkeit, aber er wusste, sie würden es beide in den kommenden Jahren zu schätzen wissen.

Ihre Zeit war kostbar, und er wollte nicht, dass sie entgleitet.

Zwanzig Minuten später verabschiedete er sich von ihr am Schultor und fuhr dann zur Wache. Das Büro war voller Aktivität. Gesichter und Körper, die er nicht erkannte, bewegten sich von einer Seite des Raumes zur anderen. Detectives aus anderen Teilen der Region waren schnell eingezogen worden, um zu helfen, darunter ein Fremder, der an seinem Schreibtisch saß. Tomek verbrachte die nächsten Sekunden damit, nach Sean zu suchen. Er fand ihn in der Küche, wo er sich einen Kaffee machte.

»Soll ich dir einen holen?«, fragte Sean.

»Bitte. Obwohl ich mich in letzter Zeit so an Morganas gewöhnt habe, glaube ich nicht, dass irgendetwas vergleichbar sein wird.«

»Nun, daran wirst du dich gewöhnen müssen«, sagte Sean, während er Tomek eine Tasse Instantkaffee zubereitete.

Nachdem er sie ihm überreicht hatte, verließen sie die Küche und gingen zum Einsatzraum.

»Was habe ich verpasst?«, fragte Tomek.

»Nichts. Anton ist immer noch tot. Die Obduktion seiner Leiche wird heute Nachmittag durchgeführt, obwohl es nicht viel zu raten gibt, wie er gestorben ist, da wir alle dabei waren.«

»Mittendrin. Buchstäblich.«

Sean grinste. »Stanley rückt immer noch nicht raus. Er gibt immer noch keine Aussage. Das Gleiche gilt für seine Kumpels von der Farm.«

Sean zeigte auf die Whiteboards. Seit er sie zuletzt gesehen hatte, waren alle Informationen zu Morganas Tod weggewischt und durch Bilder der Farm und Stanley Hutchinson ersetzt worden.

»Wissen wir, warum Anton dort war?«, fragte Tomek.

»Unsere Vermutung ist, dass er von Stanley dort festgehalten wurde und dass sein Telefon versehentlich eingeschaltet wurde. Im Moment denken wir, dass Stanley ihn aus irgendeinem Grund gefangen gehalten hat – möglicherweise als Vergeltung für Morganas Ermordung, und bei einem Fluchtversuch hat Anton sein Telefon eingeschaltet. Wir wissen es nicht. Und wir werden es vielleicht nie erfahren.«

Tomek scannte die Informationen auf den Tafeln, die über Nacht hastig zusammengestellt worden waren.

»Ich frage mich, wie er in all das passt?«, sagte er und blickte auf das Bild von Stanley Hutchinson.

»Victoria denkt, er könnte derjenige gewesen sein, der Morgana getötet hat.«

»Aber er passt nicht zur Beschreibung. Er sieht der Person, nach der wir suchen, überhaupt nicht ähnlich. Und wir haben Beweise, dass Anton dort war, die Überwachungsaufnahmen, die Schuhe, Vlads Zeugenaussage.« Tomek drehte sich zu Sean und sah den Glauben in seinen Augen. »Du fühlst genauso, nicht wahr?«

»Ich neige dazu, dir zuzustimmen. Ich sehe nicht, wie er reinpasst.«

Eine Idee kam Tomek in den Sinn. Er klopfte ihm auf den Rücken. »Du kannst ihr das dann sagen, Kumpel. Denk nur daran, das Persönliche und das Berufliche zu trennen, okay?«

Tomek drehte sich um und ging zum Ausgang.

»Hey, wohin gehst du?«

Tomek legte eine Hand auf den Türrahmen.

»Um mit jemandem zu sprechen, der, wie ich glaube, endlich alle unsere Fragen beantworten kann.«

# KAPITEL
# ZWEIUNDSECHZIG

Tomek verabscheute die Selbstzufriedenheit im Gesicht des Mannes. Aber er musste ihm zugestehen: Wäre er an seiner Stelle, hätte er genau dasselbe getan. Das machte ihm das Verhalten des Mannes trotzdem nicht sympathischer.

Tomek hatte den Überblick über Vlads Gewahrsamszeit verloren. Er wusste nur, dass es lange gewesen war und dass sie ihn bald wegen Beihilfe zum Mord und Behinderung der Justiz anklagen mussten. Und er könnte dem Sündenregister noch eine Mordanklage hinzufügen.

Er legte ein Dokument mit der Vorderseite nach unten auf den Tisch und drückte seine Hand darauf.

»Vlad...«, begann er.

»Ich sage nichts, wenn ich nicht meinen Deal bekomme. Das Angebot liegt auf dem Tisch. Ich kann Ihnen sagen, wer Morgana getötet hat.«

»Ich glaube, ich weiß es bereits.«

»Wenn Sie meinen. Aber Sie werden es nicht mit Sicherheit wissen, oder?«

Tomek zögerte, tippte auf das Papier. »Wir haben über Ihr Angebot nachgedacht. Wirklich. Es klingt alles sehr vielversprechend. Aber welche Garantien haben wir, dass das, was Sie sagen, wahr ist?«

»Ich habe Beweise-«

»Zunächst wollte ich Ihnen ein Update geben, was außerhalb der vier Wände Ihrer Zelle passiert ist. Letzte Nacht wurde Anton getötet. Möchten Sie wissen, wie er getötet wurde?«

»Ich kann es mir denken.«

»Er wurde von Schweinen zerfleischt.«

Tomek machte eine Pause, um die Reaktion des Mannes zu beobachten; seine Pupillen weiteten sich und seine Lippen öffneten sich.

»Ist das, was Sie vermutet haben?«, fragte Tomek.

Schock und Akzeptanz schienen über ihn zu kommen. Als ob er erwartet hätte, es zu hören, aber es trotzdem eine Überraschung war.

»Ja... das könnte... haben Sie es gesehen?«

»Ich war mittendrin«, antwortete Tomek. »Habe versucht, ihn zu retten, aber ich war zu spät. Als Folge davon haben wir Stanley Hutchinson und den Rest seines Personals auf der Red Birch Farm und im Streichelzoo wegen seiner Ermordung verhaftet. Und jetzt, da Anton tot ist, müssen wir unsere Ermittlungen im Mordfall Morgana nicht mehr fortsetzen.« Tomek machte ein Häkchen-Geräusch und eine entsprechende Geste. »Wir haben Anton für Morganas Mord. Wir haben Stanley Hutchinson für Antons Mord. Wir haben Denis Danyluk für Mariusz' Mord. Wir hatten Mariusz für Andreis Mord. Wir haben Gavin Barker für die Weitergabe privater Informationen. Und natürlich haben wir Sie wegen Behinderung der Justiz. Mir scheint, alles ist abgeschlossen.«

Vlads Grinsen schwand ein wenig.

»Sie liegen falsch«, sagte er tonlos.

»Bei welchem Teil?«

»Bei der Person, die Morgana getötet hat. Er ist schon seit einiger Zeit tot.«

Tomek war von dieser Aussage verblüfft. Vlad hatte gerade sein Ass im Ärmel preisgegeben, ohne zu irgendeiner Art von Vereinbarung zu kommen. Tomek schrieb es dem Stolz zu, der im Weg stand, dem Wunsch, Tomek zu beweisen, dass er falsch lag, und dass er wirklich die Informationen hatte, die sie wollten.

Manchmal konnten sich die Leute einfach nicht beherrschen.

Das Ego stand im Weg.

*So macht man das, Sean!*

Allerdings erwies sich die nächste Frage als knifflig. *Wer* hatte Morgana getötet? Es war eine Zwickmühle, fünfzig zu fünfzig, entweder falsch oder richtig, und er setzte seine gesamte Unterstützung darauf, als nur ein Name in seinen Kopf kam.

»Mariusz?«, sagte er. »War es wirklich Mariusz, der Morgana getötet hat, und dann hat er Andrei danach getötet?«

Vlad schüttelte den Kopf. Als er antworten wollte, lehnte sich sein Anwalt vor, um ihm etwas ins Ohr zu flüstern, um einen klugen Rat zu geben. Aber Vlad schob ihn mit einer Handbewegung weg. Das war jetzt sein Spielplatz, und niemand anders durfte darauf.

»Falsch. Es war Andrei.«

Tomek spürte, wie sich seine Augen vor Überraschung weiteten. »Andrei Pirlog, der Hauptzeuge? Vom Hafen?«

Vlad nickte, sein Blick verengte sich.

Tomek hatte Mühe, das zu verstehen.

Andrei. Morgana. Anton.

Wie passte das alles zusammen?

Er hatte das Gefühl, er bräuchte eine Minute. Aber die hatte er nicht. Hunderte von Gedanken, Bildern und Szenarien rasten durch seinen Kopf. Glücklicherweise hatte er einen Mann, der bereit war, alles mit ihm zu teilen.

»Andrei hat Morgana getötet«, sagte Vlad mit einer gewissen Erleichterung in der Stimme. »Sie... sie... wie soll ich das sagen? In den letzten Jahren hat sie Menschen ins Land gebracht... geschmuggelt. Aus ihrem Heimatland und den Nachbarländern. Rumänien, Polen, Lettland, Weißrussland. Sie zahlen ihr große Summen, um hier zu sein, aber dann behält sie sie, sperrt sie ein und zwingt sie, im Restaurant zu arbeiten.«

»Die Restaurants?«

»Nein. *Restaurant*. Einzahl.«

»Welches?« Die Bilder hatten jetzt aufgehört, und stattdessen war sein Gehirn in einen hochfokussierten Modus eingetreten, in dem er jede Silbe, jede Aussprache, die aus Vlads Mund kam, mitbekam.

»Ilianas. Anton hat sie früher beaufsichtigt. Er war dafür

verantwortlich, sie zu beobachten, während Morgana alles von ihrem Büro aus orchestrierte.«

Das erklärte die hohe Fluktuation des Personals und die Tripadvisor-Bewertungen.

»Was meinst du damit, dass er sie beobachtet hat?«

»Er hat sichergestellt, dass sie nicht aus der Reihe tanzen, dass sie mit niemandem darüber sprechen, was mit ihnen geschieht.«

*Gina... aus Polen. Anton muss sie erwischt haben. Er muss es herausgefunden haben...* Ein Knoten bildete sich in Tomeks Magen. Er versuchte, ihn herunterzuschlucken, aber er bewegte sich nicht.

»Wie kommen sie raus?«, fragte Tomek und erklärte Vlad, dass jedes Mal, wenn er ins Restaurant ging, ein neues Gesicht zu sehen war. »Wohin gehen sie?«

»Woanders hin. Die Farm, die-«

»Red Birch Farm?«

Vlad nickte. »Sie arbeiten dort, zwischen der Farm und Ilianas. So behalten sie sie unter enger Kontrolle. Sie lassen sie lange arbeiten und zahlen ihnen nichts dafür. Dann behalten sie die Gewinne für sich selbst. Stanley war von Anfang an dabei.«

Tomek ließ einen langsamen Atemzug durch seine Nasenlöcher entweichen. Er hatte sich geirrt. Es hatte keinen Drogenaspekt gegeben. Stattdessen war es Menschenhandel einer anderen Art gewesen.

»Wie passt Andrei da hinein?«, fragte er, die Fragen wirbelten in seinem Kopf herum, als wären sie in einem Mixer gefangen.

»Ich habe gelogen, als ich sagte, dass niemand rauskommt. *Er* tat es. Das erste und letzte Mal.«

»Was meinst du? Erzähl mir, wie es passiert ist.«

Vlads Schultern waren leicht gesunken. Es war an seiner Reaktion deutlich zu sehen, dass er diese Informationen lange für sich behalten hatte und dass es eine Erleichterung war, alles offen zu legen.

»Andrei war mit seiner Frau, Tatiana, herübergekommen. Sie wollten hier in Großbritannien ein gemeinsames Leben beginnen, aber es wurde ihnen von Morgana und Anton geraubt. Morgana - sie, sie war die Anführerin von allem. Der Schlangenkopf. Sie war für alle verantwortlich, die rüberkamen. Stanley half dabei, sie ins Land zu bringen...«

*Mariusz und DWG Logistics.*

»Aber ich wollte nichts damit zu tun haben. Ich habe ihr von Anfang an gesagt, dass es falsch ist. Aber ich wollte das Restaurant nicht verlassen, und sie konnte mich nicht gehen lassen, wegen dem, was ich wusste. Also haben wir eine Vereinbarung getroffen. Es würde nichts dergleichen in unserem Restaurant geben. Es würde ein legitimes Geschäft mit legitimen Besitzern sein.«

Semi-legitime Besitzer, dachte Tomek.

»Jeder unserer Angestellten bei Morgana's ist koscher, alles korrekt. Sie haben keine Ahnung, was vor sich geht. Sie wurden vollständig davon getrennt gehalten. Aber es gab ein Problem. Eines Tages arbeitete Andrei bei uns. Ich weiß nicht wie, auch nicht warum. Morgana behandelte ihn gegenüber dem restlichen Personal, als wäre er ein Neuling. Und an seinem "ersten Tag" beschloss er, Geld aus der Kasse zu stehlen. Er wollte raus, er wollte seine Freiheit. Also nahm er sie sich. Aber bevor er zu seiner Frau zurückkehren konnte, kam Anton ihr zuerst. Andrei verschwand für kurze Zeit. Wir wussten nicht, wohin er gegangen war oder was er mit dem Geld gemacht hatte.«

Das erklärte, warum die Wohnung, in der sie ihn gefunden hatten, so aussah, als wäre sie seit einiger Zeit leer.

»Für alle anderen hätte Andrei zur Polizei gehen können. Aber seine Liebe zu seiner Frau war so stark, dass er sich für ein paar Tage versteckt hielt. In der Zwischenzeit hatte Morgana dem übrigen Küchenpersonal erzählt, dass er es nicht schaffen konnte, dass er dem Druck, in der Küche zu sein, nicht standhalten konnte. Bis er ein paar Tage später ins Restaurant zurückkam. Er und Morgana setzten sich an den Tisch, in ein tiefes Gespräch vertieft. Es sah aus, als wäre er gekommen, um nach seinem Job zu fragen. Da vereinbarten sie ein Treffen-«

»Am Hafen?«

»Ja. Andrei würde das Geld zurückgeben und Morgana würde mit seiner Frau, Tatiana, dort sein.«

»Und er glaubte, dass sie sie einfach so übergeben würden?«

»Er war verzweifelt. Er war in einem fremden Land, mit wenig Geld, keinem Ort zum Übernachten und niemanden, der ihm Gesellschaft leistete. Was hättest du getan?«

Tomek dachte einen Moment über diesen Punkt nach. Die Antwort war, dass er keine verdammte Ahnung gehabt hätte.

Er war wie gebannt. Er musste mehr hören.

»Was ist dann passiert?«

Vlad räusperte sich. »Nun, soweit ich es verstehe, ging Andrei mit dem Geld dorthin, aber als er ankam, war da nur Morgana. Keine Frau. Kein Austausch.«

»Also hat er sie getötet?«

Vlad nickte. Tomek versuchte, sich die Szene in seinem Kopf vorzustellen. Der Mann, in ein fremdes Land verschleppt, allein, verzweifelt, seine letzte Chance, seine Frau zu bekommen, in greifbarer Nähe, nur um herauszufinden, dass sie weg war und er sie nie wiedersehen würde. Wut, Neid, Zorn müssen ihn überkommen haben. Dann rächte er sich und ertränkte sie. Aber was dann?

»Andrei war einer unserer Hauptzeugen«, sagte Tomek verwirrt. »Alle anderen Hauptzeugen bestätigen und sagen, sie hätten gesehen, wie Andrei *auf* den Tatort zuging, dann jemand anderes wegrennen.«

»Anton«, antwortete Vlad knapp. »Anton hat zugesehen, wie sich alles entfaltete. Er war als Backup dort, könnte man sagen. Ich hatte den Eindruck, dass sie Andrei an diesem Tag töten wollten, aber er kam ihnen zuvor. Und nachdem er Morgana getötet hatte, floh Andrei vom Tatort. Aber aus irgendeinem Grund kehrte er zurück. Da sah er Anton im Wasser, der den Kopf seiner Frau hielt. Dann kamen die Amerikaner.«

Tomek atmete tief ein. Er hatte alles falsch verstanden. *Sie* hatten alles falsch verstanden. Anton hatte seine Frau nicht getötet. Andrei hatte es getan. Der Mann, der von Anfang an dabei war. Der Hauptzeuge, den niemand in Frage gestellt hatte.

Den Rest der Geschichte konnte er sich selbst zusammenreimen: Anton, wütend über den Tod seiner Frau, hatte Vergeltung gesucht. Er hatte gewusst, dass Andrei gezwungen sein würde, auf der Polizeistation eine Adresse anzugeben, und so hatte er sich an die einzige Person gewandt, die er kannte und die darauf zugreifen konnte, Gavin Barker, der Ilianas bei seinen verschiedenen Mittagspausen in den letzten Wochen besucht hatte. Dann hatte er Mariusz überredet, Andrei zu töten und es wie Selbstmord aussehen zu lassen. Und als einziges loses Ende hatte er dann die Hilfe von Denis Danyluk gesucht, um alles abzuschließen.

Es war eine ausgeklügelte Geschichte von Rache und Verrat, die Tomek nie hatte kommen sehen.

»Woher weißt du das alles?«, fragte er.

»Anton hat mir alles erzählt, als er die Schuhe abgeliefert hat.«

»Und deshalb brauchtest du den Zeugenschutz, die Immunität...?«

Vlad nickte. »Jetzt habe ich nichts mehr zu befürchten.« Zum ersten Mal war das Lächeln auf seinem Gesicht mit einem leichten Gefühl der Hoffnung gefüllt, dass er seine Strafe verbüßen konnte, ohne die Bedrohung durch Anton oder Stanley Hutchinson über seinen Schultern zu haben.

Es gab noch eine Frage, die Tomek beschäftigte.

»Warum hat Stanley Anton getötet?«

Vlad zuckte mit den Schultern. »Das müssen Sie ihn fragen.«

Tomek legte das Blatt Papier mit der Vorderseite nach unten auf Victorias Schreibtisch. Sie strich eine Haarsträhne beiseite und schaute darauf.

»Du hast es?«, fragte sie.

»Unterschrieben und datiert«, antwortete er. »Schau es dir an.«

Zögernd drehte Victoria das Papier um. Die Hoffnung in ihren Augen erlosch sofort. Unten auf dem Dokument, das Vlads Aufnahme in das Zeugenschutzprogramm vereinbarte, hatte Tomek die Worte »VLAD DER PFÄHLER, RUMÄNIEN« in Großbuchstaben gekritzelt.

»Was ist das?«, fragte sie und schaute ihn finster an.

»Ein Witz. Meine Art zu sagen, so macht man das.«

»Wovon redest du?«

Tomek strich über seine Schulter. »Brauchten wir nicht. Habe ihn dazu gebracht, zu pinkeln wie ein Achtzigjähriger.«

»Ein volles Geständnis?«

Tomek verbeugte sich gespielt. »Zu Ihren Diensten, Eure Königliche Hoheit.«

»Arsch.«

»Ein Arsch, der Ergebnisse liefert, wohlgemerkt. Denk daran.«

Tomek ging zum Ausgang, unfähig, das selbstgefällige Lächeln von seinem Gesicht zu wischen. Jetzt wusste er, wie Vlad sich die ganze Zeit gefühlt hatte.

»Warte! Warte!«, rief sie ihn zurück. »Wirst du mir nicht sagen, was zur Hölle los ist?«

Tomek legte seine Hand auf die Türklinke. »Weißt du, seit du auf Nicks Platz sitzt, bist du viel fluchfreudiger geworden.«

»Weil Arschlöcher wie du mich ständig mit solchem Kinderkram auf die Palme bringen!«

*Du hast noch nichts gesehen.*

Tomek öffnete die Tür.

»Du kannst nicht gehen, bevor du mir nicht sagst, was passiert ist...«

»Keine Sorge, Ma'am«, sagte er, als er aus dem Raum trat. »Es wird alles in meinem Bericht stehen.«

Das Geräusch der sich schließenden Tür war ohrenbetäubend. Von der anderen Seite hörte er Victoria stöhnen und dann schwer seufzen.

Er drehte ihr den Rücken zu und ging in den Einsatzraum, wo er die meisten seiner Kollegen dabei fand, wie sie einige der Bilder und Informationen von der Untersuchung durch das Opfer ersetzten, das am Tag zuvor auf Two Tree Island gefunden worden war.

»Schon?«, sagte Tomek.

»Der Inspektor hat uns gebeten, uns darauf vorrangig zu konzentrieren.«

*Keine Ruhe für die Bösen.*

Tomek beschloss zu helfen. Als er einige der Papierbögen abnahm, wurde sein Geist leer, und er begann über Andrei nachzudenken, über den Fall, über die unbeantworteten Fragen. Wie zum Beispiel, wo die Opfer festgehalten wurden? Was war mit Andreis Frau passiert?

Und dann sah er es.

Ein Ausdruck eines Selfies, aufgenommen in einem Restaurant zurück in Rumänien. Andrei und seine Frau, Tatiana lächelnd, alle herausgeputzt, ihre Hand zur Kamera haltend. Andrei hatte gerade einen Heiratsantrag gemacht, aber es war nicht der Ring am Finger, der seine Aufmerksamkeit auf sich zog. Es war der grüne Juwelen-Ohrring, der an ihrem linken Ohrläppchen hing. Derselbe, den Tomek neulich im Schweinestall gefunden hatte.

Was hatte Stanley Hutchinson bei seinem ersten Besuch zu ihm gesagt?

*Das sind Schweine. Sie fressen alles, was du ihnen gibst, solange sie nur hungrig genug sind.*

Auch sie war den Schweinen zum Fraß vorgeworfen worden.

Tomek konnte es nicht glauben. Die Beweise waren genau da, direkt vor ihm. Und er hatte es völlig übersehen. Wie viele mehr waren so gestorben? Wie viele weitere Menschen waren von den Schweinen auf dem Bauernhof gefressen worden? Was, wenn sie es nie vom Bauernhof weggeschafft hatten?

Und dann wurde ihm klar. Die passendere Frage war: Wie oft hatte er unbeabsichtigt Menschenfleisch gegessen?

Die Schweine... der Speck... Morganas... Ilianas.

*Wir liefern jedes Jahr etwa zwei Tonnen Produkte an sie, das meiste davon sind unsere besten Fleischstücke.*

War das, was den Speck so gut schmecken ließ? Menschenfleisch?

Manchmal gab es im Leben Dinge, die es einfach nicht wert waren, zu wissen.

# KAPITEL
# DREIUNDSECHZIG

Tomek genoss den Regen, der sein Gesicht berührte, den Wind, der in jede Pore seiner Haut biss, das Wasser, das auf seine Beine spritzte und seine Oberschenkel und Zehen taub werden ließ.

Er musste alles verarbeiten, aufnehmen, verdauen. Und es gab keinen besseren Weg, dies zu tun, als einen Lauf. Neben ihm, kämpfend, um mit Tomeks Tempo Schritt zu halten, war Warren Thomas, den Tomek eine Zeit lang für Morganas Mörder gehalten hatte. Aber er war froh, dass er diese Befürchtung nie ausgesprochen hatte, auch wenn er unter seinen Kollegen Gerüchte darüber gespürt hatte. Was für eine Blamage wäre das gewesen.

Es war der Tag nach Vlads Geständnis und sein erster freier Tag seit langem. Das Team hatte Anklage gegen Vlad, Stanley, Alfie und den Rest der Farmangestellten erhoben. Sie hatten begonnen, nach den Opfern von Morganas und Antons Menschenhandelsring zu suchen, aber es erwies sich als schwierig. Teams von Freiwilligen und Unterstützungspersonal, zusammen mit Spurensicherung und uniformierten Beamten, hatten die Farm abgeriegelt und begonnen, alle Vermögenswerte als Beweismittel zu beschlagnahmen, während sie die Hunderte von Hektar Land nach Lebenszeichen durchsuchten.

Tomek war nicht hoffnungsvoll.

Sie waren zwanzig Minuten in ihrem Lauf. Sie hatten etwas weiter im Landesinneren begonnen, liefen zuerst an der Küste entlang, bevor sie den Sand betraten, und waren jetzt auf halbem Weg zu ihrem Ziel. Der Hafen ragte bedrohlich und unheimlich im mittleren Blickfeld auf. Er fragte sich, wie viele Geheimnisse er hatte, wie viel Leben und Tod er im Laufe der Jahre gesehen hatte, welche Geschichten er zu erzählen hatte.

Andrei und Morgana hatten ihm eine weitere hinzugefügt.

Der Rest des Laufs zum Hafen war überraschend leicht. Tomek hatte einen zusätzlichen Gang gefunden und raste voraus, wobei er Warren um ein paar hundert Meter schlug.

»Jemand hat einen zweiten Wind bekommen«, sagte Warren, als er aufholte. »Oder hast du tatsächlich Blähungen?«

Keuchend stand Tomek vornübergebeugt, die Hände auf den Knien. »Ich habe etwas in mir, das ich rauslassen muss, das ist sicher.«

Wut. Frustration. Trauer.

Angst. Furcht. Schuld.

Er fühlte alles.

Nach hinten fallend setzte er sich auf den nassen Sand und holte Atem.

»Ich brauche eine Minute«, sagte er.

»Das überrascht mich nicht.«

»Nein, nicht deswegen.« Er drehte sich zu dem Hafen zu seiner Linken.

»Wegen dem, was passiert ist?«, fragte Warren.

Tomek nickte. »Ich habe viel zu verarbeiten. Denk nur daran... jemand ist genau hier gestorben. Jemand wurde ermordet.«

»Tragisch, ich weiß. Aber nach dem, was du mir erzählt hast, hört es sich an, als hätten sie es verdient.«

»Das mag sein... aber...«

Tomek verstummte. Etwas hatte seine Aufmerksamkeit erregt. Das rote Blinklicht an der Spitze des Hafens. Neugierig stand er auf und zeigte darauf.

»Erzähl mir noch einmal, was an diesem Morgen passiert ist.«

»Wirklich? Wir haben das doch schon durchgesprochen.«

»Ich weiß, ich weiß. Aber es ist viel passiert seitdem und ich habe es vergessen.«

Warren seufzte und stemmte die Hände in die Hüften. »Wir haben die Leiche gefunden, es gemeldet, dann sind wir auf den Hafen geklettert.«

Tomek bewegte sich langsam darauf zu, unfähig, seinen Blick von dem Pylon abzuwenden. »Ja, aber was *genau*? Beim letzten Mal sagtest du, dass du und Andrei zum höchsten Punkt gegangen seid?«

»Dachte, du hättest gesagt, du könntest dich nicht erinnern?«

»Warren...« Tomek warf ihm einen spöttischen Blick zu. »Bitte. Das ist wichtig.«

Der Mann seufzte. »Gut. Du hast Recht. Dieser Typ und ich sind nach ganz oben gegangen.«

»Richtig. Und was hat der Typ genau gemacht?«

»Was? Was ist die Bedeutung davon?«

Aber Tomek war schon weg, watete durch das Wasser und kletterte auf die Struktur.

»Hast du gesehen, was er gemacht hat, als ihr beide hier oben wart?«

Die Neugier bekam schließlich die Oberhand über Warren, und er folgte Tomek, kletterte mit Leichtigkeit auf die Struktur.

»Ich meine... ich war zu beschäftigt damit, nach der Küstenwache Ausschau zu halten.«

»Denk nach, Kumpel. Ich brauche dich zum Nachdenken. Hast du gesehen, wohin er gegangen ist? Seine Bewegungen?«

Warrens Gesicht versank in tiefem Nachdenken.

»Ich glaube nicht, dass ich dich jemals so hart nachdenken gesehen habe, nicht einmal, als wir noch in der Schule waren.«

»Fick dich«, sagte er, und dann ging er ohne Vorwarnung auf den Pylon zu.

Tomek beobachtete hoffnungsvoll, wie Warren seine Bewegungen nachvollzog. Der Mann überquerte die Struktur mit Leichtigkeit, seine langen Beine überschritten die großen Lücken in der Mitte, als wären sie Risse im Bürgersteig.

»Wir sind hier hochgekommen...«, begann er. »Wir waren panisch, atmeten schwer. Der Wind nahm zu. Ich spürte, dass die Flut sehr schnell kommen würde, also mussten wir etwas tun.« Er zeigte auf eine Stelle in der Struktur. »Ich bin hier fast ausgerutscht und gefallen, aber er hat mich gefangen und gehalten. Dann, als wir oben ankamen, haben wir...« Warren hielt direkt neben dem Pylon an. Tomek machte seinen Weg zu ihm. »Ich dachte, ich hätte dort drüben etwas gesehen. Ich dachte, es wäre ein Boot, das auf uns zukam, also habe ich es angesignalisiert...«

»Und was hat er gemacht?«

»Ich... Er...«

Warrens Augen fielen auf den Fuß des Turms. Es gab ein kleines Loch, das in den Zement gebohrt war.

»Er war dort unten...«, fuhr Warren fort. »Anfangs... anfangs habe ich nicht viel darüber nachgedacht. Ich... ich war zu beschäftigt damit, das Boot zu signalisieren. Aber...«

Tomek verlor keine Zeit. Er sprang an Warren vorbei, spreizte seine Beine über einem der Abschnitte in der Struktur und griff mit einem Arm zur Unterstützung in das kleine Loch.

Der Beton war grob und abrasiv auf seiner Haut, aber er beachtete es kaum. Innerhalb weniger Sekunden fand er, wonach er suchte, und zog es heraus.

Etwas, nach dem sie die ganze Zeit gesucht hatten. Etwas, von dem sie geglaubt hatten, es sei verschwunden.

Morganas Handy. Völlig intakt.

# KAPITEL
# VIERUNDSECHZIG

Zwei Tage waren vergangen mit Hoffen, Beten, Warten. Mit unermüdlichem Wunsch, dass Morganas Handy wieder anspringen würde. Sie hatten alle üblichen Methoden versucht – in eine Schüssel Reis legen, in ein Geschirrtuch wickeln und auf die Heizung legen – aber nichts half. Als all die anderen Optionen versagt hatten, konnte schließlich ein Mitglied des digitalen Forensikteams die Komponenten des Geräts auseinanderschrauben und einzeln trocknen. Es hatte länger gedauert als erwartet, da es sich um ein kompliziertes Stück Technik handelte, aber das hatte die Nervosität keineswegs gemindert. Das Team hatte auf den Anruf gewartet, der endlich bestätigen würde, dass es funktionierte.

Endlich kam der Anruf heute Morgen. Dem digitalen Forensikteam war es gelungen, das Gerät zu trocknen, wieder zusammenzubauen und an ihre Computer anzuschließen. Von dort aus hatten sie den gesamten Inhalt von Morganas Handy überprüft: ihre App-Downloads, ihren Suchverlauf, ihren Nachrichtenverlauf, ihre Fotos. Die letzten beiden waren für die Ermittlung am wichtigsten gewesen, und sie hatten eine vollständige Analyse durchgeführt, um Hinweise darauf zu finden, wo die Opfer festgehalten wurden. Eine Nachricht, ein Schlüsselwort, eine Reihe von Phrasen, die sie, Stanley und Anton möglicherweise verwendet hatten, um ihren Standort anzugeben.

Am Ende kam es auf ein Foto an. Eigentlich sogar zwei. Das erste zeigte Andreis Frau, die in der Ecke eines kleinen, weißwandigen Raumes kauerte. Es gab dort nichts außer einer nackten Matratze. Keine Fenster, kein Komfort. Völlige sensorische Blindheit. Auf dem Foto hielt sie ihre dünne Hand hoch, um ihre Augen vor dem Licht zu schützen. Schwach, unterernährt. Es war nicht zu sagen, wie lange sie dort gewesen war. Aus dem völligen Mangel an Beweisen, dass sie gefüttert oder zumindest mit Wasser versorgt worden war, vermutete Tomek, dass es Tage gewesen sein mussten. Möglicherweise seit Andreis Diebstahl, der den ganzen Schlamassel begonnen hatte.

Das zweite Foto, das die Aufmerksamkeit des digitalen Forensikteams erregt hatte, war eine Aufnahme der Farm. Ein unauffälliges, schlichtes, gewöhnliches Stück Land, das von einer dicken Baumreihe umgeben war.

Tomek stand nun zusammen mit einer kleinen Armee von Polizisten, Sergeants, Inspektoren, zivilem Unterstützungspersonal und sogar der Allgemeinheit – darunter Warren Thomas und die Redgraves – genau vor diesem Ort und betrachtete ihn, als sollte er gleich niedergemäht werden. Sie waren Teil einer weiteren Suchmannschaft. Die ersten Durchsuchungen der Polizei auf der Farm hatten keine Früchte getragen; alles, was sie finden konnten, war eine Reihe von Dokumenten und Kontoauszügen, sowie ein kleiner Behälter voller Bargeld.

Das war vor zwei Tagen gewesen. Zwei lange Tage, seit die Menschen, nach denen sie suchten – falls sie noch dort waren – zuletzt gefüttert, mit Wasser versorgt, seit sie zuletzt versorgt worden waren. Es war nicht bekannt, unter welchen Bedingungen sie gelebt hatten, aber die Vermutung war, dass es nicht angenehm gewesen war, dass sie im Elend lebten, aufeinander in beengten, eingeschränkten Räumen, so wie Andreis Frau, bevor sie starb.

Unterirdisch.

Ein kahlköpfiger Mann mit einem dicken schwarzen Bart trat vor die Menge. Alle Teilnehmer hatten sich in einer Reihe aufgestellt, Seite an Seite, zwei Meter voneinander entfernt.

»Gut, meine Damen und Herren«, begann er, seine Stimme rollte mit Leichtigkeit über das Land. »Achten Sie darauf, in einer Linie zu bleiben. Einen Schritt nach dem anderen. Wenn Sie etwas Interessantes sehen, berühren Sie es nicht. Wenn Sie sehen, dass sich etwas bewegt, berühren Sie es nicht. Ich möchte, dass Sie ›Hilfe!‹ rufen, und dann werden wir alle anhalten, und diejenigen von uns, die hinten stehen, werden untersuchen, was Sie gefunden haben. Es ist von größter Wichtigkeit, dass Sie nichts berühren. Ist das alles verständlich?«

Ein Chor von Zustimmungen hallte über die Farm.

Dann begannen sie. Zunächst mit kleinen Schritten, Füße, die durch das Gras raschelten, Augen und Köpfe nach unten gerichtet, den Boden wie mit Metalldetektoren abtastend. Die Atmosphäre war ruhig, angespannt. Über fünfzig Menschen, vereint durch ihren Wunsch, die Opfer zu finden.

Tomek blieb optimistisch, aber als sie die Baumgrenze erreichten, hatten sie noch nichts gefunden, und er begann zu spüren, wie der Optimismus nachließ. In seinem Kopf versuchte er, sich vorzustellen, was sie finden könnten – an beiden Enden des Spektrums. Das Gute wäre, dass alle am Leben und wohlauf sind und aussehen, als kämen sie gerade von einem Urlaub in der Arktis zurück. Und das Schlechte, das die gleiche Menge an weißer Haut enthielt, außer dass es diesmal daran lag, dass sie alle tot waren, dem Hunger und der Austrocknung erlegen.

Er betete für das erste Szenario.

Zehn Minuten nach Beginn der Suche hatten sie bereits dreimal angehalten. Alles Fehlalarme. Stücke von Müll, seltsam gefärbte Blätter, eine Blume, die für etwas Wichtiges gehalten wurde.

Mit jedem Fund nahm Tomeks Optimismus weiter ab.

Bis zum vierten Ruf.

Er wusste nicht warum, aber irgendetwas an diesem fühlte sich anders an.

Der Mann, der ihn gemeldet hatte, war nur wenige Meter von ihm entfernt. Er tippte mit dem Fuß auf den Boden. Der Klang war hohl, lauter als er hätte sein sollen. Die Beamten am Ende der Reihe gesellten sich zu seiner Seite und testeten es mit ihren Füßen. Vorfreude und Angst senkten sich auf das Waldland. Dann begannen sie, die umgebende Erde zu entfernen. Blätter, Schlamm und Zweige flogen in die Luft und gaben eine große Metallklappe frei.

Ein unterirdischer Bunker, tief im Herzen des Waldgebiets vergraben.

Tomeks Herz sprang ihm in den Hals. Er wartete nicht. Als ranghöchster Beamter, der ihm am nächsten war, eilte er zur Luke und riss sie auf. Sofort traf ihn eine Wand aus warmer, abgestandener, schweißiger Luft ins Gesicht.

»Hallo!«, rief er in die Dunkelheit. »Hier ist die Polizei, kann mich jemand hören?«

Sanftes Murmeln hallte durch die Kammer. Innerhalb weniger Sekunden verwandelten sich die Murmeln in Schreie und Rufe.

Leben.

Tomek holte sein Handy heraus und schaltete die Taschenlampenfunktion ein. Dann stieg er so schnell wie möglich die Stufen hinunter. Unten angekommen, drehte er sich um und ging in die Dunkelheit. Der Korridor war klein, eng, nicht für jemanden seiner Größe gebaut. Aber am Ende sah er ein schwaches Licht. Ein tiefes Orange. Und Gestalten, die auftauchten, im Weg standen.

»Polizei«, sagte er ruhig. »Es ist in Ordnung. Alles wird gut. Ich bin von der Polizei. Sie sind jetzt alle in Sicherheit.«

Tomek hatte nicht gewusst, was ihn erwarten würde, als er unten ankam, aber es war nicht das, was er vor sich sah. Ein großer, unterirdischer Raum, so groß wie eines der Lagerhäuser auf der Farm, gefüllt mit über dreißig Menschen, die in der Dunkelheit lebten und atmeten, zwanzig Fuß unter der Oberfläche vergraben. Wie Zombies, die nach Blut gieren, eilten sie auf ihn zu, klammerten sich an jeden Teil seines Körpers. Einige versuchten, ihn zu umarmen, während andere in ihrem verzweifelten Zustand seine Taschen durchsuchten.

Kurz darauf schlossen sich ihm die ranghöchsten Mitglieder der Suchtruppe an.

»Heilige Scheiße«, sagte jemand.

»Wie viele Menschen sind hier unten?«

»Ich weiß es nicht genau«, antwortete Tomek. »Ich habe noch keine Zeit gehabt, mich mit ihnen zu unterhalten. Ich denke, wir sollten uns zunächst mehr darum kümmern, sie hier rauszuholen, meinen Sie nicht?«

Tomek übernahm die Leitung der Evakuierung. Mit Hilfe der Taschenlampe seines Handys lenkte er die Opfer des Menschenhandels zum Ausgang und tröstete und beruhigte sie, während sie an ihm vorbeigingen. Mit Hilfe von zwei Mitgliedern der Suchtruppe nahmen sie die wenigen Lebensmittel und das Wasser, das noch dort war, mit nach oben.

Tomek kam als Letzter heraus, und als er ins Freie trat, vom Licht geblendet, ertönte ein sanfter, stetiger Applaus. Sie hatten es geschafft. Sie hatten alle Beteiligten an den Gräueltaten von Morgana und Anton gerettet. Und vor allem waren sie alle am Leben.

# KAPITEL
# FÜNFUNDSECHZIG

*Sechs Wochen später*

Tomek klopfte an die Tür und trat ein, ohne auf Einlass zu warten. Drinnen fand er Nick und Victoria, die einander gegenübersaßen und in ein tiefes Gespräch vertieft waren.

»Sir, Sie sind zurück! Sie gerissener Mistkerl, haben sich das schön für sich behalten, was?«

Nick drehte sich zu ihm um, erhob sich dann schwerfällig aus seinem Stuhl und schüttelte ihm die Hand. »Immer eine Freude, dich zu sehen, Tomek.«

»Weiß sonst noch jemand, dass Sie hier sind?«

»Noch nicht.«

»Hat Victoria Sie durch die Hintertür hereingeschmuggelt?«

»Offiziell kehre ich erst nächsten Montag zurück, aber ich wollte reinkommen, um mir einen Überblick zu verschaffen, bevor ich wieder anfange.«

»Super«, sagte Tomek. »Wir können es kaum erwarten, Sie zurückzuhaben.« Er legte eine feste Hand auf den Arm des Mannes und drückte zu. »Hat Victoria Ihnen erzählt, wie gut wir uns geschlagen haben, seit Sie weg sind?«

»Ja, aber unter uns gesagt glaube ich, sie hat einen Hirnschaden erlitten.«

Victorias Gesicht fiel in sich zusammen.

»Ich bin übrigens auch hier, wisst ihr?«

Nick ignorierte sie und sagte: »Sie hat dich in höchsten Tönen gelobt. Weiß der Teufel warum.«

»Kann mir kaum vorstellen, wie schwer das für Sie in dieser schwierigen Zeit gewesen sein muss«, spottete Tomek. »Obwohl ich gerne hören würde, was Sie zu sagen hatten, Victoria. Vielleicht könnte ich einige Dinge für Sie näher erläutern?«

Die Inspektorin verdrehte die Augen. »Stell dein Ego einen Moment beiseite, Bowen. Aber wenn du es unbedingt wissen musst: Ich habe gesagt, dass du trotz unserer offensichtlichen Differenzen wirklich gute Arbeit geleistet hast. Ohne dich hätten wir wohl kaum gefunden, wonach wir gesucht haben.«

Tomek verschränkte die Arme. »Entschuldigung, Frau Inspektorin, ich habe Sie nicht ganz verstanden.«

»Zwing mich nicht, das zu wiederholen«, sagte sie.

»Sie hat eine Empfehlung für deine Beförderung zum Inspektor ausgesprochen«, unterbrach Nick.

Tomek sah sie fassungslos an. »Sie haben *was* getan?«

»Du musst natürlich alle relevanten Prüfungen ablegen und warten, bis eine Stelle frei wird, aber ich denke, du hast dich bewährt.«

Tomek zögerte. »Ein Leben lang hinter dem Schreibtisch sitzen... Ich muss darüber nachdenken.«

»Wirklich? Ich dachte, du würdest dich freuen. Du hast mich die letzten paar Monate deswegen ständig genervt?«, kam Nicks Antwort.

»Ich freue mich. Ehrlich. Ich muss es mir nur gut überlegen...«

»Nun, du bist zu nichts verpflichtet«, sagte Victoria. »Wenn du mit deiner jetzigen Position zufrieden bist, dann passt das für alle.«

Das Grinsen kehrte auf Tomeks Gesicht zurück. »Ich muss sagen, ich bin überrascht, Ma'am. Heißt das, Sie werden mich genauso respektieren wie Ihren Toyboy da draußen?«

Der sentimentale Moment zwischen ihnen hielt nicht sehr lange an.

»Ich ziehe den verdammten Vorschlag zurück, wenn du so weitermachst.«

Tomek antwortete mit einem frechen Grinsen.

»Gab es einen Grund für dein Eindringen, Tomek?«, fragte Victoria, um das Gespräch weiterzuführen.

»Nur um Ihnen mitzuteilen, dass die DNA-Analyse des Schlamms von der Farm durchgekommen ist.«

»Und?«

»Die DNA von vier Personen wurde darin gefunden. Die von Anton und Andreis Frau, Tatiana.«

»Und die dritte? Mariusz' Freundin?«, fragte sie.

Tomek senkte den Kopf. »Leider ja. Mariusz hat nie für das Transportunternehmen gearbeitet. Anton, Morgana und Stanley besaßen diese Firma separat, und er war nur ein weiteres Opfer ihres Menschenhandels wie die anderen auch. Ich weiß nicht, warum sie ausgerechnet ihn ausgewählt haben, aber sie benutzten ihn als Sündenbock, um Andrei zu töten und dafür die Schuld auf sich zu nehmen. Sie setzten ihn sogar als die Person ein, die vor dem Airbnb der Redgraves stand. Seine Freundin war das Erpressungsmittel, um ihn dazu zu bringen, was sie wollten, und irgendwie ließen sie es so aussehen, als wäre sie nach Rumänien zurückgekehrt, sodass Martin sie nicht kontaktieren konnte.«

»Armes Ding. Ich kann mir nicht vorstellen, wie schmerzhaft es gewesen sein muss, auf diese Weise zu sterben.«

Tomek konnte es sich vorstellen. Er hatte es aus erster Hand gesehen. Und hatte es in den letzten Wochen weiterhin in seinen Albträumen erlebt.

»Was ist mit der vierten?«, fragte sie.

»Eine Frau namens Gina. Sie war eine der Arbeiterinnen bei Iliana, mit der ich gesprochen hatte. Sie sollte mir Informationen geben, aber sie kam nie dazu. Jetzt weiß ich warum.«

Tomek pausierte, um sich zu sammeln.

»Gab es sonst noch etwas?«

»Ja. Ein paar weitere Dinge, die einige unserer Fragen beantwortet haben. Stanley Hutchinson, der Bastard, sagt immer noch nichts. Aber glücklicherweise hat der kleine rothaarige Mistkerl, den ich am Strand festgenommen habe, seine Stimme gefunden. Lustigerweise, als er herausfand, dass wir Anklage erheben. Ihm zufolge hat Stanley Anton getötet, weil sie sich zerstritten hatten. Stanley war nicht zufrieden damit, wie Anton die Dinge gehandhabt hat, also hat er ihn mit den anderen unter die Erde gebracht. Ich schätze, Anton muss einen Ausweg gefunden haben, ist ausgebrochen und hat dann den Höchstpreis bezahlt.«

»Nichts weniger als er verdient hat«, sagte Victoria langsam.

Einige Augenblicke später verabschiedete sich Tomek und verließ den Raum. Als er an diesem Abend nach Hause kam, ging ihm der Gedanke an die Inspektorprüfung ständig durch den Kopf. Es war etwas, das er lange in Betracht gezogen hatte, was durch Kasias Eintritt in sein Leben nur noch verstärkt wurde. Es bedeutete mehr Gehalt, mehr Sicherheit, und es gab weniger Außendienst, weniger Chancen, dass er von einem Serienmörder getötet würde oder sich im Magen eines Schweins wiederfände. Aber genau das liebte er an seinem Job, den Nervenkitzel, den Adrenalinstoß. Er war nicht sicher, ob er ständig an einen Schreibtisch gefesselt sein wollte, anderen diktierend, was sie tun sollten, wenn er doch lieber von vorne führen, mit gutem Beispiel vorangehen wollte.

Es war eine Entscheidung, die sowohl seinen Input als auch Kasias erforderte.

Doch bevor er überhaupt darüber nachdenken konnte, wie er das Thema bei ihr ansprechen sollte, fiel ihm etwas auf dem Boden auf.

Ein Umschlag. Der Stempel von HMP Wakefield in der oberen rechten Ecke des Dokuments.

Ein zweiter Brief.

Er hatte gehofft, dass der erste ein Zufall war, eine einmalige Sache. Aber Nathan Burrows hatte sein Wort gehalten. Er wollte einen Dialog mit Tomek eröffnen, sich fast mit ihm anfreunden.

Tief einatmend, die Luft anhaltend, dem Klang seines Herzens lauschend, das wie tausend Trommeln in seinem Kopf schlug, riss Tomek den Umschlag auf und las den Brief.

# DAS ENDE

Das Ende. Aber nicht ganz. Die Geschichte geht weiter in Der Engel Des Todes:

Als die Flugbegleiterin Angelica Whitaker nach einer Nacht in einem der beliebtesten Nachtclubs von Southend als vermisst gemeldet wird, wird der Fall zum ersten Mal in seiner Karriere an DS Tomek Bowen übergeben. Sobald die Ermittlungen beginnen, richtet sich der Verdacht auf den Mann, mit dem sie im Club getanzt hat. Doch als ihre Leiche später in einer Kirche gefunden wird, positioniert wie ein Engel, deuten dieselben Indizien auf einen berechnenden, gefassten und sadistischen Killer hin. Aber während die Ermittlungen voranschreiten und Tomek tiefer in das Leben des Opfers eintaucht, wird klar, dass es keinen Mangel an Verdächtigen gibt und jeder seine Geheimnisse hat – manche mehr als andere...

Erfahren Sie jetzt auf Amazon, was in Der Engel Des Todes passiert!

Klicken Sie HIER, um Ihr Exemplar zu sichern!

Oder blättern Sie um, um einen exklusiven Auszug zu lesen.

# DER ENGEL DES TODES - EXKLUSIVER AUSZUG

# KAPITEL
## EINS

Ihr Körper wogte und schwang im Takt der Musik, ihre Hüften drehten sich elegant, die Schultern bewegten sich frei, der Kopf wiegte sich hin und her, während die Chemikalien und Substanzen durch ihren Blutkreislauf strömten. Sie hatte die Augen geschlossen, um sich völlig verlieren zu können, um eins mit den Schallwellen zu werden. Mit einer Hand fuhr sie sich durch die Haare, während der schwere Bass bei jedem Schlag durch ihren Körper pulsierte.

Um sie herum, immer noch mit geschlossenen Augen, hörte sie den Lärm der Menschen, Dutzende, Hunderte von ihnen, die schrien, sich gegenseitig ins Gesicht brüllten, um sich zu unterhalten, zu flirten und hoffentlich am Ende der Nacht, wenn das Glück auf ihrer Seite war, zu vögeln.

Ein paar hatten sie bereits angesprochen, betrunken, mit nach Alkohol riechendem Atem, der Geruch ihres übermäßig aufgetragenen Aftershaves setzte sich in ihrem Hals fest, alle hofften, ihr Glück zu versuchen. Und es gab ein paar, für die sie sich interessiert hatte, mit denen sie mehr als dreißig Sekunden gesprochen hatte, bevor sie ihnen unweigerlich den Rücken zukehrte und weitertanzte. Für diese auserwählten Wenigen war das Glück auf ihrer Seite gewesen. Halbwegs Glück, wohlgemerkt, da sie nur so weit gegangen war, ihre Nummer herauszugeben. Wenn sie das volle Programm wollten, müssten sie mehr Arbeit leisten, mehr Mühe als das. Sie mussten es sich verdienen.

Sie tanzte weiter, wiegte sich, ihr Körper und ihre Muskeln entspannten sich, gaben der Trance nach, in die die Musik sie versetzt hatte. All das war ein erlernter Sport, eine Kunst. In den letzten Monaten hatte sie gelernt, sich wirklich gehen zu lassen, sich von den Zwängen und Ängsten zu befreien, die sie sich selbst auferlegte, um in einen anderen Zustand einzutreten, einen, der ätherisch und fast außerkörperlich war.

Plötzlich, mitten auf der Tanzfläche, wurde sie sich des Drangs bewusst, zu trinken, etwas von der Flüssigkeit nachzufüllen, die sie ständig ausschwitzte und auspinkelte, und mit ihrem Becher fest in der Hand, die Augen immer noch geschlossen, hob sie den Arm zum Mund. Es fühlte sich an wie eine Verlängerung ihres Körpers, als ob jemand die Bewegung für sie machte, und für ein paar Momente suchten ihre Lippen nach dem Strohhalm, die Zunge ragte aus ihrem Mund wie der Kopf einer Schildkröte, der aus seinem Panzer auftaucht. Eine Sekunde später spürte sie den Strohhalm in ihrem Mund. Sie öffnete die Augen und sah einen Mann direkt vor sich stehen, der den Strohhalm mit seinen Fingern führte, mit einem warmen Lächeln im Gesicht. Sie erkannte ihn halb. James? Ashton? Percy? Oder ein anderer seltsamer Name? Es war einer von ihnen. Er kam zurück für Runde zwei. Er gab sich wirklich Mühe, wollte wirklich mehr als nur ihre Handynummer aus dem Club mitnehmen, die zwölf Stunden später jede Nummer oder jeden Anruf automatisch blockieren würde.

Der Mann beugte sich näher zu ihr, legte eine Hand auf ihre Hüfte. Als er das tat, nahm sie einen Hauch frisch aufgetragenen Aftershaves wahr, dick, würgend, doch eines der angenehmeren, erträglicheren. Vielleicht hatte er es im Badezimmer aufgetragen und der Toilettenmann hatte ihm ein Vermögen dafür berechnet. Sie fragte sich, für welches er sich entschieden hatte: Armani, Yves Saint Laurent, Dolce & Gabbana, Boss? Sie kannte sie alle, aber dieses hier war ihr entfallen, doch die Erinnerung daran schwebte irgendwo in ihrem Hinterkopf.

»Kann ich dir noch einen Drink kaufen?« rief er, seine Worte waren kaum hörbar.

Bevor sie antworten konnte, spürte sie eine weitere Hand an sich. Diesmal von ihrer Freundin Elodie, die ihren Arm packte und sie wegzog. Einen Moment später war sie wieder mit ihrem Trio von Freundinnen vereint.

»Warum hast du das gemacht?« fragte sie, überrascht, wie verwaschen ihre Worte klangen.

»Er hat vorhin versucht, etwas in deinen Drink zu tun«, antwortete Elodie und lehnte sich an ihr Ohr. »Ich hab ihm gesagt, er soll sich verpissen, als er dir den ersten gebracht hat. Ich hab das Barpersonal gebeten, ihn auszutauschen.«

Sie schaute auf ihren Drink hinunter und fragte sich, ob sie irgendein Anzeichen dafür sehen würde, dass er mit K.O.-Tropfen versetzt worden war, erinnerte sich dann aber an das, was Elodie ihr gerade gesagt hatte, dass sie den falschen Becher anschaute.

»Ich hab dir gesagt, du musst vorsichtiger sein«, wies Elodie sie zurecht und stemmte eine Hand in die Hüfte. »Du musst wachsamer sein, Mädel.«

Sie wischte die Hand ihrer Freundin abweisend weg und richtete ihre Aufmerksamkeit dann wieder auf den Mann, der kleinlaut am Rand der Gruppe herumgehangen hatte, tanzend, mit seinen Füßen nicht im Takt zur Musik scharrend, so tuend, als hätte er nichts von ihrem Gespräch mitbekommen, obwohl seine Körpersprache darauf hindeutete, dass er alles gehört hatte. Dann schlurfte sie auf ihn zu, ihre Beine und Knie gaben nach. Sie hatte zu lange in ihren Absätzen gestanden. Entweder das oder es war der Alkohol, der durch ihre Adern floss. Sie wusste nicht, wie viel sie getrunken hatte, aber sie war erfahren genug, um zu wissen, dass sie immer noch die Kontrolle über ihren Körper hatte, immer noch Herrin ihrer Sinne war. Und als sie sich dem Mann näherte, reichte sie ihm ihren Drink, damit er ihn einen Moment hielt, dann streifte sie ihren Rock an ihren Schenkeln hinunter, bis er auf einem anständigen Niveau war. Sobald sie damit zufrieden war, nahm sie den Drink, drehte ihm den Rücken zu und begann, an ihm zu tanzen, sich zu drehen, ihre Körper waren weniger als einen Zentimeter voneinander getrennt, kamen sich allmählich immer näher, bis sie seinen Schritt an ihrem Hintern spürte. Sie konnte die Wärme und den Gestank seines Atems in ihrem Nacken spüren. Sie spürte auch das Zögern, eine kurze Pause, als er darauf wartete, seine Hände auf ihren Körper zu legen. Zuerst eine an ihrer Taille, dann die andere um ihre Brust gelegt, als ob sie sein Besitz wäre, seine Trophäe für den Abend. Er hatte sie für sich beansprucht, und sie war froh, ihn das denken zu lassen.

Lass ihn glauben, dass er Glück hatte.

Während sie tanzten, begann sie seinen halbsteifen Penis zu spüren, der härter gegen sie drückte, sie anstupste wie ein Kind, das versucht, einen schlafenden Hund zu wecken. Er konnte stupsen und stoßen, so viel er wollte, aber sie hatte beschlossen, dass dieser Hund schlafen bleiben würde.

Sie stellte Augenkontakt mit ihren Freundinnen her und genoss den Komfort und die Sicherheit ihres neuen Begleiters. Gelegentlich versuchte er, ihren Hals zu küssen und sogar sein Glück mit den Lippen zu versuchen, aber jedes Mal zog sie sich zurück und neckte ihn weiter. Rache dafür, dass er versucht hatte, ihren Drink zu manipulieren. Sie wusste, was ihre Freundinnen jetzt denken würden: dass sie dumm, leichtsinnig war, dass sie nicht die Kontrolle hatte und nicht wusste, in welche Gefahr sie sich begab. Aber sie wusste es sehr wohl. Sie hatte weit Schlimmeres erlebt. In der Gesamtbetrachtung war das Tanzen mit einem Mann in einem Nachtclub harmlos im Vergleich zu dem, was sie gesehen hatte, durchgemacht hatte, erlebt hatte. Ihre Freundinnen waren noch nicht bereit, davon zu hören.

Vielleicht eines Tages. Aber nicht jetzt, nicht wenn ihre engste Freundin jede ihrer Bewegungen mit Argusaugen beobachtete und versuchte, den Mut aufzubringen, einzugreifen.

Sie und ihr neuer Begleiter blieben die nächsten zehn Minuten so, ihre Körper ineinander verschlungen, jeder genoss die Zeit aus sehr unterschiedlichen Gründen. Bis schließlich, nachdem sie genug gesehen hatte, Elodie ihr sagte, dass es Zeit sei zu gehen. Sie hatten einen Uber, der draußen auf sie wartete, und sie wollten ihn nicht verpassen.

Als sie weggezogen wurde, lief der Mann, der jetzt hungriger als je zuvor war, ihr nach, folgte ihr wie ein Kind, hielt ihre Hand Richtung Ausgang.

»Lass sie in Ruhe!« schrie Elodie dem Mann ins Gesicht und versuchte, sie auseinander zu reißen.

»Kann ich mit euch mitkommen?« fragte er.

Der Ton in seiner Stimme war mehr als hoffnungsvoll, fast schon flehend.

»Verpiss dich«, antwortete Elodie.

»Oder du kommst mit zu mir?«

Verzweiflung durchzog seine Worte. Sein letzter Versuch, Glück zu haben.

Sie beschloss, ihm die Karotte vor die Nase zu halten.

»Du hast meine Nummer«, sagte sie, als sie aus dem Club gezogen wurde. »Schreib mir.«

Als die Taxi-Tür hinter ihr zufiel, sah sie den Mann in seine Taschen greifen und sein Handy herausziehen.

# KAPITEL
## ZWEI

Selbst im Tiefschlaf sieht sie wunderschön aus. Sanft, elegant, engelsgleich. Ihre Augenlider flattern leicht, während ihre Augen sich darunter bewegen, das einzige Lebenszeichen in ihrem ansonsten leblosen Körper. Sogar die Bewegungen ihrer Brust sind unter ihrem hautengem schwarzen Kleid kaum wahrnehmbar.

Ich knie mich neben sie, meine Füße flach auf dem Boden, sodass meine Knie in einem Winkel von fünfundvierzig Grad stehen. Ich stütze meine Ellbogen auf meine Hüften, lehne mich vor und halte mein Ohr über ihren Mund und ihre Nase, lausche den schwächsten Atemgeräuschen, während sie meine Wange liebkosen. Dann fahre ich mit meiner Zeigefingerkuppe über ihren Hals, von der gegenüberliegenden Seite ganz zu mir hin, spüre, wie sich Knorpel und Knochen darunter bewegen. Ich halte inne, als ich den Puls fühle, das Einzige, was sie am Leben erhält, was das Blut von einem Teil ihres Körpers zum nächsten befördert. Schwach, aber gleichmäßig, rhythmisch. In der Stille ist er verstärkt, übertönt den Klang meines Atems, den Lärm der Straße unter uns.

Bum-bum.

Bum-bum.

Bum-bum.

*Es würde nur ein kleiner Schnitt mit der Klinge brauchen, ein tiefer*

Einschnitt in die Vene, in diesen Tunnel des Lebens, um all das schöne, perfekte Blut aus ihrem Körper strömen zu lassen.

Aber noch nicht. Es gibt Dinge, die ich zuerst tun muss. Dinge, die ich erleben muss. Bevor ich zur nächsten Phase unserer gemeinsamen Zeit übergehe, möchte ich mir ein letztes mentales Bild von ihr in diesem Zustand machen. Schmutzig, dreckig, unrein - hurenartig. Das alles muss sich ändern. Ich muss sie in ihren engelsgleichen Zustand zurückversetzen.

Ich erhebe mich von ihrem Körper und drehe sie auf den Bauch. Die Rückseite ihres Kleides ist mit einem Reißverschluss befestigt, der Saum schneidet in ihr Fleisch. Aber sie hat kaum Körperfett, sodass nichts an den Seiten herausquillt. Langsam ziehe ich das Kleid den ganzen Weg bis zur Mitte ihres Rückens herunter, bis es locker genug ist, um sie davon zu befreien. Behutsame, sanfte Bewegungen sind erforderlich. Nichts zu Hastiges, zu Drastisches. Zeit ist das Wichtigste. Ich will das genießen, darin schwelgen, mich für den Rest meines Lebens daran erinnern.

Nachdem ich das Kleid vorsichtig von ihrem Körper entfernt habe, falte ich es ordentlich zu einem kleinen Quadrat und lege es neben ihre hochhackigen Schuhe. Dann betrachte ich ihre Figur. Heute Abend hat sie sich entschieden, keinen BH zu tragen und alles heraushängen zu lassen. Aber ich bin froh zu sehen, dass sie immer noch Unterwäsche trägt – dünn, spitzenbesetzt, fast nichts dran – dass sie wenigstens etwas Würde bewahrt hat. Ich entferne den Rest ihrer Kleidung und lege ihn neben das Kleid. Jetzt ist sie völlig nackt, schimmert unter dem Licht. Ich bade im Anblick ihrer zierlichen Figur, vollständig geformt und an allen richtigen Stellen proportioniert. Ihre Brüste neigen sich zur Seite, und jetzt kann ich das Heben und Senken ihrer Brust sehen. Alles an ihr ist perfekt. Ihre Zehennägel, ihre Füße, ihre dünnen Waden, ihre schlanken Oberschenkel, ihre Vulva, die zwei Pole ihrer hervorstehenden Hüftknochen, ihr kleiner, ordentlich eingezogener Bauchnabel, bis hin zum sichtbaren Brustkorb und den Schlüsselbeinen. Alles liegt offen. Und alles ist für mich.

Aber es ist nicht perfekt-perfekt.

Es gibt ein paar Kleinigkeiten, ein paar kleine Mängel. Wie die zweitägigen Stoppeln an ihren Beinen und Achselhöhlen. Wie der kleine Haarfleck auf ihrem Schambein. Die dicken schwarzen Haare an ihren Unterarmen, wegen denen sie immer unsicher war. Bis hin zu den dünnen *weißen Haaren, die sich an ihrem Hals und ihrer Oberlippe gebildet haben. Der abgesplitterte Finger- und Zehennagellack, der dringend ersetzt werden muss. Die nachlässig aufgetragene Wimperntusche, die entfernt werden muss. Das sind alles nur Makel und Störfaktoren, die ihre Schönheit mindern.*

*Es gibt noch viel zu tun, bis sie der Engel werden kann, der sie immer sein sollte.*

*Zum Glück ist reichlich Zeit vorhanden.*

# REZENSION SCHREIBEN

Da wären wir. Ende.

Also, ich sage « wir » ... ich meine euch. Danke.

Danke, dass ihr bis hierhin durchgehalten habt und mir treu geblieben seid, während ich mir diese unglaublich wilden und bizarren Geschichten ausdenke und sie später zu Papier (oder besser gesagt, in digitale Dateien) bringe.

Amazon ist voll von Millionen von Büchern (buchstäblich, und ich verwende diesen Begriff nicht leichtfertig), daher ist es oft schwierig, die nächste Lektüre zu finden. Man möchte einfach wissen, in welches Buch man als nächstes eintauchen soll. Aber manchmal hat man keine Zeit, sie alle durchzugehen. Was also tun?

Natürlich die Rezensionen lesen.

Wir nutzen sie in jedem Bereich unseres Lebens. Restaurants. Filme. Unser nächster Fernseher. Kopfhörer. Fast alles wird von den Gedanken anderer bestimmt.

Verrückt, nicht wahr?

Aber was passiert, wenn man auf ein Buch ohne Rezensionen stößt? Man schreckt vielleicht davor zurück. Es ist schwer, dem Buch zu vertrauen.

Ihre Zeit ist kostbar. Sie wollen sie nicht mit enttäuschenden Geschichten verschwenden. Niemand möchte das. Und das möchte ich auch nicht für Sie. Manchmal mache ich mir Sorgen, dass dieser Geschichte dasselbe passieren könnte. Aber es gibt eine Lösung.

Eine Rezension hilft viel. Und sie gibt mir das Selbstvertrauen, die verrückten Gedanken in meinem Kopf weiter zu verarbeiten. Wenn Sie einen Moment Zeit haben, würde ich mich sehr über eine Rezension freuen. Es muss nicht viel sein – nur ein paar Worte darüber, wie Sie das Buch finden.

Vielen Dank.

Ihr freundlicher Autor,

Jack Probyn

zur DS Tomek Bowen-Reihe auf jackprobynbooks.com, wenn Sie meinem VIP-E-Mail-Club beitreten.

# AUCH VON JACK PROBYN

*Die DS Tomek Bowen Krimireihe:*

### BUCH 1: DIE RACHE DES TODES

**Southend-on-Sea, Essex: Detective Sergeant Tomek Bowen** - getrieben, hartnäckig und vom Tod seines Bruders verfolgt - wird zu einem der schockierendsten Tatorte gerufen, den er je gesehen hat. Ein Mann wurde rituell ermordet und in einer Kleingartenanlage in der Nähe des örtlichen Flughafens abgelegt. Erste Ermittlungen deuten darauf hin, dass dieser Mann eine Vergangenheit hatte. Eine Vergangenheit, die ihm viele Feinde einbrachte.

*Die Roche Des Todes herunterladen*

### BUCH 2: DER GRIFF DES TODES

Annabelle Lake glaubte, den Ford Fiesta, der vor ihrer Schule wartete, und den Fahrer darin zu erkennen. Sie lag falsch. Ihre Leiche wird einige Zeit später entdeckt, baumelnd an einer Schaukel auf einem Spielplatz auf Canvey Island.

*Der Griff Des Todes herunterladen*

### BUCH 3: DIE BERÜHRUNG DES TODES

Als sich an einem Dezembermorgen in Essex der Nebel lichtet, wird die Leiche eines Teenager-Mädchens mit dem Gesicht nach unten in einem Feld entdeckt. Der Fall landet schnell auf dem Schreibtisch von DS Tomek Bowen, der, während er versucht, sein neues Leben als alleinerziehender Vater einer dreizehnjährigen Tochter zu meistern, die tödlichen Ereignisse aufdecken und die Wahrheit ans Licht bringen muss.

*Die Berührung Des Todes herunterladen*

### BUCH 4: DER KUSS DES TODES

Der Tod eines Obdachlosen erregt kaum Aufmerksamkeit in Southend-on-Sea - bis die Obduktion ihn als Herbert Tucker identifiziert, einen umstrittenen Parlamentsabgeordneten mit einer Geschichte voller Feindschaften. Zwischen den Strandhütten von Thorpe Bay gefunden, wirft sein sorgfältig inszeniertes

Ableben mehr Fragen auf als es Antworten liefert. Unter wachsendem Druck muss DS Tomek Bowen die letzten Tage eines Mannes rekonstruieren, der von Kontroversen lebte. Seine Ermittlungen decken ein Netz aus Täuschungen auf, das sich von den Korridoren Westminsters bis in die dunkelsten Ecken von Essex erstreckt. Doch je näher Bowen der Wahrheit kommt, desto klarer wird ihm - dies war nicht nur Mord. Es war eine Botschaft. Und jemand wird alles tun, um ihre Bedeutung im Verborgenen zu halten.

***Der Kuss Des Todes herunterladen***

## BUCH 5: DER GESCHMACK DES TODES

An einem windigen und eisig kalten Morgen besucht Morgana Usyk, Besitzerin eines der Lieblingsplätze von DS Tomek Bowen, Morgana's Café, den etwas über eine Meile vor der Küste gelegenen Mulberry Harbour. Kurze Zeit später wird ihre Leiche in den flachen Gewässern gefunden, treibend neben dem Hafen. Erste Berichte und Augenzeugenaussagen besagen, dass sie den Mörder vom Tatort fliehen sahen. Doch als Sturm Alisha aufzieht und alle Beweise wegspült, steht Bowen mit seinem Team auf verlorenem Posten. Jetzt steigt das Wasser. Und Morganas Leiche wird nicht die einzige sein, die sie darin finden werden.

***Der Geschmack Des Todes herunterladen***

## BUCH 6: DER ENGEL DES TODES

Als die Flugbegleiterin Angelica Whitaker nach einer Nacht in einem der beliebtesten Nachtclubs von Southend als vermisst gemeldet wird, wird der Fall zum ersten Mal in seiner Karriere an DS Tomek Bowen übergeben. Sobald die Ermittlungen beginnen, richtet sich der Verdacht auf den Mann, mit dem sie im Club getanzt hat. Doch als ihre Leiche später in einer Kirche gefunden wird, positioniert wie ein Engel, deuten dieselben Indizien auf einen berechnenden, gefassten und sadistischen Killer hin. Aber während die Ermittlungen voranschreiten und Tomek tiefer in das Leben des Opfers eintaucht, wird klar, dass es keinen Mangel an Verdächtigen gibt und jeder seine Geheimnisse hat — manche mehr als andere...

***Der Engel Des Todes herunterladen***